上海师大中文学术文库
刘畅／主编

比较文学的中国先声
—— 孙景尧比较文学论集

孙景尧 —— 著
纪建勋 —— 编

中西书局

"上海师大中文学术文库"学术委员会

陈伯海　蒋哲伦　王纪人　杨国华　范开泰
潘悟云　朱宪生　曹　旭　梅子涵　杨文虎
杨剑龙　张谊生　徐时仪　朱易安　陈　飞

"上海师大中文学术文库"编委会

朱恒夫　陈昌来　朱振武　詹　丹　查清华
林在勇　施　晔　宗守云　李　丹　郑桂华
曹秀玲　董丽敏　宋莉华　吴夏平　王宏超
刘　畅　潘黎勇

著者简介

孙景尧(1943—2012.07.10),曾任上海师范大学教授、博士生导师,国家教学名师,国家重点学科比较文学与世界文学专业带头人。长期担任中国比较文学学会副会长兼学术委员会主任等学术职务,马工程重点教材《比较文学概论》首席专家之一,首届"中国比较文学终身成就奖"获得者。

1999年初,孙景尧先生从苏州大学调入上海师大,与学科点老师一起在学科建设上先后取得一系列重大突破。2000年比较文学与世界文学专业成功获批博士点,2007年比较文学与世界文学学科点获批上海师大建校以来首个国家重点学科,2010年"比较文学与外国文学史"课程获评国家级精品课程。

孙景尧先生是中国比较文学学科最重要的开创者和奠基人之一。1983年在广西大学比较文学研究中心创刊并主编了我国首份英文比较文学学术杂志《文贝》(*Cowrie*);1984年撰写出版了我国首部比较文学概论著作《比较文学导论》(与卢康华教授合作);1984年5月16—31日在广西大学举办了国内首个"比较文学讲习班暨教学讨论会";1985年10月召开的中国比较文学学会成立大会暨首届年会上,即担任学会学术委员会主任兼常务理事等学术职务。

孙景尧先生已经将自己的学术人生与改革开放以来人文哲社领域的复兴繁荣融为一体,在中国比较文学学科建设、教学科研、教材编撰、人才培养以及比较文学原理、方法论探索等领域无不极深研几,成果卓著,开时代风气之先。

编者简介

纪建勋,上海师范大学人文学院教授、博士生导师、教育部人文社科重点基地都市文化研究中心研究员,国家重点学科上海师范大学国际比较文学中心主任,《国际比较文学(中英文)》期刊主编,同时担任多种A&HCI、CSSCI刊物组稿、审稿专家及多个学术奖项的推荐委员。主要社会兼职有中国比较文学学会理事、中国比较文学教学研究分会常务理事、中国比较文学跨学科研究分会常务理事、上海市比较文学研究会青年委员会主任、国家社科基金与中华学术外译项目评委等。长期从事宗教学、比较文学、中外交流史等方向的研究,近年来先后主持国家社科基金重点项目、一般项目等省部级以上科研项目10余种,代表性论著有《汉语神学的滥觞》《中华文明的融通与递嬗》《现代中国比较文学研究》等。

总　序

查清华

1954年，火红的8月，上海师范专科学校宣告成立。中文科作为全校8个学科中规模最大的学科，以15位青年、7位中年教师构成的师资队伍，轰轰烈烈地开启其历史征程。到1963年，上海师范学院中文系教师已达88人，2024年的上海师范大学中文学科已近120人。一代代学人绳绳相续，怀揣梦想，辛勤耕耘，著书立说，教书育人，共同铸就中文学科的神圣殿堂。

从事中国古代文学与文献学研究的胡云翼、马茂元、章荑荪、曹融南、商韬、孙逊、李时人，从事语言文字学研究的罗君惕、张斌、许威汉、何伟渔，从事比较文学与世界文学研究的朱雯、朱乃长、郑克鲁、孙景尧、黄铁池，从事中国现代文学研究的胡山源、魏金枝、任钧、邵伯周，从事文艺学研究的徐缉熙，从事语文教育研究的姚麟园、何以聪等，可谓群星荟萃、俊杰云集。他们在各自的研究领域卓有建树，也为我校中文学科的发展奠定了坚实基础。

中国古代文学学科的开创者之一马茂元先生是古典诗歌研究大家，他的《古诗十九首初探》《楚辞选》《唐诗选》《晚照楼论文集》等著作深受学界推重，《楚辞选》《唐诗选》还被教育部指定为大学文科教材，有学者评曰："一二十年间，全国文科学生几无不读茂元之书者；读其书者，则莫不喜爱而服膺之。"另一位重要的开创者胡云翼先生是词学研究大家，早在20岁时便已出版被称为"第一部具有现代学术价值的词史专著"的《宋词研究》，1956年调入我校后完成的《唐宋词一百首》《宋词选》等著作广受赞誉，以发行超百万之数获评"中国优秀畅销书"。章荑荪先生的曲学研究，曹融南先生的汉魏六朝文学研究，商韬先生对元杂剧和中国古代小说理论的研究,李时人先生对中国小说史与明清文学的研究等,均在各自领域开辟新境,在学术界产生了深远的影响。要特别提及的是,孙逊先生不仅致力于中国古代小说研究,其《红楼梦脂评初探》《明清小说论稿》《中国古代小说与宗教论稿》等著作具有重要学术价值,而且在域外汉文小说及都市文化研究领域独辟蹊径,成就卓著。在担任人文学院院长、中文一级学科带头人的多年里,他运筹帷幄,精心谋划,为学科建设作出了不可磨灭的贡献。

罗君惕、张斌、许威汉等先生是上海师大语言学科的开创者。罗君惕先生专工古文字研究,著有《说文解字探原》《中国汉文字和汉文字学的源流》《秦刻十碣考释》等,其中《说文解字探原》是他历时四十年才最终完成的煌煌巨著,至今为学界尊崇。张斌先生在汉语语法研究方面成就斐然,其《汉语语法学》《现代汉语描写语法》等论著开新立派,曾荣获上海市哲学社会科学界的最高奖项——上海市哲学社会科学学术贡献奖。许威汉先生是词汇学和训诂学研究名家,他的《汉语词汇学引论》《训诂学导论》《训诂学教程》等著作获得学界高度评价,被誉为"博通宏肆,殊多新见","发前人所未发"。

上海师大比较文学与世界文学学科为国家重点学科,其奠基者朱雯、朱乃长等先生均为蜚声海内外的翻译家、外国文学研究专家,在外国文学作品及理论的译介和研究上成果丰硕,如朱雯先生对阿·托尔斯泰、雷马克等作家作品的译介,朱乃长先生对 E. M. 福斯特的《小说面面观》、麦克尤恩的《无辜者》等著作的译介,至今仍为学界所称道,也形成了这个学科研究与翻译并重的传统。此后,郑克鲁先生对法国文学、外国文学理论的翻译和研究及对外国文学史的研究,孙景尧先生对中国比较文学学科体系、理论体系的探索,黄铁池先生对欧美文学、中外文化诗学的研究,为比较文学与世界文学学科的发展作出了卓越贡献。

他们是名家,也是名师,在学术研究的同时,一直致力于教书育人,以科研为教学提质,以教学促科研增效。当我们翻开中文系档案,1954 年的"教师名册"记录着:"马茂元,36 岁,担任中国文学讲授,每周 6 小时。张斌,34 岁,担任现代汉语及实习,每周讲授 8 小时……"

据学生回忆,一生著书数十种的胡云翼先生,将教书育人视为神圣事业。他备课极为认真,每节课都投入大量时间和精力,准备数倍于课程内容的材料。他曾说:"讲课又不是开留声机,炒一遍现饭就行了。而是要因人而教,因时而教,因自我认识的长进而教,绝没有重复的课程,每次讲课都要有新意。"著名翻译家、作家、外国文学研究专家朱雯先生共发表作品170多万字,翻译作品500多万字,他讲外国文学作品和相关理论时旁征博引,逻辑清晰,能像磁石一样牢牢吸引住学生,以至历届学生都把听朱先生讲课当作一种艺术享受,称朱先生的讲义就是一篇篇严谨而又精美的研究论文。著名语言学家张斌先生也是教书育人的典范,直至93岁高龄,他仍坚持站着上课,且从不迟到,生动地诠释了"为之不厌,诲人不倦"的师道精神。著名翻译家和外国文学研究专家郑克鲁先生在外国文学史教学体系建设上居功甚伟,先后主编了教育部"十一五"规划教材《法国文学史教程》《二十世纪外国文学史》和高等教育出版社精品教材《外国文学作品选》等,他主编的教材《外国文学史》(高教版),20多年来总发行量突破160万册。著名比较文学和外国文学研究专家孙景尧先生,30余年不间断地为本科生开设比较文学课程,这门课获评我校第一门国家级精品课程;他还经常带着研究生长途跋涉,去贵州边远地区支教,许多年轻学子在他感召下选择了从教之路。

从学科成立至今,已然70个春秋。上述名师只是上海师大中文学科被缅怀的部分代表,还有许多为学科为专业作出重要贡献的老师,限于篇幅,无法一一提及。他们的学术成果泽被后世,师道精神代代相传,被载入本学科发展的史册。

正是在他们的引领下,中文学科形成深厚的学术底蕴和鲜明的研究特色,先后获批全国首批硕士学位授权点、首批全国高校古委会人才培养基地、首批国家级文科人才培养基地,较早获批一级学科博士后流动站、一级学科博士学位授权点、教育部人文社会科学重点研究基地、国家重点学科、教育部特色专业、国家语言文字推广基地、国家级专家服务基地,获首批上海市重点学科、上海市高峰学科等,并入选上海市高水平地方大学(学科)建设计划,在最近一轮教育部学科评估中,其成绩使本校获得历史性突破。

学科的优势和特色,需经过岁月的漫长淬炼才逐步成型。因此无论世间如何喧嚣,我们都应该向优秀前辈学习,敬畏天道,敬畏学术,敬畏讲台,守护好我们的人文传统;同时也要遵循"文律运周,日新其业"的通变法则,根据新时代的需要,在传统的地基上开疆拓土,寻找新的学术增长点。

当今天的我们在这里赓续前辈的文脉、分享他们的文化芬芳时,我们心怀感恩,由衷敬仰。基于此,在上海师范大学建校70周年之际,中文学科策划出版这套"学术文库",先行选录本学科已故学者的部分代表性论著,此后再陆续推出其他,既为礼敬前辈学者的学术贡献,也为传播其历久弥新的学术思想或治学方法,更为传承他们的师道精神。我相信,这些著述在今天重新面世,不仅学术上能施惠学人,也将流布"明明德、亲民、止于至善"的"大学之道",还能使读者从中感悟"化成天下"的人文理想。

是为序。

2024年7月8日于上海市桂林路文苑楼

序：致读者——我与比较文学

无论我在复旦大学当学生，还是后来在美国斯坦福大学做博士后，我都没有像如今大学生或研究生那样的机会——有专门时间并有专门教师给我系统讲授比较文学课。但我倒有另一份"福气"，引我走上了比较文学的专业之路，这就是比较文学本身的学术魅力和前辈专家学者不时的教诲与提携。

记得我第一次见到"比较文学"这个词，那还是30多年前我当学生的时候。当时，比较文学是被定性为"资产阶级形式主义伪科学"而被打入"冷宫"的。一位年长的"右派"朋友，向我偷偷地推荐了傅东华译的洛里哀写的《比较文学史》和侍桁译的勃兰兑斯写的《十九世纪文学之主潮》等书；我也只是悄悄地读了这些书，囫囵吞枣、一知半解，留下了一个模糊却很有劲的想法：既然他们能将本国文学同外国文学作比较研究，那么中国文学同外国文学不是也能这么研究吗？当然，在那个十年浩劫的非常时期，我的这个想法，始终没有付诸实现，但它却隐隐地影响了我的读书和思考，也使自己有意和无意间做了一些这方面的卡片和资料。

我真正学习比较文学这门学科并斗胆走上讲台开课，那还是靠了贾植芳老师的具体指导和钱锺书先生的热情支持。"文革"刚结束不久，我在贾植芳老师临时居住的复旦体育场看台下的房间里，连着几次听他讲解和介绍比较文学的主要参考书和代表性论文，他如数家珍又评述精当，使我一下子随他从二三十年代走到了现在，也明白了比较文学及其在中国的兴衰起落。那时候读书也特别有劲，照着贾先生开列的书目，去借、去读甚至去抄，居然在大热天还一字一句抄下了全本《比较文学论》，实在是得益匪浅。用我一位在武汉大学任教的好友的话来说："你弄清的家当，至少比一般去读书和找资料要节省五年时间。"他说的极是，没有贾先生的热诚指导，我是不可能健康地走上比较文学之路的。次年暑假，我将自己准备了近两年的"比较文学概论教学大纲",寄给了钱锺书先生审阅。钱先生很快回信,奖掖之意,溢于言词,说:"就目前国内已有的资料而言,是不能再完备了。"后来,我又带了比较文学概论的讲稿,到上海请贾先生具体指导。此时贾先生已被落实政策,并重登学坛了,住所也换到了他"出事"前住的原屋,而且约稿频繁,还要成天接待络绎不绝的来访者。但他却放下手头工作,对我的讲稿从头至尾认真审阅和细致指正,其间还不断鼓励我多讲授两遍,边讲边改边完善,争取公开出版,并说:"我来写序,向大家推荐。"这就是后来我敢在广西大学开讲比较文学导论课,以及同卢康华教授合著《比较文学导论》一书及其"序"的由来。如今,贾先生已经仙逝,而我也早已过了知命之年,每次拜访贾老,他那甘于寂寞、甘于淡泊的做人治学风范、他那热忱待人和提携后学的不倦精神,依然还令我景仰不已。

杨周翰先生,是我1983年在天津比较文学讨论会上认识的。学术界都传说,杨先生学识渊博、治学严谨,对人也严厉严肃,好像大家既尊崇他又有些"害怕"他。因此,杨先生要我去他房间"聊聊",我是抱着学生应考的惶恐心情去见他的。然而,他同我见面的第一句话就打消了我的紧张:"我在欧洲开会时,雷马克、韦斯坦因教授都向我打听你,我还以为你是我们西南联大前后的人呢,没想到你还这么年轻,听说你是复旦毕业的,你认识董亚芬先生吗?"我说她是我的英文老师,杨先生笑笑说:"那我们也算有些'渊源'了。"接着他就给我介绍国际比较文学界的情况,并问我对学生开课的内容与体会。过后,我曾问过董老师,她告诉我杨先生是复旦英文系的兼职教授,曾指导过她,因此,我对杨先生始终是执弟子礼,他也始终不厌其烦地指导我。1985年,他将吉列斯匹教授的论文《比较研究的新趋势》交我翻译,我翻译一部分就请他校译一部分,前后四个月,他都字字句句地予以校正,并传授了许多翻译的技巧和手法。给我印象最深的是他对翻译的体会:"要母语好,还要吃透了原文再译。翻译是种'匠活',师傅带徒弟也许是个好办法。"《新概念 新方法 新探索》这本被乐黛云教授肯定的译著,就是杨先生口传身教带我学翻译的结晶。在我同杨先生相处的日子里,他也都是时时在"带"我。在巴黎,有两个整天他带我参观卢浮宫,给我现场讲解艺术史;在美国,他带我逛书店,为买到《模仿》《欧洲文学和拉丁中世纪》等书而高兴;平时我去信请教学问,他也详详细细给以答复,那言简意赅的文言行文,使我深深佩服这位英文教授所具的扎实古文功底。杨先生去世前给我的那封信,嘱咐我"密切关注国际学坛之动向,勿轻信,宜多思"。"多思"至今仍是我和我的学生读书学习的座右铭。

我同雷马克和韦斯坦因两位教授的相交,既属偶然,又属"媒介学"的成果。1983年,我收到雷马克的第一封来信,那是我的一位朋友同他通信作"媒介"的结果。我应约,给他寄去了我的论文。雷马克"非常赞赏"我论文的观点,并随即寄来了一大批资料和专著。同时,他又把我"媒介"给了韦斯坦因教授和韦勒克教授。韦勒克也跟着给我寄来他的著作,而韦斯坦因则干脆直接前来我工作的大学访问与讲学。从此,我们就书信往来、著作互赠、探讨学术还展开争论。韦斯坦因教授不愧是国际比较文学大师,求真求实,对人对己都一视同仁。一方面对我批评他在著作中流露出的"欧洲中心"观点,他不久就在《加拿大比较文学评论》发表的论文《我们从何来,是什么,去何方》中,作了公开反思:"这种观点长期一直在比较文学界流行,而我本人在我的书里也是持这种观点的,回想起来颇为后悔。"另一方面,他作为美国《比较文学与总体文学年鉴》的主编,向我约稿,发表时竟将我的《比较研究及其在中国文学史上的对应物》一文,大刀阔斧地砍去了四分之一,毫不客气。我对照原稿,终于明白了他的用意:论文是发表给学术界同行看的,不必重复学界已知道的东西,而是应当清晰到位地论述自己新提出、新发现或新解释的问题。在与他的交往中,他给我最深的印象还是,1988年他邀请我去印第安纳大学做客座研究员的事。我一到他负责的比较文学系后,他不仅将自己的办公室供我使用,而且还将他终身积累的资料全部展示给我。他在交给我资料柜的钥匙时说:"你可以随心查阅或复印,比较文学是开放的,我的全部资料也是对你开放的。"我至今都无法算出,这使我在追踪国际比较文学发展的过程中,能省去多少寻找资料的时间!我至今也无法全弄明白,一个国际比较文学名家,为什么会对异国学者如此袒露胸怀倾其所有!我想,这大概就是比较文学家的开放精神罢!1993年,当我结束了在斯坦福的博士后研究,再次走进印第安纳大学校园时,韦斯坦因已离校去欧洲定居了。没人知道他的近况,但他走之前在原比较文学系系主任B.米契尔教授葬礼上的讲话,却依然被人记着:"米契尔的去世,我的退休离去,标志着一代比较文学的结束……"

在给过我学识、教益和帮助的前辈专家学者名单上,还可开列许多许多,仅本文所提到的已退休或作古的先生中,仍然必须添上的还有:法国的艾琼伯教授,那是在家中热情接待我,并坦率陈述他对比较文学研究看法的"欧洲汉学第一人",

他对中国文学的热爱与执着,他对中国比较文学复兴发展的倾心与热望,固然令我肃然起敬,但又何尝不是激励我努力奋进的动力。而取了中文姓名的美国人李达三教授,是邀请我去香港中大作比较文学研究和不断惠赠参考书的热心人,他对国内比较文学发展的关心与投入、他对国际比较文学界弊病的担忧与无奈,既让我感动,又使我"勿轻信、宜多思",不敢人云亦云。现已退休的乐黛云、廖鸿钧、卢康华、刘以焕、刘献彪、陈惇、应锦襄等教授,也无不以各种方式给过我启发和教益,而且至今都还是我笔谈学术人生的良师益友,在治学路上我时时都能感到知己好友的浓浓情谊和阵阵温馨。

在将我引上比较文学专业之路的众多提到和未提到的前辈先生中,有的是我的老师,有的是我的益友,有的是忘年之交,有的是异国知己,有的已经退休,有的已仙逝他去,然而他们对比较文学的贡献,给我的种种教益,是不该忘记,也不能和不会忘记的。我总认为自己只是一个"前不如前辈,后不及后学"的比较文学"中介者",但我愿意将我所知前辈的治学风范,告诉比我年轻却又无缘结识他们的莘莘学子;我还非常愿意借此短文,向我的各位老师深表敬意与谢意!尽管这是远远不够也远远不足的……

(本文初载《中国比较文学》2000 年第 1 期的"我与比较文学"
栏目,原名为"我的比较文学老师")

目 录

总序 / 001

序：致读者——我与比较文学 / 001

闻道章 / 001

 对比较文学始于 19 世纪的质疑 / 003
 20 世纪国际比较文学界的三次论争 / 009
 比较文学的新一轮身份"漩涡"
  ——兼谈"反民族主义"与"反欧洲中心主义" / 023
 "进一步、退两步"还是再反思、再认知
  ——从美国对比较文学独立学科性质的一种新说谈起 / 034
 "垂死"之由，"新生"之路
  ——评斯皮瓦克的《学科之死》 / 045
 巴斯奈特同谁"较劲"，又同什么"较劲"？
  ——评《21 世纪比较文学反思》中的欧洲中心观 / 054
 为"中国学派"一辩 / 059

论道章 / 069

 试论可比性 / 071
 跨文化影响研究的"有效化" / 093
 原动力的流向与结果之一 / 103
 论伊安的口语文学表演实质和柏拉图的误断
  ——对柏拉图《伊安篇》的反思与认知 / 113

中美"说书"的比较研究 / 124
留得真爱在人间
　　——从中欧文学经典中的自然灾难作品谈起 / 135
真赝同"时好"
　　——首部中国文学史辨 / 149
中西比较文学研究方法探 / 164

探道章 / 173

"格义"与"况义" / 175
中国近代的中西文学比较成分探 / 191
中西文化早期交往的复合媒介者："扶南"的媒介特点与作用探
　　——兼论基督教文化最早入华的上限问题 / 207
成在此，败在此：解读唐代景教文献的启示 / 218
试谈永历王朝耶稣会士"适应政策"的乖舛与败因
　　——从贵州安龙现存永历太子和太后教名碑谈起 / 230
借传统之形与传统之力弘传"福音"之路
　　——论贵州安龙教区布依族村寨传统对联中的天主教因素及其启示 / 251
贵州安龙现存天主教遗物考释 / 267

附录　书序选 / 275

《东亚汉诗的诗学构架与时空景观》序 / 277
一部令人回味反思的好书
　　——评刘耘华君的新著《明末清初传教士对儒家经典的诠释及其本土回应》 / 283
下功夫的实学之作
　　——读刘振宁博士的新著《唐代景教"格义"轨迹探析》 / 290
别开生面的西方现代派名作解读
　　——《西方现代派文学与圣经》序 / 293
展现辉煌历史的思想型巨著
　　——读玛格丽特·L.金的《欧洲文艺复兴》中译本 / 297
齐马《比较文学概论》译著序 / 299
王国维的《〈红楼梦〉评论》 / 301

闻道章

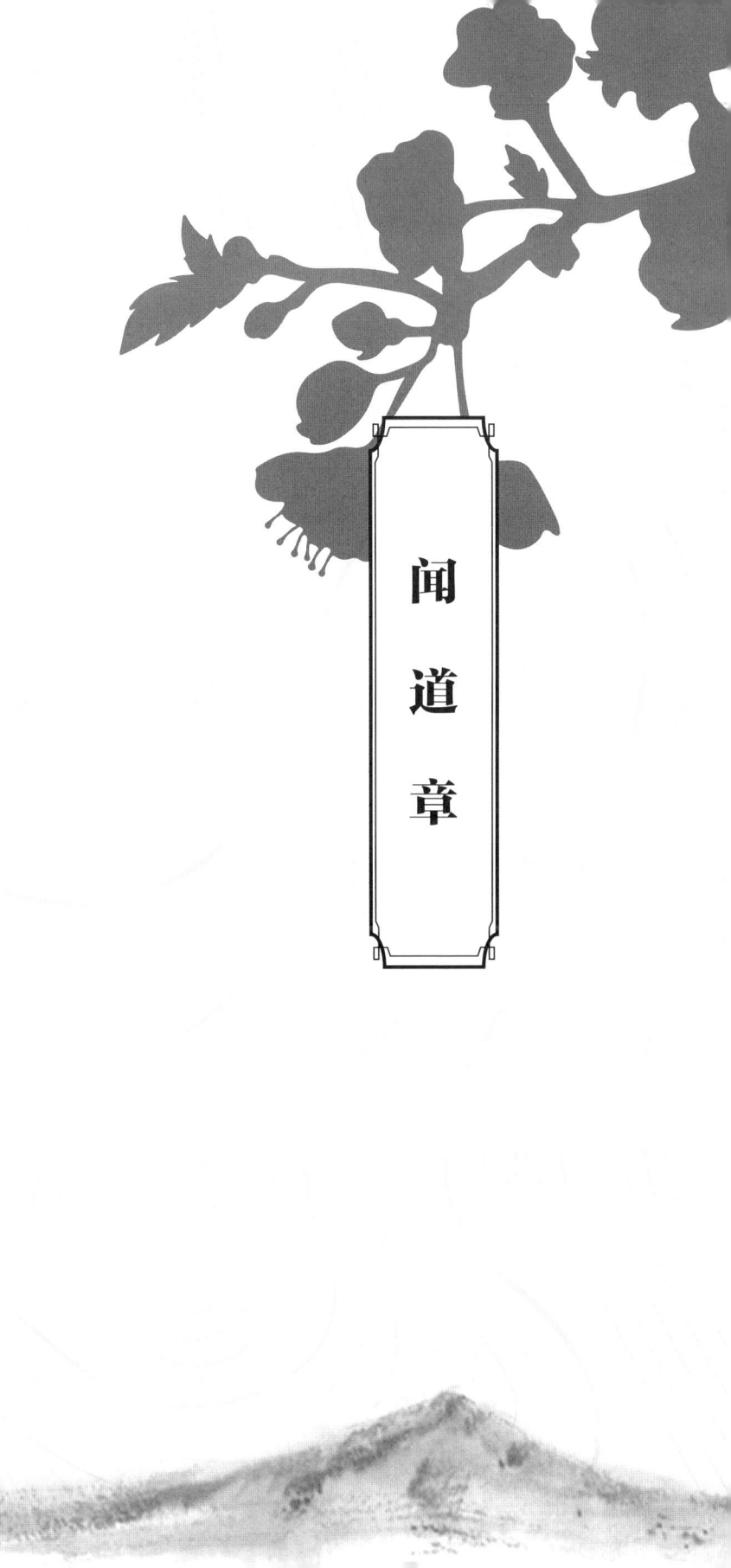

对比较文学始于19世纪的质疑

一、疑 惑

国际比较文学学术界,长期以来,对比较文学的萌芽,即它开始出现的时间都定在19世纪;而且又都认为,它是在对欧洲基督教文化体系内不同国家间的文学关系,并主要限于它们彼此影响所进行的比较研究中,得以产生与形成的。

著名的法国比较文学家梵·第根(P. V. Tieghem)在他30年代所著并长期以来被视作权威的《比较文学论》一书中说过,比较文学的"最初论文",是产生在"19世纪",他颇为可怜地描述当时情形说:"在19世纪初年,德国有许多文学史家稍稍让了一点地位给真正的比较文学。"①从那以后直到今天,虽然比较文学在理论上和方法上都有了长足的进步,尤其是平行研究(parallel study)的成长与发展,更是扩大了研究领域,丰富了研究课题,并愈来愈受到广大学者关注和采纳;然而,遗憾的是,在谈到比较文学的萌芽时,却依然囿于半个世纪前的这一传统结论。

就是在美国霍曼教授(C. Hugh Holman)编著并于1980年出版的《文学手册》中,在"比较文学"这一条目的解释里,当说到萌芽时,也不无遗憾地说:"在19世纪,同比较宗教研究一道,欧洲的学者们也开始去发展不同国家和语言的文学间的比较研究之各种理论和方法。"②并且还具体地提到其最早的一批欧洲比较文学的研究者,像维尔曼(Villemain)、昂拜尔(Ampère)等人。熟悉比较文学这门学科的人都清楚,这批学者都是在19世纪以他们对欧洲各国文学进行影响研究而闻名于世的。

---

① 梵·第根:《比较文学论》,戴望舒译,商务印书馆,1937年,第22页。
② C. H. Holman, *A Handbook to Literature*, 1980, p.94.

这一传统说法,甚至也影响到今天正在兴起的年轻的中国比较文学界。

事实上,众多的各国学者的这一传统认识,即便不是错误的,也至少是不全面的。

二、回　顾

早在欧洲人进行"古典学问的再生"的文艺复兴运动中,有人开始了从东方古代文明里汲取营养的尝试。此后,随着航运业的发展和"世界商业与世界市场的形成"①,世界各地,当然也包括东西方向间的文学交流也渐渐增多起来。进入18世纪,这种译介包括文学在内的中国著作的努力,变成了前所未有的热潮,被当时的欧洲人称为"中国趣味热"②。

1718年,法国人雷纳多(A. E. Renaldot)翻译了《第九世纪伊斯兰教二游历家印度中国见闻录》一书,如果这还不算真正的文学著作的话,那么1731年到1734年,法国耶稣士会出版的,并收有中国寓言和小说在内的《中华帝国全志》,则有相当多的部分已足可列入文学的范围了。过一年,法国的杜赫德(Jean-Baptiste Du Halde)出版了收有中国明代白话小说《今古奇观》在内的《中国通志》③。1734年,巴黎《水星杂志》刊登了中国元代杂剧《赵氏孤儿杂剧》的几段译文④;而到了1741年,英国的哈切特(William Hatchett)则出版了他的译著《中国孤儿》(*The Chinese Orphan*),这要算是欧洲翻译介绍中国戏剧的最早的完整译本之一⑤。不久,就在1755年,巴黎上演了第一个中国元代杂剧《赵氏孤儿》⑥;略为晚些时候,伦敦也上演了这一同名剧的英译本⑦。

---

① 马克思:《资本论》(第一卷),人民出版社,1956年,第109页。
② "中国趣味热"(Chinoiserie)出自〔英〕多布森的《肯辛顿故宫》,见《牛津世界名著丛书》,1926年,第209—213页。
③ 杜赫德:《有益而有趣的信札》(*Letters Edlifianteset Curieuses*)(第3卷),1735年,第339—378页。
④ 同上书。
⑤ 见《岭南学报》1929年第1期,第116—118页。Thomas Percy, *Miscellaneous Pieces Relating to the Chinese I*, 1762。
⑥ 伦敦《每月评论》第13卷,第495—505页。《"赵氏孤儿"在启蒙时期的英国》,《文学研究》1957年第3期。
⑦ 谋飞(Arthur Murphy):《中国孤儿》(*The Chinese Orphan*)。他的文艺活动,包括该剧的演出,可见鲍士韦尔的《约翰逊传》第1卷,第356—357页。

这一热潮,一直到1762年英国的汤姆斯·帕西的《中国诗文杂著》的出版为止,从未停息①。

正是在这样的基础上,对中国与欧洲的古典戏剧的最早一批对比研究的论文,在18世纪的德国、法国和英国先后问世了。

对近代文化思想影响极大的伏尔泰,就曾在如今收在《伏尔泰全集》第5卷的一篇文章中,拿中国元代杂剧《赵氏孤儿》同欧洲同类戏剧作了有趣的对比研究。他认为中国文学同欧洲各国文学一样,虽然因气候、政治和宗教的不同而存有差异,但总是有许多"合理近情"的原则,也总还有美好的"理性主义"。他在对比时指出,《赵氏孤儿》就故事来说,非常离奇,但又非常有趣,非常复杂,而且非常清楚;若与同一时期的法国等欧洲戏剧相比,那不知要高明多少倍。

当然,由于伏尔泰对古典主义的推崇,他对以莎士比亚为代表的英国戏剧及西班牙戏剧都持否定之说。伏尔泰囿于他的这一观点,使他在进行上述对比的同时,得出了中国戏剧的技巧比欧洲的古典主义悲剧要显得粗糙和幼稚的"幼稚"之见:"我们只能把'赵氏孤儿'比作16世纪英国和西班牙的悲剧,只有海峡那边和比利牛斯山脉以外的人才能欣赏。"甚至还武断地说中国的剧作家"没有一点好的审美趣味,丝毫不懂得规则",中国的戏剧只是一个"古怪的滑稽戏","一大堆不合情理的故事"。

与伏尔泰差不多时期,英国文学批评家理查德·赫尔德(Richard Hurd)却于1751年发表了与伏尔泰观点相反但方法类似的《论诗的模仿》一文。应该说,这是近代欧洲用比较方法,对中国文学作品进行分析、评论最系统、最详尽的一篇比较研究论文。赫尔德将《赵氏孤儿》同古希腊悲剧对比,他指出索福克勒斯的名剧《厄勒克特拉》(*Electra*)同《赵氏孤儿》在情节、主题、复仇动机、诗句、结构与布局的相似之外,还进一步分析与探求其原因,他采用了实际上是从亚里士多德那儿发展而来的"诗的模仿说"这一观点,认为中国古代作家同古希腊作家一样,他们都是自然的学生。他总结说:"这一个国家,在地理上跟我们隔得很远。由于各种条件的关系,也由于他们人民的自尊心理和自足习惯,它跟别的国家没有什么来往。因此,他们的戏剧写作的观念不可能是从外面假借过来的;我们可以肯定地说,在

---

① Thomas Percy, *Miscellaneous Pieces Relating to the Chinese* I, 1762.

这些地方,他们又是依靠了他们自己的智慧。因此,如果他们的戏剧跟我们的戏剧还有互相一致之处,那就是一个再好也没有的事实,说明了一般通行的原理原则可以产生写作方法的相似。"①

应当承认,他在比较研究这两个不同语言的国家的文学中,对其相似的原则的探讨,已经排除了"假借"的影响关系,而是提出了"自尊心理和自足习惯","一般通行的原理原则"等心理学、民俗学与美学等的认识。这表明,论文的本身就已具有平行研究的特点了。

在18世纪的欧洲,除了上述两人外,伏尔泰的朋友阿尔央斯侯爵(Marquis d'Argens),也曾专门作过与伏尔泰观点一致、方法一样的中欧戏剧比较研究的评论。然而歌德"老人"(J. W. Goethe)在1827年1月31日同爱克曼(J. P. Eckermann)的谈话,则是早于影响研究的一篇中外文艺对比研究的短论。歌德在拿中国传奇与小说同法国诗人贝朗瑞(Béranger)、英国小说家理查生(S. Richardson)和他自己的作品作对比分析时,他指出中国文学"在思想、行为和情感方面几乎和我们一样",而且三次提醒爱克曼"注意""中国诗人那样彻底地遵守道德"这一特点。他还预言这一中国文学的长处"还会长存下去","是人类共同财产",进而提出了"世界文学"的口号并要求"每个人都应该出力促使它早日来临"②。

可见,以伏尔泰、赫尔德与歌德为代表的18世纪与19世纪初的欧洲的一批学者,在他们对中欧文学所进行的分析评论与研究中,已经使用了平行研究的方法。他们以各自的文艺理论为标准,并从两种文学间毫无直接影响关系的角度着手,对二者的相似与相异努力从美学、心理学、哲学、民俗学等方面去探求其一般规律,还明确地提出了"世界文学"这一目的与口号。应该说,作为今天平行研究的一些主要方法、对象、目的与手段,在他们的中外文学比较研究和论著中都已具备雏形。所以,今天作为既包括影响研究又包括平行研究在内的比较文学这一学科的萌芽,是应当把它们列入,这是毫无疑义的了。

---

① 引文出自赫尔德《论诗的模仿》一文,该文最早出版于1751年。
② 爱克曼:《歌德谈话录》,朱光潜译,人民文学出版社,1978年,第112页。

三、检 讨

事物的发展常常不是直线推进的,"比较文学"的发展也同样如此。众所周知,当欧洲学术界进入被称为"历史的世纪"的 1800 年以后,上述的早期平行研究的比较文学论著,不仅未能被发展与上升为平行比较文学研究的理论,相反还一度被影响研究所取代与淹没,直到 20 世纪中期才又重新发扬光大起来。

在英伦三岛,无论是英国最早使用"比较文学"这一术语的阿诺德(Matthew Arnold),还是今天被称作"英国真正的比较文学史研究的先行者"的哈仑(Henry Hallam)[1],或是写出第一部比较文学论著的波斯奈特(H. M. Posnett),德意志的施莱格尔兄弟(Schlegel)、艾希霍恩(Eichhorn)、鲍特维克(Bouterwek)[2]和温特尼兹(M. Winternitz),法兰西的史达尔夫人(Madame de Staël)、维尔曼(Villermain)、夏斯勒(Philarète Chasles)、昂拜尔(J. J. Ampère)、季奈(Edgar Quinet)等教授,或是后来奠定与发展了这一学科的著名比较文学家布吕纳介(F. Brunetière)、戴克斯特(J. Taxt)、贝茨(L. Poul Betz)、巴登斯贝格(Baldensperger)、阿沙尔(P. Hazard)、梵·第根(P. V. Tieghem),等等,他们全都是致力于对各国文学间的渊源、流传、媒介、文类等影响关系的考证与研究,并随之使比较文学成熟与理论化起来。可是他们的理论与认识也还是被囿于影响研究的浪潮之中,像著名的德国学者温特尼兹对比较文学的定义就曾说过:"比较研究各族文学,追溯它们的相互关系、影响,也叫世界文学。"[3]而法国的比较文学史家洛里哀(Loliere)也说过,比较文学史的"职务,是在寻溯种种知识运动的潮流,说明种种潮流的影响,并译述种种努力的形势,备作彼此比较的单位或资料而已"[4]。梵·第根,这位在国际上很有权威的比较文学大师一度也曾强调:"真正的'比较文学'的特质"乃是"对于用不相同的语言文学写的两种或许多种书籍、场面、主题或文章等所有的同点和异点的考察,只是那使我们可以

---

[1] 夏佛尔(E. S. Shaffer),Editor's Note:Comparative Literature in Britain, *Comparative Critism*,伦敦,1979 年。
[2] 梵·第根:《比较文学论》,戴望舒译,商务印书馆,1937 年,第 22—23 页。
[3] 转引自温德尼兹:《印度文学和世界文学》,金克木译,见《外国文学研究》1982 年第 2 期。
[4] 洛里哀:《比较文学史》,傅东华译,商务印书馆,1931 年,第 334 页。

发现一种影响、一种假借……"和寻找这种影响流传关系的"起点"和"终点"①。

正因此,就使国际比较文学学术界,在阐述这一学科的渊源与开始时,注重了19世纪出现的影响研究的论著,而忽视了更早的在18世纪就已出现的平行研究论著的历史资料,而得出了很值得商榷的传统陈见。此外,"以欧洲为中心"曾一度使不少学者忽视与轻视过东西方文学的比较研究,这恐怕要算是长久以来固执上述陈见的又一个主要原因。这因为,作为影响了比较文学产生的理论与方法的基础,是达尔文的进化论、孔德的实证主义哲学和泰纳的"种族、环境、时代"三要素的学说,它们在催生了辨同异、究渊源、讲进化交流、查媒介关系的影响研究的同时,也给这门学科烙上了"欧洲的文明至上"的印痕。洛里哀在《比较文学史》的结论中就宣称:"近世,则西方知识上、道德上及实业上的势力业已遍及全球。东部亚细亚,除极少数荒僻的山区外,业已无不开放。即使那极端守旧的地方,也已渐渐容纳欧洲的风气。如是,欧亚两洲文化已渐趋一致,已属意中之事。"②梵·第根对此则更强调,他提出比较文学的研究,即便是涉及小国的文学或"诺尔第文学",也要"意大利的、西班牙的、法国的、德国的,相承地依着这个次序作欧洲文学之中心而处理着"③。这就使至今还被视作比较文学入门书的梵·第根所著的《比较文学论》,以及直到近两年才出版的英国柯登编写的《文学术语辞典》和美国霍曼编著的《文学手册》中,在注释"比较文学""文艺批评"等许多条目时,上自古希腊,下迄今天的各国评论家,无一东方学者,也没有一篇东方文学的比较研究论文④。即便是本文前一部分已论述的那些论著,哪怕是出自北山泰斗的伏尔泰,誉满英坛的赫尔德与声名赫赫的歌德,也同样被置于冷宫,不予采纳,足见其偏见之深。

因此,在近20年来,随着以美国的平行研究为代表的各国比较文学的新发展的趋势,是应当对比较文学这门学科的历史、任务、性质、方法等,作重新研究、重新探索的时候了。

(本文原载《外国文学研究》1983年2期)

---

① 梵·第根:《比较文学论》,第17、49、63、202页。
② 洛里哀:《比较文学史》,第351—352页。
③ 梵·第根:《比较文学论》,第246页。
④ J. A. Cudden, *A Dictionary of Literary Terms*. London, 1979, p. 17-20, 166-168; C. H. Holman, *A Handbook to Literature*, 1980, p. 6, 94, 106. 108.

20 世纪国际比较文学界的三次论争

比较文学自其学科形成与诞生之日起,就显示了它超越国界、族界和语言界限的开放性特点。而从它最早的被界定为"国际文学的关系史"开始,经历了比较文学要不要独立成学科的"片甲不留"之战、美国学派与法国学派的"比较文学危机"之争,以及延续至今的比较文学发展方向之辩等,一个多世纪以来,论争从未间断。论争的双方,不管是从纯理论出发,还是从比较文学与文学研究出发,也不管是对研究对象、学科性质的认定,还是对发展方向的不同主张,都不是封闭的,倒是在开放性上有是否过头的问题。

1. "片甲不留"之战

20 世纪初,比较文学学科诞生不久,就招来了多方面的非难与攻击。英国学者史密斯于 1901 年发表的《比较文学之毛病》,还只是对法国偏重"书目索引式"的影响研究作些批评,意在希望它能有一个新的方向,但 4 年之后,他的《漫谈比较文学》一文,却是主张以文学批评来取代比较文学了。当时的另外一些欧洲学者,如德国的裴德生等人,也认为这门学科"开设得过早了",应当让文学史或别的文学研究来"取而代之"。

然而,反对与攻击这门学科最厉害的,则当推意大利声名赫赫的美学家克罗齐(1866—1952)。后来的美国比较文学家韦斯坦因评价说,克罗齐是"带着与比较文学公然为敌的理论观念,在各种场合用种种不同的沉重打击来对付我们这门学科,并将它几乎打得个片甲不留"[①]。

---

① Urich Weisstein, *Comparative Literature*, Bloomington: Indiana University Press, 1973, p.236.

这场几欲打得"片甲不留"的论战,是环绕着比较文学研究的对象是不是要延伸到他国文学这一根本问题而展开,并由此获得要不要比较文学这门新兴独立学科的结论。

首先,克罗齐从方法论问题着手抨击这门学科的特点。他认为,比较方法"只是历史研究的一种简单的考察性方法",不仅普通、方便,而且也是文学研究不可或缺的工具,因此不能作为这门学科独立的基石。况且比较学者运用这种方法,既非"触及艺术创作的核心",也非探究"文学作品的美学来由"或真正的"创作契机",而只是集中研究"已完成之作品的外在历史",即查实"丑闻逸事、秘传隐史"等。而这些东西的渊源研究,尽可归入全面的文学史研究中去。因此,他的结论是:"看不出比较文学有成为一门学科的可能。"[1]克罗齐不愧为有眼光的哲学家,他对比较的普遍性看法是对的,他认为不能将通常的比较作为比较文学学科独立存在的标准与特点的结论,也是击中要害的。

其次,他又挥舞他的美学论斧头,砍向当时流行并成绩斐然的影响研究做法。他的"艺术独立自主"的直觉美学观,是抛弃了德国古典美学尤其是黑格尔的理性与感性统一这一基本认识的。他把直觉与形象思维提到文学的独尊地位,否定文学是思想内容与形式统一的看法,从而一笔勾销了文学艺术中的理性和观念因素,而只剩下诗的格律等"形式"。据此,他认定只有"思想"才能从一件作品、一个国家或一种语言,移植到另一件作品、另一个国家或另一种语言。而"诗",本质上只是"形式",而形式是不能移植与影响的,只有"诗"的"思想"(他又称之为"诗的素材")才可能被移植和作为一种影响来加以处理。所以他强调,"思想"一旦同它的形式分离之后,它就不再是艺术,而属于"情感或理念"了,也就是他的"哲学历史"了。于是他断言比较文学(实际是当时的影响研究)中的"主题学""渊源学"都毫无价值,甚至文学翻译也同样无价值可言。

这么一来,克罗齐就把当时盛行的影响研究所赖以存在的杠杆——通过对主题、题材等在不同国家文学中移植、影响与流传的研究及其辉煌业绩——来了个"釜底抽薪",难怪要被后来的学者惊呼:几欲打得"片甲不留"了。

---

[1] 上述观点均出自:Hans-Joachim Schulz and Phillip H. Rhein P, *Comparative Literature: the Early Years, An Anthology of Essays*, the University of North Carolina Press, 1973, p. 222–223。

就在对比较文学的一片攻击声中,比较文学在欧美却依然迅速发展。在法国接替戴克斯特出任里昂大学比较文学教授的巴登斯贝格、在德国的柯赫、在英国的李席尼、在美国的哥雷等一批早期比较文学家与文学史家,则埋头于比较文学实践与理论两方面的研究,并以严密的考证、扎实与丰硕的成果,来给予回答。柯赫于1901年出版了《比较文学杂志》的姐妹刊物《比较文学研究》,在1901年至1909年间出版的9大册中,不仅发表了比较神话学与民俗学的调查报告,而且包括主题学等方面的影响研究论文,如但丁在德国、拉辛在匈牙利、歌德与雨果的比较等,也大量出现在这份刊物上。法国的洛里哀于1903年出版了《比较文学史》,不久就转译成英文、日文与中文。将《比较文学史》转译成英文的李席尼则在该书的"译者序"中说:"对那些英国学者们全心全意的语言学、美学而言,比较文学的研究是个必要的补充。"生于上海的美国加州大学英语系主任哥雷(1855—1932),不仅主持系里的许多研究工作采用比较文学方法,而且自己也开设比较文学课。他从美学与诗学的基本观点出发,在论述文学批评及素材处理的方法时强调:"要钻研文学批评的原理,学生就必须钻研文学,不仅仅要钻研一种文学,而且还必须得用比较法来钻研多种文学。"他在1903年发表的《什么是比较文学》一文中,对比较文学研究作了方法与理论两方面的评介与阐述后指出:"这门新的学科,已经成为在所有文学中进行任何科学研究的财富与方法。古代的与现代的,无论是其相同的还是特有的关系,对他们活着的、移动着的和自有其客观存在的社会精神,比较文学学科都是进行科学研究的财富与方法。对这门我们称之为比较文学的学科来说,我们越进展,那么也就越快地会将每个文学转到发现它在文学语言学中的解释与辩护上去。"①

著名的法国比较文学大师梵·第根,于1930年出版的第一本有理论、有方法的学科理论专著《比较文学论》,是对克罗齐等人的非难与攻击回击最有力的一部论著。

梵·第根总结了近80年的比较文学研究的实际成果,首先区分了比较文学同国别文学史的研究对象的不同,他提出:"一个国家的文学史家要把他们的研究延

---

① Charles M. Cayley, What is Comparative Literature, *Comparative Literature: The Early Years*, The University of North Carolina Press, 1973, p.85–103.

长并推广到其他各国文学中,去发现或求得他所研究的作品的连续和归结,那是绝对不可能的。他不得不去求教于那些学识超过他的知识之外的专家们。"①梵·第根说,这些专家就是"比较文学史家"。也就是说,比较文学的研究对象是跨越了国界的"各国文学"。

其次,对于攻击比较法的论点,梵·第根反驳道:"比较这两个字应该摆脱了全部美学的含义,而取得一个科学的含义。而那对于用不相同的语言文字写的两种或多种书籍、场面、主题或文章等所有的同点和异点的考察,则能使我们发现一种影响、一种借用以及其他等等。"也就是研究各国文学影响的"事实联系"。在这个意义上,他说比较文学这门学科的"这个名词造得很好,也很方便"。

最后,对克罗齐所说的文学中只有"思想""理念"与"情感"方能移植影响的说法,梵·第根回击道:"回答这种理论上的反对是容易的。比较文学家把深切贯通的作家与作品的独有之处和不可沟通情感之点这类任务,全给予传记、心理学和美学的批评。"并进而从文学是理性与感性统一、内容与形式并存的美学观上反驳道:"如果这些不能转移的因素是一点也不发生影响的,那么我们也就用不到去管它们了。可是我们却否认在文学中它们是唯一重要的。不仅一本书中的思想,一部戏曲或一部小说中的主题和动作,就连情感、形式和文体也是可以借用和模仿的,而且供给了比较文学一个颇广阔的资料。"他列举并分析了从斯达尔夫人起到20世纪20年代止的一百多篇比较文学论著,从理论上、方法上与历史上,全面地论证了各国文学,包括主题、思想、感情、文体与语言等是如何彼此借用与相互影响的。他信心十足地说:"现在,比较文学可以因其没有几年就取得不少进展而自豪,并也可以有把握地希望其后来的种种发展。"

这一本分成四大部分、十一章的学科理论专著,不仅回击了各种攻击与非难,而且对比较文学的定义、性质、任务、历史、方法与前景等各个方面,都作了系统的总结与理论阐述。这不单使它成了第一部有影响的本学科奠基著作,而且也使它成了至今仍有影响的比较文学入门书。

此后,法国长期成为国际比较文学的中心,这门学科不仅在大学,就连中学也

---

① 梵·第根:《比较文学论》,戴望舒译,台北商务印书馆,1995年,第41页。本节以下引文未注明者,均出自此著。

有安排它的教学内容。颇有讽刺意义的是,就连攻击最力的克罗齐本人,也在他的《美学》《莎士比亚与高乃依》等论著中,普遍地使用了比较文学研究方法。比较文学所争得的一席独立学科之地,经过这次论战终于巩固住了。正如梵·第根在其著作的"结束语"中所说:"人们在那里学会认识人们所不知的世人之隅角,并也学会认识艺术之种种新面相。"总之,人们对文学研究的眼光已自觉地,并有理论指导地拓宽到了一国文学之外的他国文学,对比较文学是研究跨国界、跨语言界的各国文学影响联系的独立学科,是普遍认同并接受了。

2. "比较文学危机"之争

1958年9月,在美国北卡罗来纳大学所在地教堂山,举行了第二届国际比较文学学会年会。捷克血统的美国学者、耶鲁大学教授韦勒克首先发难,发表了《比较文学的危机》的书面报告,对盛行已久的法国影响研究进行批判,由此开始了一场长达十年之久的比较文学的"危机"之争。争论的焦点仍是比较文学的研究对象及其理论方法特点,而论争的双方即通常所说的"美国学派"和"法国学派"。

法国学派的代表人物是巴登斯贝格、梵·第根、卡雷和基亚等,其中前三人在当时已去世,但他们的论著与观点,却还影响与左右着整个比较文学界。尤其是1951年出版的基亚的《比较文学》一书,仍认为,比较文学的"正确的定义应该是,国际文学关系史"。为此,他们主张比较文学的研究对象是各国文学间的互相影响及其事实联系,并认为首先应该确定的研究对象是产生影响和媒介的因素,如翻译与旅行、译者与旅行者等;其次是研究文学联系本身,如体裁、主题、文学思潮等,"注视着两国或几国文学之间主题、观念、作品与情感的交流"。随之而来的是关于比较文学的方法。法国学派素来强调实证与注重考证,该书仍坚持应"研究拜伦与普希金、歌德与卡莱尔、司各特与维尼之间的事实联系",并进而指责美国的平行研究与综合方法是"系统性过强,时空展延太开而有化为抽象空泛、主观臆断的东西,只剩下贴标签的危险"。最后,关于比较文学的目的,由于他们主张比较文学的性质、对象与方法都是研究与考证同一主题、思想、情感与文学思潮等在各国文学中的起点、流传、影响与终点等"事实联系","甚至生活方面的事实联系",因此研究的结果常常会归到文学之外,尤其是心理学上。基亚在书中就明确说过:"比较文学可以帮助两国进行某种民族的心理分析。"

这种历史性、实证性与外部性的影响研究理论与方法,在20世纪前半期,为比较文学的独立成科与初步发展,起了巨大的理论指导作用,但明显适应不了第二次世界大战后的新理论、新认识和学科的新发展。

基于新批评和形式主义文论的美国学派,在上述几方面进行了针锋相对的批判,并进而提出了新的比较文学理论与方法论主张,从而建立了与影响研究平分秋色的比较文学平行研究。其主要代表人物是韦勒克、雷马克与奥尔德里奇。韦勒克更多的在"破",而后两位的主要贡献在"立"。

韦勒克在《比较文学的危机》一文的开头就指出,比较文学的处境岌岌可危,其突出的标志就是"未能确定清晰的研究内容与专门的研究方法"①。

首先,他认为法国学派的研究范围太窄,并反对法国学派的"二分法",即把比较文学限于研究两国文学间的相互联系,而把席卷几国文学的运动和潮流划为"一般文学"。韦勒克认为这种分类是行不通的、不科学的。因为这无法解释为什么将研究历史小说家司各特在法国的影响划入"比较文学",却又将研究包括司各特在内的浪漫主义时期历史小说又归入"一般文学";或者把研究拜伦对海涅的影响和研究拜伦主义在德国的影响区分成,前一个是比较文学,后一个属"一般文学"。这种区分使比较文学的内容变得"支离破碎",无法对一部艺术作品作多方面的总体研究。同时,把比较文学局限为探求渊源和影响、原因和结果,会"使'比较文学'变成一个分支,成了仅仅研究外国文学来源和作者声誉的材料"。进而认为,法国影响研究正在使比较文学成为文学研究的"外贸关系",甚至会给具有沙文主义动机的学者弄成某些国家的"文化功劳簿"。所以韦勒克主张,"超越语言界限的文学研究"都是比较文学,并认为"我们既需要文学史也需要文学批评,我们需要一个广阔的视野,这只有比较文学能够提供"②。也就是说,把比较文学的研究范围,从文学史拓宽到了文学批评和文学理论。

其次,韦勒克猛烈地抨击法国学派重事实、讲考证,只求"事实联系"的研究方法。他说,巴登斯贝格、梵·第根、卡雷和基亚并没有解决比较文学的研究方法等

---

① 韦勒克:《比较文学的危机》,见干永昌等编选:《比较文学研究译文集》,上海译文出版社,1985年,第122页。

② Renè Wellek, The Concept of Comparative, *Yearbook of Comparative and General Literature*, 2, 1953, p.3.

基本问题,"他们把过时的方法强加于比较文学,使之受制于早已陈腐的19世纪唯事实主义、唯科学主义和历史相对论"。这是开学术研究的"倒车",使比较文学不能从当代充满活力和富有创造性的时代气息得到裨益,成为"一潭死水";而且这种陈旧方法,将进一步助长"外贸关系"和"狭隘民族主义"的抬头①。

再次,韦勒克也完全反对"比较文学的目的是比较民族心理学"的主张。他批评卡雷和基亚把比较文学"限定它只注意作品本身之外的东西,注重翻译、游记、'媒介'",这些文学的外部研究都与文学"是一个整体"相悖,而成了公众舆论研究、民族心理学和社会学,但绝不是文学研究了。韦勒克是英美新批评派的主将,因此他强调对文学作品本体的内部研究。由此,他要求大家应去领悟作品的价值与实质,使文学作品本身成为比较研究的中心,并恢复文学研究的"文学性",即文学艺术的本质这一美学中心问题;使它"不再是民族之间赊与欠的账目清算,甚至也不再是相互影响关系网的清理",而是恢复它如同艺术本身一样的"想象的活动",并"成为人类最高价值的保存者和创造者",建成一门真正的人文科学②。

1961年,印第安纳大学的亨利·雷马克教授发表了《比较文学的定义和功能》一文,集中代表了美国学派的理论主张。他在批评法国学派的影响研究的同时,提出了新的比较文学的性质与任务:"比较文学是超出一国范围之外的文学研究,并且研究文学与其他知识和信仰领域之间的关系,包括艺术(如绘画、雕刻、建筑、音乐)、哲学、历史、社会科学(如政治、经济、社会学)、自然科学、宗教等等。简而言之,比较文学是一国文学与另一国文学或多国文学的比较,是文学与人类其他表现领域的比较。"③

雷马克的主张,进一步拓宽了比较文学研究对象的范围,即比较文学既是两国或几国文学间的比较研究,又是文学同其他知识与信仰领域的比较研究。对前者,雷马克指出,尽管法、美两个学派都承认,但各自的强调重点却有重大的差别:法

---

① 韦勒克:《比较文学的危机》,见《比较文学研究译文集》,第282页。
② 韦勒克:《批评的诸种概念》,丁泓、余徵译,四川文艺出版社,1988年,第278页。
③ Henry H. H. Remak, Comparative Literature: It's Definition and Function, *Comparative Literature: Method and Perspective*, Newton P. Stalknecht. Carbondale: Southern Illinois University Press, 1961, p. 1. 汉译本见亨利·雷马克:《比较文学的定义和功能》,见张隆溪:《比较文学译文集》,北京大学出版社,1982年,第1页。

国学派着重于彼此有影响联系的实证研究,并排斥文学批评;而美国学派则关注以鉴赏与评价为主的"纯比较"研究。对后者,即比较文学也研究文学与其他学科之间的关系,则是"美国学派与法国学派之间阵线分明的根本分歧",梵·第根与基亚都没有"讨论文学与其他领域的关系,甚至根本没有提到这些领域(如艺术、音乐、哲学、政治,等等)"。尽管法国学者对各门艺术的比较也有兴趣,但是他们并不把这类比较研究算在比较文学之内。

雷马克还批评了影响研究过分侧重资料发掘的研究方法,认为这样做势必会忽略真正值得注意的文学问题。因此他强调了"综合"法的重要性,他说,"我们必须进行综合,除非我们要让文学研究永远处于支离破碎与孤立隔绝的状态。要是我们有志于加入世界的精神生活和情感生活",就应"把有意义的结论呈献给其他学科、整个民族和整个世界"①。

时任伊利诺伊大学教授的奥尔德里奇,则进一步将起自法国的梵·第根和让·弗拉比埃所提过的"平行比较",进一步作了理论阐释,使之成为美国学派平行研究方法论的重要基石。奥尔德里奇从雷马克对比较文学的定义出发,首先指出:"'比较'一词可用来指示类同、传统或影响。类同包含两部没有联系的作品之间,在风格、结构、情调或观念上的相似处。"②他举证并阐述了这种相似的平行关系,如俄国的《奥勃洛摩夫》与英国《哈姆雷特》的比较,都是研究犹疑不决、优柔寡断的人物个性;又如浮士德和唐璜的比较研究等,"重点往往在于心理学、道德、哲学及其他个别作品的其他方面,而不是论作者或国家的渊源",因为这是"由于共同历史和年代而形成的许多作品间的相似问题"。在进行这种类同比较的同时,还应作求同辨异的"对比",去专门发现"没有直接联系的相似",然后才有机会作美学分析,并去真正理解文学艺术的创作过程。

奥尔德里奇是在他1969年编的《比较文学的问题与方法》一书的结论中发表上述看法的,此时已临近这场论战的尾声了。美国纽约市立大学比较文学教授勃洛克,在同年发表的《比较文学的新动向》一文,被人视作这场论战的总结性论著。

---

① 亨利·雷马克:《比较文学的定义和功能》,见张隆溪:《比较文学译文集》,北京大学出版社,1982年,第3页。

② Alfred Owen Aldridge ed, *Comparative Literature: Matter and Method*, Urbana: University of Illinois Press, 1969, p.1.

他说,"危机不等于灾难",而且"把比较文学研究局限于事实领域的倾向正在消失,而把事实关系降到次要地位的趋向却是不可避免的"。后来在1978年,法国出版的《拉罗斯百科全书》的"比较文学"词条中,也采纳并写入了美国学派的上述观点。1982年,时任法国巴黎第四大学比较文学教授的布吕纳介,一位法国文学史和比较文学的权威,由他领衔撰写的《何谓比较文学》一书,也同样认为:"比较文学是通过相似关系、亲缘关系和影响关系的研究,对文学和表达以及认识的其他领域进行比较"①。

作为这场论战的结果是两派观点的接近与互补,使比较文学的研究范围进一步拓宽到无影响联系的各国文学以及文学与各门学科的关系上去,既研究国际文学关系史,又探索文学批评和文学理论;既有考证和比较,又有综合与分析,并重视美学性与科学性。它标志着比较文学随全球化进程的新认识和新发展。如勃洛克所说:"没有任何一个文学研究领域能比比较文学更引起人们的兴趣或有更加远大的前途;任何领域都不会比比较文学提出更严的要求或更加令人眷恋。"②

3. "十字路口"的方向之探

然而,还在美国学派与法国学派进行"危机之争"时,就已经打开了安放各种新理论"魔瓶"的所罗门印章瓶盖。雷马克就曾说过:"比较文学的好处不仅使很多文学联系起来,而且还将文学和人类知识领域的其他方面也衔接起来。"他后又发表了《十字路口上的比较文学》《比较文学的前景》等论文,认为马克思主义、结构主义和接受美学这三个理论,对比较文学发展具有"潜在力量","因此,比较文学倘若要保持它在知识发展中的中心地位的话,它就得吸收马克思主义和结构主义"③。

标志着两派渐渐接近与"危机之争"已告结束的两本法、美学者写的小册子,即法国艾琼伯教授的《比较不是理由》与美国勃洛克教授的《比较文学新动向》,也同样提出了相同的主张。艾琼伯要求"发展这么一种比较文学,它将历史方法与批评精神结合起来,将案卷研究与'文本阐释'结合起来,将社会学家的审慎与美学

---

① 布吕纳介等:《何谓比较文学》,上海社会科学院出版社,1991年,第150—152页。
② 勃洛克:《比较文学的新动向》,见《比较文学研究译文集》,第206页。
③ 雷马克:《比较文学的前景》,见孙景尧:《新概念 新方法 新探索》,漓江出版社,1987年,第98—117页。

家的大胆结合起来"①。勃洛克则预料:"各个不同领域,如传统的文本阐释、俄国形式主义、美国的'新批评派'、新亚里士多德分析、语言学、文类学、新结构主义……这些方法和其他新的方法必将出现新的组合形式,并获得发展。"②

果然,在短短的几年之后,随着当代各种新理论的涌现与发展,也随着比较文学同各分支学科以及各种理论之间的相互渗透,围绕着比较文学是不是搞新理论研究的方向问题,在80年代形成了"赞成"与"反对"的两派。

早在1969年,德国接受美学的理论家姚斯,就谴责比较文学"是最后一个已过时的突出的顽固堡垒"。到了70、80年代,在美国出版了《结构主义诗学》《比较文学与文学理论》《符号研究》《论解结构》的卡勒,正式号召在比较文学研究中加强理论探讨,认为不仅二者关系密切,而且极有指导性与方向性的启迪。美国加州大学的郑树森教授等,对主张比较文学是方法论学科的"名将"韦斯坦因教授及其专著《比较文学和文学理论》,不客气地批评道:这虽然"是一部导论性名著,也是相当流行的教科书",但是"这书其实是名实不符的。虽然书名突出'文学理论',但基本立场仍是实证主义的,不但将比较文学基本上局限于'法国学派'的作风,而且反对通过平行比较来探讨文学的内在共同规律"③。并明确主张用理论研究取代比较文学的传统"研究方法":"一个自重的批评家不应该预先决定研究方法的种类——其实这种研究方法,文学内部早就具备了。"因为,"文学理论把这些具有选择性的研究指南,全部联系起来,所以它应该能够去帮助批评家达到特定的目标,在这上面,设计出以后前进的蓝图"④。

以写了《20世纪文学理论》而闻名学坛的佛克马,他1982年发表在《加拿大比较文学评论》上的文章《比较文学和新变化》是正式揭开这场比较文学发展方向之争的"檄文"。

文章一开始就说,"比较文学,不仅作为一个独立的研究领域,而且还作为一门

---

① 艾琼伯:《比较不是理由》,见《比较文学研究译文集》,第102页。
② 勃洛克:《比较文学的新动向》,见《比较文学研究译文集》,第2—5页。
③ 郑树森:《文学理论与比较文学》,时报文化出版事业有限公司,1982年,第3—22页。
④ 何纳第(P. Hemadi):《文学理论》,《现代语言学术导论》,1981年,第88—115页。

学术性学科,也都有很长的历史了"①。但是它的"悠久传统"既使比较文学有广阔的研究空间,又使它陷入一种"假设及其考证"的"债务"。因此,佛克马主张要摆脱"比较文学的危机",就应"特别重视多项研究领域之间的科学关联价值"。但他又竭力反对比较文学研究同社会相联的价值观,因为对社会的看法是因人而异并"很难有一致的价值标准";同时还因为西方大学中的教师与学生都受制于"上自议会下至系委员会"的"框定",因而他们的评价"一方面是由个人所掌握,另一方面又是行政的和政治的事情"。所以,就要靠"科学关联的评价",排除上述的"主观性"和"行政、政治"等的干预,从而使研究者从"比较文学与文学理论的相互关系中去获得""知识信息的积累,以解决疑难问题"。循此,他认为比较文学的研究对象"绝不限于文本",同文学理论的研究一样,应包括文学信息传递与接受之间的"文学交际情境"和"文学符号系统"等,因此,"人们可以大胆地认为比较文学与文学理论研究的对象基本上是一致的",而且佛克马还强调说:"倘若对文本的比较研究缺乏理论框架,比较便没有了基础。"而"没有理论做基础就肯定没有学科,这一点也同样适用于比较文学"。

据此,佛克马对比较文学的定义、研究对象及其发展方向,都提出了新的主张。认为"'比较的'一词已成累赘,它迂回累赘又极大地削弱了其定义的(指比较文学)实用性"。所以"比较文学不应将自己的兴趣囿于超国界或超语言界等现象,它应当无视这类界限",并将研究的对象与理论研究的对象一样,扩大到"文学的交际情境"等方面,并开始新的探索,即关于文学研究对象的新概念、关于新方法的评介、关于文学研究的科学性关联的新视野、关于文学研究的社会性证明的新眼光等。为此就须要探索并借助各种新理论,诸如读者接受理论、符号学、心理学、社会学、结构主义、语义学、新美学等的巨大作用与意义。他宣称,这才能使"比较文学的前途显得灿烂辉煌",否则"它便不可能作为一门学术性学科而生存于世了"。

而持相反意见的"反对派",大多是蜚声学界的著名学者,如曾任美国比较文学学会会长的奥尔德里奇、担任了27年国际比较文学学会执行理事和任过美国印第安纳大学比较文学系主任的韦斯坦因,英国牛津大学教授贝勒,剑桥大学教授列

---

① D. W. Fokkema, Comparative Literature and the New Paradigm, *Canadian Review of Comparative Literature*, March, 1982, p.1-18. (本节涉及该文的引文皆出自此文,下不再注明。)

克士,美国学界耆宿韦勒克、菲立普等。

他们对"理论派"的主张与观点,作了激烈的反对与批评。菲立普在《当代文学批评》专辑上,指责结构主义与当代新文论是"枯燥、抽象"并"充满了怪癖的行话",是忽略了研究对象的"智力游戏"①。英国的贝勒和列克士也批评新文论是"机械得连血都没有的解剖法","反而不如一般性原理"②。奥尔德里奇则干脆断言,比较文学研究不需要这些理论基础,而重点应发掘各国文学间的类同,"朝世界文学方向迈进"③。

韦斯坦因则专门写了《我们从何来,是什么,去何方——比较文学的永久危机》的论文,于1985年发表在《加拿大比较文学评论》上进行回击。文章的一开始就引用基亚的话:"我们何时和如何去自杀?先莫急……让我们作为比较学者再活下去,不必另谋出路,而应多从自身内部去觅生。"④清楚地亮明了他坚持比较文学自身发展方向的观点。

文章回顾与总结了西方近百年的比较文学发展史,指出其危机一直存在,并又在克服危机中发展。文章从时间、空间、论题范围、理论和方法五个方面,一一追溯了比较文学认识与发展的历程。他认为比较文学已研究了西方文学中上自古希腊、下迄当代文学的所有各个时期的文学,因此在时间上已无施展余地了。但在空间上却仍有大片新领域急需开拓,如地理上的东西方文学的比较研究。对此,他还特别对自己过去写的《比较文学与文学理论》一书中,否定东西方文学比较研究的错误说法作了自我反省:"今天回想起来很感后悔。"他又在列举了苏联、拉美等国家和地区,至今在比较文学研究的版图上尚是空白,而亚非的比较研究还"未曾真正展开"等现状后指出,学科的"国际性与代表性是远远不够的"。此外,又指出在跨学科研究领域内,探讨文学与其他艺术、文学与各种学科的关系,以及在沟通人类认识和编修文学术语辞典等方面,都是大有研究价值与广阔天地。因此,这才是解决比较文学"自身危机"和今后的发展方向。他形象地描述说,比较文学就像

---

① 菲立普(William Phillips):《结构主义的新评论》,载《党派评论》1980年第47卷第3期。
② 见美国《伦敦书评》1980年12月17日和1981年4月16日。
③ 见《淡江评论》第481—492页,第6—7卷合卷本。
④ 见韦斯坦因(Ulrich Weisstein):《我们从何来,是什么,去何方——比较文学的永久性危机》,载《加拿大比较文学评论》,1985年。此段及以下相关引文均出于此。

"马路中间的孩子,左手被世界末日的预言家拉着,右手又被乌托邦空想家拽着,但这孩子却置之不理,而径自设法活下去"。

在比较文学的研究方法问题上,他批评当代的各种理论书,包括"导论"、选集和文集,"一直都在复制或想超过15年前我写在《比较文学与文学理论》一书中所定下的这些方法程式",然而却是"停滞不前"与处于一种"无把握状况"。他认为,"这倒是一个急需解决的矛盾"。他毫不客气地批评这些新理论,"只不过是在较高水平上修改和复兴了被其新术语所掩饰的老方法而已","没什么令人惊讶之处,既无新方法的突破,也未为比较文学打开新途径"。

最后他从理论上阐述所有的文学研究问题,包括理论问题,都是"和方法论紧密联系在一起的"。因为,"文学始终是研究的核心",而理论研究,包括同各门学科的关联研究,都是在"比较文学这个围绕文学核心的第二层更大的圆周圈里",这就使各种理论都需要经由比较文学方法论这个"圆周圈",方能对处于"核心"的文学"产生作用的"。因此,他的结论是,只要人类还有文学研究,"作为一门方法论的比较文学学科就不会死去并生存下去"。韦斯坦因将比较文学认定为一门方法论的文学研究学科,是为了发展中的比较文学既避免被不断更迭翻新的文论所消解,又能卫护它已明确的研究对象、研究方法和任务目的,不致丧失其得以独立存在的根基。多年之后,欧洲的比较文学家谢菲尔、狄莫席乐等,以赞赏的口吻予以补充说:"方法乃是前人之道","无论如何,比较文学研究是建立在基本方法论思想上的"。

国际比较文学界耆宿、奠定了美国平行研究理论基础的雷马克,也在同年的《瑞士论坛》上发表文章——《比较文学在大学里的处境》。论文前半部分批评了"理论派"的比较文学新观点,维护了它的性质、任务和存在的价值等,而后半部分则对比较文学在大学里的现状提出了一些建设性的意见。

针对各种新理论,雷马克直截了当地批评说,近15年来"盛行的那些理论,一般来说是经不起作品的检验"[①],既对比较文学的解释"显得空洞",又对文学性与美学性的解释显得"缺陷明显,令人难受"。况且搞理论的人,"他们的外语和文化

---

① Henry H. H. Remak, The Situation of Comparative Literature in the Universities, *Colloquium Helveticum*, 1985(1):7-14.(本节涉及该文的出处皆出自此文,不再另注。)

知识下降,成了一种本末倒置,于比较文学无大用处"。至于比较文学是否过时,他以"渊博的知识、道德问题和作者生平"为例,说它们是早期学术研究的三大中心,曾被后来学者讥为过时的"祸害"。然而"在我们这个时代,它们又胜利地回来了"。因此,比较文学的各项传统研究也同样不会过时,它们"是文学发展中的事实,研究它们是完全正当的,不管一时风尚如何,一切都取决于你如何来进行研究"。

在1985年于巴黎召开的第十一届国际比较文学学会的学术讨论会上,年近八旬的韦勒克也猛烈抨击当代新文论,说它们不研究文学作品好坏,不作美感与价值判断,使文学研究成了文字游戏,把作品瓦解成一堆符号。他还激动地批评比较文学理论派,不过是拿作品做跳板而跳进"反美学的象牙之塔"中去,说"他们不是比较文学的同心人,甚至也不是同路人"。

但落花有意、流水无情,随着西方文论的一拨又一拨浪潮和佛克马的执掌国际比较文学协会,也随着韦斯坦因、雷马克的退休,韦勒克和米契尔的去世等,西方学坛的"反对派"之见,正如韦斯坦因在90年代初米契尔的葬礼上所说:"米契尔的去世和我的退休,标志着一代比较文学的结束。"

其实这场争论尚未结束,近年来新的主张、新的分歧又纷至沓来。尽管仁智各见,有些论争还很难作出定论,然而,这场论战,却反映了这么一个事实:随着论争的步步深入,对比较文学学科性质的认识也渐趋明朗,但对不断拓展的研究对象和范围、新理论方法和众多任务的综合包容等,使比较文学研究既有过分开放宽泛而难以驾驭之困,也有包罗万象而丧失自身界限之嫌。

(本文原为《简明比较文学》一书的第三讲,中国青年出版社,1988年。这次重刊作了一些文字修改)

比较文学的新一轮身份"漩涡"

——兼谈"反民族主义"与"反欧洲中心主义"

比较文学在其一个多世纪的学科发展历程中,似乎始终摆脱不了其身份"漩涡",而且每出现一股理论新潮,它就被缠进又一轮身份漩涡。从20世纪初最早的名实不符之辩,到20世纪中期的"比较文学危机之争",再到20世纪80年代以来的"比较文学发展方向之见",无不由形式主义、新批评、结构主义、解构主义等一拨拨新论所致。时至今日,在各种"后"学,即后结构主义、后现代主义、后殖民主义等理论大潮的冲击下,在这当今电子信息高速发展和经济金融"全球化"的阴影中,比较文学的"漩涡"不仅依旧,而且还陷入了更深一层的漩涡中心——"反欧洲中心"和"反民族主义"。这以在20世纪末的最后十年里,即1995年出版的、由时任美国比较文学学会会长查尔斯·伯恩海默所编的《多元文化时代的比较文学》一书中的争议为最有代表。漩涡依旧,影响仍在,不能不予以评说。

(一) 反欧洲中心与反"民族主义"

伯恩海默在这本书中建议,比较文学在这世纪之交的微妙关头,由于文化发展出现了全球一体化和跨学科的强劲势头,因此,比较文学既应彻底反思并放弃其顽固的欧洲中心倾向,又应将其关注的中心由文学转向文化并扩大为对其他文化文本的研究。书中所收集的十多位学者的论文,针对伯恩海默的建议,出现了两种观点。一种如卡勒(Jonathan Culler)、布鲁克斯(Peter Brooks)等人,对此持反对态度,认为"没有必要将比较文学重新界定为比较文化",而应当"接受留给我们比较文学的独特身份和重要功能——从比较的角度研究文学,并且考虑到文学的各种国际呈现形式"①。这可以说,是从比较文学和文学研究立场出发的学科传统之见。

另一种相反的如普拉特(Mary Louise Pratt)、周蕾(Rey Chow)、吉努韦斯(Elizabeth Fox-Genovese)等则支持报告的建议,他们从理论出发,又回归理论,想以文化研究理论假设置换比较文学的基本原理。尤其是周蕾,还以其华裔学者的身份补充指出,用非西方的经典来取代西方经典,由于并没有解决文化霸权问题,因此对欧洲中心的批判应以对民族主义的批判为"前提",否则"一个曾经是'欧洲中心'的多元语言主义,将很容易换成非欧洲语言的一套标准而无需安上欧洲中心主义的语言知识等概念之名"②。说得明白点,其意思是说,例如西方国家总习惯把英文系、法文系、德文系等称作"大的"或"多数"语文系,而把中国文学、印度文学等列入东亚系、南亚系中并称之为"小的"或"少数"语文系;但印度裔学者玛优姆达(Majumdar)提出,应"改换视角"倒过来称"英国、法国、德国的文学,只是一种'准民族文学'",而与印度文学相对应的应是它们的欧洲文学③。这么一来,按周蕾的意思就是用印度的"话语",继续推行没有欧洲中心多元语言主义的印度民族主义的中心霸权。所以她主张既要反欧洲中心主义,但更要以反民族主义为"前提"。

对她这番话语,我们可作如下逻辑关系的概括表述:

由于当今全球多元文化的发展特点,比较文学研究应搞文化研究并反欧洲中心主义,再加上周蕾所说、伯恩海默在该书"绪论"中所肯定的反民族主义;所以,全球化多元文化的比较文学,等于反欧洲中心主义加反民族主义的文化研究。若采用类似大家熟悉的公式,也就是:

∵ 比较文学 = 文化研究;

∴ 全球化多元文化 = 反欧洲中心主义 + 反民族主义。

当然,上述的公式化简,不仅显得简单机械,而且还有荒谬之嫌,即又反欧洲中心主义,又反民族主义,而且要干净彻底,那全球化的多元文化岂非成了海市蜃楼?成了虚无主义?可以肯定这绝非是周蕾等人的本意,因为他们是希望在后殖民时代"如此多样的语境中",关注"边缘化或被压制状况的声音",克服"与权力控制机

---

① 查尔斯·伯恩海默编:《多元文化时代的比较文学》,霍普金斯大学出版社,1995年,第97—106、117—121页。
② 同上书,第107—116页。
③ 苏珊·巴斯奈特:《比较文学批评导论》,布莱科维尔出版公司,1993年,第6页。

制相联系的话语"中的欧洲中心主义,并为此还必须反对借"他者"之名再复制的其他中心主义文化霸权问题,方能最终"以寻求更世界化的跨文化途径"①。然而,乌托邦的许诺,毕竟经不住理性的思考和实际的检验。因为,问题接踵而至:比较文学转为文化研究是否就能"放弃"其顽固的欧洲中心主义呢?纵然加上了"反民族主义"或叫"批判民族主义"的前提,在当今世界学术对话语境中、在非西方并被殖民过的国家尚有不同程度"失语"的情况下,能真正导向具多元文化的"世界文学"这一学科宗旨吗?是这些国家的"民族主义",还是欧洲殖民国家曾盛行一时并至今未绝的"欧洲民族主义—欧洲中心",才是比较文学学科的发展大敌呢?问题的关键是:抽象意义上的"民族主义",同历史总体现实中的曾被殖民过的国家的"民族主义",以及欧洲和西方国家的"民族主义",是否等同、等效的同一码事?

  一个最基本的历史客观存在事实是,欧洲的民族主义当它越出欧洲疆域,是同殖民主义、帝国主义扩张侵略等行径"等同"的。换句话说,在世界背景上,殖民国家的民族主义,从来就是"侵略和排斥'他者'的工具"。一部血淋淋的世界近现代殖民史,一部中国从鸦片战争起,到英法联军火烧圆明园、日军屠杀南京城的百年民族耻辱史,就是对此最有力的明证。之所以如此,乃是民族主义"在欧洲经历了一个从正面作用到反面作用的变化过程"。正如西方权威的《方塔那现代思想辞典》所概括的,它既是"一种以属于某一个由共同的种族、语言和历史纽带连接在一起的集团的感情,并通常和某一特定地区相一致的",同时它又是"一种相应的意识形态,这种意识形态把民族国家吹捧为理想的政治组织形式,故而要求它的公民把对它的忠诚看得高于一切"②。前者是一种历史形成的传统积淀和客观存在,而后者则是狭隘的民族主义信念。正是这后者,发展到后来,在欧洲滑向了沙文主义——"一种杂有仇外主义的过头和不合理的民族主义",再进而陷入了纳粹主义——主张"雅里安人种最杰出的德国人,具有'统治民族'的种族优越性","恶性的反犹太主义"以及"在德国军事力量的支持下,实现其在欧洲建立德国霸权的野心"的罪恶泥坑③。在欧洲疆域之内,它给欧洲人民带来了空前浩劫,并留下了至

---

① 查尔斯·伯恩海默编:《多元文化时代的比较文学》,霍普金斯大学出版社,1995年,第1—18页。
② 阿兰·博卢克:《方塔那现代思想辞典》,英国方塔那出版社,1988年,第559—560页。
③ 同上书,第120页。

今难忘的余悸;而在欧洲之外,它被欧洲殖民者利用为大肆侵略和排斥"他者"民族的工具,并同军事上和贸易上的竞争、牺牲他国民族的扩张以及帝国主义行径等同起来①。他们既仗其"船坚炮利",将欧洲各殖民国的版图,扩张到了全球各地;又手捧"基督福音",连同其价值观念,如自由平等和强权公理、物种进化和弱肉强食、莎士比亚和拜金主义等,鱼目混珠地推销、渗透到世界各处,给殖民地国家和民族,带来了同样空前的灾难和痛苦。

需要指出的是,与欧洲和殖民国家相反的是,民族主义对殖民地国家和民族来说,在世界近现代史上,不仅同其民族意识、民族情结、民族传统、民族认同等紧密相关,而且还同其民族生存与否的基本人权紧紧相连。就连西方《方塔那现代思想辞典》也说,"是殖民地民族和少数民族,对其有被更强大国家征服危险而进行反抗的原动力","曾经是亚洲和非洲政治觉醒的原动力"。由殖民主义血腥侵略与统治所激起的可歌可泣的殖民地人民反抗侵略和争取民族独立的运动,以及当今第三世界翻天覆地的变化,在世界上,都是被殖民国家争回自身民族独立、民族生存、民族权力和民族发展的斗争。一个众所皆知的例子就是,第一次世界大战后,作为向德国宣战的胜利国之一的中国,在巴黎和会上,非但争不回来被德国强占的胶东半岛的主权,反而继续沦为丧失主权的耻辱境地。纵然是胜利者的巴黎和会,那也是西方列强和帝国主义殖民国家的和会,殖民地和半殖民地国家只能再次充当被"侵略和排斥"的"他者"的和会。可见,在欧洲和第三世界之间、在殖民国家和殖民地国家之间,历史并不赋予欧洲的民族主义同第三世界国家的民族主义等价、等值、等同的同等功能。

到了如今"殖民者走了"的全球化时代,民族主义的上述不同等功能之差异,是否已消失殆尽了呢?

全球化(globalization)起自20世纪的60—80年代,盛于90年代。起先它是批判西方主要发达国家,在传播媒体和影视音乐等方面主宰第三世界国家,使之形成中心与边缘关系,从而忽略第三世界国家的媒体工业和接受情况等的一种说法。后来,它成为述说全球正随着西方发达国家向世界各国传播的科技、贸易与文化,从而使全球进行许多规格化和标准化的世界政经体系一体化的重要文化现象。所

---

① 阿兰·博卢克:《方塔那现代思想辞典》,英国方塔那出版社,1988年,第560页。

以,"全球化"看起来是通过强化世界各处社会联系的作用,以促使本地的发展;或通过"时间—空间"的压缩和不同地方跨距离的互动,以形成全球化的社区①。但是这种全球化其实并非是彼此互动的真正全球化,而是西方发达国家的全球化。因为,这是随着西方发达国家的跨国资本在全球的蔓延及其消费意识形态的传播,"强化"他国(主要是第三世界)去"认同"和"归属"其许多"规格"和"标准"的全球化。透过现象可清楚地看到欧洲中心和殖民帝国主义这一承继实质。

当今西方发达国家的雄厚跨国资本实力,究其形成的条件和基础而言,是先天存在着其殖民他国所获得的经济优势"原罪"。而且这种优势从赤裸裸的军事政治的公开侵略,承继到资本并转化成科技、传媒等商业化和文化意识上的强势,过去是"显性"地表现在军事和政治上,今天则"隐性"地表现在文化和经济的全球化及其意识中。过去是"一个国家势力的扩张,通常是以征服的方式掠取别国领土;征服别国领土上的居民,使之处于强加给他们的外来统治之下,并受到帝国主义势力经济上和财政上的剥削"②,而今天则是"文化帝国主义可以被解释为运用政治的和经济的力量去吹捧和传播外国文化的价值和习惯,从而损害本国的文化"③。所以,在貌似公平公正的"全球化"中,仍然隐性或显性地存在着西方发达国家,或透过经济资本、或透过文化生产结构、或透过国家机器组织的直接或间接的控制,继续对第三世界和原殖民地国家进行结构性的剥削,包括生态环境持续恶化、商品倾销的巨大盈利、廉价劳动力的无情压榨等;与此同时又藉其文化资讯的单向交流,以将第三世界的意识,通过对其"全球化""规格"和"标准"的认同和归属,达到与西方发达国家意识彻底的"同质化"。仅从全球的出版与学坛舆论来看,情况就是如此。当今世界约有500种文字,但据联合国教科文组织的估计,"三分之二以上的印刷出版物为英语、俄语、西班牙语、德语和法语"④,亦即欧洲语言。而学坛情况则正如汤林森(John Tomlinson)在《文化帝国主义》中所说,只有西方富国的"全球化":"某些书籍与期刊得以在最具有权势、最富裕的国家当中流通,而这些

---

① A.吉登士:《现代性的后果》,斯坦福大学出版社,1990年,第4页;D.哈维:《后现代性的处境与条件》,布莱科维尔出版公司,1989年。
② 阿兰·博卢克:《方塔那现代思想辞典》,英国方塔那出版社,1988年,第409页。
③ 同上书,第411页。
④ S.马克毕迪:《一个世界,众多声音》,UNESCO出版,1980年,第49页。

流通的著作,通常也就被举作代表了某项特定问题的'全球性辩论'"①。透过现象我们清楚看到的是,在"全球化"的今天,无论在经济贸易上还是文化交往中,实际上依然存在着严重的"西风压倒东风"②的差异。"事实上,任何一种显示出文化差异的东西都不可避免地带有帝国主义色彩。"显示出文化差异的东西,说白了就是由于其中存在支配(domination)他者的权力,即由欧洲狭隘民族主义—殖民帝国主义—文化帝国主义及其意识优势的欧洲中心话语权力;而被其支配的"他者",仍然是被殖民过的发展中国家与民族。

可见,历史和现实都再清楚不过地告诉我们,狭隘的民族主义、沙文主义、纳粹主义是必须彻底否定和反对的;欧洲的狭隘民族主义、殖民主义、帝国主义及其在当今的活性表现——欧洲中心话语权力是必须批判和警觉的。而对于过去被侵略、被殖民而今天仍处于不拥有话语权力的第三世界发展中国家来说,民族主义是同他们的争民族生存、争民族地位和争民族发展的正当民族权力联系在一起的,是不能作为如欧洲狭隘民族主义那样同等来加以批判和根除的。否则,就像釜底抽薪一样,不仅损害第三世界发展中国家的民族文学文化的振兴与发展,也会削弱世界多元文化间的平等对话和走向"跨世界化的文化途径"的"世界文学",还会继续强化那"顽固的欧洲中心倾向"的话语霸权及其"异化"魔力。

因为,拥有话语权力的欧洲和原殖民国家,同丧失话语权力的第三世界和原殖民地国家,在彼此进行对话的语境中,双方是处于不同的"异化"魔掌中的。使用的虽然是双方都须遵守和认同理解的言谈规则,然而这些"游戏规则"却是由拥有话语权力的前者所制定,也就是开始于殖民时代并出自欧洲民族主义—殖民主义的规范,经由殖民时代的历史而维系至今,使后者不得不去适应、去接受、去认同。全球化时代的广泛知识领域,包括科学、哲学、政治、经济、文学、宗教等,无不都隐性或显性地存在着其话语权力拥有者的意识范式及其视角。纵然不作任何价值判断的地理概念,亦然如此。例如对阿拉伯地区,中国传统的指称是"西域",但由于以欧洲眼光看是其近东、中东,我们现在也随之称"中近东";而对二次世界大战后在东京成立的审讯战犯机构,也同样随之称作"远东国际军事法庭"。凡此都像马

---

① 汤林森:《文化帝国主义》,冯建三译,时报文化出版企业有限公司,1994年,第29—30页。
② 吉列斯匹:《文化相对主义的意义与局限》,《中国比较文学通讯》1995年第3期。

克思所揭示的异化规律一样,都是"死者抓住生者"——"死的物质对人的完全统治"①。都是由过去的殖民时代造成并延续至"后殖民"时代今天的历史和现实的存在。不过同马克思所说的劳动的异化有所不同的是:劳动换成了话语,有产者换成了有话语权力者,无产者换成了无话语权力者。但有话语权力者同无话语权力者双方,通过"死者抓住生者"的语境——"游戏规则"所进行的话语活动,却仍然是同样的异化规定:既表现在话语活动的结果上,又表现在话语的行为中,而且还表现在话语活动本身。因此,有话语权力者,在更加肯定自我的同时,则更加否定无话语权力者的"他者";与此同时,无话语权力者的他者,在更加否定自身的同时,又更加肯定有话语权力者的对方;拥有话语权力的"自我"更增值其"自我"的"自我",而无话语权力的"他者"则更异化为"他者"的"他者";话语活动本身就是无话语权力的"他者"更边缘化,有话语权力的"自我"则更中心化。对无话语者来说,这是异己的话语活动,话语属于对方——拥有话语权力的欧洲和西方,这种话语活动是其民族自身的丧失。在这样的情况下,伯恩海默、周蕾等人还要说,在批判欧洲中心之前须加上"批判民族主义"的"前提",以实现"跨世界化的文化途径",就只能是一张极度夸张的讽刺画。因此,主张用"多元文化"比较研究来置换比较文学就能一劳永逸地解决"顽固欧洲中心",也就只能是给欧洲中心主义再添砖加瓦了。这正如美国的希伯尔斯教授,也在《多元文化主义时代的比较文学》一书中撰文所指出的:"欧美——或者全世界——的文学文化理论都是欧洲的理论,后者对多元观的理想也是带有欧洲特性的理想。"②

(二) 比较文学中的"顽固欧洲中心"

比较文学学科的历史和现状,也同样如此。尽管还在比较文学学科形成的早期,歌德就提出了"世界文学"的主张,一个多世纪来的西方比较文学家也一再重提这一理念,然而他们却忽视了歌德"世界文学"精神的真正所指。正如英国学者波斯奈特在20世纪90年代发表的《比较文学批评概论》一书中所说,"不可否认,所谓的'比较文学'通常被人误解",因为当今时代,欧美的学者还认为"世界文学

---

① 《马克思1844年经济学哲学手稿》,人民出版社,1985年,第42页。
② 查尔斯·伯恩海默编:《多元文化时代的比较文学》,霍普金斯大学出版社,1995年,第198页。

首先就是所有有价值的作品的总和,杰出的总集:它是世界性的文学名著"①。其实,"世界文学",按歌德的原意是要人们将视角越出欧洲语言文学的狭窄圈子而转向世界。歌德批评诗人马提森(1761—1831)自认为是诗神缪斯唯一宠儿的褊狭文学观,他指出,当德国人还在刀耕火种时,中国人已经在写小说了。他在比较分析了中国小说的"道德、礼仪、节制"这一使中国文明维持几千年并将长存下去的特点时说:"我们德国人如果不跳开周围环境的小圈子朝外面看一看,我们就会陷入上面所说的那种学究气的昏头昏脑。所以我喜欢环顾四周的外国民族情况,我也劝每个人都这么做。民族文学在现代算不了很大的一回事,世界文学的时代已快来临了。"②可是,歌德的这一要求,即跳开四周环境的小圈子去"环顾四周的外国民族情况",却在比较文学学科形成过程中,被当时"欧洲文学"研究的主流所淹没。

就在19世纪中叶,民族主义在欧洲从"正面"走向"反面"的时期,意大利的马志尼(1805—1872)就写了顺应欧洲时代潮流并名噪一时的《论欧洲文学》,他的视野完全就在欧洲之内而非歌德的"世界文学"。他在论述了欧洲各国文学文化的相互联系后强调:"单一民族的历史即将结束,欧洲的历史即将开始。"③由欧洲民族史,到欧洲民族的欧洲史,再到世界史,如弗郎西斯·约斯特所说:"世界文学和世界史从现代意义上来说是两个平行的概念。"④也就是说,比较文学没有走克服欧洲民族中心的"世界文学"之路,而是走的欧洲中心的世界史道路。诚如西方现代比较文学家库尔提乌斯在《文学研究导论》中所总结的:"西方文学组成了各国民族文学的历史共同体。这个共同体本身则体现在每一个民族文学之中。每一首抒情诗、每一部史诗或每一个剧本,不论其各自特点如何,都是部分地借鉴自共同的材料,并因此而使这一共同体得以巩固和永久。……文学运动和文学批评也证实了西方文学这个基本的统一体。比较文学建立在对西方文学的这一看法上。"⑤

---

① 弗·约斯特:《比较文学导论》,廖鸿钧译,湖南文艺出版社,1988年,第15页。
② 朱光潜:《歌德谈话录》,人民文学出版社,1980年,第113页。
③ 《马克思1844年经济学哲学手稿》,人民出版社,1985年,第13—14页。
④ 弗·约斯特:《比较文学导论》,廖鸿钧译,湖南文艺出版社,1988年,第14页。
⑤ 库尔提乌斯:《文学研究导论》,第5页;罗·克莱门茨:《作为一门学科的比较文学》,美国现代语言学会,1978年,第5—6页。

当比较文学正式成为一门学科以后,这一"病灶"也随之浸润进这门学科并烙上了深深的欧洲狭隘民族主义—欧洲中心主义的霸权胎记。写了第一本《比较文学史》的法国比较文学家洛里哀,在其书末的总结中说:"各民族力求扩充其语言和文学通行的范围。在欧洲各民族争霸的奋斗中,其主要的特征便是大家都用语言文字为竞争的利器,……各地重又将欧洲的军队、欧洲的思想,以至欧洲的风俗语言输入亚洲腹地。这是历史上欧亚两洲势力互相消长的大概。至于近世,则西方知识上、道德上及实业上的势力业已遍及全世界。亚细亚除极少数偏僻的区域外,业已无不开放。即使那极端守旧的地方也已渐渐容纳欧洲的风气。如是,欧亚两洲文化之渐趋一致,已属意中之事了。"①

一个多世纪以来的西方比较文学发展,这一欧洲中心痼疾也一直未能根除。无论是法国学派梵·第根的《比较文学论》,还是美国学派韦斯坦因的《比较文学与文学理论》,也无论是学科理论,还是实际研究,尽管比较文学研究的对象,从影响研究主攻的有交往关系的各国文学,拓宽到跨语言界、跨学科界的平行研究和跨学科研究,然而"其顽固的欧洲中心倾向"却始终未曾"放弃"。

权威的法国比较文学家梵·第根在 1931 年出版的《比较文学论》中说:"比较文学的对象是本质地研究各国文学作品的相互关系。在那么广泛的定义之下,如果只就欧洲而论,它便包含希腊拉丁文学之间的关系,以及从中古世纪以来近代文学对于古代文学所负的债,最后是近代各国文学之间的关系。"②全书所述,也确都限于欧洲文学之内,而欧洲之外的各国文学,压根就不在其视野之中。

时隔近半个世纪的美国著名比较文学家韦斯坦因,在其 1974 年出版的权威著作《比较文学与文学理论》中说:"对东亚和欧洲诗歌之间的比较究竟能显示什么最终事理……至多也只能得到一些被归纳为普通常识的基本特点。"③其视角依然限于欧洲。过了 10 年,当他来华讲学并亲身感受到中国比较文学的蓬勃生气后,他明确承认:比较文学"似乎是根深蒂固的欧洲中心主义","我们应记住,从历史上来说,我们的学科侧重于把自己的研究限制在欧洲"。并反省道:"这种观点长

---

① 洛里哀:《比较文学史》,傅东华译,商务印书馆,1931 年,第 461—466 页。
② 梵·第根:《比较文学论》,戴望舒译,商务印书馆,1936 年,第 61 页。
③ 韦斯坦因:《比较文学与文学理论》,印第安纳大学出版社,1973 年,第 8 页。

期一直在比较文学界流行,而我本人在我的书里也是持这种观点的,回想起来颇为后悔。"①

欧洲比较文学的实际研究,从最早的由贝茨收有2000个条目的《比较文学目录》(1897年),到20世纪60年代、70年代、80年代,由韦斯坦因、雷马克、费歇尔分别编纂的比较文学书目,也都主要限于欧美文学之内,涉及东方文学的论著,不是一无所有就是绝无仅有②。

而到了20世纪末,所谓后殖民时代的今天,这种情况已普遍引起国际学界的焦虑。西方不少学者也开始清醒认识到,之所以如此,正如美国东方学者柯文在其《在中国发现历史》一书中引用石约翰的断言:"只有西方'从来没有从外界观察自己'。"③并指出,必须打破欧洲文化范围的限制,方能破除欧洲中心。连国际比较文学学会名誉会长佛克马教授也承认:"总之,跨文化的检验——对结果的检验曾过久地被限制在一种文化范围之内,现在它已经扩展到世界范围——会为我们对科学假设普遍有效性的期望提供一个基础。"④近年来活跃于国际学坛,并广有影响的英国学者波斯奈特进而提出:"现在已到了我们确认比较文学的后欧洲模式的时候了,应重新考虑文化认同、文学经典、文化影响的政治含义、时期划分和文学史等关键问题,并坚决摈弃不顾历史的美国学派和形式主义研究。"⑤

倘若我们能跳出形而上的二分对立观,就不难发现,作为客观历史存在的欧洲中心同作为各种显性或隐性帝国主义意识的欧洲中心主义,就如同作为客观历史存在的民族主义生存权同作为唯我独尊的狭隘民族主义信念一样,是应当给予区分的。因为历史形成的欧洲中心,是它发展过程中吸取各民族文化文明的客观存在,其优秀部分是属于人类文化文明的共同财富;这就如同古代历史上,灿烂的中华文化曾独领风骚,也就因为她不断吸取和融汇异域他族文化文明的成果,并成为人类共同的财富一样。优秀的文化文明来自全人类也属于全人类,正如比较文学

---

① 孙景尧:《新概念 新方法 新探索》,漓江出版社,1987年,第30页。
② 雷马克:《比较文学的方法和前景》,伊利诺伊大学出版社,1971年,第27—57页;韦斯坦因:《比较文学研究1968—1977年的可靠报告》,伯尔尼出版社,1981年;费歇尔:《比较文学的理论与历史:1977—1981年书目选》,载《比较学者》,1982年。
③ 杜·佛克马:《认识论问题》,《问题与观点》,百花文艺出版社,2000年。
④ 苏珊·巴斯奈特:《比较文学:一个批评的导论》,布莱科威尔出版公司,1993年,第41页。
⑤ 柯文:《在中国发现历史》,林同奇译,中华书局,1997年,第79页。

家韦斯坦因所说:"接受影响并不可耻,就像输出影响并不光荣一样。"①这句话是很有哲理性的,它是建立在人具社会性、其彼此间交流与对话是永恒的这一历史现实基础上的。因此,提倡什么、反对什么,学人家什么和自己干什么,是不能盲目跟着西方学界时尚跑的。笼统地要么反欧洲中心,要么反民族主义,这种既割断历史,又脱离实际的现代非此即彼怪病,是不利于我们正常思考和学术健康发展的。在这个问题上,我们也应当多些亦此亦彼的辩证思考方好。

1999 年初稿于姑苏
2002 年改稿于沪上

(本文原载《郑州大学学报》2003 年第 4 期)

---

① 韦斯坦因:《比较文学与文学理论》,印第安纳大学出版社,1973 年。

"进一步、退两步"还是再反思、再认知
——从美国对比较文学独立学科性质的一种新说谈起

比较文学的学科性质,即什么是比较文学,一个多世纪以来,随着学科的发展和理论的更新,对其拷问与反思就从未间断过。早在比较文学学科诞生不久的1903年,意大利的克罗齐就著文质疑:"什么是比较文学?"①经过两次世界大战后的1958年,美国的韦勒克也说"比较文学仍然是一个引起争论不休的学科和理念"②。直到20世纪末的1993年,英国的苏珊·巴斯奈特仍说,学者早晚都不可回避要回答"什么是比较文学"③。但到了新世纪的2004年,每十年一度的美国比较文学协会的新报告里,该报告的撰写者、斯坦福大学的苏源熙教授则变换了拷问:"比较文学的对象是什么?"④从"比较文学是什么?"到"比较文学的对象是什么?",对比较文学学科性质的新说是前进了一步,还是后退了?我们究竟怎样认识比较文学这门独立的文学研究学科?看来这仍是一个须再反思与认知的学科基本问题。

一、"进一步、退两步"的新说

苏源熙说:"比较文学专与(对象的)特性和关系打交道:关注对象的特性并

---

① Renè Wellek, *Discriminations: Further Concepts of Criticism*, New Haven: Yale University Press, 1971, p. 1.

② Ibid.

③ 苏源熙:《关于比较文学的对象与方法》(上),载《中国比较文学》2004年第3期,第12页。

④ 同上。

由此超越各种既定的话语模式和新解读方式在对象间创建的各种关系。"①其所说的比较文学对象的"特性和关系",尽管启用了当今通行的新术语及其表述方式,但其对研究对象的认定,同先前的认识并无二致。例如,基亚和雷马克——两位足以代表"法国学派"和"美国学派"(如果可以这么划分的话)的比较文学家,他们针对"比较文学是什么"的回答,就说到了"特性和关系"。前者说"是国际文学关系史",后者说"是超越一个特定国家界限的文学研究"和"文学为一方与别的知识、信仰领域为另一方的关系研究"②。

基亚对其所主张的"国际文学关系史"的内容,亦即比较文学的研究对象作了如下的阐释:"两种或几种文学之间在题材、观念、作品或情感的众多交流。"③而雷马克的定义所指的研究对象,其范围更广。因为超越一国的"文学研究",就涵盖了有交流、无交流的所有一国以上的文学对象了;非但如此,其所要求的关系研究,还扩展到了文学与其他的知识与信仰领域。对此,1976 年,他在布达佩斯第八届国际比较文学大会的讲演中说得非常详细:"首先,它通过对属于两个或两个以上文化体系和语言体系的具体作家、作品、文类、潮流、运动、时期的比较分析与综合,将文学结构的一般原理明确展现或作批评。""其次,比较文学通过类比、对照和因果关系的研究,对两个或两个以上文化体系中的历史时期、文学运动、文学潮流、流派、主体和文化特征作归纳性的总和。""第三,通过对两个或两个以上不一定有因果关系的作品和论著所进行的精心的平行研究,以加深人们对这些作品的语言和文化方面的理解。""第四,比较文学要研究被韦勒克称之为某些作品的'外贸关系'……这类工作基本上是历史性的、独立的一部分。""第五,比较文学旨在对上述四方面内的一切进行跨学科研究。"④可见,他们在回答比较文学研究对象是什么的同时,都强调了跨越语言、民族、国家、学科和文化等界限的文学关系及其特性。

不过,苏源熙同基亚、雷马克不同的是,他还断言"本学科在学术体制内的独立

---

① Robert J. Clements, *Comparative Literature As Academic Discipline: A Statement of Principles*, *Praxis*, *Standards*, New York: Modern Language Association, 1978, p.5.
② Ibid.
③ Ibid.
④ 孙景尧:《新概念 新方法 新探索》,漓江出版社,1987 年,第 109—110 页。

性也有赖于此"①。努力探讨比较文学学科的"独立性",是无可非议也是大家孜孜以求的,就此而言,苏氏的新说可算"进一步"了。尤其在面临"大讲理论、大讲跨学科的多媒体文化研究时,比较文学也就有丧失自己本身特性的危险"②,于是提出"重新考察'文学性'观念,以新的视角重返具有新意和新见解的文学研究"③,这无疑是反思美国比较文学现状的一大收获与进步,但平心而论这只是对理论大潮和泛文化研究等侵袭学科的"拨乱反正"。而恰恰在此,他的新说又"退两步"了。

其一,如果仅以比较文学的研究对象为准,那么在"全球化"的今天,不必标上"比较文学"印记的文学史或文艺学研究等,也可以论及"超越各种既定的话语模式"的研究对象,也会作"新解读方式在对象间创建的各种关系",因此仅以此为准,依然重又回到以往拷问的起点,因为,人们完全可以比较地拷问:国别文学、文艺学或其他文学研究的对象,难道就一无跨越界限之处吗？同样,其他的比较研究学科,如比较文化、比较宗教学、文艺心理学,乃至"区域研究"等,其跨越界限都自不待言,难道它们就同文学完全绝缘吗？美国哥伦比亚大学教授斯皮瓦克指出:"一门从事区域研究的学科和那些社会科学的学科,它们总是企图借助小说的力量。"④

诚然,研究对象的认定,对许多学科都可视为其基本事实的定性问题,如研究昆虫的昆虫学,研究水稻的水稻学,它们的研究对象是确定的、专有的,并构成其与众不同的基本事实与内容,也因此决定了其为一门学科。然而,比较文学研究的对象是文学,即文学作品、文学家、文学思潮、文学史、文论、文学批评、中国文学、外国文学、文学与其他学科关系等,在我国现行学术建制中(也包括美国等),它们都分别有文艺学、中国文学、外国文学或国别文学、文学批评、文学理论,或者其他学科作其研究对象或部分的研究对象,即使是跨学科的文学与心理、与宗教、与文化等关系,则也有文艺心理学等的学科在研究。所以,从逻辑上看,只谈其研究对象,那么比较文学同其他文学学科,以及其他比较研究学科的研究对象,是交叉关系,而非全异关系或排斥关系。所以,一味依赖其研究对象来决定我们的学科性质,在"认识论"上,恐怕其研究的性质范围和前提条件及其所要求的一般可靠性,尚难

---

① 苏源熙:《关于比较文学的对象与方法》(上),载《中国比较文学》2004年第3期,第12页。
② 张隆溪:《从外部来思考》,载《中国比较文学》2004年第3期,第4页。
③ 同上书,第5页。
④ Gayatri C. Spivak, *Death of A Discipline*, Columbia University Press, p.49.

与其他文学研究和比较研究学科区分明确,也难以获得其特有的性质与独立的身份。也就是说,只有其研究对象,既与其他文学研究,又与其他比较学科有所区别,它方能是必要的并又是充分的条件。

其二,基亚、雷马克等所强调的比较学者必备的跨越语言、民族、学科、文化等界限的特有"知识装备",苏氏新说又比之后退了一大步,而这又恰恰是比较文学独立并特有的"特性"和要求。

半个世纪前,法国比较文学家基亚就指出,"比较文学者站在语言和民族的边缘,审视两种或多种文学之间在题材、思想、书籍或感情方面的众多交流。他的工作方法就要与其研究内容的多样性相适合。必要的装备,对他是必不可少的。他必须知晓几种文学,他必须懂几种语言,他必须知道如何找到必不可少的书目索引"①。定义中的"站在语言和民族的边缘"和"审视两个或几个文学中题材、观念、作品或情感的交流",无不都是强调比较文学研究的"跨界视野"特点;而所提出的"工作方法"和必要"装备",也正是基于其"跨界视野"而与"研究内容""相适合"的必备条件。同样,雷马克的定义也是如此,正因为雷马克认为比较文学研究"是一个非常必要的辅助学科,是连贯各片较小的地区性文学的环节,是把人类创造活动本质上有关而表面上分开的各个领域联结起来的桥梁",而且还有"比较文学学子必不可少去找到"的专业书目,因而论文集的编者极有眼光地将其论文收为首篇,并冠其书名为"比较文学:方法和视野"②。

事实上,"比较文学研究对象"同"比较文学"并不相等,前者只是比较文学学科中的部分(种)概念,后者是比较文学学科的总(属)概念。苏氏新说的"退两步",其退就退在以前者置换了后者,少掉了"比较文学:方法和视野"。而这又恰恰是至关重要的比较文学对象的特性和比较文学研究的特点。

对视野,不少国内外学者的认识倒相当清晰并从未忽视。现任教于复旦大学的杨乃乔教授就认为,是"比较视阈"(perspective,亦即视野)"构成比较文学研究安身立命的基点——本体",并引用哥伦比亚大学已故比较文学教授赛义德的话:

---

① Robert J. Clements, *Comparative Literature As Academic Discipline: A Statement of Principles, Praxis, Standards*, p. 5.
② Henry H. H. Remak, Comparative Literature: Its Definition and Function, in Newton P. Stallknecht and Horst Frenz, *Comparative Literature: Method and Perspective*, Carbondale: Southern Illinois University Press, 1973.

"比较文学的构成及其初衷是为了获取一种超越自己民族的视阈(perspective),把眼光投向整体而非本民族文化、文学和历史抱残守缺的那一点点东西。"①这从比较文学学科形成的缘由上,揭示出比较文学研究对象与众不同的特点和性质。当然,人们还可再拷问:比较文学是本体论学科?还是认识论或方法论学科?或者三者都是?也许还会有别的答案,但将"视野"认作比较文学学科的"安身立命的基点",则是说到了关键之一。也正是这一基点,使其不仅研究对象须"跨界",包括苏源熙讲的"专与(对象的)特性和关系打交道",而且其研究方法和"知识装备"也随之要求与之"相适合"。

因为,跨界视野,就是指落实为比较文学研究必须具备的跨界"知识装备",即至少如基亚所说"他必须知晓几种文学,他必须会用几种语言,他必须知道如何找到必不可少的书目索引",循此也才真正能进行与众不同的比较文学研究。陈寅恪、钱锺书身体力行的融通或循环研究,就因为他们学贯中西、博通古今,他们的论著不必标上比较文学也是比较文学研究,否则就是标上比较文学也未必就是比较文学研究。对此,我们不必展开更多的论说,因为具有跨界的"知识装备",则就拥有了研究跨界文学关系的"权力"或叫"力量",如培根早就说过的:"知识就是力量"。

其实,无论是"法国学派",还是"美国学派"或是当今的比较文学者,其对视野及其知识装备的要求,是从不含糊的。早先的法国影响研究,是旨在研究"国际文学的关系史"②,梵·第根说:"一个国家的文学史家要把他的研究延长并推广到其他各国文学中,去发现或追求他所研究的作品底连续和归结,那是绝对不可能的事。他不得不去求教于那些学识超于他所知以外的专家们。……那些专家就是比较文学史家……"③20世纪60年代,美国的雷马克教授也同样如此:"不仅把几种文学互相联系起来,而且把文学与人类知识与活动的其他领域联系起来,……也就是说,不仅从地理方面,而且从不同领域的方面扩大文学研究的范围。"④直到20世纪末,仍然如此。英国女学者波斯奈特博士,在她《比较文学批评导论》一书的开

---

① 杨乃乔:《比较文学概论》,北京大学出版社,2002年,第106—107页。
② 基亚:《比较文学》,颜保译,北京大学出版社,1983年,第4页。
③ 梵·第根:《比较文学论》,戴望舒译,商务印书馆,1937年,第43页。
④ Henry H. H. Remak. Comparative Literature: Its Definition and Function. in Newron P. Stallknecht and Horst Frenz, *Comparative Literature: Method and Perspective*, p. 8.

头就说:"对什么是比较文学的简明回答是,比较文学是关于跨越两个以上文化的文本的跨学科研究,也是对跨越了时空的两个以上文学相关模式的关系研究。"①突出了跨越"文化"和"时空"以及"文学相关模式"的特点。应当指出,即使苏源熙本人也认识到跨越界限的必要性,他说:"比较文学需要突破这些限制,时时记住它承诺要抛弃的民族、国家界限并不仅仅是在一片相连的土地上随意划出的线条。"②

然而,苏源熙的新说,仍然不如他同辈反思的深刻,也不如他前辈认知的正确。美国哥伦比亚大学教授斯皮瓦克,不仅强调"比较文学必须总是跨越界限"③,而且还尖锐批评"至今比较文学仍是欧美文化主导的一部分"④。因而她极力主张应"跨学科"界限,并尤其要跨越西方对他者"想象物"的局限⑤。而任美国比较文学协会会长的达姆罗什,则明确地将之与知识装备相连,并指出,"难道比较文学家注定难有作为:在本土研究上,我们的知识装备比不上国内文学研究专家,而面对着文学研究的全球化扩展,越来越超出自己的把握",而这个就是"担心自己难有作为成了当今比较文学的心病"⑥。

美国老一代比较文学家雷马克,在2002年著文强调:"从不同的文化视野比较研究整个文学作品,大体上是比较文学的关键。"⑦在此,毕生从事研究比较文学的雷马克,他将跨越"文化视野比较研究"定格为"比较文学的关键",可谓"睿智卓见"。

因此,跨界视野及其知识装备,既是比较文学对象的特性,也是比较文学学科的特有要求和必备条件,也就理所当然成为学科独立的必要和充分条件之一。

二、再反思与认知"可比性"

应当看到,"比较文学学科研究的对象是什么"同"比较文学学科研究的特点

---

① Susan Bassnett, *Comparative Literature: A Critical Introduction*, Blackwell, 1993, p. 1.
② 苏源熙:《关于比较文学的对象与方法》(上)。
③ Gayatri C. Spivak, *Death of A Discipline*, Columbia University Press. p. 16.
④ Ibid., p. 25.
⑤ Ibid., p. 7、92.
⑥ 达姆罗什:《比较文学的问题与选择》,载《中国比较文学》2003年第4期,第25页。
⑦ Henry H. H. Remak, *Origins and Evoution of Comparative Literature and Its Interdisciplinary Studies*, Neohelicon XXIX (2002)1.

是什么"也是不相等的。前者是拷问比较文学的研究对象即其内容的外延,后者是拷问比较文学作为一门独立学科的研究特质,即其研究的内涵。因此,弄清楚比较文学"比较"的研究特质,是认识比较文学学科性质的又一重要问题。对此,已故的前国际比较文学协会会长、原美国普林斯顿大学教授迈纳生前就认为应明确:"正确的比较以什么为基础?什么样的规律支配着现有材料而作为比较的标志?"[1]同时,他对美国比较文学界多少有些忽视这一问题,不无伤感地说过:"令人失望的是,比较学者们完成的研究课题很少进行真正的比较。我们未能在这门学科的诞生之初研究比较的规则则更是一件奇闻。"[2]

不过,法国的比较文学家倒与此相反,前有著名的比较文学家艾琼伯说:"和我一样,雷内·韦勒克没有忘记,在'比较文学'中有'比较'一词,但和我一样,他也相信,另一个词'文学'是不应被忘记的。"[3]今有索邦大学的谢菲尔教授肯定地认为:"我们是主张比较文学有其所属的特定方法论的。"[4]

应该看到,比较文学作为一门人文学科,其同自然科学研究不同的普遍性是,研究者的学理假设或认识论述,是不能证伪,也不能作纯客观检验的。这是由人文学科研究对象的特点以及比较文学研究"特定的方法论"所决定的。

就其研究对象而言,文学的研究对象是同自然科学的研究对象不同的。自然科学的研究对象是客观存在的客体。如自然科学所研究的水,无论是大江大河的水,还是山溪池塘的水,都是由2个氢原子和1个氧原子组成,其中既不包含人的主观意识,也不顾及科学家的好恶情感。但文学作品中所写的水,却是饱含着作者主观意识与情感在内,而且还要求独辟蹊径。李白《将进酒》的首句"君不见黄河之水天上来,奔流到海不复回",可谓豪情满怀、汹涌澎湃。而他的《渡荆门送别》中的"仍怜故乡水,万里送行舟"则又是"辞别远游"的恋怜之情了。凝聚在文学中的作者主观思想感情,甚至可以更改客观已知的科学认识,而为人的主观意识或传统认识所左右。中国传统文学描写男女相爱总比之以鸳鸯,因为雌雄鸳鸯一旦丧

---

[1] 昂热诺等编:《问题与观点》,史忠义等译,百花文艺出版社,2000年,第220页。
[2] 同上书,第222页。
[3] 干永昌等选编:《比较文学译文集》,上海译文出版社,1985年,第107页。
[4] Yves Chevrel, *Comparative Literature Today: Methods and Perspectives*, translated from the French by Farida Elizabeth Dahab, Kirksville: The Thomas Jefferson University Press, 1994, p.3.

其伴侣,存活下来的要不了几天就随之死去,以此喻示情侣的难舍难分。但事实上,科学告诉我们,生物界雌雄动物难舍难分到须臾不能分离的"冠军"是血吸虫而非鸳鸯。然而无论是作家的创作还是读者的接受,都仍然以鸳鸯作比,而绝不会去说两人相亲相爱就像血吸虫一般。至于不同国家和民族的文学,对同一事物的不同审美感受,则更能说明这点。中国视孔雀为美,用来赞美女子是褒奖有加;但法国说某女子是孔雀,则有"淫荡女人"之嫌。可见,文学不像自然对象那样"纯客观",也不像自然科学那样,给人的是关于客体存在的客观知识;文学给人的是思想情感的主观体悟和社会人生的内涵认知,钱穆称之为"内涵真理"。

与此同时,就研究者的必备学理假设而言,自然科学与文学研究也是大不相同的。自然科学的假设和理论,是可以被检验、被证伪的。大家熟知的第二次世界大战期间,美德两国研制原子弹一成一败就是一个例子。两国科学家的假设和理论都一致,都用石墨做反应堆的实验:美国做成了,并进而制造出了原子弹;而德国未做成,当时不知其用的石墨是被人掺杂做了"手脚"的,反倒因实验失败而放弃了其理论和假设,最终使原子弹研制计划流了产。

但文学研究与自然科学研究不同的是,文学研究者不仅不排除其主观意识,而且,学者们总是依据已有的文学知识、理论认识和前人文献等,作为其研究文学的学理假设依据并要求"避免老生常谈"[①],进而作言之有据、言之有理的分析论述,以证明自己的"一家之说",给文学认识的王国增添"新的版图"。一部《诗经》,总共只有 305 首诗,其中的"国风"才 160 篇。可是两千多年来,研究它的论著可谓汗牛充栋,不可胜数。其开首的《关雎》一诗,是只有短短 80 个字写男子追求女子的情歌,但历朝历代的研究者,从其封建教化的主观意识出发,将其与历史配合,寻求伦理认识。西汉时有说是王教之端,有说是刺时之作,较后的毛郑之学,则说它是"后妃之德也"。直到宋代的经学大师朱熹,尽管他认为《诗经》中的国风 160 篇,是"男女相与咏歌,各言其情者也",但他仍然说《关雎》是"此纲纪之首,王化之端也"。同样,欧洲对《圣经·雅歌》的研究认识也是如此。明明是一首热烈肉感的以色列情歌,但从犹太拉比们开始,从其宗教信仰的主观意识出发,将其说成是神圣的启示,是"圣中之圣";后来神学家的研究阐释,更是将其说成是欲表基督教徒

---

① 苏源熙:《关于比较文学的对象与方法》(上),载《中国比较文学》2004 年第 3 期,第 14 页。

对耶稣关系的认识,一次又一次地将其神圣化为最具奥秘隽永真理的说教。

比较文学的研究也同样需要学理假设,从梵·第根到谢菲尔都强调:"正如在许多别的学问中一样,对于比较文学家的工作,假设往往是必要的。"①"比较文学乃是治学方法,是检验众多假设和研究文本之道。"②但与一般文学研究假设所不同的是,比较文学是将跨语言界、跨国界、跨文化界和跨学科界的文学关系作为自身的研究对象,随之也必须具世界文学和总体知识视野(作为个人未必能行,但作为学科理当如此)的预设理念和视角标准等,从而成为其研究的特定学理假设内容,使之"自觉自由"地进行多种文学或多门学科及文化的相互参照和研究探索。

正因此,比较文学一个多世纪以来的发展历程,对比较文学特定研究方法的探究,也就被比较文学家一提再提并一论再论。早在20世纪30年代,法国的梵·第根就论述道,"总之,'比较'一词应该摆脱全部美学的含义,而取得一个科学的含义",以使比较文学具有"历史科学的特质"③。美国比较文学耆宿雷马克,二战之后,在其《比较文学的定义和功用》中,也具体阐述了如何解决跨学科比较研究的"难以确定"的"比较性"④。而迈纳则早在80年代首届中美双边比较文学讨论会上,就明确提出"'比较'的含义是什么?"并进而发问:"'可比性'的界限(或原则)究竟在哪里?"⑤到了1989年,他在《跨文化比较研究》一文中,强调指出:"今后,凡是从事跨文化比较研究的学者们必须掌握可比性的原则,这是基本的知识。"⑥同样,法国的谢菲尔认为:"方法是'前人之道'。无论如何,比较研究依据的是基于方法论的理念",这理念就是"文学的比较科学"⑦。从"比较"的"科学含义"和"特质",到"比较性""可比性",充分反映了学者们对比较文学研究特有方法论的

---

① 梵·第根:《比较文学论》,戴望舒译,商务印书馆,1937年,第60页。
② Yves Chevrel, *Comparative Literature Today: Methods and Perspectives*, translated from the French by Farida Elizabeth Dahab, Kirksville: The Thomas Jefferson University Press, 1994, p.1.
③ 梵·第根:《比较文学论》,戴望舒译,商务印书馆,1937年,第17页。
④ 北师大比较文学研究组:《比较文学研究资料》,北京师范大学出版社,第6页。
⑤ 厄尔·迈纳:《比较诗学:比较文学理论和方法论上的几个课题》,鲁效阳译,《中国比较文学》1984年第1期,第249—275页。
⑥ 昂热诺等编:《问题与观点——20世纪文学理论综论》,史忠义等译,百花文艺出版社,2000年,第222页。
⑦ Yves Chevrel, *Comparative Literature Today: Methods and Perspectives*, translated from the French by Farida Elizabeth Dahab. Kirksville: The Thomas Jefferson University Press, 1994, p.1, p.74.

探索和共识，并不断总结和积累为比较研究可比性的学理逻辑假设依据。

以通常所说的"影响研究"可比性为例，一开始它就如梵·第根所说："对于用不相同的语言文字写的两种或多种书籍、场面、主题或文章等所有的同点或异点的考察，只是使我们可以发现一种影响、一种假借以及其他等等，并因而使我们可以局部地用一个作品解释另一作品的出发点而已。"① 后来的比较学者发现，仅有影响还不足以完成文学交往的全部"事实联系"。如迈纳教授所说："通常所说的'影响'意味着甲把某种东西送给乙，而实际上谈论接受更准确一些，乙选择来自甲的某种东西。"② 至20世纪末，谢菲尔将之总结为，"接受研究与影响研究二者互补，后者需要前者"，以及"促成文化转换"必不可少的"传播媒介"③。因此，比较文学对国际文学交往关系研究的可比性，就落实在影响类型、接受方式和传播媒介途径上。国际文学之间的关系，直接也罢，还是经由其他学科的间接也罢，总是在正、负、反等矢量方向上，或是在影响的性质和程度方面等等，组成各种文学史的同源性的"事实联系"之"网"。正因此，迈纳说"首先要提出的一种同源关系"，并应对此作"深入探讨、发掘关于同源关系的主要原则"④。依此研究之道，方能如谢菲尔所总结的："比较文学者总是面对深奥的他者文化，不管自己是否喜欢或是否属于同一文化，但经过其细致的研究审视，则拥有更多的认识对方作品的理由，并最后更好地认识自己。"⑤

后起的美国学派对"可比性"的认识，也同样如此。雷马克举例阐释道："只有把史学与文学作为研究的两极，只有对历史事实或记载及其在文学上的应用进行比较和评价，只有在合理地作出了适用于文学和历史这两种领域的结论之后，才算是'比较文学'。讨论金钱在巴尔扎克《高老头》中的作用，只有当它主要探讨一种

---

① 梵·第根：《比较文学论》，戴望舒译，商务印书馆，1937年，第17页。
② 昂热诺等编：《问题与观点——20世纪文学理论综论》，史忠义等译，百花文艺出版社，2000年，第208页。
③ Yves Chevrel, *Comparative Literature Today: Methods and Perspectics*, translated from the French by Farida Elizabeth Dahab. Kirksville: The Thomas Jefferson University Press, 1994, p.31.
④ 厄尔·迈纳：《比较诗学：比较文学理论和方法论上的几个课题》，鲁效阳译，《中国比较文学》1984年第1期，第249—275页。
⑤ 昂热诺等编：《问题与观点——20世纪文学理论综论》，史忠义等译，百花文艺出版社，2000年，第2页。

明确的金融体系或思想意识如何渗进文学作品中时,才具有比较性。探讨霍桑或麦尔维尔的伦理或宗教观念,只有涉及某种有组织的宗教运动(如伽尔文教派)或一套信仰时,才可视为比较性的。"①前不久他又说:"跨学科、跨国界和近来跨文化研究的前提是一致的:那就是寻找、分析和总结彼此的差异、姻亲关系和相互影响。"②因此,其研究的可比性就落实在理性的"功能标准"上。同样,也如钱锺书先生所说的,去研究获得"东海西海,心理攸同;南学北学,道术未裂"的"打通""文学文心"③的规律认识。

可见,比较文学可比性,是基于跨语言界、跨国界和跨学科界的研究对象和视野知识,又服务于学科宗旨及其任务的学理逻辑假设,是随着比较文学研究的发展而不断丰富并愈益有效的,也是比较文学的比较之所以使学科名实相符的特定研究之道。

总之,跨界的文学关系——研究对象,跨界的视野——"知识装备",与之"适合"的研究方法——可比性学理逻辑假设,三者组成了密不可分的互存互动的既充分又必要的条件,从而使比较文学成为与众不同的独立文学研究学科。在此,再重温艾琼伯教授——这位"欧洲汉学第一人"的著名比较文学家的名言,是有益于我们再反思和再认知的:"和我一样,雷内·韦勒克没有忘记,在'比较文学'中有'比较'一词,但和我一样,他也相信,另一个词'文学'是不应被忘记的。"④

(本文原载《上海师范大学学报》2007 年 2 期)

---

① 北师大比较文学研究组:《比较文学研究资料》,北京师范大学出版社,1986 年,第 6 页。
② Henry H. H. Remak, *Origins and Evolution of Comparative Literature and Its Interdisciplinary Studies*, Neohelicon XXIX(2002)1.
③ 郑朝宗:《〈管锥编〉作者的自白》,《人民日报》,1987 年 3 月 16 日。
④ 干永昌等编选:《比较文学研究译文集》,上海译文出版社,1985 年,第 107 页。

"垂死"之由,"新生"之路

——评斯皮瓦克的《学科之死》

20世纪末,西方学界此消彼长的理论声浪尚萦绕耳际,而当下"理论终结"或"理论死亡"的喧哗又骤然而至。就在这新桃换旧符的2003年,如果说,著名的英国文化批评家特里·伊格尔顿的《理论之后》(*After Theory*),还只是"理论死亡"的呼应之作;那么,名声仅次于赛义德的当代后殖民批评家、哥伦比亚大学比较文学教授、美籍印裔学者佳亚特里·斯皮瓦克,她于同年出版的《学科之死》(*Death of A Discipline*),则似乎就是声讨传统比较文学学科的死亡檄文了。《学科之死》在西方学界所引起的强烈反响及轰动效应,一点也不亚于她于20世纪末出版的另一著作《后殖民理性批判》(*A Critique of Postcolonial Reason: Toward a History of the Vanishing Present*)。但学者们透过其颇为耸人听闻的标题"学科之死",还是看到了其主旨所在:"比较文学死亡了吗?我们已经看到其理论的终结了吗?如果不是,这门学科目前处在什么状况?它的发展前景如何?"①

斯皮瓦克的挚友,美国加州大学伯克莱分校的修辞学兼比较文学教授朱迪斯·巴特勒评价该书的最终目的:"并非是要宣布比较文学学科的死亡,而是迫切地要为此学科领域绘制一幅要求苛刻的未来蓝图,它指出此学科与区域研究融合的重要性,并为研究非主流写作提供了一个基本的伦理框架……极少有'死'能给我们如此多的灵感。"②哥伦比亚大学的比较文学荣誉教授让·弗兰科也称赞此书

---

① Oliver Lubrich, Comparative Literature-in from and beyond Germany, in *Comparative Critical Studies 3*, 1-2. BCLA, 2006, p.47.

② Gayatri C. Spivak. *Death of A Discipline*, New York: Columbia University Press, 2003, back cover.

"给人希望,而非大唱挽歌。斯皮瓦克教授让我们能够想象出一门从其传统的民族阵地中逃离出来的包罗广泛的比较文学学科,一门跨越界线的学科;这门学科要依靠细读才更得磨炼,由此鼓励人们增强语言能力,包括通晓种种被视为'积极的文化媒介'的南半球语言"①。英国比较文学学者托马斯·杜克赫蒂谈到此书时说,斯皮瓦克"看到了当代比较文学研究的起源,并暗示了寻求文化可比性的期望。也就是说,尽管她也主张理论立场和理论方法的本质差异,但仍坚持要求有一个有根有据的可比性"②。德国学者奥利弗·鲁布瑞茨对斯皮瓦克其人其书的评价是,"斯皮瓦克在回顾了益格鲁-撒克逊大学中各种学术潮流(文化研究,伦理研究,区域研究等)之后,看到了她所认为的最有前景的方法论组合,她建议把比较文学和区域研究结合起来,从而形成人文学科和社会科学之间的联盟。(据她所言,比较文学的任一部分若拒绝参与这一复兴的过程,将会面临灭绝的威胁……)"③。综合上述学者的评论可见,《学科之死》一书,其实并非是给比较文学学科盖棺定论,而是主张从其传统旧学科内部革新,从而使其新生,因此,与其说它是一部宣告比较文学学科的"死亡之书",倒不如说是一部"新生之书"。正如斯皮瓦克本人在书的"致谢"中所说,"我希望本书被当作一门垂死学科的最后喘息来读。奄奄一息终归胜过死寂无声",但"我为'新的比较文学'(a new comparative literature)呐喊的迫切呼声从未改变"④。

可见,该书对我们重新审视西方比较文学特别是美国比较文学的"垂死"之由、"新生"之路,并进而反思我们的比较文学发展,是有他山之石的参考作用的。

《学科之死》明确认定美国比较文学正在"衰落"或者说"垂死",并认为其首要缘由,应归于它的两个共生的先天性"疾病":其一为比较文学在"跨界"(crossing borders)过程中的"有限渗透性"(restricted permeability)⑤问题。其二,只要比较文学仍是欧美文化主导权势的一部分,便永远具有其对人的不可判定性的恐惧(the

---

① Gayatri C. Spivak. *Death of A Discipline*.
② Thomas Docherty, Without and Beyond Compare, in *Comparative Critical Studies 3*, 1-2, BCLA, 2006, p. 31.
③ Oliver Lubrich, Comparative Literature-in from and Beyond Germany, in *Comparative Critical Studies 3*, 1-2, BCLA, 2006, p. 47.
④ Gayatri C. Spivak, *Death of A Discipline*, p. xii.
⑤ Ibid. , p. 16.

fear of undecidability in the subject of humanity)①。

对于"跨界"的"有限渗透性"问题,斯皮瓦克指出,"比较文学必须一直跨越界线。而跨越界线,德里达一直引用康德对我们的告诫,是一件麻烦的事。……从宗主国出发可以轻易地跨越界线,反之,若从所谓的边缘国出发却会遭遇官僚政治或警政管辖所设的边境,两者合在一起则更难跨越。尽管全球化的影响全世界都能感受到,尽管尼泊尔的村庄也装上了卫星天线,但与之相反并永不可能实现的是,日常文化细节、生活状况以及沉积多年的文化习俗等的影响,都无法在拥有卫星的国家出现"②。言下之意,比较文学"跨界"过程中的"渗透",只是一方对另一方的渗透,而非双向平等的"渗透"。对此,斯皮瓦克又进一步采用玛丽莎·孔戴(Maryse Condè)小说《赫尔马克霍恩》(*Hèrèmakhonon*)中的内容及其翻译用词,给予读者一个"有限渗透"的典型例子:西非下层民众,特别是妇女不可能知道诸如富拉尼人(Fulani)、托克罗尔人(Toucouleur)等众多非洲种族和非洲语言,关于这些,只有受过学院教育的人才知道;而且小说英译文中的"Fulani"和"Toucouleur"并非是对非洲"两"个种族的恰如其分的指称,因为这两个词都译自法文的"Peul"和"Toucouleur",是19世纪的法国人种志学者用来划分"一"个叫"Fulbe"的非洲土著种族的,后来的英国旅游者则把这个种族称作"Fulani"。严格说来,英文"Fulani"一个词就已包括法文的"Peul"和"Toucouleur"。可见,仅在几种语言的固有名称的变化中,特别是从法文到英文的翻译中,就沉淀着一段关于边缘种族"变迁"的历史③。可以说,全球文化的渗透是有限的,不均衡、不对等的渗透,一直存在的实际情况是,西方"宗主国"有权对"边缘国"的种族和语言作人为地划分和命名,并在西方国家语言间的翻译中对它们作任意地删减或增添。他们可以为全世界"制图",而不是相反。比较文学向来由欧美"民族"组成,并以欧美民族语言为基础,这一先天性特点使得它在"跨界"时,特别是跨出欧美界线时困难重重、举步维艰。斯皮瓦克辛辣地指出:"对于新的非洲世界(the New World African)而言,原有的未经划界的非洲只能作为背景存在,而对比较文学来说,它根本就不存在。"④

---

① Gayatri C. Spivak. *Death of A Discipline*, p. 25.
② Ibid., p. 16.
③ Ibid., p. 16-18.
④ Ibid., p. 19.

比较文学所竭力主张的跨界本身已经问题重重，而对于"人"的切实判定问题——"我们"是谁，他者眼里的"我们"如何，"他们"又是谁——使得事情更加复杂、边界更加模糊也更难跨越。斯皮瓦克认为，比较文学的这一"疾病"——对人的不可判定性的恐惧——与不可判定的"集体性"（collectivities）①问题相关。在《学科之死》的第二章，斯皮瓦克以德里达（Derrida）对"集体性"的探讨作为其论述出发点，并通过细读伍尔夫（Virginia Woolf）的《一间自己的房间》、斯泰恩（Gertude Stein）的《我们所有人的母亲》、康拉德（Conrad）的《黑暗的中心》、萨利（Tayeb Salih）的《北徙时节》和德维（Mahasweta Devi）的《翼手龙》，重点论述了诸如"朋友/敌人""男子/妇女""我们/他们""欧洲/非欧洲"等"集体"形成过程中的不稳定性、不确定性和进入异己"集体"时所产生的种种问题②。斯皮瓦克进而以库切（Coetzee）小说《等待野蛮人》中的情节为例，对比较文学学科在"集体性"问题上的困境及其对人的"不可判定性"的恐惧，作了具体的论析。小说中的殖民地行政长官，他殚精竭虑地在"年轻野蛮女人"身上编织种种可能性，以解读、破译这个不知姓名的"她者"，并"抛出一个接一个的（意义之）网，但寻求到的是作为主体的行政长官的意义，野蛮人则被作为他者而被感知"③。同样，被欧美文化所主导的比较文学研究一旦要"跨界"至非主流国家，其状况正如进入殖民地的行政长官一样，他想了解他者，追寻他者的意义，但最终只见到自身所理解的他者。"我们"究竟是谁？"他们"又是谁？"人"，作为比较文学这一人文学科的主体成了不可判定、悬而未决的东西，"集体"也难以把握，并永远无法从一方直接走向另一方。难怪斯皮瓦克要问："谁在最后时刻偷偷占据了'人文学科'中'人'的位置？"④

比较文学的这两大先天性"疾病"纠结在一起，共生并发。若比较文学跨不出欧美国家界线，就认识不了自我和他者，那么它必定会因自身的研究"资源萎缩"（dwindling resources）而走向"自我灭亡"（self-destructive）⑤。

与此相随的美国比较文学"垂死"的又一深层缘由，则是其学术意识中西方中

---

① Gayatri C. Spivak. *Death of A Discipline*, p. 27.
② Ibid., p. 27–70.
③ Ibid., p. 23.
④ Ibid., p. 26.
⑤ Ibid., p. 26.

心主义的"全球化"(globalization),及其对他者"想象物"的局限。无论是跨界的有限渗透性问题,还是与之共生的人的不可判定性问题,都与之紧密相关。

斯皮瓦克认为,全球化的本质乃是西方中心主义。在经济层面,全球化是"将全世界的乡下穷人都集合到同一种金融法则之下,集合到同一个由国际几大统治力量所操纵的全球资本之下"①。在文化层面,全球化是一种趋同的倾向,它尊崇西方主流文化,却忽视边缘文化的多样性和特殊性。经济和文化的全球化,都同成为世界主流语言、话语权语言和"最大赢家"(the biggest winner)的"全球英语"(global English)②有关。目前,大部分翻译均用英语,用英语译文来编选世界文学几乎成了西方出版集团的独占产业。斯皮瓦克曾戏谑地说:"连中国台湾和尼日利亚的学生,都是通过阅读美国人安排的英语译本来了解世界文学。"③斯皮瓦克提议研究文学的人"不要忘记'什么是英语'这一问题的答案:英语就是生成人类资本的大半配料"④。可见,正是英语同与之共生的、以美国为代表的西方主流文化和经济,构成了"全球化"这枚硬币的不可分割的两面,而且其进程不可遏止。假如我们拒绝这种趋同的倾向,"我们就会抛弃每种国际性进展所带来的每样好处。此外,资本这方面也不会抛弃这种趋同的力量"⑤。但是,这样一种西方中心主义的"全球化",却又是欧美比较文学衰落的根本原因,"比较文学研究的一个显著特点是,它把注意力放在非本国语言上,它服务于这样一个目的:改变、离间、疏远说母语的人与其母语之间的关系"⑥。英语的世界霸权地位与学科研究的"狂热的宗主国意识"(metropolitan enthusiasm),使得西方比较文学不仅无法疏远与英语的关系,反倒疏远并异化了边缘国的语言和文化,最终造成无法"跨界"、无法看清他者,并造成了西方对他者"想象物"的局限。因而,虽然我们无法抵制"全球化",但对于比较文学学科来说,若不抛弃西方中心主义的"全球化"学术意识,则必

---

① Gayatri C. Spivak. *Death of A Discipline*, p. 45.
② Ibid., p. 9.
③ Ibid., p. xii.
④ Ibid., p. 11.
⑤ Ibid., p. 46.
⑥ Thomas Docherty, Without and Beyond Compare, in *Comparative Critical Studies 3*, 1-2, BCLA, 2006, p. 29.

"死"无疑,斯皮瓦克据此断言,比较文学需要"重新做起"(redo)[①]。

她从研究领域和"思维模式"两方面,提出了学科"新生"之路。

首先,她将比较文学这一人文学科与社会科学中的区域研究(Area Studies)联手,看成是比较文学摆脱政治化并确保其跨界研究的新路径。她指出,"区域研究与外国'区域'相联系,比较文学早先就由西欧'民族'组成"[②]。后来"美国比较文学建立在与欧洲间的友好基础上,而区域研究是由区域间的警戒酿成"[③]。由于"区域研究的建立是为了确保美国在冷战中的权力,比较文学的兴起也是欧洲知识分子逃离极权统治的结果"[④],所以都与权力政治密切相关[⑤],使之难脱干系。又因为区域研究注重田野作业,注重对边缘地语言的精确掌握(linguistic rigor),而比较文学则主要研究想象性的文学、培养人的想象力,因此,二者联手,互补长短,可以相得益彰[⑥]。她甚至还为"新的比较文学"设计了具体的"开放式的田野作业"[⑦](open-plan fieldwork)。斯皮瓦克认为这样一种学科的"非政治化"做法,能消解敌意政治、促进友好政治的到来[⑧];而且二者的结合"不仅能促进南半球的民族文学,还能促进世界无数本土语言的写作,这些语言曾在制图时被有计划地抹去。……那些在历史上没有合法读者群或现在失去读者群的语言也可以繁荣起来……"[⑨],从而使世界文学不再局限于英语翻译过来的"第三世界"文本,而能顾及一切可能的"非主流"文化,并以它们的本土语言来阅读和研究它们的文本和文化,"把南半球的语言当作积极的文化媒介,而远不是像宗主国移民那样愚昧地视其为文化研究的对象……"[⑩]。斯皮瓦克要求倾听那些受殖民主义压迫、帝国主义排斥,并受全球主义忽视的人们的声音,与其在《后殖民理性批判》中所说的"通过各种实

[①] Gayatri C. Spivak. *Death of A Discipline*, p. 25.
[②] Ibid., p. 8.
[③] Ibid., p. 3.
[④] Ibid., p. 3.
[⑤] Ibid., p. 7.
[⑥] Ibid., p. 7–8.
[⑦] Ibid., p. 35–36.
[⑧] Ibid., p. 13.
[⑨] Ibid., p. 15.
[⑩] Ibid., p. 9.

践——哲学、文学、历史和文化——来追踪本土信息提供者的形象"①的主张是一脉相承的。

可见,在斯皮瓦克看来,比较文学只有与区域研究结合、利用区域研究领域的"资源"(resources)②,并避开其"政治性"所带来的敌意,才能克服其"跨界"的困难,挣脱对他者"想象物"的局限。"没有人文学科的支持,区域研究仍将只能以跨界的名义侵越界线;而若没有经过改造的区域研究的支撑,比较文学也仍将囿于界内无法跨越"③。但是她所倡导的"非政治化"和"友好政治"只是一种理想化的状态,正如托马斯·杜克赫蒂所说,"友谊在其结构上是由不平等所决定,它要求公正和仁慈"④。

其次,为确保新路径的实现,还要改变学科固有的思维模式,斯皮瓦克提出要以"星球化"(planetarity)取代"全球化",为比较文学重新绘制一张"星球化",而非"全球化"地图。因为全球化的依据是基于交换原则的资本体系,是有差异的不平等的政治性空间,具有众多的"他异性"(alterity)。而这个星球,不是洲际的,也不是全球化的或者世俗认识的,而是尚未被西方中心意识所概念化的,"是一个未被划分的'自然'空间而不是一个划分好了的政治空间……全球(globe)在我们的计算机上,没人住在那,这使我们想到我们可以力争去控制它。而星球(planet)属于另一种类、另一体系,尽管我们住在那上面,但那只是借住……如果我们把自己想象成星球上的臣民而不是地球的代理人,想象成星球上的生物而不是地球上的个体,那么他异性就永不会由我们而来"⑤。她在《学科之死》的第三章通过评述《黑暗的中心》《北徙时节》《翼手龙》《宠爱》《第四世界》等殖民地/少数民族作家的作品来说明她所谓的"星球化",但她没有从学理上深入论述"星球化"的问题,尽管她说:"我们必须坚持不懈地使自己进入这种思维模式"⑥,但又感叹"星球化无法

---

① Gayatri C. Spivak, *A Critique of Postcolonial Reason: Toward a History of the Vanishing Present*, Cambridge, Mass: Harvard University Press, "Preface", 1999, p. ix.

② Gayatri C. Spivak. *Death of A Discipline*, p. 6.

③ Ibid., p. 7.

④ Thomas Docherty, Without and Beyond Compare, in *Comparative Critical Studies 3*, 1-2. BCLA, 2006, p. 31.

⑤ Gayatri C. Spivak, *Death of A Discipline*, p. 72–73.

⑥ Ibid., p. 73.

拒绝全球化"①。至于从全球化到星球化的思维模式如何转化？为什么星球化能解决比较文学学科的"垂死"之由②？这些斯皮瓦克均未作详细论述。这是作为一本理论书，使我们感到不够的。

对此，即便是西方学者也持怀疑态度，鲁布瑞茨明确指出，"既然这一学科的目的在于以素材的原初形式来分析它们，学生、学者和其他专业人员的语言能力将总是决定并限制比较文学的实践范围。此外，比较文学还常表现出对具体地点的偏袒和对特殊语言的偏好……由于学者们的语言能力和他们的文化偏好从一个地方到另一地方、一个区域到另一区域各不相同……它必然高度依赖其历史视野、社会和文化立场"。他还直截了当地批评斯皮瓦克说，"如果我们像佳亚特里·斯皮瓦克一样把它定义为一种与他异性格斗的工具，我们就不应忽视它本身的他异性。此学科的内在逻辑每次引导我们从经验个案中创造抽象形式、从一元走到多元、从特殊走到一般时，我们就被迫反思我们思想的出发点"③。看来，"星球化"只是一种理论上的"真空"假设，一种人类不再互为"他者"的乌托邦。即使思维模式预先改装成"星球化"，也仍然与斯皮瓦克提出的"非政治化"一样不切实际，在《学科之死》的结尾处，斯皮瓦克自己也感叹道，"我在前文一直谈论的星球化也许从地球这个行星的前资本主义文化的角度才最容易想象"④，可见，面对全球资本大获全胜的"全球化"现实，比较文学这一死而复生之路，就连斯皮瓦克本人也深感它仍是一个有问题的问题。

其实，对于西方比较文学，特别是美国比较文学的"垂死"之由、"新生"之路，还有可供思考的问题：20世纪六七十年代的学科之争后，为什么西方学者总是在理论上不断出招，其结果却又总是治标不治本呢？对此，英国的巴斯奈特曾有过一段评说："在20世纪五六十年代，西方许多雄心勃勃的研究生都转向研究比较文学，并把它当成一门基础课程来学……'那时我们花了过多的精力讨论何谓比较文

---

① Gayatri C. Spivak, *Death of A Discipline*, p. 93.
② 当然，斯皮瓦克认为，"星球化"可以防止"新的比较文学"重新陷入文化相对主义、他异性等牢笼。见 *Death of A Discipline*, p. 81.
③ Oliver Lubrich, Comparative Literature-in from and Beyond Germany, in *Comparative Critical Studies 3*, 1-2, BCLA, 2006, p. 48-49.
④ Gayatri C. Spivak. *Death of A Discipline*, p. 101.

学,但在文学的比较上却做得很少',亨利·列文在1969年曾建议多做点实际研究而少谈点理论。但是列文的建议已经过时。到20世纪70年代后期,西方新一代雄心勃勃的研究生都已转向文学理论、女性研究、符号学、影视传媒研究和文化研究,将之选作基础课程。与此同时又摒弃了比较文学,并将之视为不过是兴起过一时的史前恐龙而已。"[1]这是否也是一种"种瓜得瓜,种豆得豆"呢?而斯皮瓦克所谈到的意识形态问题,也给我们一个启示:我们的比较文学是否应坚持并怎样做到本土意识与世界文学视野的合一呢?我们在做中西比较文学研究时,是否也碰到斯皮瓦克提出的令人头疼的问题——我们是谁?他者是谁?我们在他者的眼中如何?他者在我们的眼中如何?彼此间又是一种怎样的自我与他者?法国当代比较文学家谢菲尔说过:"比较文学者总是面对深奥的他者文化,不管自己是否喜欢或是否属于同一文化,但经过其细致的研究审视,则拥有更多的认识对方作品的理由,并最后更好地认识自己。"[2]

看来,比较文学学科仍是一门死而复生并疑团重重的学科。

(本文原载《中国比较文学》2007年3期,作者为孙景尧、张俊萍)

---

[1] Susan Bassnett, *Comparative Literature: A Critical Introduction*, Blackwell Publishers, UK, 1993, p. 5.
[2] 昂热诺等编:《问题与观点——20世纪文学理论综论》,史忠义等译,百花文艺出版社,2000年,第2页。

巴斯奈特同谁"较劲",又同什么"较劲"?
——评《21世纪比较文学反思》中的欧洲中心观

西方的比较文学危机及其出路,一直成为不少西方比较文学者驱之不去的梦魇和心病。它既在20世纪的"理论研究"和"文化转向"的浪潮中觅活,又在21世纪初的"理论终结"和"学科之死"的宣言中求生。就此而言,2003年,斯皮瓦克在其《学科之死》中提出"走出欧洲中心主义的原点,以他者的眼光重新审视比较文学定义"[①]的主张,不失为道出其顽固病症的一大"病因"。然而,在2006年的英国《比较文学批评研究》第3期上,苏珊·巴斯奈特发表了她的回应文章《21世纪比较文学反思》,在文中她反其道地认为,"比较文学的危机,源自于过分规定性与明显具有文化特殊性的方法论的结合",并声称她一直"有意"在与比较文学"较劲"[②]。

斯皮瓦克和巴斯奈特二人,不仅针对比较文学的危机,诊断出了上述对立的两个"病因",而且也随之开出了两个对立并"较劲"的"处方":

对于兼有美、印双重文化身份的斯皮瓦克来说,她"反对全球化观念,赞成想象的星球化",旨在廓清"全球化"语境下,由于西方对他者通过资本体系的交换原则进行不平等的掠取和输出,从而强迫人们接受源自西方并无处不在的价值观和交换体系,因而主张以"星球化"来解构欧洲中心强势文化掌控下的旧比较文学,以开创一个确保全"星球化"学者平等对话的新生比较文学。斯皮瓦克说到了当今

---

① Gayatri C. Spivak. *Death of A Discipline*, New York: Columbia University Press, 2003, p.25.
② Susan Bassnet, Reflections on Comparative Literature in the Twenty-First Century, *Comparative Critical Studies 3*, 1-2, 2006, p.3-11. (下文的巴斯奈特引言均出自该文,不再另注。)

多元文化时代的西方比较文学弊病所在,然而"星球化"的设想,却又类似佛教冀求脱离苦海的"涅槃",虚无缥缈也难以捕捉。

对此,巴斯奈特与之"较劲",无可非议。然而,令人惊诧的却是,自称为"欧洲的学者"的巴斯奈特,却将斯皮瓦克的上述主张指称为"贱民观"(贱民,印度种姓制中的最贱人群),而且还壁垒分明地区分说道:"特别适于巴西的比较文学学者,就像斯皮瓦克的主张对那些从其他地方来研究北半球的伟大文学传统那样有效。然而对我们这些以此传统为出发点的学者来说,这样的范式没有任何的帮助。"并进而提出,"对欧洲的学者来说,问题依然是探索比较文学的新方向"。可见,巴斯奈特要与之"较劲"的是非欧洲的"其他地方"学者。而她所要"较劲"的则是,如同她在文中说的:"过去,迷失方向的比较文学要确定比较该如何进行,就人为地划定一些界限,并对某些理论进行规定。……这两种方法受制于对边界的限定,而与比较观自身在较劲。"

那么,巴斯奈特的"比较观自身"又是什么呢?

她的"比较观自身"就完全是她一元而非多元的欧洲中心经典观,即她说的"这些学者学术的形成深受希腊、拉丁经典的影响,圣经、日耳曼史诗、但丁、彼特拉克、莎士比亚、塞万提斯、卢梭、伏尔泰、启蒙运动、浪漫主义、后浪漫主义、19 和 20 世纪的小说家等无不影响着他们,一代又一代的作家或借用、或翻译、或剽窃、或强占经典而创作的作品,其影响在一定程度上不可阻挡地贯穿到今天任何人的书写意识中"。

而巴斯奈特的"比较文学新方向",也正是基于其一元欧洲经典观的再次"全球化":"今天有必要再次审视我们的经典观,尤其是要审视西方的奠基性文本进入到其他文学的途径——以各种新奇的方法对西方经典的翻译、模仿与改写,如自然主义对印度南部文学的影响,圣卢西亚诺贝尔奖得主沃尔科特(Derek Walcott)对荷马以及史诗传统的创造性运用,以及中国当前繁荣的翻译。比较文学需要着手解决的基本问题是关注经典和奠基性文本在欧洲和北美之外的作用和地位……"

对其上述言说立场,她坦承自己"作为欧洲的学者,不能忘记我们的立场与我们自己的文学史的关系,这也很重要"。这就再清楚不过地告诉我们,她的"较劲"逻辑是,从一元的欧洲中心经典观到一元的欧洲中心经典的全球化,再到一元的欧洲中心比较文学观。一个21世纪新版的"似乎是根深蒂固的欧洲中心主义"①。

就此,巴斯奈特既比不上她的"导师"及其"导师"的导师,也比不上众多的前辈和同辈的西方学者。因为,早在20世纪下半期,西方的众多学者就已认识到"全球化"时代的多元文学文化特点,并敏锐地觉察到以往比较文学的局限和它的新发展趋势。美国学者纪廉认为"东西比较文学研究是,或应该是这么多年来(西方)的比较文学研究所准备达致的高潮"。艾琼伯则说,没有东方,特别是没有中国,比较文学便不是真正的比较文学②。而对当今多元文化时代的经典认定,佛克马清楚地指出:"文本的选择来自一个复杂的选择标准,这个标准往往来自某一特定的世界观或社会政治实践。从历史的和社会的角度来看,所有的经典都是平等的,但它们中的价值观和世界观并不是对每个人都具有吸引力。"③厄尔·迈纳也同样明确强调:"西方文学及其众多熟悉的假设只是其中的一小部分。这只不过是一个特例,完全没有资格声称是一切的标准。"④

至于巴斯奈特所说的欧洲经典"其影响在一定程度上不可阻挡地贯穿到今天任何人的书写意识中",也是既过之、又绝对。因为今天任何人的书写意识中,除欧洲经典的影响外,也都还有自己民族文化的传承。当代墨西哥历史学家米盖尔·莱翁伯蒂亚的研究指出,即使存活下来不多的印第安人土著纳华语,"也承载着我们的文化,其中有许多东西一直延续到今天,存在于我们身上"⑤。对于早已身处当今全球多元文化时代的巴斯奈特来说,她仍在"较劲"并坚守的一元欧洲经典立场,真让人感到"东海西海之名理同者如南北海之马牛风,则不得不为承学之士惜"⑥。

同样,对她由此而来的一元欧洲经典全球化的"比较文学新方向",则更显出其欧洲一元经典比较观的偏见及其论说的逻辑混乱。众所周知,古代东方文化对欧洲文化的影响,以及近现代欧洲文化对东方文化的影响,都是客观存在。《天方

---

① 孙景尧:《新概念 新方法 新探索》,漓江出版社,1987年,第30页。
② 陈惇、孙景尧、谢天振:《比较文学》,高等教育出版社,2007年,第30页。
③ 杜威·佛克马:《所有的经典都是平等的,但有一些比其他更平等》,李会方译,《中国比较文学》2005年第4期,第51—60页。
④ 厄尔·迈纳:《比较诗学》,王宇根译,中央编译出版社,2004年,第9页。
⑤ 张伟劼:《墨西哥学者出小说捍卫土著语言》,《文汇读书周报》2007年12月21日。
⑥ 钱锺书:《管锥编》,中华书局,1979年,第2页。

夜谭》给每一代英国读者和"其他地方"读者所带来的欢乐和教益,就如同莎士比亚也给"其他地方"和英国读者带来的欢乐和教益一样,这正如歌德早就说过的:"世界是我们扩大了的家园,它给予我们的,同自己祖国所给予的同样多。"① 而且任何一个比较文学者都知道前辈比较文学家韦斯坦因的名言:"接受影响既不是耻辱,给予影响也没有荣誉。"②

颇具讽刺意义的是,巴斯奈特自己在文中论述她的观点时,所列举的庞德对中国诗歌的译介例子,反倒成了否定其一元欧洲经典全球化,并反证当今多元文化经典比较观作用的论据。她说:"比如,庞德翻译的中国诗歌《神州集》(假如能称作翻译的话)的意义,在于这些诗歌出版的那个历史时刻是怎样被阅读的。休·肯纳(Hugh Kenner)在其著作《庞德时代》中指出,《神州集》最初是对中国古诗词的翻译,这也是庞德的意图,但在接受过程中转变为战争诗歌,被佛兰德斯战壕中的士兵用来对付战争的恐惧。……结果使其变成了一系列特别的诗歌,人们把它当作具有强烈意象的诗歌来阅读,并与大战的痛苦与茫然形成了共鸣,而主要不是当作一种异域的翻译来阅读。这些诗歌一方面成为新一代诗人的典范,争相把战争的恐惧作为特有的诗歌主题,另一方面在英语读者头脑中设定了一种中国诗歌的定势,也为后来译者建立了基准。"这真是落花有意、流水无情,在当今全球多元文化时代,倒是非西方经典的"中国诗歌《神州集》",当它和其他诗歌"进行比较"时,不但不是"对西方经典的翻译、模仿与改写",也根本不是"经典和奠基性文本在欧洲和北美之外的作用和地位",而恰恰是中国诗歌的经典(如果可以套用巴斯奈特在文中的表述),"一方面成为新一代诗人的典范,争相把战争的恐惧作为特有的诗歌主题,另一方面在英语读者头脑中设定了一种中国诗歌的定势,也为后来译者建立了基准"。应该说,这才是比较文学新方向的当然内涵之一,即与时俱进的全球多元文学经典比较观,而非一元的欧洲中心经典比较观。

由此可知,巴斯奈特所主张的"任何比较文学的研究都需要把翻译史置于中心位置"这一翻译观,也是基于其一元的欧洲中心经典比较观。唯此她才会说,第一任土耳其总统凯末尔·阿塔土克领导的土耳其现代化变革,就因为"系统翻译那些

---

① 孙景尧:《简明比较文学教程》,江苏教育出版社,2007年,第18页。
② 韦斯坦因:《比较文学与文学理论》,刘象愚译,辽宁人民出版社,1987年,第29页。

被认为是西方文化关键性的奠基之作"。也唯此,她才会将中国当今的改革开放及其飞速发展的经济,也归于对西方经典的翻译。翻译西方经典,对"其他地区"国家的政治和经济发展,居然有如此巨大的决定性作用,这正如钱锺书批评黑格尔所言:"又老师巨子之常态惯技。"①看来,对"整个学术生涯始终在与比较文学较劲"的巴斯奈特来说,她应当"有意"较劲的是她的欧洲中心观。因为她也看到:"在西方,这在一定程度上导致了这个学科的衰落,而在世界的其他地方,比较文学,或贴上了其他标签,却一派欣欣向荣。"但她不清楚为什么一枯一荣。因为她如迈纳所指出,表现了"我们中间那种认为研究西方文学的人不需要广泛阅读其他民族文学的不良倾向"②。因此,她不清楚除欧洲经典之外的"其他地方"经典,除欧洲之外的"其他地方"语言,除欧洲之外的"其他地方"文化。生前被誉为"欧洲汉学第一人"的艾琼伯,早在40年前就说过:"如果没有读过哪怕英译本的《膝栗毛》,或者读过哪怕法译本的《西游记》……会有哪个欧洲人胆敢奢谈总体小说呢?"③而在40年后,与巴斯奈特同行并又在同刊同期发表评论的英国汤姆斯·道确尔蒂教授也说,没有"如弥尔顿那样的外语部长装备"就"未曾和超出比较"④。这对她、对我们和对所有的比较文学者,都不啻是真该"较劲"的。

(本文原载《中国比较文学》2009年1期,作者为孙景尧、段静)

---

① 钱锺书:《管锥编》,中华书局,1979年,第2页。
② 厄尔·迈纳:《比较诗学》,王宇根译,中央编译出版社,2004年,第12页。
③ Rene Etiemble, *The Crisis in Comparative Literature*, translated by H. Weisinger and G. Joyaux, Michigan State University Press, 1966, p. 23.
④ Thomas Docherty, Without and Beyond Compare, *Comparative Critical Studies 3*, 1-2, 2006, p. 25-36.

为"中国学派"一辩

"中国学派"是中国比较文学复兴不久,随之于 70 和 80 年代,由台、港与大陆学者先后提出的。它是对笼罩国际学坛百年之久的"欧洲中心"与耽于"危机"之说的西方比较文学现状的一种"反拨"。从早期的有人认为中国学派或"古已有之",或"早就建立",或"子虚乌有",或"为时过早",到后来的认为应该在具体含义上予以科学定性,既反映了中外比较文学学者们的不倦努力,也反映了中外比较文学研究在海内外的深入与发展。时至今日,大致以下几说颇有影响并具代表性:其一,主张"中国学派"即以"援用西方文学理论和方法并加以考验、调整以用之于中国文学的研究"的单向"阐发法"①。其二,主张对西方诗学和中国文论作"双向阐发"的:其间既有递加式,即让西方批评"受惠"自中国传统文论概念,以"充实和丰富西方关于文学实质的最基本设想"②;也有递减式(或叫"中庸式"),即主张"我们应谨守中庸之道。在两个极端之间,恰如其分地吸取两个独特的文化,组成最佳的混合物"③。其三,主张"中外合作"的,即"比较文学以其固有的性质,从理论上要求中外学者的合作……如要真正创立中国学派,必须据国际协作之氛围,也必定不只限于中国学者之内"④。其四,即更多的学者主张应从理论基础、研究对象、研究目的与研究方法等方面,作符合中国文学"国情"的综合治理的,如贾植芳、季羡林、钱锺书和杨周翰等均发表过有关看法与意见。贾植芳认为"要形成具有中国特色的马克思主义比较文学学派",既要掌握与超越国外比较文学的各种理

---

① 古添洪、陈慧桦:《比较文学垦拓在台湾·序》,东大图书公司,1976 年。
② 孙筑瑾:《中西比较文学研究之视野难题》,载《加拿大比较文学评论》1987 年第 3 期。
③ 李达三:《比较文学研究之新方向》,台湾联经出版事业公司,1982 年,第 307 页。
④ 远浩一:《对近年来国内比较文学发展的观察与思考》,载《文贝》,1983 年,第 123 页。

论知识,"使其成为我们自己理论体系的一部分",又要了解中外文化的"不同体系,不同特点",以及发扬"我国极其辉煌的古代文化和自成一家的文学艺术体系"①。季羡林也说"形成比较文学中国学派"这个意见"非常正确",并主张"只有把东方文学真正地归入比较文学的研究范围,我们这个学科才能发展、才能进步、才能有所突破、才能焕发出新的异样的光彩,才能开阔视野"②。钱锺书也认为"要发展我们自己的比较文学研究,重要任务之一就是清理一下中国文学与外国文学的相互关系",而对于学界的那些空头理论,钱先生不赞一辞。"他强调从事文艺理论研究必须多从作品出发,加深中西文学修养,而仅仅搬弄一些新奇术语故作玄虚,对于解决实际问题毫无补益。"③杨周翰则说:"提出东方文学之间的比较研究应当成为'中国学派'的特色。这不仅是打破比较文学中的欧洲中心论,而且也是东方比较学者责无旁贷的任务。此外,国内少数民族文学的比较研究,也应该成为'中国学派'的一个组成部分。"因而杨先生认为,比较文学中的大量问题"和学派问题并不矛盾,可能反而有助于理论的讨论"④。

与此同时,国内外学界也不乏反对之说,但其中大量的是对"中国学派"具体含义或研究提出商榷意见或批评。如美国已故教授刘若愚早在十年前就批评将中国文学套用于西方文论概念的做法是"脱节"的,他说:"在将西方批评观念用于中国文学之前,我们应考虑这样做是否必要、是否有效?"⑤又如美国华裔学者孙筑瑾认为国内一些运用反映论的论文是:"当文学被用来证实社会与经济的法则和规律时,我未能感到满足。"⑥而更多的有识之士因深感中西方两大差异之巨,他们对"中国学派"的提法是抱理解与赞赏的态度,这以现任国际比较文学学会会长、美国普林斯顿大学的迈纳教授(Earl Miner)最具代表性。1985 年他在深圳举行的中国比较文学学会成立的讲话中指出:"我认为对中国比较文学家来说最重要的一个问题是:比较文学的中国学派应该是什么样的?这只有中国人能决定,而我们

---

① 贾植芳:《中国比较文学研究的过去、现在和将来》,载《复旦学报》1984 年第 5 期。
② 季羡林:《在中国比较文学学会成立大会暨首届学术讨论会上的开幕词》,《中国比较文学年鉴》,北京大学出版社,1987 年,第 29 页。
③ 张隆溪:《钱锺书谈比较文学与"文学比较"》,载《读书》1981 年第 10 期。
④ 杨周翰:《比较文学:界定,"中国学派"、危机与前途》,载《中国比较文学通讯》1988 年第 2 期。
⑤ 见《比较文学研究》1981 年第 3 期,第 199 页。
⑥ 孙筑瑾:《中西比较文学研究之视野难题》,载《加拿大比较文学评论》1987 年第 3 期。

这些人将抱着极大的兴趣旁察这一决定。"①

毋庸讳言，在比较文学界也确有一些同行是根本反对"中国学派"这一提法的。他们往往从所谓的"国际观点"出发，又被欧洲所谓要"取消国界"的扬言所吸引，还被"现代主义"对探求民族文学特色的讽刺所鼓舞，因而横加指责那些建立学派的提法是"荒诞无稽的"，是在"四周建立封锁线的企图"②。在这方面，前任国际比较文学学会会长、荷兰乌特勒支大学教授佛克马则是最突出的一位。他在1988年第十二届国际比较文学学会年会暨学术讨论会的致辞中说："欧洲共同体国家声称要在1992年取消国界，……那种试图维护欧洲各种文学的民族特色（而非尽管迷人但毫无意义的地方特色的细枝末节）的尝试显然是幼稚可笑的，现代主义作家在许多年前曾正确地讽刺过这种做法，诸如安·马尔罗、托马斯·曼和梅·勃拉克。那种想要在欧洲社会四周建立封锁线的企图同样也是荒诞无稽的。"接着，他又强调国际比较文学学会会员，即"采用国际观点的人们"，是"坚定和全面地抵制把世界文学分化为更小或更伟大的文化特性的做法，这完全是合乎逻辑的"。由此出发，紧接着就用一大段文字指责"中国某些学者"拥有自己学派的想法是一大"弊病"："探索民族或地域特色的弊病也影响了学术争论。事实上，这一弊病——同民族主义的弊病一样——起源于欧洲。在50年代，人们虚构了比较文学的法国学派和美国学派。此后，人们做了各种各样的努力以说明这一区分毫无根据，甚至完全是不可能的。然而，使我们大为吃惊的是，中国某些学者却为其拥有一个自己学派的想法所吸引，他们为之辩护说，这一学派将把马克思主义研究中最好的成分、中国传统与西方成就结合起来。但在中国国内，关于建立中国学派的想法也受到许多人的抵制，因为它隐含着用新形式的隔绝来取代过去的那些隔绝。"③在此，我不厌其烦地大段抄录他的讲话，倒不是只欣赏他的勇气与胆量，而是因为他提出了一个何以反对中国学派提法的"合乎逻辑"的"新形式"：

由于欧洲"要在1992年取消国界"；

又由于"那种试图维护欧洲各种文学的民族特色的尝试显然是幼稚可笑"；

---

① 载《中国比较文学通讯》1986年第1期，第29—30页。

② D. Fokkema: *On Theory and Criticism in Literary Studies*. 译文参见《中国比较文学通讯》1988年第3期，第1—6页。

③ 同上。

还由于欧洲的法国学派和美国学派的"区分毫无根据,甚至完全是不可能的";特别是,由于"民族特色""这一弊病——和民族主义的弊病一样——起源于欧洲"。

所以,东方的中国学者想要建立有民族特色的中国学派,就只能是染上"起源于欧洲"的"民族主义的弊病":既然欧洲在过去搞法、美两派是"毫无根据"和"完全不可能的",而在今天"取消国界"形势下,欧洲有人要搞民族特色是"幼稚可笑"和"荒诞无稽的",那么染上源自欧洲同一"弊病"的"中国某些学者",其想要"拥有一个自己学派",更是加倍的"幼稚可笑"和"荒诞无稽"的了。其结果只能是所谓用一种"新形式的隔绝来取代过去的那些隔绝"。这正如钱锺书先生批驳黑格尔胡诌汉语不宜思辨所言:"无知而掉以轻心,发为高论,又老师巨子之常态惯技,无足怪也。"①不过,佛克马同黑格尔不同的是,他所热衷的"国际观点",事实上并非是真正的"国际观点",而是也许他自己也未意识到的一种"欧洲中心主义"——以欧洲之是为是,以欧洲之非为非的"常态惯技"。

首先,这里所说的"欧洲中心主义"并不是指政治学的,也不具有价值判断的褒贬之意,而是指自近代以来形成的一种历史陈习——自觉甚至更多的是不自觉地从欧洲文化视角出发去观察、思考与对待欧洲之外事物与现象的那么一种处处都蕴含欧洲是非标准的观点与方法。这是由历史(包括个人与社会)形成的一种现象,它渗透在当今世界的各个领域与场合,在文艺学上也是如此。欧洲学者在研究中国诗歌时,总会用他们历史形成的那套规范格式,如"抒情诗""浪漫诗""象征诗""感伤诗""怪诞诗"等概念来选择与处理中国唐诗,而很少顾及中国自身与传统特点,如"田园派诗""边塞派诗""复古派诗""奇险派诗""神秘派诗",等等,从而冲淡了唐诗的内容与主题。这一方面是欧洲传统使然,另一方面则是研究者受教育如此,其教育别人也必须如此。于是,陈陈相习,似乎诗歌研究从来就如此,无非是在完善欧洲诗学体系,同时削弱与损害了中国的诗歌特点及其体系的完整性。

这种毛病,不仅欧洲学者有,就是非欧洲的学者,甚至包括中国血统的学者乃至未出国门的学者也都有。国外有的学者将华兹华斯同王维比,将李贺同济慈

---

① 钱锺书:《管锥编》第一册,中华书局,1979年,第2页。

比①，将他们都笼统归于西方的框式并混淆了二者文化背景的差异，固然是犯了这一毛病，然而国内现行的文学理论教科书，却用来自欧洲文论的概念如"浪漫主义"与"现实主义"，以区分李白与杜甫的诗风、创作特点，乃至将《楚辞》也说成是"成熟"的浪漫主义②，恐怕也与之有关。据卢卡斯在其《浪漫主义观念的衰落》一文中所计，浪漫主义的定义多达 11396 种③。虽然我自己用过这本教材，还教过两轮学生，但我自己却说不清楚，此书用的"浪漫主义"，是这一万多个定义中的哪一个，以及为什么不用中国传统的"博远""清丽潇洒""驰神逞想""凄怨特绝"等更为契合其肌理的评语，而非要用欧洲的这类概念？无怪乎钱锺书要说："在中国诗里算得'浪漫'的，比起西洋诗来，仍然是'古典'的；在中国诗里算得坦率的，比起西洋诗来，仍然是含蓄的；……这仿佛国际货币有兑换率，甲国的一块大洋只折合乙国的五毛。"④之所以患上这一毛病而忘却了二者之间的"兑换率"，原因还是同一毛病。因为一个不言而喻的事实是，19 世纪末以来，国人所学的一套文艺学知识，包括其概念与术语等，大部分都是从欧洲输入的，也就是说，也随之烙上了"欧洲中心主义"的印记。

因此，"中国学派"的提出，正是为了清除不仅在西方，也包括在东方都存在的"欧洲中心主义"，以便重估与科学认识非欧洲国家，尤其是中国自身文学及其文化体系，以更客观与更正确地沟通中外文学与把握其规律。这正是当今国际文学研究的"崭新阶段"。如美国斯坦福大学教授吉列斯匹所说："为沟通跟非欧洲文化传统联系所作出的努力，定将带来一股双向潮流，这也就意味着必然使重新发展的现代非欧洲文学观念，引入全世界的范围内。"⑤

其次，中国学派的提出，也是为了清除比较文学学科中历史形成的"欧洲中心主义"，以便更好地发展我们这门学科的理论与方法，更有力地显示它的国际性与开放性特点。

众所周知，比较文学正式成为一门学科是在 19 世纪末的欧洲，特别是在法国。

---

① 陈颖：《李贺和济慈：两位诗人的比较研究》，印第安纳大学 1962 年学位论文。
② 十四院校《文学理论基础》编写组：《文学理论基础》，上海文艺出版社，1981 年，第 245—253 页。
③ 柯登：《文学术语辞典》，伦敦，1979 年，第 586 页。
④ 钱锺书：《旧文四篇》，上海古籍出版社，1979 年，第 14—15 页。
⑤ 孙景尧：《新概念 新方法 新探索》，漓江出版社，1987 年。

以写《比较文学和文学理论》一书而闻名于世的美国比较文学家韦斯坦因,就令人信服地说过:"尽管法国比较主义在19世纪的三四十年代取得了巨大的进展,但比较文学直到1890年之后,当文学艺术中的写实主义和自然主义已临近结束时,它才正式成为一门学科。"①不仅韦斯坦因,就是欧美国家的其他比较文学家,在他们所写的研究这门学科的专著中,如出生于瑞士、执教于美国的弗·约斯特的《比较文学导论》、罗马尼亚学者亚·杜马的《比较文学引论》、享誉学界半个多世纪的法国梵·第根的《比较文学论》及其后继者基亚的《比较文学》,乃至日本大塚幸男所写的《比较文学原理》等,在追溯这门学科形成史即早期影响研究产生时,无一例外都囿于欧洲文学体系之内,无一例外都征引欧洲文化体系中的各国比较文学研究论著。即使是北山泰斗的伏尔泰与誉满全欧的大文豪歌德,尽管伏尔泰的《各国民俗论》《中国孤儿序》和歌德同艾克曼的《谈话录》等,都已出色地作出了中欧文学的比较②,然而却无一例外地被置于"冷宫"。这种对中国与非欧洲成分不屑一顾的做法,至少反映了当时西方比较文学学者囿于"欧洲中心主义"的陈习并未清除;同时,上述的情况也足以说明,这门学科从一开始就未能摆脱"欧洲中心主义"的羁绊,其苦心经营的影响研究理论与方法,如果有什么不同于一般的国家文学史研究特点的话,其实也还只是在欧洲文化体系中,对各国文学关系研究实践的概括与认识罢了。而它们凭借的欧洲浪漫主义理论,丹纳的"三要素说"和孔德的实证主义理论等,也同样都与中国文学与文化体系无缘。正因此,隶属于欧洲文化体系的影响研究理论及其方法,确有反映了人类文学共同规律的认识,但也应看到确实存在的深蕴其内的"欧洲中心主义"。若不加分析地一味将它奉为放之四海而皆准的经典"国际观点",并用来处理跨越人类文化体系的中印或中西文学关系研究的所有难题,那么它不是东施效颦就是刻舟求剑,画虎不成反类犬。对此,研究亚洲文学的美国学者昆斯特极有体会地说:"任何一个比较文学家都不能期望掌握现代以前南亚或东亚传统内部的、或自十九世纪以来它们和西方传统之间的一切基本关系。"③而要克服这一困难,昆斯特认为就要"检验"我们持有的"历史

---

① 韦斯坦因:《比较文学和文学理论》,印第安纳大学出版社,1973年,第171—172页。
② 孙景尧:《对比较文学始于19世纪的质疑》,载《外国文学研究》1982年第4期。
③ 张隆溪:《比较文学译文集》,北京大学出版社,1982年,第167—173页。

论",即在"纠正我们欧洲对东方的狭隘的观点之后,我们就有了归纳的基础,这种基础对形成一套更加令人满意的文学理论是必要的"①。

至于后来进一步发展的平行研究与跨学科研究等比较文学理论与方法,同影响研究的情况一样,也并未克服掉"欧洲中心主义"的旧习。这只需查阅一下雷马克的《比较文学参考书目选注》、韦斯坦因的《1966—1977年比较文学论著索引》、费歇耳的1977—1982年的同样索引②,就可以发现,尽管书目编纂者自诩为"可靠报告",还说"我们全力选编了这份最有用并最有代表性的参考书目,从头到尾根据通行的比较文学基本原理给予注释",并认为能反映美法两派的"危机之争","又能对等反映这场论战双方的面貌,以反映其观点在整个发展过程中的各种变化等"③。然而,不管是其"通行的比较文学基本原理"也罢,还是论战双方的观点及其各种变化也罢,全都限于欧洲文化体系之中,因而涉及东方文学的论著,不是一无所有就是绝无仅有。这不是疏忽或遗忘,这还是"欧洲中心主义"在作祟。上述编纂者之一的韦斯坦因,他在1973年修订推出的《比较文学和文学理论》一书中就说过:"对东亚和欧洲诗歌之间的比较究竟能显示什么最终真理",他认为"至多也只能弄到一些被归纳为普通常识的基本特点",因而他基本赞同欧洲权威学刊《阿卡狄亚》主编吕迪格的声明:"在比较文学得以巩固和联合之际将不讨论很可能损坏其声誉的一切非历史的,并只是基于推测的平行比较。"④韦斯坦因这种当时信心十足的认识,直到1984年来华访问讲学之后,他在《加拿大比较文学评论》上发表的论文《我们从何来,是什么,去何方》中,才明显感到这门学科存在"普遍的欧洲中心主义",并说:"我们应记住,从历史上来说,我们的学科侧重于把自己的研究限制在欧洲。"难得的是,他还十分坦白地承认:"这种观点长期一直在比较文学界流行,而我本人在我的书里也是持这种观点的,回想起来颇为后悔。"至此,他改而称赞艾琼伯,说:"全靠艾琼伯的战斗性比较主义,才迫使我们抛弃了后浪漫主

---

① 张隆溪:《比较文学译文集》,北京大学出版社,1982年,第167—173页。
② 雷马克:《比较文学的方法和前景》,美国伊利诺伊大学出版社,1971年,第27—57页;韦斯坦因:《比较文学研究:1968—1977年的可靠报告》,伯尔尼,1981年;M. S. 费歇耳:《比较文学的理论和历史:1977—1981书目选》,《比较学者》,1982年。
③ 孙景尧:《新概念 新方法 新探索》,漓江出版社,1987年,第1、271、309页。
④ 韦斯坦因:《比较文学和文学理论》,印第安纳大学出版社,1973年,第8页。

义时代的,似乎是根深蒂固的欧洲中心主义,并恢复了世界文学的观点。"①

可见,这种长期流行于比较文学界的"欧洲中心主义",绝不是杜撰,也不是臆测,而是一种与现有学科并世的客观历史存在,并为许多尊重历史与事实的国际比较文学大师所承认。

在这样的时候与这样的情况下,"中国学派"的提出,并主张其研究对象应着力于中西文学与东方文学之间的比较研究,就正是对长期"限制在欧洲"的国际比较文学事业的一种"解放"、一种"补充"、一种"矫正"与一种贡献。使其理论与方法更具"国际观点",也就更能清除"欧洲中心主义"与恢复它名实相符的世界总体文学研究这一学科的正确坐标。

再次,还应当指出的是,佛克马教授指责中国学派的讲话,并非如他本人所说"这完全是合乎逻辑的"。因为他的讲话犯了形式逻辑的大忌之——偷换概念。文学和学术上的"民族特色"并非等于"民族主义",前者属于文艺学,后者归政治学;前者是客观存在,后者是兴起于 18 世纪、形成于 19 世纪欧洲的某个历史阶段的产物。对此只需查阅一下《不列颠百科全书》"民族主义"条目就可明白的。也许佛克马认为欧洲民族概念是 18 世纪欧洲近代资本主义发展的产物,因而会将民族特色说成"同民族主义弊病一样"。然而他若把视野超出"欧洲中心"之外,他应当为中国在其历史上长期以来便是一个多民族国家这一事实而"吃惊",也不应再对中国学者为尊重这一事实所做的努力而非难。因为对于大多数中国学者(也包括外国学者)为建立与发展中国学派而作的努力来说,是只会具有民族特色而不会去追求"民族主义的弊病",更不会去构筑什么"新形式的隔绝"。国际比较文学学会的宗旨是"旨在发展世界文学的研究"②,中国学者正在为此而努力,那种怀疑、担心乃至指责我们犯有"民族主义弊病"的言辞,都是完全不合乎逻辑的。

合乎逻辑的应当是如同国际比较文学学会章程所说:"通过国际合作的途径实现这一目标(发展世界文学的研究)。"③这只有摈弃"欧洲中心主义"与别的什么中心主义方有可能。当各国比较文学都以各自民族特色奉献给我们这门学科

---

① 孙景尧:《新概念 新方法 新探索》,第 30 页。

② Wundt: Mit dem Grund ist die Folge gegeben, Mit der Folge ist der Grund aufgehoben, *Grundzüge der Physiologischen Psychologie*,译文详见钱锺书:《管锥编》,中华书局,1979 年,第 3 页。

③ 中译文参见《中国比较文学通讯》1986 年第 1 期,第 40 页。

时,事实上,我们这门学科才更具世界视野,也更具有其世界总体性。因为民族特色是存在于各族人民的政治、经济、文化、语言和生活方式等方面的特点。而文学又是涉及上述各个方面的"人学",因而倘若一个想在这方面有所建树的学者,他必须也只能将其视野超越本国及其文学的界限,他才能真正发现其文学的民族特色。于是这就成了一个极妙的良性循环:要发现民族特色,则研究者必须具有超民族与跨科学的广阔视野;而研究者愈具有广阔的世界与总体文学视野,他也就愈能发现与掌握其民族特色。这也就是为什么学贯中西的钱锺书先生,尽管比较文学只是他的"余兴"[①],然而他的《管锥编》却是许多比较文学家望"书"兴叹的主因之一——渊博的学识及随之具存的世界与总体视野。可见,有民族特色的"中国学派"同比较文学研究应有的世界文学和总体知识的视野,并非是对立的两端,而是相辅相成的两面。这在中国庄子的《齐物论》中叫"彼出于是,是亦因彼……是亦彼也,彼亦是也"。而在欧洲学者冯德的《心理学》引言中则谓"有因斯得果,成果已失因"[②]。

(本文原载《文学评论》1991年2期)

[①] 中译文参见《中国比较文学通讯》1986年第1期,第40页。
[②] 钱锺书:《美国学者对于中国文学的研究简况》,见《访美观感》,第50页。

论道章

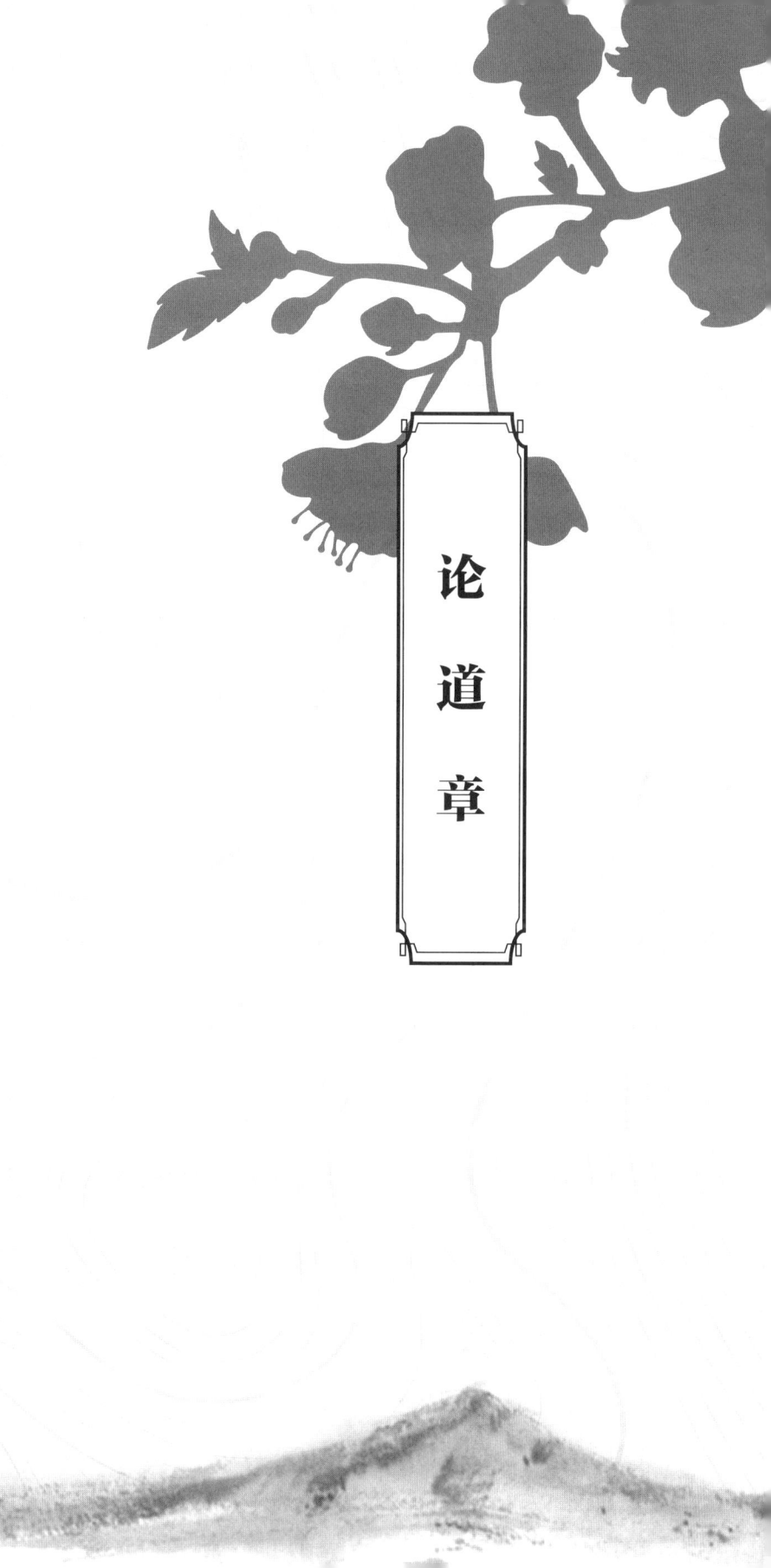

试论可比性

众所周知,比较文学的首要特征,是它研究文学时跨越国界、族界、语言界和学科界的世界文学参照视野和比较研究的自觉意识。虽然比较文学中的"比较",是一个会引起人们误解的名不副实的用词,然而,比较文学的研究却又离不开"比较",并贯穿其全过程。从一般的比较到具自觉意识的比较文学研究,事实上是一个怎样才能合乎比较文学研究学理要求的问题。

一、"可比性"

比较一词(英文中,动词形式为 compare,名词形式为 comparison,它们都共同来源于拉丁语 comparäe,其中 par 为"相等的"意思,而前缀 com 为"共同"的意思),在众多的词典中,都解释为:考察事物或现象以发现其相同与不同之处。因而作为科学研究中的比较方法,即是确定对象之间共同点和差异点的方法。

1930 年 3 月,美国天文学家汤仓把相隔几天拍摄的星空照片进行详细比较,发现后一张照片上有一个光点的位置有了较明显的改变,进而发现这个光点正是人们早就推论到,而又苦苦找寻几十年而不见的冥王星。

冥王星的发现,可以说是运用对象之间共同点和差异点的比较方法,在科学研究上有所发现的成功例子。通常所见的各种比较方法,如根据比较对象所具有的同一性与差异性而进行的同类比较法与异类比较法,根据比较对象历史发展与相互联系特点而进行的历时性纵向比较法与共时性横向比较法,根据比较对象的整体性与局部性而进行的宏观比较法与微观比较法等,也基本如此。

然而,这些还不是比较研究方法的全部及其精髓。德国哲学家黑格尔说:"假如一个人能见出当下显而易见之异,譬如能区别一支笔与一头骆驼,则我们不会说这个人有了不起的聪明。同样,另一方面,一个人能比较两个近似的东西,如橡树与槐树,或寺院与教堂,而知其相似,我们也不能说他有很高的比较能力。我们所要求的,是要看出异中之同或同中之异。"①列宁要求"比较必须适当",他认为,"任何比较只是拿所比较的事物或概念的一个方面或几个方面相比,而暂时有条件地撇开其他方面。我们提醒读者注意一下这个大家都知道的、但是常常被人忘掉的真理"②。而毛泽东将比较方法称为"古今中外法"并从视野上要求说:"所谓'古今'就是历史的发展,所谓'中外'就是中国和外国,就是己方和彼方。"③可见,出色的比较,即黑格尔要求的"很高的比较能力",是"看出异中之同或同中之异"的辩证比较,是一个或几个方面"有条件"的"适当"比较,是历史发展和己方彼方的"古今中外法"的比较。

具有上述要求的比较法,其对包括比较文学在内的社会科学,具有相当于自然科学中的实验那样的重要作用和特殊意义。广有学术影响的《方塔那现代思想辞典》给"比较方法"下定义说:"在社会科学中,这个名词就如同科学中实验的唯一替代关系那么至关重要。它是社会科学的系统阐述明确理论的典型方法,包括说明决定性的测试条件的那些假设。自然科学中的实验,相当于社会科学中的比较方法。"④

可见,上述的辩证比较、有条件的适当比较以及具古今中外视野的比较等要求,是对包括比较文学在内的社会科学研究"进行决定性试验(研究)的条件",而且还是经由"阐述明确的理论"来"详细说明"的那些"假设"。也就是说,是有理论依据并决定了比较方法研究条件的可行性学理假设,我们简称其为可比性。

事实上,任何研究都需要学理假设。然而,应该看到,比较文学作为一门属于社会科学的文学研究学科,其同自然科学研究不同的普遍性是,研究者的学理假设或认识论述,是不能证伪、也不能作纯客观检验的。这是由其研究对象的特点以及研究者的主观学理假设的不同作用所决定的。

就其研究对象而言,文学的研究对象与自然科学的研究对象不同。因为文学

---

① 黑格尔:《小逻辑》,贺麟译,生活·读书·新知三联书店,1954年,第262页。
② 列宁:《列宁全集》第8卷,人民出版社,1986年,第423页。
③ 毛泽东:《毛泽东文集》第2卷,人民出版社,1993年,第400—408页。
④ A. Bullock, S. Trombley. *The Fontana Dictionary of Modern Thought*, Harper Collins, 1988, p.150.

研究与自然科学研究的对象存在两类主要差异,一是对象的时间与空间的相关性,另一个是客观与主观的相异性。自然科学的研究对象就是客观存在的客体,不随时间或人事的变化而变化。如自然科学所研究的水,无论是大江大河的水,还是山溪池塘的水,也无论是过去的水,还是今天的水,去掉杂质都是由2个氢原子和1个氧原子组成,其中既不包含人的过去或如今的主观意识,也不顾及科学家的好恶情感。但文学作品中所写的水,却是饱含着作者主观意识与情感在内,而且还要求独辟蹊径。李白《将进酒》的首句"君不见黄河之水天上来,奔流到海不复回",可谓豪情满怀、汹涌澎湃。而换了另一时间与另一场合,他的《渡荆门送别》中的"仍怜故乡水,万里送行舟"则又是"辞别远游"的恋怜之情了。凝聚在文学中的作者主观思想感情,甚至可以更改客观已知的科学认识,而为人的主观意识或传统认识所左右。中国传统文学描写男女相爱总比之以鸳鸯,因为雌雄鸳鸯一旦丧其伴侣,存活下来的要不了几天就随之死去,以此喻示情侣的难舍难分。但科学告诉我们,事实上生物界雌雄动物难舍难分到须臾不能分离的"冠军"是血吸虫而非鸳鸯。然而无论是作家的创作还是读者的接受,都仍然以鸳鸯作比,而绝不会去说两人相亲相爱得就像血吸虫一般。至于不同国家和民族,既有对同一事物的不同审美感受,如中国视孔雀为美,用来赞美女子是褒奖有加,但法国说某女子是孔雀,则有"淫荡女人"之嫌;又有对同一文学作品的不同接受与反应,如寒山诗在中、日、美三国的不同流传即是。唐代诗人寒山,诗作三百余首,其在中国传统文学史上,几乎没有什么文学地位,朱东润教授主编的《中国历代文学作品选》、中国科学院文学研究所编写的《中国文学史》,以及游国恩等教授主编的《中国文学史》等著,都没有提到寒山及其诗作。但寒山诗在国外获得的肯定却出人意料,它经由日本流传到美国,在20世纪中期的美国风行一时。可见,文学不像自然对象那样"纯客观",也不像自然科学那样,给人的是关于客体存在的客观知识,而文学给人的是思想情感的主观体悟和社会人生的内涵认知,如锡德尼所说,"在于教育和怡情悦性"[①]。

与此同时,就研究者的必备学理假设作用而言,自然科学与文学研究也是大不相同的。自然科学的假设和理论,是可以被检验、被证伪的。大家熟知的第二次世界大战期间,美德两国研制原子弹一成一败就是一个例子。两国科学家的学理假

---

① 伍蠡甫:《西方文论选》上册,上海译文出版社,1979年,第231页。

设都一致,都用石磨做反应堆的实验:美国做成了,并进而制造出了原子弹。而德国未做成,当时不知其用的石磨是被人掺杂做了"手脚"的,反倒因实验失败而放弃了其理论和假设,最终使原子弹研制流了产。

但文学研究同自然科学研究不同的是,文学研究者不仅不排除其主观意识,而且,学者们总是依据已有的文学知识、理论认识和前人文献等,作为其研究文学的学理假设并要求"避免老生常谈"①,进而作言之有据、言之有理的分析论述,以证明自己的"一家之说",给文学认识的王国增添"新的版图"。一部《诗经》,总共只有305首诗,其中的"国风"才160篇。可是两千多年来,研究它的论著可谓汗牛充栋,不可胜数。其开首的《关雎》一诗,是只有短短80个字写男子追求女子的情歌。但历朝历代的研究者,从其封建教化的主观意识出发,将其与历史配合,寻求伦理认识。西汉时有说是王教之端,有说是刺时之作,较后的毛郑之学,则说它是"后妃之德也"。直到宋代的经学大师朱熹,尽管他认为《诗经》中的国风160篇,是"男女相与咏歌,各言其情者也"。但他仍然说《关雎》是"此纲纪之首,王化之端也"。同样,欧洲对《圣经·雅歌》的研究认识也是如此。明明是一首热烈肉感的以色列情歌,但从犹太拉比们开始,从其宗教信仰的主观意识出发,将其说成是神圣的启示,是"圣中之圣";后来神学家的研究阐释,更是将其说成是预表基督教徒对耶稣关系的认识,一次又一次地将其神圣化为最具奥秘隽永真理的说教。

比较文学研究也同样需要学理假设,从提格亨到谢弗尔都强调:"正如在许多别的学问中一样,对于比较文学家的工作,假设往往是必要的。"②"比较文学乃是治学方法,是检验众多假设和研究文本之道。"③但与一般文学研究假设所不同的是,比较文学是将跨语言界、跨国界、跨文化界和跨学科界的文学关系作为自身的研究对象,随之也必须具有世界文学和总体知识视野(作为个人未必能行,但作为学科理当如此)的预设理念和视角标准等,从而成为其研究的特定可比性学理假设,使之"自觉自由"地进行多种文学或多门学科及文化的相互参照和研究探索。

正因此,比较文学一个多世纪以来的发展历程,对比较文学特定可比性学理的

---

① 苏源熙:《关于比较文学的对象与方法(上)》,载《中国比较文学》2004年第3期,第14页。
② 梵·第根:《比较文学论》,戴望舒译,商务印书馆,1937年,第60页。
③ 谢弗尔:《当今比较文学》,托玛斯·莱夫生大学出版社,1994年,第1页。

探究,也就被比较文学家一提再提并一论再论。早在 30 年代,法国的提格亨就论述道:"总之,'比较'一词应该摆脱全部美学的含义,而取得一个科学的含义",以使比较文学具有"历史科学的特质"①。他要求去寻找各国文学间影响途径和"事实联系",是一种基于文学现象同源性关系的可比性学理假设,因而侧重于历时性的影响研究。二战之后,美国比较文学家雷马克在其《比较文学的定义和功用》中,也具体阐述了如何解决跨学科比较研究的"难以确定"的"比较性"②。不论是雷马克还是韦勒克,他们都十分强调"美学性"的"综合和想象、创新与解释"等,抓住"更重要的艺术理解和评价问题"③,可见,其可比性是基于功能性规律理论认识的学理假设,因而侧重于采用共时性的平行研究和跨学科研究。

而苏联比较文学学者马尔科夫认为:"对文学进行对比确定特殊和普通的关系,文学的历史发展的规律性的确立,采用比较方法是必不可免的。并且明显地分离出两个研究的方面,相对地说,纵的和横的。这里说的是一种情况,对在历史纵向发展中的现象的彻底研究;另一种情况是在同一类型的历史条件下出现的相似现象的判明。这两个方面是相互交错的,也往往是并列的。"④的确,成功的比较文学研究很少孤立地采用一种方法的学理假设,而是采用多种方法并存的可比性学理假设。

总之,从"比较"的"科学含义"和"特质",到"比较性"和"可比性"的阐释与论证,都充分反映了学者们长期以来对比较文学研究特有方法论的关注,同时也是基于比较文学学科一个多世纪发展和实践的理论总结和学术认识。"可比性是决定文学现象与文学问题能否成为比较文学对象的关键,也是关系到比较研究能否正常进行并取得科学价值的关键。"⑤因而,迈纳说:"今后,凡是从事跨文化比较研究的学者们必须掌握可比性的原则,这是基本的知识。"⑥

---

① 梵·第根:《比较文学论》,戴望舒译,商务印书馆,1937 年,第 17 页。
② 北师大比较文学研究组:《比较文学研究资料》,北京师范大学出版社,1986 年,第 6 页。
③ 雷马克:《比较文学的定义和功用》,见张隆溪选编:《比较文学译文集》,北京大学出版社,1982 年,第 2 页。
④ 马尔科夫:《比较文学研究的方法论和理论问题》,见干永昌等编:《比较文学研究译文集》,上海译文出版社,1985 年,第 362 页。
⑤ 陈惇、孙景尧、谢天振:《比较文学》,高等教育出版社,1997 年,第 57 页。
⑥ 迈纳:《跨文化比较研究》,见昂热诺等编:《问题与观点——20 世纪文学理论综述》,史忠义等译,百花文艺出版社,2000 年,第 222 页。

二、可比性和影响研究

影响不是模仿照搬,也不是抄袭剽窃,而是如美国威斯康星大学俄国文学专家约瑟夫·T.肖所说:"影响并不局限于具体的细节、意象、借用,甚或出源——当然,这些都包括在内,而是一种渗透在艺术作品之中,成为艺术品有机组成部分,并通过艺术作品再现出来的东西……一个作家所受的文学影响,最终将渗透到他的文学作品之中,成为作品的有机组成部分,从而决定他们的作品的基本灵感和艺术表现,如果没有这种影响、这种灵感和艺术表现,就不会以这样的形式出现,或者不会在作家的这个发展阶段出现。"[1]换句话说,"影响"是一种存在于本国文学或作品中属于自己特色的东西,如果没有接触阅读过他国文学或作品,也就是没有这种联系,那么这种自己的特色就不会出现。但是,仅有影响还不足以完成文学交往的全部"事实联系"。韦斯坦因认为影响"在大多数情况下,无论如何,都没有直接的输出或借入,而文学摹仿的实例要比多少都有创造性转变的实例,稀少得多"[2]。前国际比较文学学会会长迈纳教授则进一步认为:"通常所说的'影响'意味着甲把某种东西送给乙,而实际上谈论接受更准确一些,乙选择来自甲的某种东西。"[3]荷兰自由大学教授、在比较文学界相当活跃的当代学者伊布什,也在《文学的接受》一文中充分肯定,应当"使接受主体,而不是影响主体变成确定影响类型的因素"[4]。可见,影响与接受是各国文学间联系不可分割的部分。因此,影响的类型、接受的方式和媒介的途径,都是影响联系研究的可比性内容。

(一) 影响的类型

就影响的类型来看,它使不同国家的文学交往事实,组成了有矢量方向的同源

---

[1] 约瑟夫·T.肖:《文学借鉴与比较文学研究》,盛宁译,见张隆溪选编:《比较文学译文集》,北京大学出版社,1982年,第38页。
[2] 韦斯坦因:《比较文学与文学理论》,印第安纳大学出版社,1973年,第311页。
[3] 迈纳:《跨文化比较研究》,见《问题与观点——20世纪文学理论综述》,第208页。
[4] 埃尔吕德·伊布什:《文学的接受》,见昂热诺等编:《问题与观点——20世纪文学理论综述》,第327页。

性联系,因此经许多比较文学者研究与使用,主要有下面几种:

正影响,就是外来的外国文学成就,使本国文学受益并与其发展方向一致的影响联系。例如,中国的古典文学的"理性",影响了18世纪法国启蒙运动泰斗伏尔泰,他所写的哲理小说《查弟格》和剧本《中国孤儿》,都直接采用了中国元杂剧《赵氏孤儿》的题材,从而成为他宣传理性精神的启蒙文学的内容之一。同样,在现代文学史上,引进高尔基、法捷耶夫、玛雅可夫斯基等为代表的苏联无产阶级文艺,影响与促进了中国现代无产阶级文艺的发展方向,就同属这类影响。

负影响,是外来的外国文学成分,成为反对本国文学传统方向的影响联系。如鲁迅受尼采、果戈理等作品的影响,写出了彻底反封建的《狂人日记》与《药》等,从而开创了与中国封建传统背道而驰的新文学方向。又如郭沫若写的《凤凰涅槃》《女神之再生》与《棠棣之花》等作品,其反封建的那种奔腾呼号的激情,如作者自己所说,是受了泰戈尔、惠特曼和歌德的影响。在中国现代文学史与中外文学史的转型时期,此类影响尤为明显。

反影响,是指否定、批判外国文学,从其反面来支持本国文学传统方向的影响联系。众所周知,在"文革"时期,"四人帮"就大力批判所谓"封、资、修",通过彻底否定外国文学等,来推行那套极"左"的"三突出"的文艺路线,这种"项庄舞剑,意在沛公"的情况,在文学史上也绝非仅有。英国莎士比亚的著名悲剧《奥赛罗》,最早传到法国时,在巴黎舞台演出中,将中心道具手帕有意换成了丝巾或项链,这显然是为了迎合法国古典主义"典雅"准则的一种需要。

超越影响,指在本国无大名声、可在外国却声名赫赫,并有助于他国文学发展方向的那类影响联系。例如英国女作家伏尼契所写的《牛虻》,在英国不大被人知晓,可在苏联和中国却几乎人人皆知,既影响了奥斯特洛夫斯基创作《钢铁是怎样炼成的》,也影响吴运铎创作《把一切献给党》。更有甚者,中国古代的《花木类考》及陈扶摇的《花镜》等毫无文学价值的作品,在中国文学史上从不提及,可是在美国学者翟里斯所写的《中国文学史》中,却用相当多的篇幅去讨论介绍。这类影响联系,在中外文学史上也时有发生。

回返影响,是指本国文学先影响外国,再返回来促进本国文学发展方向的影响联系。例如德国戏剧家布莱希特,于1935年在莫斯科看了梅兰芳的京剧表演,写了《中国戏剧中的间离效果》一文,并将这一认识用到他的《高加索灰阑记》等剧作的演出之中。此后,这一"间离效果"的认识,又回返促进了中国的话剧表演与文学研究。又如苏联50年代中,《解冻》与《伊凡·杰尼索维奇的一天》等小说,先在西方国家"打响",再回头影响苏联,先后出现了"解冻文学"和"持不同政见文学"。由于各国政治、社会制度不同,又由于现代各国文化交流的频繁与活跃,这种各取所需或"出口后内销"的次第影响,常常存在。

这些矢量联系的影响类型,广泛地出现在文学的内容,即主题、题材、人物形象、思想感情等方面;也广泛地出现在文学的形式诸要素中,即文类文体、写作技巧、描写手法、语言运用等;甚至还蕴藏在作家精神气质和作品的背景氛围中。如20世纪20年代日本文坛流行过的"私小说",其特点是脱离时代背景和社会生活而孤立地描写个人的身边琐事和心理活动。当时留日的郭沫若、郁达夫等人,也写了《歧路》《沉沦》等描写青年人物的挫折、自疚,以致沉湎于私人琐事情结而难以解脱,最终投海自杀。这类小说,从内容到形式,都有其影响的痕迹。而新中国成立初期,玛雅可夫斯基的"阶梯诗",曾一度盛行于新中国诗坛,连贺敬之也作过多次尝试,可以说其形式上的影响更为突出。精神气质的影响,如法国的卢梭以其心地坦白、对人的博爱、为人权而战的热忱、对理想追求的执着等精神气质,左右影响了法国与欧洲资产阶级革命时的一代文风。同样,狄更斯的敏感与无情的鞭挞这一精神气质因素,启迪和影响过老舍,是形成老舍幽默讽刺风格的原因之一。而拜伦的作品,因其描写了神秘的东方、大胆的海盗、动人的女囚、可怕的长官和有魅力的异国情调,从而影响了一代欧洲写异国氛围的浪漫主义作品的问世。此外,这类影响联系还大量出现在作家对作家、作品对作品、集体对个别、个别对集体、多国对一国、一国对多国等众多方面,从而编织了不同国家文学交往联系的庞大影响事实"关系网"。

除上面这些发生在文学领域内的直接影响之外,还存在着众多的跨学科的间接影响。例如心理学家弗洛伊德,他的人格心理学、动力心理学、无意识心理学、梦心理学和性心理学,几乎冲击了西方各国社会意识和生活的各个侧面,也几乎影响了各国文学创作与文学理论的各家学说。在中国历史上,从印度传来的佛教观念,不仅影响了整个中国古代社会,而且也广泛渗透融合进文学和文论之中。如李商隐的《送臻师》:"昔去灵山非拂席,今来沧海欲求珠。楞伽顶上清凉地,善眼仙人忆我无?""苦海迷途去未因,东方过此几微尘?何当百亿莲华上,一一莲华见佛身?"这里使用了《妙法莲华经》《楞伽经》《譬喻经》与《大般涅槃经》中的话,来表达别离后友人对自己的怀念和自己对友人的祝愿,运用佛典措辞而依然缠绵婉约,体现了中国文学史上温庭筠和李商隐的"温李"诗派的绮丽特色。又如中国古代文论中著名的"顿悟说"与"意境说",也同样具有佛教思想的间接和直接影响联系。

当然,在实际研究中经常会遇到上述影响交错混杂的情况,而在近现代,各国文学间还往往出现你中有我、我中有你的相互影响,使影响联系显得更为复杂与多样。所以,我们应细致处理,而不能画地为牢,从而影响了实际的比较文学研究,这在研究的过程中是需要清醒意识到的。

(二) 接受的方式

文学研究中的"接受"一词,虽然早在 1932 年就出现在美国普林斯(L. M. Prince)的著作《英国文学在德国文学中的接受》的书名里,但该词广为人知并进入比较文学研究,则应归功于德国康斯坦茨大学教授姚斯和伊瑟尔等人的"接受美学"。尤其是他们的"接受"(德文: Rezeption)概念,指的是接受者的行动做法等任何反应,不仅不是被动的,而且还是赋予作品以意义和生命的主动者和主要角色,这对比较文学影响研究的触动更大。70 年代起,大家越来越认识到,一国文学在传入与影响他国文学时,无论是译者的翻译介绍还是改编摹仿,也无论是读者的阅读反应还是作家的借鉴吸收,都涉及远比"影响"类型更复杂的"接受"方式及其有关问题。美国比较文学家韦斯坦因说:"'影响'最好应用于指已经完成了的文学作品之间所存在的关系,而'接受'则可以用于指有关主体的广泛范围,即这些作品与其周围的关系,包括作者、读者、评论者、出版者及其四周环境。因而文学接受的研究,应指向文学的心理学和社会学。"[①]也就是说,在两国文学交往的影响联系中,接受的问题涉及更为广泛与深入的接受者(包括译者、评论者、出版者、读者、作者等)的心理特性,以及其与社会时代的关系。前者,如叙述平淡朴素、语言严谨规范的美国作家欧文,恰恰被叶圣陶所接受,欧文的《见闻札记》成为叶圣陶创作的启蒙读本。之所以如此,就因为以创作文言小说起家的叶圣陶具有同欧文类似的

---

① 韦斯坦因:《比较文学与文学理论》,辽宁人民出版社,1987 年,第 47 页。

个性特点,用他自己在《杂谈我的写作》中的话来说,就是"华盛顿·欧文的文趣(想来就是现在的'风格'了)很打动我"①。后者,如1949年前的中国,其落后、腐败与种种矛盾交织的国情,很类似于俄国19世纪的社会现实,因此俄苏文学被中国现代作家接受得最多,影响也最大。甚至连最先接受欧美文学影响为主的闻一多、老舍、巴金等人,在接触俄苏文学后,也转而"以俄为师"了。诚如鲁迅所说,在他接触俄国文学后,"才明白了世界上也有许多如我们劳苦大众同一命运的人,而有些作家正在为此而呼号,而战斗"②。鲁迅等人"拿来"之后"不断进取",用他自己的话说,"不在拼凑,而在创造,几千百万的活人在创造"③,从而创建发展了中国现代新文学。

说得更具体点,在外来文学文化与本国文学文化"碰撞"或接触时,总有一个由时代社会的国情和民族心理个性需要而发生的选择扬弃、改造转型、推陈出新的过程。这使接受者把外来文学中不适应自身需要的部分予以选择扬弃,并改造转型为自己的创新特色。如鲁迅就扬弃了俄国作家的宗教伦理"说教",而换之以彻底的反帝反封建思想;叶圣陶把欧文的"循规蹈矩"的弱点扬弃,形成自己的"谨严厚实"的个性风格;闻一多一方面借鉴了英国诗人与小说家吉卜林的诗歌形式,另一方面又摒弃了吉卜林认为统治世界应是"白种人的重任"的种族"优越感"等,就是明显的例证。同样,20世纪英美"意象派"诗人对中国古典诗词的接受也是如此。美国诗人庞德,于1915年选译了十五首李白与王维的短诗,出版了《汉诗译卷》。同时代的美国汉学家卫律,也选择编译了《中国诗170首》。此后又先后出版了十多种译作。与此同时,庞德等一批诗人创作了推陈出新的"意象派"诗作,形成了西方批评家所惊叹的中国诗简直"淹没了英美诗坛"的巨大热潮。而这一切,诚如西方现代评论家肯纳所说的:"按中国风格写诗,是被当时追求美的直觉所引导的自由诗运动中注定要探索的方向。"④凡此都说明,接受的方式,包括翻译、模仿、改编、借用、仿效和出源等,都蕴含着接受者心理个性及其社会时代的种种国情,如唐弢先生在《外来影响与民族风格》一文中所说的:"西方思潮和外来形

---

① 陈荒煤:《中国现代作家作品研究资料丛书 叶圣陶研究资料》,北京十月文艺出版社,1988年。
② 鲁迅:英译本《短篇小说选集》自序,《鲁迅选集》(4),人民文学出版社,1983年,第347页。
③ 鲁迅:《难得糊涂》,见《准风月谈》,人民文学出版社,1980年,第182页。
④ Hugh Kenner, Gnomon, *Essays on Contemporary Literature*, Estor, 1958.

式输入中国以后,为了开花结果,必须熟悉新的气候、新的土壤,植根于中国大地之中……就是说,西方思潮和外来形式在同中国人民的语言格调和生活方式相结合时,有一个自然淘汰的过程。"①

因此,接受方式不仅是接受反应的数字汇总或现象罗列,而且更是对接受者文学发展变化内在规律的深入探究。

翻译——这是一项创造性的工作,即译者把另一种语言写成的,而且往往是不同时代、不同国家或民族以及不同文化背景的作品,用本国或本民族语言,并且常以本国或本民族读者所能接受的内容与表达形式,将它们引入本国文学传统里。文学翻译既是接受、又是媒介的最主要方式,同时它还具有"再创造"的特点。钱锺书先生说过:"它是个居间者或联络员,介绍大家去认识外国作品,引诱大家去爱好外国作品,仿佛做媒似的,使国与国之间缔结了'文学姻缘'。"②正是经过林纾将西方文学作品的大量迻译,才打开国人的眼界,知道了英国狄更斯、司各特的文学不亚于太史公马迁,知道了欧洲文学也不亚于中国文学,诱发了国人对西方文学的爱好与关注。林纾的《巴黎茶花女遗事》一出,据《福建通志·林纾传》中记载:"中国人逮所未见,不胫走万本。"从此外国文学大量译介进中国,产生了巨大影响。不仅外国文学,就连向来不列中国传统文学"大雅之堂"的小说,也开始身价百倍,从而促进了中国小说创作热潮的形成。

同样,翻译的"再创造"特点,是由于翻译必须要以本国语言来使原作"本国化",以适应本国传统与读者的阅读习惯与艺术趣味,因此从译者翻译到读者接受必须经历两次"叛逆"③。而且这种"叛逆"性的再创造,都受到本国国情与接受者特性需要的制约。如中国近代最早的一部汉译小说《昕夕闲谈》,分26期连载于1873年至1875年上海《申报》馆的文学月刊《瀛寰琐记》上,译者署名是"蠡夕居士",文内注明系"英国小说",实际是英国19世纪作家利顿的长篇小说《夜与晨》的前半部。这部译作的"叛逆"性再创造是十分明显的:全书采用中国的章回体,尽管不叫"回"而叫"节",但各节的标题一律"中国化",变成讲究对仗的上下联,如

---

① 唐弢:《西方影响与民族风格——中国现代文学发展的一个轮廓》,人民文学出版社,1989年,第22页。
② 钱锺书:《林纾的翻译》,见《钱锺书论学文选》卷六,花城出版社,1990年,第108页。
③ 源出法国文学社会学家埃斯卡庇(Ecarpit, R.)《文学社会学》一书,意指后世对一部作品的误解。

第一节是：

> 山桥村排士遇友　礼拜堂非礼成亲

按中国传统、男女成亲，必须有"父母之命，媒妁之言"，否则就是"私奔"。但西方习惯倒是十分注重在礼拜堂由神职人员来主持婚礼。译作说他们"礼拜堂非礼成亲"，是为了照顾当时大多数读者的习见——误以为类似由和尚在寺庙张罗成亲的非礼之举，这显然是为了迎合中国传统习惯而作的"叛逆性"再创造了。这部译作的语言也用的是与今天普通话尚有距离的当时白话，如第七节中一段描写丧父之悲的文字是："康吉是号啕大哭，抱着父亲的尸首，直要以身相扑的光景，其余僮仆婢妾，无不伤心垂泪。这桃源别境里头，只闻得一片哭声。"内中的"婢妾""桃源别境"等，都只是中国才有，英国是一夫一妻制，哪来"妾"？西方向往"伊甸园"，又哪来"桃源别境"？这里的叛逆再创造，也是译者为迎合国情与读者需要而作的转型与重构。

可见，翻译是既涉及转型重构再创造，又涉及时代国情的接受和媒介的可比性内容。

评介——这也同样既属接受又属媒介的双重可比性方式。因为评介者处于媒介中间人和批评家的地位，或翻译、或著文、或评述、或介绍，以引进外国作家作品和文学潮流等的接受与发展。他们也同样会以自己的认识"模式"与社会国情的需要，对外国文学进行转型与重构的"再创造"。鲁迅、茅盾、傅斯年等，都是通过日文、英文等译著认识德国哲学家尼采的。鲁迅在日本留学时称尼采是"个人主义之至雄杰者"。茅盾在年轻时盛赞"尼采是大文豪"。而傅斯年则赞扬尼采是"极端破坏偶像"。可见各人都在其评介中，转型重构地"再创造"了一个各不相同的"尼采"。更有甚者，当《圣经》传入中国后，清代大学者黄遵宪在光绪二十八年《与严又陵书》中说："假视天如父，七日复苏之义为'耶稣'，此假借之法也。"而差不多时候的另一学者王闿运，居然说："耶稣非夷言，乃隐语也。'耶'即'父'也，'稣'死而复生也，谓天父能生人也。"[①]那就完全是中国传统认识模式的评介了。

---

① 钱锺书：《管锥编》第五册，中华书局，1986年，第114页。

改编与改写——这是对原著的一种相当彻底的"创造性叛逆",即将外国原著的内容或形式改变成完全适合本国国情与读者的接受习惯。如中国现代史上的洪深,他的戏剧协社在1924年于上海首次公演英国作家王尔德的名作《温德米尔夫人的扇子》时,对原作还改动不大,但以此剧改编成沪剧的《少奶奶的扇子》,则为了适应中国与沪剧的要求,成了"西装旗袍"的"上海货"了。而在抗日战争时期处于沦陷中的上海,改编改写的剧本特多,如李健吾根据法国司克利希的原作而移植改编了《云彩霞》,又根据萨尔杜的原著移植改编了《风流债》《花信风》。陈叙一将美国奥尼尔《榆树下的欲望》改写为《田园颂》,魏于潜将法国嘉乐的《卖糖少女》改写为《甜妞儿》等。这样的改编改写也在实施着影响的完成,通过对它的研究,可以发现时代、国情、风尚等对文学接受的作用,所以也是不容忽视的接受方式可比性。

模仿——它同通常文论中所见的"模仿说"不同,在比较文学中是指作家以外国的某作家或某作品为依据来从事创作活动,使自己的个性服从于所依据的某外国作家或作品,但又不像翻译那样处处忠实于原作,也不像改编那样完全"本国化",而是居于二者之间,即在自己新作中有不少原作的痕迹,一般能让人看到原作中人物的性格、命运和故事情节等,这就叫模仿。有部分作品的模仿,也有整部作品的模仿,甚至"反其道以行之"的模仿。如唐代中国神怪小说传入朝鲜后,朝鲜金时习写的《金鳌新话》就是十足的模仿。我国现代女作家庐隐于1925年发表小说《或人的悲哀》,从名称到体裁,从内容到格调,都在整体上模仿歌德的《少年维特的烦恼》。而朝鲜在16世纪传入中国的《三国演义》后,也出现了《梦泽慧汉淞》《马武传》《诸马武传》等三国模仿小说,内容大体与《三国演义》相似,其中人物与情节的模仿更是明显可见:"司马貌"被换成"诸马武"或"楚汉松",而情节则是"华容道""山阳大战""赤壁大战""刘忠烈传""姜维实传""玉人记"以及"魏王别传"等。对模仿的研究,既能从模仿者的选择模仿对象上去探求其个性,又能从中探讨当时接受影响的社会风尚的共性。因此,也是很有研究价值的可比性内容。

仿效——这是与模仿有关但略有区别的又一种接受影响的方式。仿效特指作家出于某种艺术目的,在自己的作品中表现出他国作家或作品的风格特征。也就是说,是出于自己的艺术目的的一种风格的因袭。如我国现代著名诗人闻一多在美国留学期间,十分欣赏美国现代女诗人狄丝黛尔(Sara Teasdale)的诗,闻一多自己曾说过,他有一首《忘掉她》,是悼念女儿立瑛的,这是一首在风格上明显追逐狄

丝黛尔《让它被忘掉》风格的仿效作品。狄丝黛尔的《让它被忘掉》第一节是:

  让它被忘掉,像一朵花被忘掉,
  被忘掉,像熊熊燃烧过的火苗。
  让它被忘掉,永久、永久,
  时间是位仁慈的朋友,他会使我们老。

闻一多《忘掉她》的第一节是:

  忘掉她,像一朵忘掉的花——
  那朝霞在花瓣上,
  那花心的一缕香——
  忘掉她,像一朵忘掉的花!

非常清楚,其在风格上的因袭是十分明显的。

借用——指作家在自己作品中取用他国文学或其他作品中一些现成的因素与材料,特别是格言、意象、主题、情节、比喻以及典故等,但一般含糊地标明其出处。在欧洲文学中借用《圣经》里的材料,13世纪以来就屡见不鲜,自但丁的《神曲》起,中经弥尔顿的《失乐园》《复乐园》、拜伦的剧本《该隐》,直到美国现代诗人弗洛斯特,可谓连绵不绝。弗洛斯特的《太平洋边》一诗,写的是铺天盖地扑向海岸的海涛潮汛,潮声嘈杂,波涛汹涌,似乎要吞没一切,由此象征光怪陆离的西方世界正面临一个罪恶、黑暗与灾难的时代。诗末,诗人含蓄地借用《圣经》中关于世界末日的预言,写道:

  将有比大海狂涛更凶的厄难,
  出现在上帝说出世界无光的末日之前。

这种借用,在中外文学关系史上也不乏其例,如诗人绿原于1981年发表的《重读圣经——牛棚诗抄等N篇》,就借用圣经中的材料抨击"四人帮"的罪行。日本现代著名经济学家河上肇曾写过一首《无题》的七言汉诗绝句："偶会狂澜咆勃时，艰难险阻备尝之。如今觅行金丹术，六十衰翁初学诗。"河上肇借用中国传说中道士"金丹术"能求长生不死者之典，来表白他年满花甲学汉诗的坚定心愿。

对借用的研究，不仅有助于发现新老作品间的联系，而且还有助于探讨如何被影响接受的微妙过程。

出处——一部作品接受另一部作品的影响，通常有两种情况：一种是指一部作品接受另一部作品的资料，尤其是情节，如古希腊文学中关于盗火给人类而自己忍受惩罚的普罗米修斯"母题"，成为后来欧洲经久不衰的全部普罗米修斯戏剧的材料来源。而另一种情况，则是指材料来源同使用这一材料的艺术手法或理论观点的来源不同，前者称之为来源，后者称之为出处。如郭沫若《凤凰涅槃》，诗里写凤凰涅槃而获新生，此材料明显借自佛典，但全诗的艺术手法，则有相当程度是出自惠特曼等欧美诗人。又如美国现代著名戏剧家奥尼尔，在欧洲之行以后，于 1931 年写了三部曲长剧《哀悼》，从情节来源看，显然源自古希腊悲剧家的《奥瑞斯忒亚》，并将古希腊英雄阿伽门农及其一家改成美国将军曼农及其一家。但剧本写一个新英格兰家庭中的矛盾冲突，即母亲同情人相爱而杀死了丈夫，而女儿又恨母亲从小夺走其父爱，如今又夺走她对情人的情爱，因此串通弟弟杀死她与母亲的共同情人，并逼死母亲。该剧的情节中古希腊的命运观念与复仇观念，被换成了个人情欲及其发泄失控的观念。这一被奥尼尔改变了的观念，其出处正是弗洛伊德性心理学的"恋父情结"。像这样情节材料来源于古希腊，而观念则肇源于心理学，后者就是出处了。在影响研究中对出处的这种接受方式的细致考证与辩证分析，无疑会有助于揭示复杂的接受影响的事实联系。

（三）媒介的途径

媒介途径，指的是一国文学转移到另一国文学的事物和具体途径。总的说来，有文字媒介途径与非文字媒介途径两类。

前者，如译本、文章、新闻报道、杂志书刊、手抄文本、规章典籍，乃至当今的微缩胶卷、磁盘光盘等，它既可能是属于"输出者"，也可能是属于"输入者"，还可能是第三者所为的媒介途径。仅就中外文学的媒介情况看，上述现象都存在。20 年代比较有影响的《文学月报》与《学衡》杂志等，就大力"输入"过外国文学与外国文论,系统地介绍过法国文学、希腊文学与欧洲文艺理论。《新青年》杂志,则早在 1915 年开始,就一一介绍了屠格涅夫、王尔德、赫胥黎、叔本华、富兰克林、冈古兄弟、莫泊桑、陀思妥耶夫斯基、伯格森、米尔、尼采、易卜生、斯特林堡、显克微支、托尔斯泰、安徒生等。而 1935 年到 1936 年,由鲁迅精选、胡风著文的中国作家作品选,选译介绍了萧军、欧阳山、邱东平、草明、艾芜、沙汀等左翼作家及其作品,连续刊登在当时的日本大型杂志《改造》上。这在新中国成立前,算是我国文学最系统的"输出"媒介壮举了。

而通过第三者来完成媒介途径的中外文学联系,那么唐代寒山的诗作在 20 世纪由日本介绍而转移到了美国,则是最典型的媒介途径。20 世纪 50 年代,首先是描绘寒山的版画吸引了美国观众的兴趣,接着是 1954 年寒山英译诗首次出现在美国。1958 年秋,史乃德译的二十四首寒山诗再次刊载在美国《万年青》杂志上。上述寒山诗的译者,都是受到日本文艺中关于寒山资料的影响而介绍寒山的诗作的。至于 1962 年华特生翻译出版的百首寒山英译诗,则完全取材于日本矢义高 1958 年岩波出版社的注释本。所以寒山诗是通过第三者——日本艺术与日本文学的媒介而流传到美国去的。

除上述可见之于文字的媒介途径外,另外还有不见之于文字的媒介途径,如作家的旅游、"沙龙"集会、会晤谈话等。虽然这些不像前者易于考据,然而也是绝不能忽视的可比性内容。欧洲大文豪歌德,于 1786—1788 年和 1790 年两次漫游意大利,他在罗马参观接触了古代和文艺复兴的艺术后,惊呼道:"今天,我终于获得新生了!"这成为他从原来的"狂飙突进运动"热情中解脱出来,并转向古典主义的原因之一。这可以算是通过旅游参观而受到影响的媒介途径了。

欧洲 19 世纪初,法国最著名的文艺沙龙——斯达尔夫人宫邸,就是通过交谈,既使法国文学影响了德国与其他国家的文学,又使德国文学影响了法国文学等。可以说,欧洲后来出现的各种浪漫主义、自然主义、现实主义等,都同这一沙龙有联系。我国鲁迅先生在家中经常接待文学青年与木刻作者,将苏联革命文艺、日本木刻艺术与先进的文艺理论引进国内,影响了我国一大批文艺工作者的成长,则同样属于这一媒介。

此外,组织机构的体制性势力,也是不能忽略的媒介途径。如大学所开设的课程,财经机构资助的研究课题,政府机关或宗教组织等对作品引进和出版的干涉等,都会左右着外国文学文化转移的媒介活动及其途径。改革开放后的中国大学,通过外国文学课和文学理论课,向学生系统介绍了外国作家作品和各种西方文论。而宗教势力较大的当今美国一些州和城镇,现在还不能销售意大利文艺复兴运动反宗教的名作《十日谈》,压根就堵塞了这部外国作品的媒介通道。20世纪90年代前后,是美国美中学术交流委员会的经费资助,才使白素贞、马克等博士,接踵来华研究苏州评弹,一方面著书立说评介评弹,另一方面又请著名演员金声伯和评弹学者吴宗锡等,去美国表演和讲学。

时至今日,影视、网络、国际笔会、国际学术会议、留学进修、访学讲学、合作研究、访问考察等,使非文字途径的媒介途径,更多也更复杂。众多的影响研究可比性内容,不仅使影响研究丰富多彩,而且也使交往"事实联系"的探求富有魅力。知道与熟悉了这些可比性学理假设,对进行影响研究的准备和深究乃至创新,都是必要的开始。

三、可比性与平行研究

平行研究比影响研究的范围更宽广。它不只扩展到并无影响联系的各国文学以及文学理论等文学关系,而且还拓展到同文学有关的社会学、经济学、历史学、心理学、民俗学、宗教学、艺术和自然学科等领域。因此,平行研究就不同于影响研究,它在研究其同异与探求其原因规律时就更注重"关系"的可比性,也就是说,对平行研究的文学对象,要确立一定的标准,并在一定的范围研究其问题,以获得"人同此心,心同此理"的相似相应新识,或"同中求异与异中求同"的相存相衬新见。中外文学上众多的相似与类同,区别与殊异,尽管纷繁多样,南辕北辙,然而毕竟是有规律存在的。其可比性既可以从"文心相通"和各具特色的文艺学本身去研究,又可以从与文学有关的其他学科领域去探索;既可作形而上的对等同类比较,也可作辩证综合比较等。

对等同类比较,是建立在各国文学存在类同和差异对比的基本事实基础上的。

类同,是指没有任何关联的各国文学之间在内容与形式、风格与流派、结构与情节、情调和形象、观念与思潮、创作方法与文艺运动以至文学发展规律等之间的相似与相仿。如人类初民阶段的神话传说,中国和欧洲都有开天辟地、洪水灾荒的神话;不仅汉族、藏族,就是印度、埃及,甚至北美印第安人的口头文学中,也都有关月亮阴影形成的传说。到了阶级社会阶段,英国浪漫主义历史小说家司各特的《艾凡赫》,其主人公罗宾汉是一个反贪官、锄强暴、劫富济贫、效忠君王的侠盗,这同《水浒》中的梁山好汉十分相似。非但如此,就在文学创作的观念上,中外也有同样认识。中国古代文论家刘勰在论及苦痛比快乐更能产生诗歌时,用了一个极妙的比喻,即"蚌病成珠"。他在《文心雕龙·才略》中论及冯衍时说:"敬通雅好辞说,而坎壈盛世;《显志》自序亦蚌病成珠矣。"就是说,好的文章是"郁结""发愤"的结果。无独有偶,在欧洲也有类似的见解。如法国的福楼拜认为,珍珠是牡蛎生病所结成,作者的风格则是更深沉的痛苦之流露。东西方文学家的这种类似认识,可谓异曲同工并客观存在。

对比,则强调不同文学之间的殊异。诚如英国学者柯登在《文学术语辞典》中所说,对比是"将根本不同的差异与对立的意象、思想观念这两者平行排列,去弄清或显示出其中的一个事件、一个主题或一个场景来"①。也就是说,通过差异对比去认识不同文学间的特点与相异。如上面所说的洪水灾荒神话,中国是大禹治水,欧洲是诺亚方舟避灾,在类同中又有殊异。同样,西方文学有发达的叙事诗传统;而中国汉文学则缺乏发达的叙事诗,却又有欧洲所欠缺的悠久抒情诗传统。然而中外诗歌都有格律,都讲究意象,也都曾是各类文学中的"桂冠",这又是殊异中有类同。各种互不相同的各族文学特色,才构成了世界文学的丰富与多彩,也才显示了文学创作与发展规律的奥妙。

对等同类比较,是形而上比较时用得最多、也最易于考虑的可比性。相同的文学史进程,相同成就的作家,相同的文学内容或形式,相同的文艺理论或见解等,都可以作为文学学科内的对等可比性标准。大的可以包括两国的文学、文论,两个不同国家的杰出作家,如中西山水诗的美感意识同异的比较研究,中外古代美学思想的比较研究,曹雪芹与莎士比亚、汤显祖与莎士比亚的比较研究等;小的可以限制到一个形象、一则细节,甚至一个文论概念的认识。如南朝王籍的《入若耶溪》中,写幽静的名句是"蝉噪林愈静,鸟鸣山更幽";美国作家霍桑在《美国的笔记》中也有类似的描写:"群鸦飞噪高空中,不破沉静反添寂。"这种细致写景的同异,使我

---

① Cuddon J A, *A Dictionary of Literary Term*, London: Ardrn Deutsch, 1979, p.155.

们更清楚地认识其包含的规律,是心理学中的"同时反衬现象"在描绘上的艺术运用。这些,是人们很感兴趣也正在大力进行的比较研究。

还有,由于文学是社会现实的反映,而人类的社会发展总有大致相同的规律,这就决定了反映它的文学也具有与之相应的类似性同步发展的趋势。因此,平行研究的同类可比性,除文学学科的同类标准外,还常常可以从社会现实各个领域的有关学科理论中去选取其同类标准。

运用社会经济发展规律的理论对神话产生与消失的分析,则是由于初民的低下经济水平,及其自身缺乏对自然的实际支配能力,因而如马克思所说:"用想象和借助想象以征服自然力,支配自然力,把自然力加以形象化。"[①]这就成为各族产生类同神话的原因。中外都同样有创世神话,又都有善恶征战神话,还都有与太阳、洪水搏斗的神话等。又由于中国的古代社会是自给自足的保守农业经济,而印第安人中的游牧部族是以狩猎为主的初民经济,因此,同为写兔子,在中国的传说中,兔子是善良且本分的,但在印第安人的传说中,兔子则是狡黠而又滑头的,因为捕杀兔子是印第安人的主食来源之一。人类社会经济发展进步后,人们的知识水平提高了,对自然的实际支配能力也大大增强了,神话也就自然而然地随之消失,只是作为人类"童年"时的文学光辉代表而存在于文学史上了。事实上,对神话的研究,我们还可以在马克思主义指导下,吸收其他学科理论来丰富与发展这一研究的可比性标准。在西方比较文学界,就流行过运用弗洛伊德心理学理论、法国人类学家列维-斯特劳斯的文化人类学、语言分析和结构主义理论等。法国巴黎大学和法兰西学院的印欧文化教授迪谬塞尔还提出过社会人类学的做法,认为古代印欧社会中都有僧侣、武士与平民三个社会等级,而神话中的神和英雄也就分别予以"集体表现"了这三个等级,这种社会职能三分法的标准,倒也颇能解释印欧神话的不少事实。

发展至今,运用其他学科的理论来作平等研究的可比性标准,已扩展到社会学、语言学、哲学、生物学,甚至自然科学和社会科学均有的"生态批评学""系统信息论"等,并且还出现了彼此交叉与综合运用的跨学科总体研究。这就要努力探求类同中的殊异与殊异中的类同、同异并存及其内在规律的辩证比较可比性了。这是同类标准往往无法满足其可比性时要求的。为此,就需要我们如列宁所说"把问

[①] 马克思:《〈政治经济学批判〉导言》,见《马克思恩格斯选集》第2卷,人民出版社,1972年,第113页。

题提到一定的范围",通过马克思和恩格斯所提出的"种的特性或族的特性"的标准,以辩证研究其功能性内在逻辑关系。马克思与恩格斯在《德意志思想体系》中,反对德国哲学家施谛纳的"不可比"理论时说"不可比较也是一种以比较活动为自己前提的反省的规定",并指出,"这只是人和一般蛙的比较,而不是百灵鸟和一般蛙的比较。只是在前一种场合下才能谈到个体之间的比较,而在后一种场合下比较的只是它们的种的特性或族的特性",而且还需要"抛掉了脑子里的'固定观念'才能做到"①。

已故的美国斯坦福大学学者刘若愚的论文《中国诗中的时、空、与我》,在这点上就作出了可贵的贡献。论文打通了不同文化和学科的"对话语境"、克服了概念困惑和"固定观念"的束缚,一方面使形而上的不可比变为辩证的可比,另一方面又能从更广更深的文学文化背景与知识层次上,去揭示其内在的逻辑规律。

李白的《宣州谢朓楼饯别校书叔云》一诗中,有"弃我去者,昨日之日不可留;乱我心者,今日之日多烦忧"的佳句。莎士比亚名剧《麦克白》有"明天,又明天,以这种小步,一天又一天地爬行"的妙句。对此二者,用通常的主题、题材、情感、手法等同类标准,都难以觅到可比因素。同样,李商隐《夜雨寄北》的"君问归期未有期,巴山夜雨涨秋池。何当共剪西窗烛,却话巴山夜雨时",同19世纪英国诗人克里斯蒂娜·罗塞蒂的"我不会看见日影,我不会觉得雨淋,也不会听见夜莺,在痛苦中的呻吟。日后长眠在无际的阴暗境地,我也许会记得或忘记这个光阴",用通常的同类标准也一样难以发现其可比性所在。

然而,跨越了文学文化和学科的界限,那么上述诗篇中,都存在一个时间、空间与欣赏者"我"之间的三相关系,而把问题就提到这个"一定的范围",那么上面诗作的不可比也就能够可比了。如"我"静止、诗中所写的时间朝"我"动,李白的诗与莎士比亚的《麦克白》的诗句都属于这一范围,都是时间在向前过去,而"我"却未动一动。而李商隐与罗塞蒂的诗,则又属于时间静止、"我"向前动的情形,即这一巴山夜雨时刻或夜莺呻吟时刻,都不会延续前进了,只有"我"仍向前生活着、行动着,直到未来的那个光阴,再来"记得或忘却"这个时刻;或"共剪西窗烛"时再来"却话巴山夜雨时"。这就使这四首诗,两两都具可比性了。用这"时、空与我"的

---

① 马克思:《德意志意识形态》,郭沫若译,上海言行出版社,1938年。

三相关系标准,我们还能发现陶渊明的《杂诗十二首》之五与美国现代诗人埃米莉·迪金森的诗也有了可比性。陶诗是"鼙舟无须臾,引我不得住。前途当几许,未知止泊处"。迪金森的诗句是"顺时间的古流而下,一无舟楫,我们被迫航行"。两首诗中的时间都同"我"同时向前流动着。依此标准,一大批中外抒情诗都具有了可比性。

当然,找到了可比性标准能发现中外诗的同异,还不是真正的辩证比较研究,还只是做了这一研究的一半,而且还是不很重要的一半。因为,上述的认识并未超过前人。早在18世纪,莱辛在《拉奥孔》中就已将时空因素作为诗歌与雕刻的分水岭,提出"诗"是有动作的,并在时间中展开的认识。而到了20世纪,西方的语言学家如格罗戈森与英拉夫斯克等,又进一步将此观点发展为在时态中有"动着的自我""动着的时间",使人在定方向时,不是面对时间,就是与时间同方向等见解。仅仅重复别人的发现,还不能算在比较文学上有学术创见。更何况,平行研究决不是寻找和罗列同异,而是通过对同异内在规律的辩证分析研究,去发现不同国家文学的特殊性与普遍性,同时又努力去探求人类总体文学中"文心相通"和同异现象的理论新识。刘若愚指出,中国古诗中的字和词,由于无时态限制因而具有时间空间化与空间时间化的双重互转功能。在王维的《终南别业》的后两句,即"行到水穷处,坐看云起时"中体现得最为典型。前一句随我沿流而行的时间,当我行到水尽头时,被一个"处"字空间化了。因此,前一句的"行"与"穷",是因我"动"而造成时间、空间"静"的对比和转化;而后一句的"坐"与"起",则又是我"静"而造成的时间、空间"动"的对比和转化。再者,前一句"行"与后一句"坐",又成了我动与我静的转化与对比;而后一句的"起",与前一句的"穷",恰又成了时间、空间、静态同空间、时间、动态的转化和对比。因此,这种时间与空间复杂而又无限的互转功能意象,给读者提供了一个再创造的无限天地。这是中国诗人利用中国汉字特点,并认识到人与时空的微妙关系而掌握娴熟的一种高超的写作技巧;也是中国古典抒情诗的感人魅力所在,为读者创造出一个超越了时间、空间的世界,并使读者在自己的时间与空间内能再去创造的这么一个世界。

可见,要掌握好平行研究中的辩证比较的可比性,是需要跨越学科的众多文化知识,又要进行分析综合研究方能奏效的,而研究者不仅需要为之付出创造性的探索,有时还真要有点"发现新大陆"的精神才行。

然而,可比性的问题是复杂的,通常的影响研究可比性与平行研究可比性都存在一些"先天不足",在具体运用中,应当如中医所强调的要作"辨证施治"。

就影响研究的可比性而言,其对文学创作规律的先天性失控,突出地表现在即便考证出了彼此的影响类型、媒介途径与接受方式等影响联系,也终究难以求证出这些"事实联系"是如何影响创作新作品的具体运作的。因此,在运用影响研究可比性时,应当像日本学者矢野峰人所说:"影响研究,必须从可见之处着手而后导致不可见的世界之中,并发现和把握潜藏于研究对象深处的本质为其目的。"[①]如中国的第一部有影响的"世情书"——《金瓶梅》,在明代传入朝鲜,使朝鲜文坛掀起一阵爱情小说的热潮。尤其在朝鲜的肃宗朝期间,所谓"软性文学"极盛,产生了朝鲜小说的杰作《九云梦》,它所写的男主人公与八个女郎的爱情故事,清楚地反映了受到中国文学影响的印痕。朝鲜学者全奎泰研究"深处"后指出,这部小说"不仅仅是一个在当时礼教支配下男女关系的故事,并且是当时人们情感、愿望和思想的一个记录,使我们得以窥视其心灵的最深处"[②]。

就平行研究可比性而言,也同样存在着先天性的不足。类同和殊异,乃普天之下万事万物之间总是存在的,如黑格尔说的,世界上绝无两片完全相同的树叶,也无两片完全不同的树叶。而平行研究可比性,由于不是从影响联系的事实着手,而是通过对被比较对象间的类同与对比的认识开始,因此这种认识有过分依赖主观与印象的可能。为克服这一弊端,应当像王元化先生所说,要"进行历史的比较和考辨,探其渊源,明执脉络",以求得钱锺书借用佛学禅理所要求的"一切解即是一解,一解即是一切解故"的理论新识。

总之,可比性是比较文学研究的基本学理假设,也是比较文学研究成败的关键之一。可比性的内容、标准及其运用,既是复杂的,又是在发展中的,是需要我们科学谨慎与实事求是地运用好它们的。

（本文初载《外国文学研究》1984 年 4 期,后经修改收入
《简明比较文学教程》,江苏教育出版社,2007 年）

[①] 矢野峰人:《矢野峰人选集·比较研究の意义》,(东京)图书刊行会,2007 年。
[②] 全奎泰:《中国文学对韩国文学的影响》,李永平译,1971 年。

跨文化影响研究的"有效化"

> 把东方文学,特别是中国文学纳入比较的轨道,以纠正过去欧洲中心论的偏颇。
>
> ——季羡林《中国比较文学年鉴·前言》

国际比较文学学会理论委员会的昂热诺、贝西埃和佛克马等,在其主编的《问题与观点——20世纪文学理论综论》一书的"前言"中提出:"要求认识主体自觉地运用新的方法论,改变学科的观念,并为有效化而努力。"[①]这是在当今全球多元文化时代,"特别是中国文学纳入比较的轨道"后的当今,对克服"欧洲中心论"和健康发展比较文学都是及时和"有效"的卓见。本文就比较文学重镇之一的影响研究,对其历史与局限,以及在跨文化中西文学关系研究中所必须改变的新观念和新方法,作一探讨,以供参考。

影响研究在西方大致经历了三个历史发展阶段。从19世纪末到20世纪50年代,是实证研究与影响研究形影相随的第一阶段。其特点,正如韦勒克在《比较文学的危机》一文中所指责的,是"陈腐的十九世纪唯事实主义、唯科学主义和历史相对论"[②]。其毛病与成绩都与梵·第根对影响研究定义所作的"科学的含义"有关:"把尽可能多的来源不同的事实采纳在一起,以便充分地把每一个事实加以解释是扩大认识的基础,以便找到尽可能多的种种结果的原因。"[③]因此,一方面如

[①] 昂热诺等编:《问题与观点——20世纪文学理论综论》,史忠义等译,百花文艺出版社,2000年,第3页。

[②] 韦勒克:《比较文学的危机》,《比较文学研究资料》,北京师范大学出版社,1986年,第51页。

[③] 梵·第根:《比较文学论》,戴望舒译,台北商务印书馆,1995年,第17页。

韦勒克所指出的,实证主义的影响研究未能"面对'文学性'这个问题,即文学艺术的本质这个美学中心问题",并违背了文学创作的艺术规律:"艺术品绝不仅仅是来源和影响的总和;它们是一个个整体,从别处获得的原材料在整体中不再是外来的死东西,而已同化于一个新结构之中。"①但另一方面,则仍如韦勒克对其"一大功绩"所肯定的:"它关于连贯一致的西方文学传统由无数互相关联的错综复杂的关系交织为一体这一概念,显然是正确的(并且已找到大量事实证明此观点)。"②

自 70 年代起,影响研究已不再囿于"实证研究"而重视起"美学中心问题",并从输出影响转向主体接受研究的第二阶段,尤其是西方汉学研究和中西文学文化关系研究,还出现了从欧洲中心的传播范式向中国中心的接受范式的转变,出版了诸如谢和耐的《中国和基督教——中国和欧洲文化之比较》、柯文的《在中国发现历史——中国中心观在美国的兴起》、多罗西·柯的《内室里的教师:妇女与 17 世纪中国的文化》和稍后由陈小眉撰写的《西方主义:毛泽东之后的中国》等一批有影响的专著③。与此同时,西方比较文学界对影响研究也从接受主体方面,提出了新的主张和认识。约瑟夫·T. 肖,将"影响"这一关键概念界定为:"影响与模仿不同,被影响的作家的作品基本上是他本人的。"④韦斯坦因也认为影响"在大多数情况下,无论如何,都没有直接的输出或借入,而文学模仿的实例要比多少都有创造性转变的实例,稀少得多"⑤。前国际比较文学学会会长迈纳教授则进一步认为:"通常所说的'影响'意味着甲把某种东西送给乙,而实际上谈论接受更准确一些,乙选择来自甲的某种东西。"⑥荷兰自由大学教授、在比较文学界相当活跃的著名学者伊布什,也在《文学的接受》一文中充分肯定"杜利幸提出的关于比较文学的理论反思有所创新。当他使接受主体,而不是影响主体变成确定影响类型的因素

---

① 韦勒克:《比较文学的危机》,《比较文学研究资料》,北京师范大学出版社,1986 年,第 53、60 页。
② 同上。
③ 谢和耐:《中国和基督教——中国和欧洲文化之比较》,耿昇译,上海古籍出版社,1991 年;柯文:《在中国发现历史——中国中心观在美国的兴起》,林同奇译,中华书局,1989 年;多罗西·柯:《内室里的教师:妇女与 17 世纪中国的文化》,斯坦福大学出版社,1994 年;陈小眉:《西方主义:毛泽东之后的中国》,牛津大学出版社,1995 年。
④ 约瑟夫·T. 肖:《文学借鉴与比较文学研究》,《比较文学研究资料》,北京师范大学出版社,1986 年,第 119 页。
⑤ 韦斯坦因:《比较文学与文学理论》,印第安纳大学出版社,1973 年,第 7、31 页。
⑥ 迈纳:《跨文化比较研究》,见《问题与观点——20 世纪文学理论综论》。

时,他就等于站在了接受研究的阵地上",并主张,即使是资料的历史研究,也应"植根于更为广泛的为科学和社会所丰富的概念范围之中"①。

而到了当今全球多元文化时代,在他们反思比较文学及其整个理论的第三阶段中,其最具价值的认识是,对"欧洲中心痼疾"及其认知模式的质疑,并提出了跨文化影响研究的新思路。两位前比较文学学会会长迈纳和佛克马同时发现,旧影响研究模式对"跨文化"比较文学研究的无奈。前者说:"一旦把'影响'的观念从欧美背景中抽出来,它就不像大多数人想象的那么简单了。""跨文化比较文学与我们更熟悉的文化内比较研究之间仍然存在着某些差异。……跨文化比较研究的格局与相对应的文化内研究的格局不同"②;后者也说:"总之,跨文化的检验——对结果的检验曾过久地被限制在一种文化范围之内,现在它已经扩展到世界范围——会为我们对科学假设普遍有效性的期望提供一个基础。"③美国的希伯尔斯教授在《多元文化时代的比较文学》一书中撰文指出:"欧美——或者全世界——的文学文化理论都是欧洲的理论,后者对多元观的理想也是带有欧洲特性的理想。"④英国的苏珊·巴斯奈特在其专著《比较文学批评导论》中进而提出:"现在已到了我们确认比较文学的后欧洲模式的时候了,应重新考虑文化认同、文学经典、文化影响的政治含义、时期划分和文学史等关键问题,并坚决摈弃不顾历史的美国学派和形式主义研究。"⑤

事实上,对欧洲影响研究模式及其局限的反思,应从其赖以生成的历史土壤谈起。

众所周知,欧洲各国文学是肇源于古希腊、古希伯来文学文化,又共同经历了"统一的拉丁化"中世纪和"迅速的民族化和本土化"的近现代而发展至今。这一同根同生的特点,正如伏尔泰早就指出的:"在最杰出的近代作家身上,他们自己国家的特点可以通过他们对古人的模仿中看出来;他们的花朵和果实虽然得到了

---

① 埃·伊布什:《文学的接受》,见《问题与观点——20世纪文学理论综论》。文中提到的杜利辛,是捷克斯洛伐克比较文学家,著有《文学比较论》等书。
② 迈纳:《跨文化比较研究》,见《问题与观点——20世纪文学理论综论》。
③ 杜·佛克马:《认识论问题》,同上书。
④ 查尔斯·伯恩海默编:《多元文化时代的比较文学》,霍普金斯大学出版社,1995年,第198页。
⑤ 苏珊·巴斯奈特:《比较文学批评导论》,布莱科威尔出版公司,1993年,第41页。

同一太阳的温暖,并且在同一太阳的照射下成熟起来,但他们从培育他们的国土上接受了不同的趣味、色调和形式。"①也就是说,西方文学与欧洲各国文学的关系,是在单一文化体系中的种、属继承与发展关系。而由法国比较文学家提出的比较文学影响研究理论与方法,诚如西方现代比较文学家库尔提乌斯在《文学研究导论》中所总结的:"西方文学组成了各国民族文学的历史共同体。这个共同体本身则体现在每一个民族文学之中。每一首抒情诗、每一部史诗或每一个剧本,不论其各自特点如何,都是部分地借鉴自共同的材料,并因此而使这一共同体得以巩固和永久。……文学运动和文学批评也证实了西方文学这个基本的统一体。比较文学建立在对西方文学的这一看法上。"②其意思十分清楚,比较文学也是以单一欧洲文学"历史共同体"为参照基点,因而"部分地借鉴自共同的材料"是其同,而从各自国土"接受了不同的趣味、色调和形式"则是各自的异,非同即异的二分对立认知模式,自然成为在单一西方文化体系内作影响研究的有效路径。正因此,西方现代比较文学家韦斯坦因才会强调说:"只有在一个单一的文明范围内,才能在思想、感情、想象力中发现有意识或无意识地维系传统的共同因素。"③而一旦跨越了单一文化体系,不仅影响研究,就是平行研究,纵然是"激进"的法国比较文学耆宿艾琼伯教授,用韦斯坦因的话说,也是对"扩大到两个文明之间仍然迟疑不决"④。究其原因,正如蒙特利尔大学的克利辛斯基教授所说:"创作主体不是一个集体性的主体,他带着一个或好几个与之有联系的集体所发出的信息。"而且还"涉及一些复杂的、历史悠久的组合关系"⑤。

马克思十分强调对研究材料内部关系的探寻:"研究必须搜集丰富的材料,分析它不同的发展形态,并探寻出这各种形态的内部关系。不先完成这种工作,便不能于现实的运动,有适当的说明。"⑥循此,我们不难发现"以欧洲为中心"的影响研

---

① 伍蠡甫:《西方文论选》(上),上海译文出版社,1988年,第330页。
② 库尔提乌斯:《文学研究导论》,第5页,转引自罗·克莱门茨:《作为一门学科的比较文学》,美国现代语言学会,1978年,第5—6页。
③ 韦斯坦因:《比较文学与文学理论》,印第安纳大学出版社,1973年,第7、31页。
④ 同上。
⑤ 乌·克利辛斯基:《"主体的比较":主体在话语中的作用》,见《问题与观点——20世纪文学理论综论》。
⑥ 马克思:《资本论》第一卷第2版"跋",人民出版社,1956年,第17页。

究模式,其对跨文化影响研究的局限所在。

就中国古代文化"集体"的"组合关系"而言,先秦时代讲"六艺",即礼、乐、射、御、书、数。到了汉代的刘向父子,编了第一部官修图书目录《七略》,去掉其"辑略"(后为"艺文志"),则将所有文化文学记载的图书分为六类:六艺略、诸子略、诗赋略、兵书略、术数略和方技略。西晋荀勖改为甲、乙、丙、丁四部,分别为六艺与小学;古诸子家、近世子家、兵书、兵家和数术;史记、旧事、皇览簿和杂事;以及诗赋、图赞和汲冢书。东晋的李充再调整为经、史、子、集四大部,至隋唐始确定为中国国学的四部分类结构体系,并沿袭至今。虽然,各封建朝廷所重的学问并不与此完全吻合,如南北朝时的宋明帝置总明馆,设儒、玄、文、史四科,还有各科学士十人,似乎更看重经学、玄学、文学与史学;而北宋则看重道学与政术,清代又看重义理、考据和辞章三类学问等,但依然不出经、史、子、集这四大分类——传统的中国文化集体组合。

但西方就与此不同了。西方古希腊时代是分哲学、史学、戏剧和教育四类。在雅典化和罗马时代又将其教育分出语法、逻辑、修辞(又称论辩)、算术、几何、天文和音乐七类。"它们在好几个世纪以后终于在中世纪为大学教育奠定下了最初的规模。"① 对此,还在明清之际,就已弄得中国文人和西洋传教士在将西学翻译介绍给国人时颇费周折了:将修辞学(rhetorica)译为"文科","如中国之小学";将哲学(philosophia)译为"理科则如中国之大学";而医学、法学和教育学,则分别译为"医科、法科、教科者,皆其事业"。唯独 theologia 被译成"道科"后,《四库全书》评曰:"道科则在彼法中所谓尽性知命之极也。其致力亦以格物穷理为本,以明体达用为功,与儒学次第略似。特所格之物,皆器数之末,而所穷之理,又支离神怪而不可诘,是所以为异学耳。"② 可见,中西文化之体系性不同"格局",已无可讳言;而带有研究性的"跨文化"翻译与介绍,也已乱了方寸。

到了清末的学西方兴新学,来了个除旧换新,以西方的文化体系"格局",确立了文、理、工、商、医、农、法等现代学科体系。其中对"中国文学科目"的主课——"中国文学史",官方的《奏定大学堂章程》中就明确规定:"日本有《中国文学史》,

---

① 阿伦·布洛克:《西方人文主义传统》,董乐山译,生活·读书·新知三联书店,1997年。
② 转引自徐宗泽:《明清间耶稣会士译著提要》,中华书局,1989年,第289—290页。

可仿其意自行编辑讲授。"①随之也就对丰富而又悠久的中国文学,从传统而又独特的经、史、子、集等四部"格局"中,作"跨文化体系"地错位和易位的组合。于是,经部的《诗经》《论语》《尚书》,史部的《史记》、杂俎、游记中的不少篇章,子部中的《老子》《庄子》,等等,全纳入了《中国文学史》。其实,作为中国传统而又正统的诗文,无论是"言志"的诗,还是"载道"的文,都是难以与西方叙事的史诗、小说或"情感自然流泻"的抒情诗相提并论的,但又绝非不存在有些形似甚至神似的。对这种中西文学文化的"捣浆糊",作为美国东方文学与比较文学专家的迈纳教授,就曾清楚地发现:"跨文化研究提供了理解文学体系之性质的机遇。我们的首批发现之一,即近似与差异存在于现象之中。"②这种由不同"格局"的文化体系所带来的近似与差异并存的现象,我们不妨使用我们熟悉又有效的佛学禅理来表述,"又同又不同,又异又不异"。这既不是西方文学间的非同即异,也不是单一西方文化体系内的继承与发展。因此,用西方非同即异的二分对立认知模式及其影响研究方法,直接套用到历史渊源不同、文化"集体"有别的跨文化中西文学关系研究中去,并非是明智之举。法国的中西文化交流史专家谢和耐,对个中原因说得十分到位:"传统在历史中扎根,表现在每个人的行为、思维和感觉方式中,甚至表现在语言中。传教士们如同中国文人一样,无意中也成了一整套文明的代表者。……不同的世界观和人生观而以不同的逻辑通过语言表达出来的。"③因此,要对跨文化体系的中西文学关系进行"有效化"的研究,那就必须把握好包括术语、话语及其所指在内的中西文化体系性"格局"的差异,必须"自觉地运用"与其跨文化现象及其特点相符的影响研究新理念和新方法。

对中西跨文化交往的特点和规律,我国的前辈学者是早就有所发现和论述的。早在半个多世纪之前,陈寅恪在对中印(中国古代视印度为"西方")两大文化早期碰撞的"格义"研究中就说过:"'合本'与'格义',……自其形式言之,其所重俱在文句之比较拟配,颇有近似之处,实则性质迥异,不可不辨也。"因为"其所用之方法似同,而其结果迥异。故一则成为附会中西之学说,如心无义即其一例,后世所

---

① 舒新城:《中国近代教育史资料》(中),人民教育出版社,1961年,第596页。
② 迈纳:《跨文化比较研究》,见《问题与观点——20世纪文学理论综论》。
③ 谢和耐:《中国和基督教——中国和欧洲文化之比较》,耿昇译,上海古籍出版社,1991年,第3页。

有融通儒释之理论,皆其支流演变之余也。一则与今日语言学者之比较研究法暗合"①。陈先生所言极是。如魏晋时所盛行过的把佛教五戒与仁义礼智信相拟配的"格义",就是跨中印文化的"融通"。以五戒之首的"不杀生"拟配中国的"仁"为例:仁的核心观念可以说是人性,孔子所谓的率性,孟子所谓的良心、良知与良能;仁于修身是完美人格之最高表现,事事合理;仁于外显则谓爱人,要达到爱屋及乌;仁于事功,则为仁本政治。故仁为德之本,是与爱、与义相融并又贵于实践的。仅仅一个不杀和仁字的"格义",就涉及了这么多方面的能指与所指,出现了又同又不同和又异又不异的"附会"和"复杂组合"。陈先生指出:"自北宋以后援儒入释之理学,皆'格义'之流也。佛藏之此方撰述中有所谓融通一类者,亦莫非'格义'之流也。……然则'格义'之为物,其名虽罕见于旧籍,其实则盛行与后世。"②正是针对中西文化交融的这一历史特点与规律,陈先生才会强调不要去"暗合"人家的"比较研究法",而要作与之"迥异"并"融通""中西之学说"的创新研究。同样,钱锺书在其《管锥编》中也提出:"积小以明大,而又举大以贯小;推末以至本,而又探本以穷末;交互往复,庶几乎义解圆足而免于偏枯,所谓'阐释之循环'者是矣。"③也同样提倡对跨文化中西诗学,作"交互往复""义解圆足"的融通比较研究。

这同囿于西方文化体系的旧影响研究不同,不仅其参照视野和出发点是跨文化并超越了"欧洲为中心"的,如苏珊·巴斯奈特所说:"从欧洲以外的视角看,其参照也就改变。而且,非西方的比较研究模式具有同西方比较文学完全不同的程序出发点。"④而且其认知模式也随之同单一文化内非同即异的二分对立"程序"相左,有点像伽达默尔说的:"一开始时,传统和历史学之间的抽象对立、历史和历史认识之间的抽象对立必须被消除。继续存在的传统的效果和历史研究的效果形成了一种效果的统一体,而对这种效果统一体的分析可能只找到相互作用的一种结构。"⑤也就是说,从跨文化视野出发,透过形式上的近似之处、辨析性质迥异之实,对既有西方文化影响同中国文化的接受,又有中国文化体系原有成分的"传统的效

---

① 陈寅恪:《金明馆丛稿初编》,上海古籍出版社,1980年,第162、165页。
② 同上。
③ 钱锺书:《管锥编》,中华书局,1979年,第171页。
④ 苏珊·巴斯奈特:《比较文学导论》,布莱科威尔出版公司,1993年,第41页。
⑤ 伽达默尔:《真理与方法》,洪汉鼎译,上海译文出版社,1999年,第362页。

果",以及又中又西和非中非西的中西文化等的"相互作用的一种结构",做如同陈寅恪、钱锺书那样的跨文化融通比较研究,并破除要么是本土文学文化的继承与发展、要么是外来文学文化的影响所致的"抽象对立"观念。

就中国文学"活的传统"来说,可以粗分为"相互作用"着的中心与边缘两大部分:既有处于文学正统和中心的诗文,也有同时居于边缘的传奇志怪、白话小说和杂剧;既有占着中心地位的文人所创作的雅文学,也有同时偏安边缘的文人所创作的俗文学;既有位于中心的格律诗、词和曲,也有同时屈居边缘的诗余、词余和曲余;既有中心的书面文学,又有边缘的口头文学,等等。而其中心与边缘又是一直在兴亡转换的互动组合之中,从春秋的诗经到战国的楚辞,从汉赋骈文到乐府诗歌,再到唐诗、宋词、元曲,"各领风骚数百年",可谓简要地描述了这一过程。

同样,在中国传统文学中心与边缘的互动组合发展历程中,也还包括了中西文化交流在内,至少在印度佛学传入中土后,就已经历了儒学正统中心、释道边缘,再到三教合流的交融演变;随之在中国文学传统历程中,也出现了边缘之边缘的俗讲、变文,再到边缘的话本、讲经,最后融入受众接受中心的小说和评弹等。与此同时,中国的诗学批评,仅就中心的儒学和边缘的佛禅而言,也是以诗喻禅、以禅喻诗、标榜妙悟到讲究境界,也是融汇入这一"活的传统"的"相互作用"之中。我们这代人,既亲眼目睹了中国传统昆曲的衰落和武侠小说的兴旺,又亲身领略了外来话剧、歌剧等的大起大落,和当今外来通俗文艺的大落大起。

只是到了马克思所说的"世界的文学"的时代,由于"一切国家的生产和消费都成为世界性的了",而且"物质的生产是如此,精神的生产也是如此"①。因此,使现代中国文学的创作主体,经"五四"运动的急剧巨变,才更彰显了其反传统反正统的中心一面,也才更暴露了创作主体与传统中心决裂和与西方外来成分相接的一面,而模糊了其与传统中心和传统边缘相连互动的另一面。拨开这层迷障,正如章培恒和骆玉明二教授,在其主编的《中国文学史》中所指出的:"事实上,'五四'时代所提出的许多问题、许多主张在以前就曾以不同的形式提出过,……至于西方文化的影响,应当注意到这是当时人们出于自身需要主动寻求所获得的结果,这一事实其实可以证明中国文学已经发展到有能力汲取西方近现代文化营养以壮大自

---

① 《共产党宣言》,人民出版社,1970年,第27—28页。

身的阶段。没有上述'需要'和'能力',这种'影响'是无法单纯从外部施加的。"①又如奚密在《差异的忧虑——一个回响》一文中所说:"影响的接受往往以接受主体的内在状况和需要为前提;没有先已存在的倾向是无法影响的。"②

无论是康有为、梁启超,还是陈独秀、胡适等"五四"前后的代表人物,其同李贽、龚自珍等古代传统"边缘"人物思想的前呼后应联系;其在文学创作方面,与元明以降的中国传统边缘之诗文小说和接受外来文学文化影响的关系,都是通过活的传统作用而融通成就的。前者,如李贽的反孔、反封建权威、重个性和讲个人权利的思想:"夫天生一人,自有一人之用,不待取给于孔子而后足也。"③又如龚自珍"天地,人所造,众人自造,非圣人所造""众人之宰,非道非极,自名曰我"④的重主体"我"的思想,以及他期待社会变革的呼唤——"有大音声起,天地为之钟鼓,神人为之波涛"和"我劝天公重抖擞,不拘一格降人才"⑤等,都如梁启超所承认的:"自珍性诛宕,不检细行,颇似法之卢骚;……晚清思想之解放,自珍确与有功焉。光绪间所谓新学家者,大率人人皆经过崇拜龚氏之一时期。"⑥胡适也说"欲把定庵诗奉报,但开风气不为师"⑦。对此,美国华裔学者余英时教授在《五四运动与中国传统》一文中认为:"在他们反传统、反礼教之际首先便有意或无意地回到传统中非传统或反传统的源头上去寻找根源。因为这些正是他们比较最熟悉的东西,至于外来的新思想,由于他们接触不久,了解不深,只有附会于传统中的某些已有的观念上,才能发生真实的意义。"⑧

后者,以"五四"新文学成就最突出的白话小说为例。正如章培恒、骆玉明在《中国文学史》"终章"所专门论述的⑨,从元末的《三国演义》《水浒传》,明代的《西游记》、《金瓶梅》、"三言"、"二拍",到清代的《儒林外史》《红楼梦》等,是这些小说

---

① 章培恒、骆玉明:《中国文学史》(下),复旦大学出版社,1996年,第626页。
② 奚密:《差异的忧虑——一个回响》,载《今天》1991年第1期,第94页。
③ 李贽:《李贽文集·焚书·答耿中丞》,燕山出版社,1988年,第32页。
④ 龚自珍:"壬癸之际胎观第一","尊隐","己亥杂诗",见《龚定庵全集·类编》,中国书店,1991年。
⑤ 李贽:《李贽文集·焚书·答耿中丞》,第32页。
⑥ 梁启超:《清代学术概论·二十二》,东方出版社,1996年,第67页。
⑦ 吴奔星、李兴华:《胡适诗话》,四川文艺出版社,1991年,第142页。
⑧ 余英时:《五四运动与中国传统》,《史学与传统》,时报文化出版企业股份有限公司,1982年。
⑨ 李贽:《李贽文集·焚书·答耿中丞》,第630—631页。

的传奇性减少、故事情节的淡化、人物性格的平凡和多样化,以及语言表达的艺术化,才能吸取"欧化"养分,从而使白话小说仅历十年就从边缘而一跃成为文坛主流和中心。

具体到个人来说,也不例外。"五四"新文学运动主将鲁迅,在谈他早期创作的经验时,的确是将西方文学视作影响自己文学创作的主要来源:"我的来做小说……大约所仰仗的全在先前看过的百来篇外国作品和一点医学上的知识,此外的准备,一点也没有。"①但他到了晚年,不仅明确指出创新之道为:"采用外国的良规,加以发挥,使我们的作品更加丰满是一条路;择取中国的遗产,融合新机,使将来的作品别开生面也是一条路。"②而且对其出色的白话写作艺术也说:"采说书而去其油滑,听闲谈而去其散漫,博取民众的口语而存其比较的大众能懂的字句,成为四不象的白话。"③其实,即便他的早年创作又何尝不是如此。苏雪林在《〈阿Q正传〉及鲁迅的创作的艺术》中说他"好用中国旧小说笔法"④,王瑶也认为他吸取了中国民间戏曲的"二丑艺术"这一"为人民所喜闻乐道"的传统手法⑤,而这些又大多属于中国传统文学的边缘。可见,无论是一国文学还是个人创作,也无论是本土文学的古今承继还是与外来文化的碰撞交融,都总是离不开上述"活的传统作用"的,只是或显或隐、或快或慢、或多或少地在进行着或认同或离异、又认同又离异的相互作用而已。

总之,对影响研究的反思,大可不必"倒脚盆水连孩子一起倒掉",我们熟悉的朋友迈纳说得好:"不必完全抛弃'影响'的概念,重新确定它的定义之后,这个概念还可以继续发挥作用。"⑥

2001年2月12日于沪上紫薇园
(本文载《季羡林与二十世纪中国学术》,北京大学出版社,2001年)

---

① 鲁迅:《我怎样写起小说来》,见《鲁迅全集》(4),人民文学出版社,1981年,第393页。
② 鲁迅:《〈木刻记程〉小引》,同上书,第39页。
③ 鲁迅:《二心集·关于翻译的通信》,同上书,第384页。
④ 中国社会科学院文学研究所:《1913—1983鲁迅研究学术资料汇编》(第1卷),中国文联出版公司,1985年,第1042页。
⑤ 王瑶:《〈故事新编〉散论》,见《鲁迅作品论集》,人民文学出版社,1984年。
⑥ 迈纳:《跨文化比较研究》,见《问题与观点——20世纪文学理论综论》。

原动力的流向与结果之一

中西文学同外来文化的交往,仍然有不同的演变轨迹。下面我们集中于中英文学中的一个小问题的探讨,也许会有助于我们的再思考。

中英山水诗的美感差异,自朱光潜至叶维廉已有过不少精彩的论述[1]。本文拟从中英写潮诗的审美观差异谈起,以探讨本国传统与外来文化成分相撞的砥砺、改造和融会,从而出现新的变化与原有传统的关系。"原动力"一词,则是借用叶维廉先生的"最核心的原动力——道家哲学的中兴——在文学上所发挥的美学作用"[2]。

在英国与美国的自然山水诗中,写潮的名篇不少。英国19世纪著名的浪漫主义诗人华兹华斯,写过不少优美的并有影响的自然山水诗,其中有一篇《在海边》,诗中写了风写了潮,但也写上了"圣母玛丽亚唱晚祷"和对"上帝感恩祈祷"的句子[3]。这位"桂冠诗人"开创了英诗写自然山水的新纪元,同时也承继了诗中离不开"神念"、天国与现世二分的老传统。

接替华兹华斯的又一位"桂冠诗人"丁尼生,他的名诗《冲击》,是中国读者喜爱并又熟悉的写潮名作。写了潮的冲击,也写了漠漠的大海及远逝的"船只",以象征比喻那死去的亡友已驶向不可追回的"彼岸"世界了[4]。这里出现的"神念""天国"同"现世"的二分观,则又隐晦并含蓄了。

---

[1] 朱光潜:《中西诗在情趣上的比较》,见《诗论》,生活·读书·新知三联书店,1984年。叶维廉的论述参见他的《饮之太和》《中西山水美感意识的形式》等论著。
[2] 古添洪、陈慧桦:《比较文学的垦拓在台湾》,东大图书公司,1976年,第31页。
[3] W. Wordsworth, *Selected Poem of William Wordsworth*, Oxford University Press, 1950. p. 336-337.
[4] A. L. Tennyson, *The Norton Authology of English Literature*, New York: W. W. Norton & Company, 1962.

英诗的这一特点所产生的美感魅力，朱光潜曾给予很高的评价，认为这种"泛神主义，把大自然全体看作神灵的表现，在其中看出不可思议的妙谛，觉得超于人而时时在支配人的力量"①。

与丁尼生同时代的美国大诗人朗费罗，这位留学欧洲多年并又恪守欧洲诗歌传统的"绅士派诗人"（the brahmin poets），他的《潮起潮落》，也正是写出了这种"超于人而时时在支配人的力量"：

> 潮起潮落，
> 昏暗的薄暮，麻鹬的鸣叫；
> 沿着黄褐的海滩，
> 远行者向小镇匆匆走着，
> 潮起潮又落。
>
> 夜幕降罩每个角落，
> 唯有海仍在黑夜中喧闹，
> 微波伸展那柔白的手臂，
> 将海滩上足迹轻轻抹掉，
> 潮起潮又落。
>
> 清晨破晓，
> 随牧主的吆喝，
> 厩中马群长鸣蹦跃，
> 白天又回到海边，
> 远行者却再也没有见到，
> 潮起，潮又落。②

---

① 朱光潜：《中西诗在情趣上的比较》，见《诗论》。
② H. W. Longfellow, *Poem of Henry Wadsworth Longfellow*, N. Y, 1958.

潮起潮落与时日永恒,而人却瞬息即逝,连足迹也被海潮轻轻地抹掉。然而,倘向深层透视,那吆喝的牧主与鸣跃的马群,乃正是阿波罗神于凌晨挥马赶车,并给世界带来白天这一"观念"的意象呈现,同样是传统"神念"的象征与隐喻。

本世纪美国最著名诗人之一的弗洛斯特,以讴歌自然山水与田园风光而著称于世。他的十四行诗《在太平洋边》是写潮的力作:

> 破碎的海浪迷濛、喧嘈,
> 巨涛俯视小浪涌来了,
>
> 海浪在陆地前再无能耐。
> 而巨涛想对海岸干些什么。
>
> 低垂的云层绺绺挂天空,
> 像吹散挡住目光的散发,
>
> 你不愿说,但看上去却又像说
> 海岸是幸运地正靠着悬崖。
>
> 悬崖又背靠着大陆,
> 看来一个叵测深谋的黑夜在到来
> 不,不仅是一夜而是一个时代。
>
> 某些人最好为这狂怒早作准备,
> 将有比大海波涛更凶的破坏
> 出现在上帝说出世界无光的末日之前。①

在这首诗中,弗洛斯特又明显地将《圣经》中的神的语言,演化成他诗作中的具体

---

① R. Frost, *A Pocket Book of Robert Frost Poem*, New York: Washington Square Press, 1966.

形象。

可见,英诗这一天国与现世二分的神念传统,常或明或暗地呈现在其写潮的自然山水诗中,并成为英诗的美感魅力所在。但中国的古典山水诗则刚好相左。仍以写潮诗词为例。

唐代诗人刘禹锡,他与另一位大文学家柳宗元被人并称为"刘柳",并尊崇佛教,但他写潮的《浪淘沙》一词,却不像英美信奉宗教的诗人那样含有"神念":

> 八月涛声吼地来,
> 头高数丈触山回。
> 须臾却入海门去,
> 卷起沙堆似雪堆。①

短短四句,就把潮起潮落的景象,和盘托出。与刘禹锡风格相异的宋代诗人苏轼,也信佛,同样,他的《八月十五日看潮》写得极有气魄,但无宗教"神念":

> 万人鼓噪慑吴侬,
> 犹是浮江老阿童。
> 欲识潮头高几许,
> 越山浑在浪花中。②

前诗所写的潮涨潮落,颇类似朗费罗的《潮起潮落》,然而"神"的观念却纹丝不见。后诗写潮头的宏猛,连越山亦被吞没,又有些颇似弗洛斯特的《在太平洋边》,然而也同样不见源自《圣经》的那个"彼岸世界"。显现在读者面前的是现世世界的实事与实物,以及物我合一、情景交融的特点。这是如朱光潜说的那种"中国诗人与自然默契相安的态度",而且,"这是多数中国人对于自然的态度"③。深受神学影

---

① 《唐宋名家词选》,古典文学出版社,1956 年,第 6 页。
② 《四部丛刊》影宋本《集注分类东坡先生诗》。
③ 朱光潜:《中西诗在情趣上的比较》,见《诗论》。

响的宋代山水田园诗人范成大,他写的五绝《晚潮》亦如此,崇尚佛教禅学的唐代山水田园诗人王维的《山居秋暝》《终南山》《鸟鸣涧》等非属写潮的山水诗名篇同样如此。因此,将这一迥然有别的特色视作中英山水诗美感观念的差异,当属不讹。

　　当然,在中国写潮的古诗中,也存在写魂写魄的作品,然而其核心观念不是"神",不是西方宗教里的"彼岸世界",而是死去的故人之魂——在过去现实中存在过的"历史"——过去的现实,也就是说,依然是向过去现世延伸的此岸世界里的现实。范仲淹的《和运使舍人观潮》,就很有代表性:

何处潮偏盛?
钱塘无与俦。
谁能问天意,
独此见涛头?
海浦吞来尽,
江城打欲浮。
势雄驱岛屿,
声怒战貔貅。
万叠云才起,
千寻练不收。
长风方破浪,
一气自横秋。
高岸惊先裂,
群源怯倒流。
腾凌大鲲化,
浩荡六鳌游。
北客观犹惧,
吴儿弄弗忧。
子胥忠义者,

　　　　无覆巨川舟！①

诗的开头"问天意"，但还是回复到现世的"涛头"，并由此追溯到历史上的忠臣伍子胥（据说，钱塘潮是子胥忠魂所寓）。而不像西方，要从潮波归宿到"神"或"彼岸世界"。比范仲淹晚了三个世纪，并又生活在蒙族统治下的元代诗人廖毅，他写的《伍王庙》五绝，充满了亡国之痛与报国之志，这种现世历史化的轨迹也随之表现得更为明显：

　　　　浩浩凌云志，
　　　　巍巍报国心。
　　　　忠魂与潮汐，
　　　　万古不消沉。②

自然，严格地说这首诗已是借潮咏怀的诗篇了，但是从中可见，诗人对现实——包括了过去的现世与现在的现世，即"忠魂"与"凌云志""报国心"，同永恒的现实"潮汐"，全然化入万古不消沉的大自然形象之中了。这同西方将"神"和"彼岸世界"的观念或理念注入自然景象中的二分对立观点，是泾渭分明的另一种美感意识，即物我合一与情景交融的现世观美感情趣了。

　　为什么中国的诗人及其山水诗，无论是尊崇佛教的还是不尊崇佛教的，都写出了与英诗不同的这一美感差异呢？进而还可追问，基督教传入英国与佛教传入中国，在文学创作上为什么会出现这种不同的美感观念呢？

　　是传统，是它的"以变应变"所起的改造与融会外来宗教的作用，这是传统与外来成分相契相合的"原动力"，也是使本国文学传统不致被外来成分"外化"而是"化外"的原动力。

　　所谓传统，钱锺书教授说得好："一时期的风气经过长期而能保持，没有根本的变动，那就是传统。"又说："传统有惰性，不肯变，而事物的演化又使它不得不以

---

① 《彊村丛书》本《范文正公诗余》。
② 廖毅：《伍王庙》，见《西湖诗词选》，浙江人民出版社，1979年。

变应变,于是又产生了一个相反相成的现象。传统不肯变,因此惰性形成习惯,习惯升为规律,把常然作为当然和必然。传统不得不变,因此规律、习惯不断地相机破例,实际上作出种种妥协,来迁就事物的演变。"①所以,传统不是静止的、被动的,也不是封闭和不变的,尽管它长期"没有根本的变动",但它总是不断地"相机破例",并在"以变应变"的运动状态之中,其同外来成分的"相机破例",就尤为显著。

英国在接受外来的基督教与希腊罗马文学影响时,众所周知,其自身是并无传统可言的。它的第一首诗《贝奥武甫》就由盎格鲁人从斯堪的纳维亚带来的故事写就。尽管这故事源出于日耳曼异教徒,但其作者还是改信基督教并读过拉丁史诗后写的②。英国文学,如同意大利、西班牙、法国和德国一样,是在自身并无强大和悠久传统的条件下,如海绵吸水般地全盘吸入希伯来文化与希腊文化,并渐渐在此基础上,形成长期保持的"风气"——"传统"。

但中国文学,在佛教传入中国时却已有了千年以上的自身传统。发轫于《诗经》的重人事、求"进取"的北派儒家"诗教"传统,其"诗可以兴,可以观,可以群,可以怨;迩之事父,远之事君;多识于鸟兽草木之名"的主张③,显然属讲实用的现世观的。而肇源于《楚辞》的南派"退敛"风气,以及尚自然讲虚无的道家思想,即便"老庄比较儒家固较玄邃,比较西方哲学家,仍是偏重人事。他们很少离开人事而穷究思想的本质和宇宙的来源"④。因此,也终究离不开现世观的循环公式,诚如朱光潜所概括的:"从淑世到厌世,因厌世而求超世,超世不可能,于是又落到玩世,而现世亦终不能无忧苦。他们一生都在这种矛盾和冲突中徘徊。"⑤可见,无论是研究社会的儒家还是研究自然的道家,同西方的相比,它们都不是真正超世的,都没有英诗中如影随形的"彼岸天堂""万能上帝"或"绝对理念"那种二分对立观念,而是与之相反的现实现世观的。这是源自上古殷商、周人的"天人感应"与"天人合一"的现世浑一观念。其核心的"原动力",早在中国有文字可证的殷代卜辞

---

① 钱锺书:《旧文四篇》,上海古籍出版社,1979年。
② Ifor Evans, *A Short History of English Literature*, Penguin Books Ltd, 1983, p. 19.
③ 《论语·阳货》。
④ 朱光潜:《中西诗在情趣上的比较》,见《诗论》。
⑤ 同上。

中就存在。全部的甲骨文中都无如同西方一般的"神"与"上帝"的观念。卜辞中的"帝",像花蒂状,显示生殖不绝的意思,是注重人类本身再生产的十分现世与自然的认识。卜辞中的又一重要观念"时",即六十干支的三种由右向左的排列式的三分法时历,是与殷人对先祖的祭祀分不开的。"帝"与"时"一块,使殷人站在现实世界的此岸,从时态上能延长到对过去祖先的历史化崇拜,而没有产生对超现世的"圣灵"或"彼岸天国"的超现世向往。陈梦家教授在《殷墟卜辞综述》一书的结论中指出:"祖先崇拜的隆重,祖先崇拜和天神崇拜的逐渐接近、混合,已为殷以后的中国宗教树立了规范,即祖先崇拜压倒了天神崇拜。"[1]这种现世天然观,正是中国认识论观念之核心——中国认识观的"原动力"。儒家的、道家的,或北派"进取"的、南派"退敛"的,它们都是这一"原动力"之流,并以它为核心而形成为中国六朝以前的中国传统。向往古圣贤的孔子自不必说,就是道家的鼻祖老子与后来的庄子,也同样继承此"原动力"而成。《史记》记有"老子任史官得以读古籍之便"[2]。庄子则在《天下篇》中说得更明白:"知其雄,守其雌为天下豁;知其白,守其辱为天下谷。人皆取先,己独取后。人皆取实,己独取虚。……人皆求福,己独曲全。"[3]可见,道家是从另一侧面继承与发展中国远古认识观的"原动力"的。

正因为中国有这一同基督教、佛教都相悖的"原动力",因此,它使中国自身的传统,在与来自印度的佛教文化及其文学相撞时,表现为一个砥砺、改造与融会外来成分的过程,即"相机破例""种种妥协"和"以变应变"的、"蜕化为国有"的特点[4]。

佛教与基督教一样,是有人格神的纯宗教,系有神论。但中国传统,却并非是纯宗教,以人格神宗教眼光来看,是无神论。因此,作为都有传统的双方来说,都必须彼此"妥协"与"以变应变"。中国的现世天然观这一原动力,其最大的作用是,将迥然不同的外来佛教,在"妥协—以变应变—消化融会"后,最后归一的不是宗教,而是哲学,一种中国式的思想学说。

优秀的中国山水诗中物我同一和情景交融的特点,也正是上述佛教中国化在

---

[1] 陈梦家:《殷墟卜辞综述》,科学出版社,1956年。
[2] 《史记·老庄申韩列传》。
[3] 《庄子·天下篇》。
[4] 鲁迅:《中国小说史略》,人民文学出版社,1973年,第29页。

山水诗上的具体反映。中国传统中的原动力——现世天然观,一方面抛弃了印度佛教中的天国与现世对立的佛理,避免了写山水即写神灵妙谛的二分对立美感;另一方面,又改造与融会了佛教中的唯识论、禅思及其禅趣,从而既知空有之别、本体与现象之关系、离合名相与心向禅悦,又极大提高了人生境界,故斯物缘情,入高妙自然之禅趣禅境,形成了不同于英诗的美感魅力。诚如钱锺书所说:"乃不泛说理,而状物态以明理;不空言道,而写器用之载道,拈形而下者,以明形而上;使寥廓无象者,托物以起象,恍惚无朕者,著迹而如见。"①对这一经中国传统原动力又扬弃又融会的结果,苏东坡曾颇有感叹地写过:"近岁学者各宗其师,务从简便,得一句一偈,自谓了证,至使妇人孺子抵掌嬉笑,争谈禅悦,高者为名,下者为利,余波末流,无所不至,而佛法微矣。"②"佛法微矣",但物我两忘的禅趣却盛行矣。中国历代山水诗人,站在中国传统立场,改造吸收与融化佛教,几乎无一不从事这一努力。中国山水诗的开山者谢灵运,他的《山居赋》,写了当时讲经之情,他也开创了以山水表现玄佛之旨的先河。尽管其著名的《登池上楼》一诗写出了情、景和理融合交汇的"池塘生春草,园柳变鸣禽"的名句,但由于佛法未传,禅趣未达,最后仍回到现世的"持操岂独古,无闷征在今"上,而未能使全诗成为"纯粹的山水诗"③。开一代诗风的唐朝诗人陈子昂,他的《夏日晖上人房别李参军崇嗣》诗的序中说:"讨论儒墨,探览真玄,觉周孔之犹迷,知老庄之未悟,遂欲高攀宝座,伏奏金仙,开不二之法门,观大千之世界。"④对佛理的吸收可谓太卖力,也使他的山水诗名篇《度荆门望楚》,依然落脚到"今日狂歌客,谁知入楚来",明显地化自《论语·微子》的典故,即孔子到楚国,遭到楚国狂者唱起"凤兮凤兮,何德之衰"的歌来讽刺的记载。也就是说,仍然未能达到山水诗的绝妙佳境。但长于山水诗的大家王维,在其《终南别业》中,尽管也开宗明义说他从中年起就喜好佛理,然而,他从学禅中"悟"得的禅趣,却使全诗达到了物我同一,不著一字尽得风流的胜境:"中岁颇好道,晚家南山陲。兴来每独往,胜事空自知。行到水穷处,坐看云起时。偶然值林叟,谈笑无还期。"同样,受到禅学影响的宋代诗人范成大,他的《晚潮》写得流畅华美,极富韵

---

① 钱锺书:《谈艺录》,香港国光书局,1979年,第270页。
② 《楞伽阿跋多罗密经·序》。
③ 叶威廉:《比较诗学》,东大图书公司,1983年,第157页。
④ 《全唐诗》卷83。

味:"东风吹雨晚潮生,叠鼓催船镜里行。底事今年春涨小?去年曾与画桥平。"

可见,中国传统与外来成分融会,在诗人的努力中还有一个"契合"的匹配问题。而完全被中国化的佛教—禅宗,它的禅趣,正使其达到"契合"匹配的条件之一。苏东坡说:"诗以奇趣为宗,反常合道为趣。"①这也就是中国山水诗发展成熟在唐宋时期的原因之一。明代都穆《南濠诗话》中概括唐宋两代诗人是:"学诗浑似学参禅,悟了方知岁是年。点铁成金犹是妄,高山流水自依然。"②白居易《读禅经》诗,尽管学禅而无参禅,故只落得满纸禅语而无禅趣,也无佳境可言:"须知诸相皆非相,若住无余却有余。言下忘言一时了,梦中说梦两重虚。空花岂得兼求果,阳焰如何更觅鱼。摄动是禅禅是动,不禅不动即如如。"③相反,柳宗元的《江雪》一诗,即"千山鸟飞绝,万径人踪灭。孤舟蓑笠翁,独钓寒江雪"④,诗中写明无物无人,空寂之中唯有江边独钓之老人,内中表现了人物俱泯,空寂虚明,而至道可求并生机盎然,写出了"奇趣",也写出了参禅悟得的"反常合道"之禅趣与韵味,使该诗成了山水诗的佳作。

综上所述,我们可以得到两点认识:

第一,中国文学传统中的原动力——现世天然观,同截然不同的外来印度佛教相撞后,经"妥协——蜕化与融会"的过程,产生了不同于英诗的中国山水诗特有的美感及其魅力,也丰富与发展了中国抒情诗,并形成新的中国诗歌传统。

第二,这种融会必须有一个"契合"匹配。这是中外文化及其文学相撞融会中必不可少并又至关重要的"化外"环节。

这些对有自己悠久文学传统的国家文学史来说,也许对其传统与创新发展关系的规律,略有一些认识参考作用。

(本文原载《文学、历史和文学史》,辽宁大学出版社,1989年)

---

① 蔡正孙:《诗林广记》卷5。
② 都穆:《南濠诗话》,中华书局,1991年。
③ 《全唐诗》卷455。
④ 《全唐诗》卷352。

论伊安的口语文学表演实质和柏拉图的误断

——对柏拉图《伊安篇》的反思与认知

柏拉图的《伊安篇》,历来被文论家所看重,批评家一直将其视为"柏拉图的主要文学论著之一",并称赞柏拉图在文中提出的"灵感说",是不乏现代意义的①。但文中的颂诗人伊安,却被柏拉图写成在与"聪明人"苏格拉底论辩时,只能顺从答"是""对"的"无知者",乃至"对话结束时,伊安被迫陷入可笑的窘境"②。显然,一个关系到苏格拉底胜辩实质问题,即伊安的"诵诗"究竟是什么表演活动,该用"代言体"的戏剧理论,还是"诵诗人"的口头诗学来予以论析,却被柏拉图"聪明"地掩盖了。在当前学界正兴起"副文学"研究,尤其是口头文学表演活动研究的今天③,不仅有为伊安正名一辩的必要,同时还有反思和认知的"现代意义"。

一、《伊安篇》中泛雅典娜节诵诗竞赛的实况

《伊安篇》中的伊安提到,他来雅典是为了参加泛雅典娜节的诵诗竞赛,并说"如果神允许的话,我能够得奖",而他参加诵诗竞赛的作品正是《荷马史诗》④。

事实上,将《荷马史诗》列为泛雅典娜节的颂诗竞赛作品,是经历了古希腊人长期口头流传与加工完善的过程。早先它基本上靠两种传承方式,"首先,通过在

---

① 卫姆赛特等:《西洋文学批评史》,颜元叔译,(台北)志文出版社,1978年,第1页。
② 同上书,第6页。
③ Y.谢菲尔:《当今比较文学》(英译本),托马斯·勒菲森大学出版社,1995年,第47页。
④ 柏拉图:《柏拉图全集》第1卷,王晓朝译,人民出版社,2000年,第298页;又见 *English Classics 1000*, translated by Benjamin Jowett, Fudan University Publishing House, 2000。

每个家庭中,特别是妇女们的中介,从嘴到耳传递的纯粹口头的传统:奶妈的故事,老祖母的寓言",用柏拉图的话来讲,孩子们在摇篮中就知道了这些传说与寓言的内容①,"荷马是希腊的教育者"②。后来,"通过诗人的声音",即"通过讲述他们(天神)的生动故事"和"诗人们在乐器伴奏下的吟唱"③,使之得以广泛地传播与传承。而对《荷马史诗》登堂入室为泛雅典娜节的诵诗竞赛项目,古希腊爱奥尼亚一地的行吟诗人则无疑起了重大作用。古希腊文学史家吉尔伯特·默雷指出,荷马"他是爱奥尼亚人",而且"他的出生地最有可能在两个地方:斯密那和喀俄斯"。有意思的是,就在其中的"喀俄斯岛(Chios)上有一派诗人和吟诵史诗者叫作'荷马立达'(Homêridae)。他们认为荷马是他们的始祖,继续以韵文叙述神和英雄的故事"。默雷解释"荷马立达"道:"同样可能是一个合成词(意为'组合在一起'),当时行吟诗人开始组成了一个行会,需要一个共同的祖先,于是就在'荷马'后面加一个词尾,把它变成一个姓。"④这正如《牛津古典文学词典》对"荷马立达"词条所作的解释,他们尊荷马为其行会的始祖,自称为"荷马立达(Homêridae)的爱奥尼亚的(Ionia)行吟诗人"⑤。

这些行吟诗人的职业特点也就是"概括起来不外乎传播先前某位大概具有神秘色彩的诗人的唱段,甚至自己确定唱段的某些特征"⑥。而且,行吟诗人"不再是有限范围内的个人行为,而是在公众场合中、在宴会上、在正式节庆、在重要的体育竞争和比赛常有的活动中"⑦。据此,西方学者格雷戈里·纳吉认为,他们的"这一职责促使他们比较并统一各地神话版本,剥去其原有的礼仪色彩,把它们融入泛希

---

① 让-皮埃尔·韦尔南:《古希腊的神话与宗教》,杜小真译,生活·读书·新知三联书店,2001年,第13页。
② 柏拉图:《柏拉图全集》第2卷,王晓朝译,第630页;又见 *English Classics 1000*, translated by Benjamin Jowett, Fudan University Publishing House, 2000.
③ 让-皮埃尔·韦尔南:《古希腊的神话与宗教》,杜小真译,第13页。
④ 吉尔伯特·默雷:《古希腊文学史》,孙席珍、蒋炳贤、郭智石合译,上海译文出版社,1988年,第7—8页。
⑤ M. C. Howatson and Ian Chilvers:《牛津古典文学词典》,上海外语教育出版社,2000年,第277页。
⑥ 让·贝西埃、伊·库什纳、罗·莫尔捷、让·维斯戈尔伯:《诗学史》(上),史忠义译,百花文艺出版社,2002年,第8页。
⑦ 让-皮埃尔·韦尔南:《古希腊的神话与宗教》,杜小真译,第13页。

腊传统"(加重号为作者所加)①。因此,这才在公元前5世纪初,在祭祀雅典的保护神并有各种比赛表演的泛雅典娜节日里,将原本属于爱奥尼亚人的诗歌《荷马史诗》,列为该节庆期间的一项法定的公开诵诗项目。吉尔伯特·默雷说:"最迟从公元前5世纪初起,雅典就有了一种按照规定次序、公开朗诵荷马诗歌的习俗。"②并认为除了政治的原因以外,还出于《荷马史诗》吟诵者的努力及其工作特点:"当荷马史诗尚未形成整体,而仍处于分散、不定而且分为各个部分的时候,史诗吟诵者们做着相当于'连结'和'补缀'的工作,把它构成为一个统一体。"③从而使之优胜于其他史诗:"我们将那些被摒弃的史诗的风格和这两部史诗的风格作一个一般性的比较,就可以看出在精心结构方面,后者远远地胜过前者。这两部史诗有更多的统一性;它们不仅仅像一篇诗;它们有更多的戏剧性的高潮和修辞上的润色。"④

可见,这种基于"连结"和"补缀"的史诗吟诵者工作本身,就是行吟者作修辞润色并达戏剧性高潮的口头文学表演过程。对诵诗表演的这一特点,现代口语诗学专家帕里与洛德的研究发现,职业吟诵者"在口头史诗中,……作品在口头现场创编中完成,并通过口头—听觉渠道即时完成传播,……从这个意义上说,歌手同时是表演者、创作者和诗人,是一身而兼数职的"⑤。这既同古希腊语"诗 poiēma"一词的所指相符,又同古希腊词指"行吟诗人"(rhapsōidia)的表演特点契合。前者,即"诗 poiēma",具有收集,有序地累积、堆积(gathers, heaps up, piles in order)的意思,又有制作(make)、创造(create)、组合(compose)的意思。而后者,即"行吟诗人"(rhapsōidia)一词,由 rhaptein 和 ōidē 两词合成,其中的 rhaptein,其原意也是编织、缝纫⑥,而 ōidē 则指诵诗、诵歌和韵文,也同样指称出行吟诗人身兼编导的吟诵表演特点。流传下来的《荷马史诗》,就是他们当年集编导演于一身的创作业绩和

---

① 让·贝西埃、伊·库什纳、罗·莫尔捷、让·维斯戈尔伯:《诗学史》(上),史忠义译,百花文艺出版社,2002年,第8页。
② 吉尔伯特·默雷:《古希腊文学史》,孙席珍、蒋炳贤、郭智石合译,上海译文出版社,1988年,第14页。
③ 同上书,第11页。
④ 同上书,第15页。
⑤ 约翰·迈尔斯·弗里:《口头诗学:帕里-洛德的理论》,朝戈金译,社会科学文献出版社,2000年。
⑥ M. C. Howatson and Ian Chilvers:《牛津古典文学词典》,上海外语教育出版社,2000年,第460页。

表演成果。而在《伊安篇》中,伊安说他将要参加泛雅典娜节的《荷马史诗》诵诗竞赛,正是这一情况的真实写照。

这同"代言体"的戏剧表演特点,即要求演员充当"化身角色"是迥然有别的。用英国著名表演艺术家亨利·欧文的话来讲,就是"体现诗人的创作并赋予诗人的创造以血肉,使剧里扣人心弦的形象活现在舞台上"①。他的创作"实际是以剧本中的文学形象为起点,以演员造出来的活生生的、有血有肉的人物形象为归宿",因此,演员"在人物形象的创作过程中,自然不能离开文学剧本及剧本中所描绘出来的人物形象"。他不应是自我表现,而应总是在创造一个与自己不很相同,甚至是很不相同的另一个人物,一个特定的"化身角色"②。事实上,在《伊安篇》中,柏拉图也是注意到了两者区别的。不然,他也不会在行文中,对表演者分别使用了"你们这些诵诗人和演员"这两个词③。

可见,《伊安篇》中提到的泛雅典娜节的《荷马史诗》诵诗比赛,其实质不是"化身角色"的戏剧模仿表演,而是口头文学的叙说表演活动,并且它在古希腊有悠久的历史;表演者兼负编缀、连结等创作的工作,其表演特点是集编导与表演于一身的口头文学表演活动。

二、伊安诵诗表演技艺的实质

《伊安篇》中的伊安来自厄费苏斯,这是爱奥尼亚(Ionia)的一个岛屿④。吉尔伯特·默雷指出,"伊安"这个姓名是古希腊某一家族的代称⑤,而且它的发音与词汇都同爱奥尼亚人祖先"īōn"的发音相同。前面已经提到,爱奥尼亚人恰恰又是《荷马史诗》的最初吟诵者。看来,柏拉图用"伊安"这个名字本身就有其暗示意义:"伊安"是一位史诗吟诵者,且与有着吟诵《荷马史诗》显赫家族史的爱奥尼亚

---

① 亨利·欧文:《表演的艺术》,见《〈演员的矛盾〉讨论集》,上海文艺出版社,1963年,第256页。
② 梁伯龙、李月:《戏剧表演基础》,文化艺术出版社,2002年,第271页。
③ B. Jowett, *The Dialogue of Plato* (Vol. 1), New York: Random House, Inc., 1937; Allan H. Gilbert. *Literary Criticism: Plato to Dryden*, Wayne State University Press, 1962, p. 16.
④ William Benton, *Encyclopedia Bratannica* (Vol. 8), Encyclopedia Bratannica, Inc., 1964, p. 633.
⑤ 吉尔伯特·默雷:《古希腊文学史》,孙席珍、蒋炳贤、郭智石合译,上海译文出版社,1988年,第6页。

(Ionia)行吟诗人,难脱干系。

首先,伊安的身份属于集编导演于一身的吟诵《荷马史诗》的口头文学表演者,而非是戏剧"化身角色"的模仿者。

在《伊安篇》中,苏格拉底一开始议论"诵诗这一行"时,伊安就坦然地说:"谈到荷马,我敢说谁也赶不上我。兰普萨库人墨特若道也好,塔索斯人斯特森布若特也好,无论是谁,都不比上我对荷马有那样多的好见解,能把荷马的思想表现得那么好。"进而则自豪地对苏格拉底说:"你也应该听我怎样精妙地解说荷马,我敢说,所有荷马立达(Homêridae)都得用金冠来酬劳我。"①可见,伊安不仅将自己划归"荷马立达",即尊荷马为始祖的爱奥尼亚行吟诗人之列,而且还交代其表演特点是"解说荷马"。

接着,伊安就其解说的"精妙",不止一次说有他自己的"话"和"东西","我自己觉得在解说荷马方面我比谁都强,一提起荷马我就有许多话要说,大家也都承认我说得好";而且"一谈到荷马……可说的东西也源源而来了(plenty of say)"②。对此,即便文中的苏格拉底,在发表其著名的长篇阐述诗神赋予创作灵感说前后,也承认伊安"擅长解说荷马的才能",并认同地问伊安:

> 苏格拉底:你们这些诵诗人又解释了诗人的话语,对吗?
> 伊安:这也不错。
> 苏格拉底:如此说来,你们是解释者的解释者吗?
> 伊安:这是不可否认的。③

可见,伊安解说荷马史诗,是在原有史诗上有其"源源而来"的"解释了诗人的话语"。作为出色的口头文学表演者的伊安,这既如所有行吟诗人在表演中须有自己的"编织、连缀兼创造"那样,又如我们熟悉的现代苏州评弹艺人的现场说书那样,

---

① B. Jowett, *The Dialogue of Plato* (Vol.1), New York: Random House, Inc., 1937; Allan H. Gilbert, *Literary Criticism: Plato to Dryden*, Wayne State Universiy Press, 1962, p.285.
② Ibid., p.12.
③ 柏拉图:《柏拉图全集》第1卷,王晓朝译;又见 *English Classics 1000*, translated by Benjamin Jowett, Fudan University Publishing House, 2000, p.306.

都是以具编导再创造的"解说"技艺来吸引"听众",即以绘声绘色的叙说,而非像戏剧演员只模仿一个角色的言行,从而营造了惟妙惟肖的听觉艺术的口语声音世界,这正是古今中外相通相似的口头文学表演艺人的身份及其技艺特点的魅力所在。

其次,伊安表演技艺,其运用的是包括了"人物套语"的阐释性套架(frame),这是明显属于口头文学表演活动的典型技艺特征。

伊安说有一种技艺是所有诵诗人都知道的:"他会知道男人和女人,自由人和奴隶,统治者和被统治者,在什么的身份,该说什么话。""我知道一个将官该说的话,这一点我却有把握。""知道一个将官劝导士兵所应该说的话。"①这种与故事中不同人物同其身份相适配的"该"说的话语,就是在特定文化中约定俗成的表演程式或人物套语。它正如当代口头文学理论家包曼所述,口头表演这种言语交流模式,呈现出以基本言语为参照系的转换运作。在这种艺术性的表演中,有某种东西在相互交流中活动着并起着元话语交流作用,这种东西时时都在提醒听众:"要用一种特殊的东西来理解我的话,不要只想其通常的字面意思,而要找出其深层的含义。"②这种特殊的东西,正是表演者与听众共同掌握与遵守的那些"阐释性套架",它们是口头文学表演活动得以进行的关键(key)③。

伊安正是运用这一技艺,也就是和听众共同遵守和运用的吻合"身份"的"人物套语",以指导协助听众去理解接受他"解说"的话语信息,从而吸引和迷住"听众"。《伊安篇》对此有过生动的描述,"尽管没有人想要抢他的东西,也没有人想要伤害他,但他还是在那里显得害怕得要死",并随着他"朗诵的故事情节露出哀怜、惊奇、严厉的神情"。而且,柏拉图在文中也不得不肯定评述伊安的表演效果

---

① "You have conceived my meaning perfectly; and if I mistake not, what you failed to apprehend before is now made clear to you, that poetry and mythology are, in some cases, wholly imitative—in stances of this are supplied by tragedy and comedy; there is likewise the opposite style, in which the my poet is the only speaker—of this the dithyramb affords the best example; and the combination of both is found in epic, and in several other styles of poetry. Do I take you with me?" Plato, *The Republic*, Vol. 3., translated by Benjamin Jowett, Fudan University Publishing House, 2000.

② Richard Bauman, *Verbal Art as Performance*, Waveland Press, Inc. 1984, p. 10.

③ Ibid., p.9, p.15.

道:"你对大多数听众也造成了同样的效果,你明白吗?"①

伊安这种专属口述文学表演"技艺"的"阐释性套架",还突出地表现在他的故事表演具有局限性,即除荷马外,"当人们在讨论其他诗人时,我一点也不注意听,也提不出什么有价值的看法来,我会当众打瞌睡"。伊安指出其原因是"诗人述说题材的方式不同"(not in the same way)②。

伊安没有说错,因为对口述文学表演者来说,每个艺人拥有的"套架"储备量及其类型是不同的,这使各人运用这些"套架"的口语表达的能力与界限也随之不同。用专治西方口头传统比较研究专家洛德的话来说:"每一位歌手都是一个个体。"③也就是说,当某一特定表达能力促成一位吟诵者的作品获得个性化的特征时,就成为他驾驭和吸引听众的特有魅力,而且这一固定性的特征将不再成为另一位吟诵者的能力特征。故而诵诗人往往不能善于表演所有的脚本,而只擅长表演某一部作品、某一类如伊安所坦陈的"诗人述说题材的方式不同"的诗。这一特点,即使在中国具有悠久传统的苏州评弹艺人那里也一样,评话艺人专说"一股劲"的"大书",弹词艺人则擅长"一团情"的"小书"。而且同为说"小书"的弹词名家,蒋月泉说的最脍炙人口的是《玉蜻蜓》,而张鉴庭兄弟最拿手的则是《顾鼎臣》。伊安也同样如此,他坦率地承认:"我只熟悉荷马。"

凡此均能说明,《伊安篇》中的"伊安"是一位集编导演于一身的口头文学表演艺人;他的表演"技艺",也并非以"化身角色"的技艺去模仿角色,而是运用口头文学表演所独具的"阐释性套架"去"说书",即述说或吟诵地表演史诗。

三、柏拉图的有意误断

在《伊安篇》中,与其说是苏格拉底,倒不如说是柏拉图得出了否定伊安诵诗

---

① 柏拉图:《柏拉图全集》第 1 卷,王晓朝译;又见 *English Classics 1000*, translated by Benjamin Jowett, Fudan University Publishing House, 2000, p.306。

② B. Jowett, *The Dialogue of Plato* (Vol. 1), New York: Random House, Inc., 1937; Allan H. Gilbert, *Literary Criticism: Plato to Dryden*. Wayne State University Press, 1962, p.11.

③ 约翰·迈尔斯·弗里:《口头诗学:帕里—洛德的理论》,朝戈金译,社会科学文献出版社,2000 年,第 121 页。

技艺的误断。事实上,当《伊安篇》"完成于公元前4世纪的最初10年间"①时,古希腊早已完成了戏剧表演形式的"化身角色"定格。古希腊戏剧表演最初只有一个演员,而且由作家自己充当。但到了埃斯库罗斯手中,就已增加了一个演员,出现了演员与诗人的分工。而到公元前468年时,索福克勒斯又多引入一个演员,使诗人可以不参加表演。进而到公元前449年,悲剧演员间建立了竞赛,演员与剧作家才完全分开②。此时离柏拉图完成其《伊安篇》,已足足有半个世纪之多。对这二者的不同,即基于口语"说"的表演和基于"代言人"的纯模仿表演,柏拉图并非一无所知。因为在《伊安篇》中,我们发现他不仅知道这一点而且对此有所区别。一方面,苏格拉底承认伊安"擅长解说荷马的才能",另一方面柏拉图也分别指出"诵诗人和演员"以及"合唱队的舞蹈演员"的不同。不过,他还是要把"诵诗人"与"演员"一道,置于同被神"当作代言人(interpreter)来使用"的地位③。在《国家篇》中,他对诵诗人的述说表演则说得更为明白:"那么他会采用的叙述是我们刚才以荷马诗歌为例说明的那一种,他的措辞既有模仿,又有纯粹的叙述,但在很长的叙事中,模仿只占一小部分,叙述远远多于模仿……讲故事的人用的就是这种方式。"④正如法国当代文论家热奈特所总结的:"总而言之,对于柏拉图而言,史诗属于混合方式","借用柏拉图本人的术语来表达,在叙述方式中,诗人以自己的名义说话,戏剧方式中则是人物活动与讲话,或者更准确地说,诗人化装成无数的人物"⑤。

既然如此,为什么柏拉图还要启用他的诗学理论,即文中苏格拉底对伊安所说的:"你认为存在着一门作为整体的诗学,我这样说对吗?"⑥并且不容置疑地强调:"当你提到其他任何你喜欢的技艺,把它作为一个整体来考虑时,情况不也是

---

① 卫姆赛特等:《西洋文学批评史》,颜元叔译,(台北)志文出版社,1978年,第2页。
② 吴光耀:《西方演剧史论稿》,中国戏剧出版社,1989年,第51页。
③ B. Jowett, *The Dialogue of Plato* (Vol. 1), New York: Random House, Inc., 1937; Allan H. Gilbert, *Literary Criticism: Plato to Dryden*, Wayne State University Press, 1962, p. 11-14.
④ 柏拉图:《柏拉图全集》第2卷,王晓朝译,第362页;又见 *English Classics 1000*, translated by Benjamin Jowett, Fudan University Publishing House, 2000.
⑤ 热拉尔·热奈特:《热奈特论文集》,史忠义译,百花文艺出版社,2001年,第9、16页。
⑥ 柏拉图:《柏拉图全集》第1卷,王晓朝译,第302页;又见 *English Classics 1000*, translated by Benjamin Jowett, Fudan University Publishing House, 2000.

一样的吗？这种考察的方法对所有技艺都是适宜的吗？"①其实,这个对"所有技艺都是适宜的""整体诗学",说穿了就是柏拉图基于"理式论"而对诗人技艺一概否定的模仿说。因为在柏拉图看来,不管是戏剧诗人还是诵诗诗人,其"技艺"只要能归于模仿,那么无疑它就只能是"分有理式"的"影子的影子",并"与真理隔着三层",因而不仅不能给人真知真理,反会助长人"低劣情欲",应予逐出"理想国"②。

这同柏拉图所追求的理想国应切合"正义"的等级秩序观有关。柏拉图主张理想国的城邦和谐,须按统治之序依次为哲学家——卫士——农工商;教育理想国的公民也随之依次为理智——意志——情欲,唯此方能"有个人的正义,也有整个城邦的正义"③。同样,为了理想国的"正义"秩序所需,他对诗的技艺也分为单纯叙述——混合叙述——模仿叙述的三个等级:"诗与神话可归为,整体的模仿——由你举例的悲剧和喜剧;同样地有相反风格的是,诗人只是叙说者——酒神赞美歌为最佳例子;还有是叙说和模仿二者结合的,则是史诗和具此风格的另外几种诗。"④其中的单纯叙述,因其有益于"正义",柏拉图肯定地说:"为了我们自己的灵魂之善,要任用较为严肃和正派的诗人或讲故事的人,当我们开始教育战士们的时候,他们会模仿好人的措词,按照我们一开始就已经规定了的类型来讲故事。"而对其中最低一级的模仿叙述,即戏剧,因其有害于"正义",柏拉图要将之拒斥:"要是有人靠他那点小聪明,能够扮什么像什么,能模仿一切事物,这样的人如果带着他希望表演的诗歌光临我们的城邦……那么我们会对他说,我们的城邦没有这种人,法律也不允许这样的人在我们中间出现,我们会在他头上涂香油,缠羊毛,把他送到其他城邦去。"⑤

---

① 柏拉图:《柏拉图全集》第1卷,王晓朝译,第302页。
② 柏拉图:《柏拉图全集》第2卷,王晓朝译,第364页;又见 *English Classics 1000*, translated by Benjamin Jowett, Fudan University Publishing House, 2000。
③ 柏拉图:《柏拉图全集》第2卷,王晓朝译,第325页;又见 *English Classics 1000*。
④ "You have conceived my meaning perfectly; and if I mistake not, what you failed to apprehend before is now made clear to you, that poetry and mythology are, in some cases, wholly imitative—in stances of this are supplied by tragedy and comedy; there is likewise the opposite style, in which the my poet is the only speaker—of this the dithyramb affords the best example; and the combination of both is found in epic, and in several other styles of poetry. Do I take you with me?" Plato, *The Republic*, Vol. 3., translated by Benjamin Jowett, Fudan University Publishing House, 2000.
⑤ 柏拉图:《柏拉图全集》第2卷,王晓朝译,第398页;又见 *English Classics 1000*。

至于身处上述两者之间的史诗故事类的口头文学表演，因其是"另一种艺术，则只用语言来模仿，或用不入乐的散文，或用不入乐的'韵文'"，直到亚里士多德都还说"这种艺术至今没有名称"①。可见，尽管它是"只用语言来模仿"的口头文学表演，明显不是"代言人"的戏剧角色表演，但也因其沾了"模仿"的边，因此，柏拉图理所当然要将其一概视为戏剧模仿并用其"整体诗学"予以否定。这在柏拉图的《国家篇》中，在其批评的这类"讲故事人"的生动描绘中，这一立场是十分明显的："还有一类讲故事的人什么都说，越是卑鄙下流的事情，说得越来劲，不管什么事情都毫无顾忌地模仿。他也不认为自己卑鄙，所以会在大庭广众之下一本正经地模仿任何事情，包括我们刚才提到过的笛声、风声、雹声、滑轮声、喇叭声、长笛声、哨子声和各种乐器的声音，还有狗吠、羊叫和鸟鸣。所以他的风格几乎完全依赖对声音和姿势的模仿，而纯粹的叙述很少。"②也因此，在《伊安篇》结束论争时，无论伊安"确实是凭着技艺和知识在赞美荷马"，还是"拥有关于荷马的许多优秀知识"，但最终伊安仍有落个"骗子"(a deceiver)③的嫌疑。

因而，在《伊安篇》中，尽管伊安一再表白他的表演技艺是"解说"(interpret, speak, say)、"表述、演诵"(render)等，而且文中的苏格拉底也对此直言不讳说："伊安，我经常妒忌你们干诵诗这一行的。……因为诵诗人必须向听众解释诗人的思想，只知道诗人说了些什么是完全不可能做到这一点的。当然，干这一行越是困难，越是令人羡慕。"然而柏拉图却依然用他的"整体诗学"④来评断论析。

同样，他所关注和依据的仍然是戏剧表演的视觉信息而非听觉信息，如演员的服饰——"要做你们的这一行业，就得穿漂亮衣服，尽量打扮得漂亮"，以及诵诗人和听众表现出的那些"哭泣，或是浑身都表现恐惧"的反应。

这些，既说明他是从戏剧模仿来论析诵诗表演活动的，又表明他纵然认识到二者表演具有视觉与听觉艺术接受的不同，但他从其理想国"正义"秩序的需要出发，依然要将颂诗剔出单纯叙述的"讲故事"口头文学表演之列，而必须打入其"整体诗学"所否定的"模仿"表演的冷宫。这是他将其与口述文学表演活动实质不符

---

① 伍蠡甫：《西方文论选》，上海译文出版社，1979年，第52页。
② 柏拉图：《柏拉图全集》第2卷，王晓朝译，第362页；又见 *English Classics 1000*。
③ Plato, *Ion*, translated by Benjamin Jowett, Fudan University Publishing House, 2000.
④ 柏拉图：《柏拉图全集》第1卷，王晓朝译，第209页；又见 *English Classics 1000*。

的"整体诗学",硬性取而代之的真正原因所在。

  然而,其视而不见也罢,"装聋作哑"也好,或如他在文中所说,"我除了像平常人那样说老实话,此外一无所有。……只要把一门技艺当作整体来对待,那么对它进行考察的方法,就是相同的"①,这个相同,就是"建立在戏剧的基础上,而戏剧是一种再现的文类"②的"整体诗学",一个有意为之的"聪明"误断。然而这却又是柏拉图"幸运的差错"(lucky mistake),因为它毕竟为后人留下了早期古希腊口述文学表演的宝贵资料和有关论述。

(本文原载《上海师范大学学报》2005年第3期)

---

① 柏拉图:《柏拉图全集》第1卷,王晓朝译,第302—303页;又见 English Clasics 1000。
② 迈纳:《比较诗学》,王宇根、宋伟杰等译,中央编译出版社,1998年,第33页。

中美"说书"的比较研究

长久以来,文学研究和教育部门都把公认的大作家和经典作品视作文学,而"经典之作"也就是学院教育和学者研究的范例范作。与此同时,"不被各类机构和教育部门承认或接受的文本"——非"经典"文学①,却经过"大众路线"在大量生产并广为流传,像口述文学、通俗文学、民间文学、儿童文学等就是如此。法国比较文学家谢菲尔将之通称为"副文学"(paralitérature)。由于文学与副文学的研究,不仅涉及文学学科的文学定性、作品价值、评判标准等重大问题,而且还关联到读者接受、发行路线等社会学研究的重要问题,因此自1970年国际比较文学协会第6次大会起(大会主要议题是"文学与社会",其中以"副文学"为题的就有好几个),对"副文学"的研究也就成为国际学界十分活跃的新领域,出版了《谈副文学》《平庸文学?大众消费文学》等论著。到80年代,对口述文学、通俗文学、民间文学以及大部分不为人知的副文学作者及其"蓝色图书"(因这类无名氏图书的封面为蓝色而得名)等的研究,全面活跃并格外关注口头文学的调查和研究,出版了《口述传统文化与语言文库》《民间故事百科全书——叙述史与比较研究手册》《从比较文学视野看蓝色图书》等有重大影响的研究著作②。90年代,美国的学者白素贞、本德尔等博士,又进一步热衷于中国口头表演文学的杰出代表——苏州评弹的比较研究,并成为近年来令人瞩目的中西"副文学"比较研究"新星"。可见,对"副文学"的研究,尤其对中美"说书"的比较研究,既是同国际学界接轨的研究方向,又是对振兴发展我国优秀口述文学有现实指导意义的比较文学研究新领域。

---

① Y.谢菲雷:《当今比较文学》(英译本),托马斯·勒菲森大学出版社,1995年,第47页。
② 同上。

1. 中美"说书"概述

中国口头文学表演活动的"一枝花"是评弹。与我们"评弹"相仿的表演活动，在美国叫 story-telling，直译为"说故事"。英语中的 story，指实有的故事、历史、纪实的事，也指虚构或编造的故事、小说、传奇和传说等。而美国说故事的人，其说的内容也大多取自书刊，因此也可叫"说书"。这不仅同评弹的又一名称"说书"一样，而且这一个"说"字，道出了说书表演活动的艺术本质：它们都是口述语言的艺术，都是用我们的口头语言，通过塑造一个口语声音的艺术世界，来形象地、情感地并具美的魅力地再现或表现现实世界。

同已有数百年历史的苏州评弹相比，美国说书活动的历史并不悠久，最多不过百来年时间。在 20 世纪的二三十年代，靠了电台的广播曾流行过一段时间。但后来有了电视，说书就消沉下去。直到 20 世纪 80 年代它又重新活跃起来，不仅成立了美国说书人协会，而且还定期出版会刊、通讯，频繁演出，以及电视台现场转播等，如今已不仅拥有广大受众，而且还可同歌星、影星一争高低。

与苏州评弹的演出有固定书场不同，美国说书的表演场合，多样而又方便，十分适应其时代生活和本身规律。在少到只有十来个人的寻常百姓的家庭"派对"，多到成百上千人的电视现场直播，以及州议员们的轻松聚会、学校的教室、学生们的野营空地、乡村博物馆或观光点的院子、汽车加油站的休闲处等，凡有人集会的地方，都是他们一展身手的演出之地。他们没有固定的演出书场，对他们的事业和各自追求目标，毫无妨碍。倘若给他们一个固定的演出书场，他们反倒要问："为什么？"因为按照他们的理论和经验，他们认为，没有固定的表演场所，只要有人的任何空间，他们都能随遇而安，这正是口语表演艺术得天独厚的优势：语言是人类社会交际中最主要、最方便、最自然也最本能的工具，基于语言并运用口语说书的语言艺术，就应当是"随遇而安"，就应当是随时随地能同听众真实而又自然地当面交流。这既是符合它的自身规律，又是显示说书人真实本领的机会，让听众在艺术接受上也返璞归真并满足其天然要求欣赏真实表演的心理。这使它既有别于当代靠"包装"推销的歌星、影星的表演，也使它能抗衡并优于影视娱乐的原因之一。

同我们的评弹相比，他们说的故事短小，不像评弹多是长篇；他们的说书技巧和表演手段，用美国专搞苏州评弹研究的俄州大学马克·本德尔博士的话来说，同历史悠久而又发达成熟的苏州评弹艺术比,只能算是小学生。这话说得并不过分。苏州评弹的说、噱、弹、唱、表和演,其一言一行、一招一式、一曲一调,等等,都是历经多少代演员、多少次锤炼才积淀成今天炉火纯青、光彩耀目的"一枝花"。但问题的另一方面,就像评弹的书目,绝大部分都是过往的历史一样,其程式化的表演手段与技巧,也随之紧密服务于那些距今较为遥远而又生疏的过去。虽然历史题材完全可以并且应该赋予今天的时代精神,但也要求其表演艺术也应当随之具有今天的时代气息,符合当今的生活节奏。与之相比,美国的说书,不仅在内容上具有强烈的时代精神,而且其表演技巧和手段也相应吻合当今的时代节奏和审美时尚。

美国说书人所说的内容,有普通的小说、浪漫传奇、虚构的科幻故事、童话传说和地理历史读物等,也还包括美国说书人协会和出版商专门编辑出版的书刊故事;既有古代的历史、神话传说和童话,又有现代的生活小说、趣闻轶事和科幻故事;既有重在娱乐的家庭琐事、滑稽故事,又有重在教育或传授知识的异国风情和劝人为善的创作小品等,尽管大多来自各种出版物,但说故事人必须遵循三条规则:

一是美国为十分讲究知识产权的国家,说故事人必须要对材料加以改编再创造,绝对不能"剽窃"。如美国俄亥俄州一位演员说的一个故事,名叫《会讲故事的石头》,它取自80年代出版的《创造性的说故事》一书,但说的人将它改编成了一个彰扬说故事艺术的故事。一个失去双亲的男孩,他为祖母在森林中打猎。是林中的石头突然开口给他讲了先于我们而最早住在天上的人们的故事。之后男孩每天都来听故事,每次都带礼物,而石头就像其父母一样,通过故事教会了他许多许多事情。多年之后,石头又对男孩说:"将来等你打不动猎的时候,我讲的这些故事可以帮助你生存,但在你把我说的故事讲给别人听时,一定要让听你讲故事的人给你一些东西作为回报。"说完石头就不出声了,任男孩怎么求、怎么哭,石头再也没有开口。等这位男孩后来年老不能打猎时,他果然因讲故事而获得了食物和爱戴。这就是"故事"形成以及世界上为什么会有这么多"故事"的原因,因为我们无法停止讲那些由魔幻石头所说的,并先于我们而存在,但今天却属于另一个世界的人们的事[①]。说书人赋予了它生动而又睿智的现实说故事意义,围绕这一主题,说

[①] 杰克·马柯列:《创造性地说故事》,纽约,1989年。

故事人突出说故事不仅是谋生的技艺,而且是连接前人历史的桥梁,并再创造其动情又动人的故事情节,避开了"剽窃之嫌"。

二是这种"再创造"故事,必须适应当代生活的节拍,予以高度的场景化和情节化。他们的演出时间,一般不超过一个小时,并且要说三到四个故事,开头和结尾的两个故事长些,中间的故事就短些,短些的故事都只有六七分钟。这是因为美国的电视台,在播放故事片时,总是每隔六七分钟就插播广告,使大家渐渐养成了这一时限的接受习惯。比如年近古稀的艾米尔先生,他说的是一个个子又矮、年龄又小的小人,被称作"小东西",但他却在大家面临危难关头并束手无策时,献计出力解救了大家,因此艾米尔结束时说:"小东西并非意味着无用。"从头到尾只有5分钟。他们说的最长的故事之一《少女星》(*The Star Maiden*)也没超过18分钟①。这个故事是讲人和动物本是同源,理应和谐相处在这同一个地球上。整个故事情节就集中在天上、地上和猎人之家这三个场景,而且又同当前盛行的爱护动物时尚合拍。

三是表演内容在表演时还要根据演出环境和听众需要,进行再次"再创造",运用声音模拟、动作表演、现代舞蹈、吉他演奏、口技、绕口令等以获得最佳现场效果。唐娜·伍格福女士是位文学博士,说书人协会会刊《俄亥俄州中部说书人指南》中评介她道:"专讲传统的民间故事,并能根据听众的兴趣和表演场合的需要进行创造,以利于家庭生活的和谐与个人视野的开拓。"②她的表演深受当地中小学的欢迎,就因为她能结合学校的教学和野营等活动的特点,将地理、自然、民俗、传说和文学等知识,与说书的形象声音和笑话"噱头"等结合起来,说得妙趣横生,让学生在听得入神入迷之中,接受了教育。

这三条规则,使他们不仅是表演者,而且首先必须是位创作者、编导者,最后还得经他们自己的"再创造",使所说的故事内容既不断翻新,又适应当代生活、契合现场气氛,从而能在最大的程度上,吸引听众并与之实现思想内容的交流和共鸣。因此,美国的说书人起码都是大学毕业,有的还是硕士和博士,具有较高的文学、美学、理论和知识修养。他们平时都订阅有关的书刊和钻研有关的理论著作,参加专

---

① 美国全国说故事协会:《故事艺术》,1988年。
② 《俄亥俄州中部说书人指南》,哥伦布斯,1993年。

业学术会议,具备编、导、评和说好故事的力量——知识。

可见,美国的说书,是集编、导、演、说与评论于一身的表演者,其内容和形式技巧都是紧跟时代、博采当今各种艺术之长,并同听众接受欣赏的时代特点合拍的。这种强烈的创造性、时代性和通俗性,同我们前辈评弹艺人的成功经验也是不谋而合的。《南词必览》中记有:"昔人云,诗无新意休轻作,语不惊人莫浪传。余谓不独诗也,即书亦然。"这是讲的创造性要求。而该书中"姜万孚云,吾道中之闻名者,不外乎说书说势,说书说世而已",这是讲的时代性要求。还有,"何云飞演讲《水浒》,现形说法改变京班派,登台动手开戏,听客说宛如看京戏。又说云飞手中一把扇子,表演像真刀真枪拿在手中。所以后辈都要学何公动手。还有一技之能,……可以拿听客三收三放之能,可称死后无人"①。这是再明显不过地讲,何云飞博采当时京剧艺术之长,处处讲究同听众的实时沟通交流,使其演出具强烈的时代性和通俗性的特点。

2. 针对口头表演文学特点的研究理论与方法

我们研究评弹所用的理论与方法,一般都是借用或套用文学的和戏剧影视的理论。前者是书面语言艺术的理论,不是口头语言表演艺术;后者有口语表演艺术,但主要是诉诸视觉艺术而非听觉艺术。而美国的说书研究,则另辟蹊径,发展形成了针对口头表演文学特质的帕里-洛德的"口头诗学"等。而当代社会语言学家鲍曼教授的《作为表演艺术的口语艺术》一书,"交叉综合了民俗学、社会学、语义学和文学批评"②,系统地研究并阐释了口语文学表演活动的实质及其规律,对我们研究说书副文学是很有启发的。

首先,他揭示了口语艺术的表演实质,将其界定为,"本质上,表演被看成和界定成一种交流的模式",这种交流模式呈现为一种以基本言语为参照系的转换运作,并存在着一套有机系统的"阐释性套架"。

组成表演活动系统的"套架",是一个源于格雷戈里·贝特生的文章《演戏与

---

① 《南词必览》:《评弹丛刊》第 8 卷,上海文艺出版社,1962 年。
② 欧贝特·B.路德:《咏唱故事的人》,纽约,1971 年。理查德·鲍曼:《作为表演艺术的口语艺术》,伊利诺伊,1977 年。本节引文均出自这两本书。

虚幻的理论》(1972)中的术语。贝特生首次提出并认为,"套架的意图是限定阐释语境以区分含义的顺序"。这种套架的意图或叫作用,是使描述、叙述如何组织起来,即表演是如何产生、如何转换、如何被"启动"运作的。它起了指导或协助接受者理解在这个套架之内的各种信息的作用。这是使用这种语言的人,在其特定文化语境中约定俗成的一种双向话语交流的程式和套式。例如,日常生活中彼此交谈时所用的普通"套架"之一:"从前……"这使说者和听者都进入了发生在过去的事情的具体语境中,使接下来的信息交流得以进行与实现。而在口语艺术表演中,其"套架"的种类很多。比较常用的有:"暗示或含沙射影",将说的话语与被理解的话语的意思,形成曲折或隐蔽的关系;"噱头",不严肃地表达其话语本身的意思;"模拟",说的方式是模仿另一人或另一角色的言行方式;"转译",将一种话语解释为另一种与之意思相同的话语;"引证",是说书人说别人的话语,等等。这些套架可以联合使用,也可以单独使用,从而使表演成为一种与众不同的表演组织,也使之成为同听众可以获得表演信息交流的关键。

"套架"的作用是"认同"。"认同"的本义为持证人与其所持证件相同。在文学批评中有时译作个性,但在此则指表演者、听众、表演场所和整个背景等,通过表演套架的实施,使表演者实现其为表演者、听众实现其为听众、场所实现其为场所以及整个背景实现其为背景等的认同相符。由于对一个表演活动来说,表演者、听众、表演场所和背景是密切相连的,所以,每一部分的认同都必然要牵涉到其他部分的认同才行。这样,对每一部分,包括其要素的进程和认同的探讨,就成了牵一发而动全身的多层面、多视角、多学科的运动性和综合性的文艺文化学研究了。

那么口语表演交流是怎样实现的呢? 从本质上说,口语表演作为一种口头言语交流模式,是假设在说者向听众显示其交流才能这一职责上,这种才能依赖于知识,及其与社会性交流方式合拍的表述能力。就口语表演者的能力而言,又取决于他对内容、对交流方式的超越程度如何这一点上,如果其能力一般,则吸引不了听众,反之,若其能力卓越,则能抓住听众;而从接受者的听众这一面看,则是取决于表演者的表演方式、技巧与能力所呈现并施与听众的有效性评价。当然,另一因素就是现场欣赏中使听众会产生强烈的体验。归纳一下,表演的过程,实际上由双方的下列部分构成:表演者的知识、能力、对内容和交流方式的超越程度+听众对口语表演的方式方法、技巧、能力等的评价反应。由于表演活动的主宰者是口语表演者,所以实现这一活动的要素可概括为三个:口语表演者的表述能力,表述技巧方法的能力以及刺激观众有效性反应与评价的能力。

正是这三个能力,在具体的口语表演活动中,对组成口语表演的套架起了关键的作用——"启动"(The Key of Performance)。也就是说,"Key",就是口语表演艺术的套架,是如何被产生与被转换的,即表演是怎样被启动运作的。启动的是套架中所包括的一系列明晰的或隐含的信息,并靠它们又带动结构去说明别的被交流的信息,所以,启动是一种"有关交流的交流",被称作"元交流":"一个套架是具元交流性的。任何信息,不管是明晰的还是隐含地都规定进一个套架,事实上,如上面谈套架时所说,套架本身都给接受者以指示或帮助,以便他能力图去理解包含在套架之内的信息。"①所以,这些组成了表演活动的套架,都是通过运用文化体系内的约定俗成之元交流来完成的。也就是说,是用文化中的约定俗成和特有的文化方式去"启动"这些套架的,这就使所有发生在套架内的交流可被理解,就像在一个社团内的通常表述能被彼此理解一样。

各种文化中至少有下列一些可作为"启动表演"(to key performance)所用:"特殊符码",是处于某个或另一个语层或特色中的特殊用语,如古语,常须换声换腔换词;"比喻语言",即通常所说的"打比方的话";"对句法",即重复或转换语言、语法、语意或韵律结构等;"特定的程式",特殊文体的套语或特定的表演套式;以及"表演终止的落套",等等。这些都由表演者的表演能力来主宰,通过"引起的期待值"以吸引听众参与。因为,一旦"你具有了掌握它们的趋势,它们就促进你参与进去"②,既把听众注意力集中在表演者身上,又把观众的情感评价束缚在表演者身上,使听众对表演者有依赖性,从而为表演所着迷。表演者的能力也就体现为靠它们来控制听众、吸引听众和赢得听众。

最后,所有这些都成为了"表演模式化"(the patterning of performance),即上述的表演结构形式及其象征的特定行为,都只有包容在特定表演系统中方起作用,这是特定文化系统中固定的传统口语交流体裁,如有的民族这种固定模式就由"宫廷言谈"(court speech)、"现代真实叙述"(true recent narrative)和"古语"(ancient

---

① Richard Ballman, *Verbal Art as Performance*, Waveland Press, 1984, p. 15.
② Ibid., p. 16.

words)组成。表演同其合成,就成为这种文化语言体系中有重大意义的固定表演模式。遵循并掌握它,你就能表演;熟悉和了解它,你就能欣赏。

可见,口语表演活动的实现,是套架、启动、认同、模式等多种因素相互作用的结果,同时又包括了场所、表演技巧系列、表演的基本法则、服务者(像书场的工作人员)、表演者、接受者等的积极参与,社会文化各成分、各成员都起作用并都在运动中。所以,研究口语表演艺术,也必须要综合的、全方位地并运动地研究它们,以克服长期以来狭隘静止借用文学理论、戏剧理论、影视理论等做研究的不到位弊病,这才符合口语艺术活动的特点和规律。

3. 初步的几点比较梳理与思考

"他山之石,可以攻玉"。他们的专治口头说唱艺术的这些理论方法,对我们的评弹研究与理论建树,应当说还是很有参考借鉴意义的。因为,我们在这方面的研究,只有周良、吴家锡等不多的几位专家,发表过很有见地的研究论著,而大部分的研究文章,也还停留在资料整理、经验总结或套用戏剧、小说等理论的狭隘而又静止的层面上。

我想将最早的评弹经验总结,即大家熟悉的由马如飞所编的《南词必览》,同西方的口语艺术理论作一沟通尝试,这只是极为简短粗浅的梳理。需要注意的是,如同中国的传统文学批评一样,传统的评弹理论也同样不像西方的理论注重体系性,并都是大部头著作,但却如钱锺书教授所说的:"诗、词、笔记、小说、戏剧里,乃至谣谚和训诂里,往往无意中三言两语,说出了益人神智的精湛见解。"[1]我们将之同西方的口语艺术理论一对照,就会发现,钱锺书的评价在这方面也同样是"精湛见解"[2]。

首先,无论是以正面指出的"书品"要求,还是从反面提出告诫的"书忌",它们都是着眼于主体说书人的表述技巧及其同听众的交流关系。这点既同于西方的口语理论,又切合语言交流行为的本质特点的——说者与他人的对话行为。如"快而

---

[1] 钱锺书:《谈艺录》三,中华书局,1984年。
[2] 钱锺书:《旧文四篇》,上海古籍出版社,1979年,第26页。

不乱,慢而不断,放而不宽,收而不短……"①就是要说者要说功好、结构好、能为听众着想,从而很好地实现话语意义的交流,达到演出的好效果。

其次,我们的传统评论非常注意表述的三要素,这同巴赫金、鲍曼的主张可谓异曲同工。如《南词必览》上讲的"小书中亦有五诀"中的"理"和"细",就是要求说书人,无论是从整个故事脉络,还是人物、言行乃至细节,都应当"所讲事物和告知内容"的"指物意义",须表述清晰。而《书忌》中的大多数告诫,也都是从反面强调了说书人的表述,应当对所说的"指物意义"要有评价态度的"情态因素",即"乐而不欢,哀而不怨,哭而不惨,苦而不酸……评而不判"②等。这都是要求将自己的欢乐、哀愁、悲惨、辛酸的情感与评判的态度,倾注到表述话语中去。而巴赫金所要求的说者应引出听者的话语思想态度,即接受反应,同样对应了说书"五诀"中"味""思"两诀,"味""思"要求说书人能引起听众的"耐思",并能让听众"解颐"而生趣。

再次,我们的传统评论,还很讲究说书制造一个艺术的声音世界的口语艺术特点。沈沧洲在《杂录》中说:"书与戏不同何也?盖现身中之说法,戏所以宜观也。说法中之现身,书所以宜听也。"③为了让听众"宜听"从而进入声音的艺术世界,《书品》要求说书时声音的掌握要"放而不宽,收而不短",要"高而不喧,低而不闪,明而不暗,哑而不干",从而使声音的艺术世界比现实世界更美也更符合艺术的真实动人。

即便是那些讲究台风要求的"冷而不颤,热而不汗"和忌讳的"束而不展,坐而不安",以及要求表演须防止出现的"指而不看,望而不远"等动作表演,也都是为了"宜听"而不是"宜看"服务的。

至于"套语""套架""套式""启动"等概念及其作用,则在评弹的艺术行话中,比比皆是。"噱"作为产生笑料的"套语"或"套架",就有"肉里噱""外插花"和"小卖"三种。作为"套式"的弹词曲调,就有"陈调""俞调""丽调""琴调""蒋调"等20多种,表演时又有"紧弹散唱""快弹慢唱""润腔""拖腔"等多种技巧方法。而

---

① 江苏曲艺协会编:《评弹艺术》第13集,新华出版社,1991年,第173页。
② 周良:《苏州评弹旧闻钞》,江苏人民出版社,1983年,第67页。
③ 江苏曲艺协会编:《评弹艺术》第13集,新华出版社,1991年,第173页。

"启动",更是丰富多样且又传统悠久,为江南广大听众与艺人所共有。许多青年人,平常只看影视,一旦进了书场,对听书感到没劲,就根本坐不住;纵然是红得发紫的当今影星、歌星,倘若他(她)不懂评弹的表演,在书台上说个故事,也会不知所措;然而当评弹响档同老听众、票友同进书场,那就说得有劲、听得有味,可谓其喜洋洋者也。何故?就因为评弹的"key",比美国的说故事真是太多、太久也太成熟,都成了"专业性"的"学问"了。所以,不会吴方言不能演、不能听,会了吴方言但不懂其"启动",也同样不能演、不能听。真不知这对评弹的发展是福是祸,抑或兼而有之?

中国传统评弹理论中,也还有西方口语艺术理论所未论及的方面。"书品"中的"贫而不谄","闻而不倦","羞而不敢,学而不愿",谈到了说书人的人品、学习钻研等说书之外的"基本功",不仅重要,而且也是涉及了口语活动的"前设"阶段的重要问题,即说书者同生活、学习和修养的关系。

当然,过去的传统,往往是精华与糟粕、合理与悖论并存。"书品"中的"慢而不断""新而不窜"等,前者所要求的"慢",若是指说的技巧,该慢而不断,这是有道理的,但将"慢"列为上"品"级的正面要求,已经落伍。过去有所谓"试卜闲人一笑中",然而在当今快节奏的时代,哪来多少"闲人",最多也就是"退休人"而已。对受影视熏陶具快节奏欣赏习惯的年轻一代人来说,对"慢"格格不入也就只能敬而远之了。而后者的"新而不窜",既要不断翻新,又不许大改,要求维持其总面貌不变,这也是矛盾而又背时。随着时代的变而变的内容、形式和技巧等,是不可能"不窜"的。不然,那就只能导致说书的"昆剧化""古董化",缺乏时代感,难以吸引青年新听众,最终进入"博物馆"。还有《南词必览》中毛菖佩的词评"古今书意改无穷;劝孝悌,醒愚蒙,古今余韵敬亭风"[①],一方面要求改无穷,另一方面又要恪守明末柳敬亭的风韵风格,这也是矛盾的,不符合事物发展规律和风格多样化、当代化的要求的;至于劝孝悌、醒愚蒙,既是封建的说教,又将听众视作"阿斗",完全背离了艺术的美的规律及其功能。

总之,我们的评弹传统评论,既有十分丰富的优秀见解,也有相当数量的谬识悖论,面对悠久而又灿烂的评弹艺术,面对不景气的评弹市场现实,作为每个关心

---

① 谭正璧、谭寻:《评弹通考》,中国曲艺出版社,1985年,第439页。

评弹"一枝花"的人,都会有所焦虑。因此,在这当今"全球化"的时代,在中外经济文化频繁交往的文化转型时期,我们如何立足国情、立足当代,吸收融会中外理论的有益成分,发展我们的现代科学评弹理论,以指导评弹研究和振兴评弹艺术,当是一项艰巨而又意义深远的工作。

(本文初载《评弹研究》第 20 集,1999 年,这次重刊作了一些文字修改)

留得真爱在人间

——从中欧文学经典中的自然灾难作品谈起

我想先说说拿破仑使用的一个词,以及我们使用时的一些差异。

18世纪法国大革命后,拿破仑率军占领埃及时,他看着金字塔激动又感慨,当时他使用了"文明"这个词而不说"文化",为什么?

而我们经常听到、看到和提到"文化""文明"这两个词。小的,如吃饭有食文化、喝茶有茶文化、喝酒有酒文化、穿的叫服装文化、住的叫装饰文化,我们一般不说食文明、茶文明等。然而行倒会说文明而不说文化,如开汽车讲文明驾车而不说文化驾车。走路要讲文明而不说走路要讲文化,如美国人走路要越过别人总说"对不起",我们会说这很文明;同样,我们请人让道讲"劳驾",也觉得这样很文明,不会讲"很文化"。大的,如说到企业时常讲企业文化,不大说企业文明;但是说起企业管理时,常说要文明管理而不说文化管理。至于当说到我们国家时,既会说中华文化也会说中华文明;说到人类或世界时,也同样会说人类文化和人类文明,或者世界文明、世界文化等。可见,有时文化和文明必须分开使用,有时又能同时使用,这又是为什么?

凡此,都关系到我们对文化、文明这两个词的理解,即什么是文化,什么又是文明。对此,学术界有许多定义,也各有道理。在此,我想介绍美国著名的培森出版社于2005年出版的新版大学通用教材,这是面向当今美国理、工、农、商、医等非人文学科专业大学生所用的人文学科教学用书,也是他们必须具备的人文知识和必须学习的人文学科课程。这本书叫《艺术与文化:人文学科导论》,主编为詹尼塔·热伯德·本顿,书中有一个深入浅出但公允适切的定义:

文化是一种思想和生活的方式，它由一个群体创建并世代相传。换句话说，文化即公共生活的基础。一个文化的集体价值，被体现在它的艺术、书面作品、行为方式和智力探求上。一种文化具有足以表达自身的能力，尤其通过书面表达自身，并能将自身完全组织为一个社会、经济和政治的实体，它就彰显成为一种文明。①

这告诉我们：第一，文化是人们创建并世代相传的思想和生活方式，是大家公共生活的基础；也就是说文化具有公共社会性，这种思想和生活方式是属于人们的思想意识和精神范畴的，需要分析认识才知；第二，正因此，文化的价值体现在艺术、文学等多方面，而具有文字能力来表达自己是一个完全组织起来的政治、社会等的实体，这就是文明。也就是说文明具有物质形态性、思想和生活方式的实体性。换句话说，文明同文化比，文明能看得见、摸得着或感觉得到等。第三，除此之外还应看到，文学对文化和文明具有特别重要性，即文化、文明能足以表达自身的标志就是文学。

这也就是我今天愿意来讲并很想同大家分享文学体验的道理。

我们所说的"文学"这个词，"事实上就是用文字所写的东西，然而文学一词，通常是专指那些呈现出最好的思想和语言的作品，以及代表了一种文化中最高书面文字成就的作品"②。也就是它足以表达文化与文明的重要性，能使我们对文明和文化获得充分认识。

其次，关于"灾难"和"灾难作品"。我们的辞典说："灾难，由自然界的灾害或人为的祸害所造成的苦难。"而日本是地震、海啸、火山和台风等多灾害的国家，他们的辞典说，"由于异常的自然现象和人为原因，人们的社会生活和生命遭到损害"。在本文中，我们集中讲自然灾难，而不讲战争、斗争和运动等人为祸害，因为世界就是由人和自然构成，而人与自然相比，是渺小、短暂、脆弱的，尤其在自然灾害来临时，常常是无力无奈的。对此，17世纪法国物理学家帕斯卡（发现液体压强

---

① 杰内达·勒布德·本恩顿、娄贝特·笛·亚尼：《全球人文艺术通史》，尚士碧、尚生碧译，山东画报出版社，2010年，第4页。
② 同上书，第10页。

定律者)说得好:"大自然只要漫不经心地不给人一口空气,人就得死去。但人在面对他死去时,他已意识他即将死亡,而比人强大、永恒的自然却对它的胜利一无所知。"①这就是灾难无情人有情的道理;这就是自然灾难最能体现生命的珍贵、最能显示人人思考和追求的文化魅力和文明价值的所在。这是大自然的其他一切事物都没有的;这是人才具有并能笑傲自然的人的特质。那么,这个特质是什么呢?

正如本恩顿书中所说"不管我们生活在何时与何地,总有一些普遍和基本的特质吸引着我们。这些特性就是美学的诸种原则,以及能将我们彼此维系在一起的人类喜好"②。换句话说,就是我们人类文化文明中最美、最普遍、最基本、最有价值并最伟大的人性特质。比如,对弱者的同情、对暴力的反对、对生命的珍惜、对死者的尊重、对舍生救学生的老师的敬佩。面对2008年四川汶川大地震的灾难,不管种族、国别还是不同意识形态的人,都是一样的同情、洒泪、赈灾和投入。

让我们从四川汶川地震的一则感人的短信谈起。一位妇女在地震中被压在倒塌的房子下,但她始终双膝跪着、双手撑着,护卫着身下的宝宝,直到去世。当抢救人员救出她的婴儿时,就在熟睡的宝宝被子里,发现一部手机,屏幕上留着一则短信:"亲爱的宝贝,如果你还能活着,一定要记住妈妈永远爱你。"让我们记住这位母亲,记住这位普通又普通的女性!她用自己的生命告诉人们,最伟大的人性是什么? 是爱,一个大写的粗体字的爱!

何谓爱?《中国百科大辞典》:"对人或事物的深厚感情,如爱恋、爱慕、敬爱、热爱。……爱是一种有指向的积极感情。爱的对象常是人,反映一种人际关系,一种对人的态度,常被称为是一种社会性感情。爱是强烈而持久的主观体验,不同于一般喜悦之情,也不是短暂的情绪活动,而是稳定的感情态度,典型的例子包括对母亲的依恋和对配偶的爱恋。"又说:"爱更是促使一方作出有利于对象的种种行动的重要动机。"③也就是将给予、付出,作为自己不需犹疑并理应承担的义务、责任。

---

① Barricelli and Gibaldi Edited, *Interrelations of Literature*, The Modern Language Association of America, New York, 1982, p. 183.

② 杰内达·勒布德·本恩顿、娄贝特·笛·亚尼:《全球人文艺术通史》,尚士碧、尚生碧译,前言第1页。

③ 《中国百科大辞典》,中国大百科全书出版社,2005年。

这是最有普遍性、最基本的人性特质和文化文明价值。在中西文学史上的灾难作品中，我们可以看到，它被歌颂、被描写并被持续不断地充分表达着。

在西方的文学经典中，写地震灾难的经典作品不多，而写瘟疫灾难的经典作品则不少。然而不管是写地震的还是写瘟疫的自然灾难作品，似乎都不是只写它的恐怖和残酷，倒是同样在描写和歌颂"爱"。前者，可列为文学经典的是德国19世纪著名小说家作家克莱斯特，以及他于1807年创作的优秀短篇小说《智利地震》。作品写1647年，发生在智利首都圣地亚哥一场毁灭性大地震中的一个故事。有钱人家女儿何赛法爱上了清贫的家庭教师叶鲁尼莫，两人不仅遭到家长反对，而且由于女方怀孕暴露了真相，以违背教义而被判死刑。正当何赛法赴刑场时地震来了，这相爱的一对死里逃生并过了一段幸福的日子。然而，灾后当他们虔诚地上教堂时，却不幸还是双双死于震后公众的暴力。不过，他们誓死相爱的结晶——他们的儿子则生存于世。作品歌颂了爱，并写出了对爱的迫害是宗教甚于自然灾难。

与此相比，写瘟疫灾难的作品多而更有影响，同欧洲历史上发生过多次大瘟疫有关，最早的是雅典瘟疫（前430—前426），而公元6世纪大瘟疫（鼠疫）的流行几乎殃及当时所有欧洲著名国家。这次流行持续了五六十年，极流行期每天死亡万人，死亡总数近一亿人。这两次瘟疫大流行导致了欧洲两大文明古国，希腊和东罗马帝国的衰落。欧洲中世纪的大瘟疫流行发生于14世纪，称为可怕的黑死病，此次流行此起彼伏持续近300年，导致欧洲死亡2500万人，占当时欧洲人口的1/4；意大利和英国死者达其人口的半数。到1665年8月，每周死亡达2000人，一个月后竟达8000人。直到几个月后一场大火（史称"伦敦大火灾"），烧毁了伦敦的大部分建筑，老鼠也销声匿迹，鼠疫流行随之平息。这次鼠疫大流行就是历史上称为"黑死病"的那一次。直到19世纪末（1894年），仍有瘟疫流行，死亡达千万人以上。这是既使欧洲人"谈瘟疫就色变"，称之为"上帝的鞭子""魔鬼的圣经"，又使面积同我国差不多的欧洲，何以人口比我国要少许多的一个重要原因。

在西方19世纪前的文学史上，写瘟疫的作品很多，但最出名并属经典作家的经典灾难作品，则有3部：一部是古希腊最伟大的历史学家修昔底德（前460—前404）的名著《伯罗奔尼撒战争史》，它专门写了雅典瘟疫，一旦染上瘟疫，即使身体非常健壮的人也会突然发病，体弱的人更不用说。开始发烧，额头滚烫，眼睛红肿发炎，咽喉和舌头溃烂出血，呼吸变得艰难并夹带着恶臭。这种病痛蔓延至整个胸部,持续地停留在胃里时,患者备受折磨地反复呕吐,吐的尽是深浅不一的各色胆汁。患者无法忍受衣服甚至最为轻薄透亮的亚麻布被单的遮挡,宁愿一丝不挂、全身赤裸。此刻体内高热的患者最渴望的是将自己浸泡在冰冷的水里,而事实上只要看护的人稍有疏忽,他们便在难耐的干渴驱使下,自行跳进雨水池,大口大口地吞喝着凉水,可是无论喝多少水也无济于事。到了发病的第七或第八天,患者依旧保有一些体力,然而正是在这个时候,他们中的多半会因为体内高热而死亡。度过这个危险期的患者,病情会进一步恶化至肠道,在剧烈腹泻的伴随下诱发体内更为严重的溃烂,由此导致的极度衰竭会夺去余下多半人的性命。于是人人惧怕相互来往,撂下病人只顾自己……然而,作者也写了愿意"冒险来往,执意做好事,并且为了道义而奋不顾身到朋友家提供帮助"的人,歌颂了这些人的美德①。

发生在中世纪的黑死病大瘟疫,有两位伟大作家写了两部不朽名著。一位是"文艺复兴时期人文主义先驱"的薄伽丘(1313—1375),他的《十日谈》是大家熟悉的名著,也是欧洲中世纪和近代文艺复兴新时期的"分水岭"。这场瘟疫发生在意大利的佛罗伦萨,不过流行半年多就死了十万人,使邻居、亲友不相往来,说话都远远应付几句,甚至兄弟、夫妻都互相抛弃,惨不堪言。而封建的教会还说大家不忠于教会和上帝而受此惩罚,要大家禁欲去忏悔祷告。薄伽丘的伟大,就在于他高扬人文主义个性解放大旗,写出了人在面临灾难而上帝背身不问,只有人间的真爱方能使受难人们有所依靠,其名言是"在所有的自然力量中,爱情的力量是最不受约束和阻拦的"。

而另一位略迟一些的英国诗人乔叟(1340—1400),不久也写了这场使当时英国人口从 400 万减至 250 万的大瘟疫,他的《坎特伯雷故事集》写出了瘟疫的肆虐,但也对比地写出了人性美德的可贵。当医生靠治病赚钱并说"在所有的一切里,我最爱金子"时,乔叟歌颂了那位好教士,他面临瘟疫正夺去无数人生命的时刻,坚守自己教区,无私奉献自己一切。这是人人钦佩的爱人的人性美德②!

与西方一样,我国历史上也有瘟疫,但中国古代文学的正统与传统是诗,被称为诗的国度。表现灾难比较有名的经典诗作要算曹操的诗作了。公元 3 世纪初,

---

① 徐松岩:《伯罗奔尼撒战争史导读》,天津人民出版社,2010 年。
② 杰弗雷·乔叟:《坎特伯雷故事集》,上海译文出版社,2000 年。

古都洛阳的郊外,举目四望,到处是一片荒凉的景象。曾几何时,作为东汉王朝的都城,这里还是人烟密集、商旅如云,但在此时,这里却人迹罕至、杂草丛生。面对这种凄惨的场景,一代枭雄曹操在路过这里时,不禁提笔写下了后来流传千古的诗句,其中写道"白骨露于野,千里无鸡鸣。生民百遗一,念之断人肠",充满了同情和伤感。

可见,古今中外的灾难作品,其能够列为经典文学,并不因为它们写自然灾难,而是因为它们写出了灾难无情人有情,写出了如同汶川地震那条短信所彰显的一样,是自然所无、人类才有的伟大人性、伟大的爱!

其实,这种伟大的爱,更多也更久地则是存在于我们日常生活和正常的人生中,在平平常常的你、我、他和她中。有时我们司空见惯,不以为然,不仅不珍惜,而且还会忽视甚至无视它,但是,正如英国大戏剧家莎士比亚所说:"失去了的东西才分外珍惜。"敏感的诗人在其诗歌中,连绵不断地表达它,而且大多都脍炙人口。

我们从中译英文诗中各选几首来作一介绍。

首先是英国19世纪著名小说家狄更斯写的"经典爱情诗"。诗中说:

> 真爱究竟是什么?
> 是——盲目的忠诚,
> 死心塌地的低首,
> 绝对的唯命是从,
> 不顾自己,不顾一切,
> 无言不听,无言不信,
> 把整个心、肝、灵都交给你去主宰!
> 你是我灵魂的最后之梦!
> 爱假使过于强烈,就不会天长地久。
> 老伴体重一百七十六磅。
> 肯拿老伴换取同样重的金币吗?
> 不换!
> 为什么?

因为老伴这种金属比世上最贵重的金属都贵重,她是黄金之王!①

写死去男伴侣的哀诗:

19世纪英国女诗人鲁塞蒂(Christina G. Rossetti,1830—1894)的情诗忧哀绵绵:

> 当我离开人间,我亲爱的,别为我唱哀痛的歌;
> 放我入墓穴也别撒玫瑰,也别在我周围栽柏树;
> 愿绿荫覆盖我的身躯,并带着湿润的雨珠;
> 假如你愿意,就怀念,或者忘记。
> 我不会重见阴影,也不会感到雨淋;
> 我不会听见夜莺,那一声声的哀鸣;
> 我置身梦境,蒙胧的黎明,它不会升起,也不会沉沦;
> 也许我会怀念,也许我会忘记。②

英国作家弥尔顿在他的第二个妻子卡特琳·伍德科克(Catherine Woodcock)于1658年2月3日去世后不久立即写下一首十四行诗。此时的作家已经失明,虽然从未见过妻子的容颜,但诗人的感情依然真挚深刻,读后令人凄怆哀怜。但诗中同时也闪现出一种圣洁之美与希望之光。

梦亡妻
——十四行诗之十九

> 我仿佛看到了去世不久圣徒般的妻,
> 回到了我身边,像阿尔塞斯蒂斯从坟墓,
> 被尤比特伟大的儿子用强力从死亡中救出,
> 苍白而虚弱,交给了她的丈夫,使他欢喜

---

① 查尔斯·狄更斯:《狄更斯文集》,全增嘏、胡文淑译,上海译文出版社,1998年。
② Christina G. Rossetti. *Goblin Market and Other Poems*, Dover Publication Inc,1994.

我的妻,由于古戒律规定的净身礼
而得救,洗净了产褥上斑斑的玷污——
这样的她,我相信我还能再度
在天堂毫无障碍地充分地瞻祝
她一身素服,纯洁得跟她心灵一样,
脸上罩着面纱,但我仿佛看见
爱、温柔、善良在她身上发光
如此开朗,什么人脸上有这等欢颜
但是,唉,正当她俯身拥抱我的当儿,
我醒了,她逃逸了,白昼带回了我的黑天。①

作为诗的国度的中国古诗,这类题材的诗多极了。尤其写中国女性,写她们的爱、写她们对爱的付出、写她们对爱的异常坚定:

上邪(汉乐府)

上邪!我欲与君相知,长命无绝衰。
山无陵,江水为竭,冬雷震震,夏雨雪,天地合,乃敢与君绝!②

诗以女子口吻写出,上邪!即天啊!发誓语。后三句列举五种不可能发生的自然现象,来表明誓语的坚决。可见,中国女性的爱,是同大自然的永恒相连的。

在中国,思念亡妻的悼亡诗量多质高,首首都感人肺腑。第一次以悼亡的名义出现的诗是西晋潘岳的《悼亡诗三首》③,之后就连绵不断。

荏苒冬春谢,寒暑忽流易。之子归穷泉,重壤永幽隔。
私怀谁克从?淹留亦何益。僶俛恭朝命,回心反初役。

---

① 约翰·弥尔顿:《失乐园》,朱维之译,吉林出版集团有限公司,2007年。
② 王运熙、王国安:《乐府诗集》,中国国际广播出版社,2011年。
③ 潘岳:《潘岳集校注》,天津古籍出版社,2005年。

> 望庐思其人，入室想所历。帏屏无仿佛，翰墨有余迹。
> 流芳未及歇，遗挂犹在壁。怅恍如或存，回遑忡惊惕。
> 如彼翰林鸟，双栖一朝只。如彼游川鱼，比目中路析。
> 春风缘隙来，晨溜承檐滴。寝息何时忘，沉忧日盈积。
> 庶几有时衰，庄缶犹可击。

此为其中的第一首，大约作于潘妻杨氏逝后一周年，全诗情至深而语至浅，悼亡的深情婉转地流动于清浅的字句之间。沈德潜也在《古诗源》中指出潘岳的悼亡诗"其情自深"。

元稹为悼念亡妻韦丛（字蕙丛）写有《遣悲怀》七律三首、《离思》七绝五首、《六年春遣怀》七绝八首，共16首悼亡诗。其中深含了对亡妻的忠贞与怀念之情。

> 谢公最小偏怜女，嫁与黔娄百事乖。
> 顾我无衣搜荩箧，泥他沽酒拔金钗。
> 野蔬充膳甘长藿，落叶添薪仰古槐。
> 今日俸钱过十万，与君营奠复营斋。

> 昔日戏言身后意，今朝皆到眼前来。
> 衣裳已施行看尽，针线犹存未忍开。
> 尚想旧情怜婢仆，也曾因梦送钱财。
> 诚知此恨人人有，贫贱夫妻百事哀。①

苏轼的《江城子》也写出了十分怀念之情。东坡19岁时，与年方16的王弗结婚，后出蜀入仕，夫妻琴瑟相和，相伴相知。十年后王弗病故，葬于家乡祖茔，丧失爱侣的子瞻精神上受到的打击难以言说。正是在这样的情况下，苏轼于1075年正月二十日梦见爱妻，离王弗之逝又是十年，悠悠生死经年，魂魄入梦，其凄楚之心境难以自胜，便写下了这首传诵千古的悼亡词。起头三句直抒胸臆，感人至深。

---

① 元稹：《元稹集》，山西古籍出版社，2005年。

江城子·乙卯正月二十日夜记梦

十年生死两茫茫,不思量,自难忘。千里孤坟,无处话凄凉。
纵使相逢应不识,尘满面,鬓如霜。

之后三句,又把现实与梦境相混,使全词的悲痛之情更进一层。

夜来幽梦忽还乡。小轩窗,正梳妆。相顾无言,惟有泪千行。
料得年年肠断处,明月夜,短松冈。①

宋代第一女词人李清照也作有悼亡词《孤雁儿》,来寄托对丈夫赵明诚的伤悼。

藤床纸帐朝眠起,说不尽、无佳思。沉香烟断玉炉寒,伴我情怀如水。笛声三弄,梅心惊破,多少春情意。
小风疏雨潇潇地,又催下、千行泪。吹箫人去玉楼空,肠断与谁同倚?一枝折得,人间天上,没个人堪寄。②

此词调下原有小序云:"世人作梅词,下笔便俗。予试作一篇,乃知前言不妄耳。"

从此序中看,女词人似在咏梅,然细揣词意,却是一首悼亡词。词人通过多种艺术手法,以通俗哀婉的笔调给读者展现了一位内心无限怀念亡夫的孀妇形象。与其他悼亡诗词不同,此处为妻子哀悼故去的丈夫,不论是在宋代词坛上还是诸多悼亡诗词中,均可算是独特的。

另有一类诗,更是表现了平凡中国女性的一种伟大奉献牺牲精神,杜甫的《石壕吏》是为大家所熟悉的名诗。

---

① 苏轼:《苏轼诗集》,中华书局,1982年。
② 李清照:《李清照词鉴赏》,齐鲁书社,1986年。

暮投石壕村,有吏夜捉人。老翁逾墙走,老妇出门看。
吏呼一何怒,妇啼一何苦。听妇前致词,三男邺城戍。
一男附书至,二男新战死。存者且偷生,死者长已矣。
室中更无人,惟有乳下孙。有孙母未去,出入无完裙。
老妪力虽衰,请从吏夜归。急应河阳役,犹得备晨炊。
夜久语声绝,如闻泣幽咽。天明登前途,独与老翁别。①

这位当祖母的老妪,为老伴、为儿媳、为孙儿的三代安在,宁肯自己去前线,其牺牲精神令人心碎。

王士禛(1634—1711,别号渔洋山人),清代初年著名诗人,顺治十二年进士,官至刑部尚书。他17岁娶妻,妻姓张,系元配夫人,张夫人祖父是明代万历进士,父亲拔贡,也是官宦家庭。王士禛20岁得长子,共有三子。他39岁时,年仅17岁的次子去世;到康熙十五年(1676年)他43岁时,元配张夫人又去世,可谓中年丧偶失子,人生之悲莫大于此。

蚕租行

[原序]丁酉夏,有民家养蚕,质衣钏鬻桑,而催租急,遂缢死。其夫归见之,亦缢。王子感焉,作是诗也。

阳春三月时,蚕子何蠕蠕。
三日出笼中,五日遍簺篨。

第一首,叙写蚕自幼小发育成长的光景,显示养蚕人的快慰心情。

东邻有少妇,养蚕方一抠。
夜夜伴蚕眠,桑叶恐不周。

第二首,叙写邻妇育蚕的辛苦和对蚕的爱护。

---

① 杜甫:《杜甫诗集》,万卷出版公司,2008年。

> 朝出南陌头,猗猗望桑柔。
> 桑柔亦不见,椹子醉鸤鸠。

第三首,叙写邻妇朝至南亩采桑,但见满树椹子,无叶可采。

> 归来见蚕饥,徘徊当奈何?
> 脱我耳边钗,鬻我嫁时襦。

第四首,叙写邻妇打算卖去衣、饰,换买桑叶饲蚕。

> 阿夫持襦去,里正持符来。
> "汉中索军租,不得还顾私!"

第五首,叙写里正入门催交军粮。

> 里正且上坐,黾勉具晨炊。
> 但缓一月余,蚕成卖新丝。

第六首,叙写邻妇向里正请求暂缓交租。

> 新丝亦难卖,新谷亦难收。
> 不见马上郎,雉尾红锦裘!

第七首,叙写里正的回答,官命迫急,不能缓交军租。

> 再拜谢里正:"丈人且旋归,
> 鬻我嫁时襦,脱我耳边钗。"

第八首,叙写邻妇告诉里正,待卖去钗和襦,便交租税。

> 蚕应黑瘦尽,军租持底当?
> 痛哭视孤儿,毕命朱丝绳。

第九首,叙写邻妇见一家生活无计,被迫自缢。

> 阿夫还入门,不复见故妻。
> "生既为同衾,死当携手归。"①

第十首,叙写丈夫卖钗、襦归来,亦自尽。同样是牺牲自己,保全家庭。

直至近代、现代,歌颂爱的悼亡诗仍出现于中国的文学史上。比如恽代英夫人1918年因难产去世,恽代英表达了忠贞不渝的爱情,悼曰:"横风吹断平生愿,死去已看物序更。我自修身俟天寿,且将同穴慰卿卿。"

曾于1927年任广西大学校长的马君武,一次返故乡桂林,途中遇匪,其夫人被打死,后来马君武赋诗志哀,其中"一朝玉骨殒尘埃""万事无如死别哀""雄心日与年俱老,买得青山伴汝埋"②,写得哀婉悱恻,悲痛欲绝。

当代著名翻译家杨宪益夫人戴乃迭系英国人。20世纪40年代,这位英国姑娘在抗日烽火中来华,与杨宪益合作,为把中国现代和古典文学名著译介到英语世界,作出了不可磨灭的贡献。1999年11月戴去世,杨宪益写下了动人的悼亡诗,其中"结发糟糠贫贱惯,陷身囹圄死生轻"记录了当年她不顾父母反对嫁给穷学生杨宪益的往事和"文革"中被诬入狱的经历,深以"青春作伴多成鬼,白首同归我负卿"为憾,并曰,"天若有情天亦老,从来银汉隔双星",真是一曲感人的"爱之颂"③!

如鲁迅所说"爱情不能不包括帮助"④。

如车尔尼雪夫斯基所说"爱一个人意味着什么呢?这意味着为他的幸福而高

---

① 王士禛:《唐人万首绝句选》,华夏出版社,2001年。
② 曾德珪编著:《马君武文选》,广西师范大学出版社,2001年。
③ 杨宪益:《我有两个祖国:戴乃迭和她的世界》,广西师范大学出版社,2003年。
④ 鲁迅:《鲁迅全集》,人民文学出版社,2005年。

兴,为使他能更幸福而去做需要做的一切,并从中得到快乐"①。

如培根所说"所谓永恒的爱,是从红颜爱到白发,从花开爱到花残"②。

如泰戈尔所说"爱是亘古长明的灯塔,它定睛望着风暴却兀不为动,爱就是充实了的生命,正如盛满了酒的酒杯"③。

让我们重温汶川地震那位普通母亲死前给孩子留下的短信:"亲爱的宝贝,如果你还能活着,一定要记住妈妈永远爱你。"这首不是诗的诗,正是中国女性那伟大母爱的最美、最浓、最重、最亮的结晶。

这是我们民族女性特有的伟大的爱。我们应当珍惜她们的爱,也珍惜她们的一切。包括我们的母亲,我们的姐妹,我们的女同学、女同事、女教师和女同胞。

请善待我们的母亲、姐妹、女同学、女同事和所有的女同胞,善待她们就是善待我们的民族优秀传统、我们民族的伟大文化和文明、我们的未来和希望,也就是善待我们自己和我们的子孙后代。

(本文系2008年汶川地震后给上海的温州企业家所作的演讲稿)

---

① 车尔尼雪夫斯基:《车尔尼雪夫斯基·文学艺术家卷》,辽海出版社,1998年。
② 曹明伦:《培根随笔集》,人民文学出版社,2006年。
③ 罗宾德拉纳特·泰戈尔:《泰戈尔英汉双语诗集·飞鸟集》,郑振铎译,外语教学与研究出版社,2010年。

真赝同"时好"

——首部中国文学史辨

在中西文学的互相交往中,并非时时、事事都能使双方受益,有时也会出现相反的情况,即一方受损或双方受损。自鸦片战争之后,似乎中国受损并不少见。在首部国人撰写的中国文学史著作问题上,就是中西文学交往中出现的这么一个"怪胎":真正的开山之作被冷落一旁,而抄袭外人的仿效之书却被奉为正宗。这是一个发人反思的现象,它至少可以诱使我们从另一个角度去认识中外文学相互交往的某些规律。围绕这一问题,我们分成"缘起""真赝错位""时好剖析"等几个方面,来作番考辨与探究。

缘　起

中国文学史著作,据梁容若在1967年统计,有262种,其中具通史性质的为80种[1]。又据陈玉堂《中国文学史旧版书目提要》所列,仅1949年已逾320种[2],其中属通史类的并由国人撰写的中国文学史为120种[3]。若加上50年代至今出版的国人编写的文学史36种,其总数当不少于156种[4]。

---

[1] 梁容若:《中国文学史研究》,三民书局,1967年,第121页。
[2] 陈玉堂:《中国文学史旧版书目提要》,黄山书社,1986年。
[3] 同上。
[4] 据中国社会科学院历史研究所编《1900—1980八十年来史学书目》所列,国人自撰的中国文学史著作,自50年代至70年代为33种(见该书第431—440页,中国社会科学出版社)。而80年代,我只知出版了袁珂、姜书阁和北大中文系古典文学教研室合编的3本中国文学史书。

对作者如林、洋洋大观的各版中国文学史,至清末以降,学坛对之褒贬不一、仁智各见,本无可非议,然对首部国人自撰《中国文学史》,学界却颇为冷峭,以至真赝错位令人费解。故本节欲就国人自撰的第一本中国文学史的沉浮遭际先作一番追述与检讨。

真 赝 错 位

81年前,东吴大学的首任国文教席(按:教席即今之教授)黄人,曾为中国章回小说的遭遇抱不平:"我国章回小说中,每一出书有真赝两本,如此书(按:指《大红袍》)及隋唐演义与说唐是也。真尔雅者,每乏赏音;俗而赝者,易投时好。"①殊不知,半个多世纪以来,学界常提林传甲的中国文学史是开山之作,而黄人写的同类巨著,却被冷落一旁,很像他自己评述章回小说的遭际一样:既乏"赏音",又悖"时好"。

30年代胡云翼在其所著的《中国文学史》的"自序"中,首次系统地评述中国文学史著作,认定"宣统二十年林传甲氏始编成一部中国文学史"。在列举了十余年来20多种同类著作时,对黄人曾写过的《中国文学史》一书,只字未提。梁容若《中国文学史研究》,仍持首部文学史为林传甲所作这一旧说,对黄人一书也只字不提②。

80年代,郭绍虞主编的《中国历代文论选》,只说黄人"另编有《中国文学史》",但既未作任何评估,也未注明写作时间,还错说共有"二十九巨册",甚至还把黄人生卒年月也错写成"公元1869年—1914年"③。1986年出版的《中国文学史旧版书目提要》,尽管将黄人的书列为首位,但对此既无考订,也缺佐证,以至照抄郭绍虞一书已错的判断。评述中虽承认黄人"也许还是我国自撰中国文学史的一位先行者呢",但行文中却又未脱"时好"之习,以至将之又逐出文学史的"理想国":"所收范围颇为庞杂,凡制、诏、策、诗、词、赋、曲,以及小说、传奇和骈散、制艺,乃至金石碑帖、音韵文字,无所不包,实在是一部洋洋大观,集中国文化之大成的书。"④

纵观半个多世纪的学界述评,与上述"时好"相违的只有不多的几例。1918年

---

① 见《小说林》第6期"评林",小说林弘文馆有限公司资会社发行,光绪三十三年。
② 胡云翼:《中国文学史·自序》,北新书局,民国二十一年。
③ 郭绍虞:《中国历代文论选》(4),上海古籍出版社,1980年,第256—266页。
④ 陈玉堂:《中国文学史旧版书目提要》,黄山书社,1986年,第1—2页。

出版的谢无量所著《中国大文学史》一书,王均卿为之所写的序中,称黄人"高才博学,曾任东吴大学堂教员,撰中国文学史作课本,议论奇伟,颇有独见。惜援引太繁,且至明而止,未为完简"①。可谓褒过于贬。而70年后的钱仲联教授,则可视作黄人著作的赏音者也。他在1981年撰文盛赞黄人的著作"自我国自有文学史以来,第一部空前的巨制","该书所述,从语言结绳图画音韵而有文字,从文字而有文学……从文学肇始以至于'极盛时代''华离时代',无所不详",并推崇他"阐述中国文学的发展,不但多石破天惊的议论,发前人所未发,也多今人所未言,而且力倡文学自由之说"。钱老极力呼吁"给予他应有的地位"②。

然而,学坛"时好"却依然如故,作为中国文学史的开山之作,其桂冠仍属于林传甲所独享。王佐良教授1987年参加中美双边学者比较文学讨论会的论文——《文学史在古中国的先驱》,仍然称林传甲的《中国文学史》为"第一部",而对黄人一书照例不提。

"时好"偏颇至此,倒不由人不对黄人其作当否开山之作,先作番考订。

黄人,原名振元,字慕庵,又字摩西。据黄人家族的家谱记载,他于1866年阴历七月二十八日生于"郁郁乎文哉"之江苏常熟县③,卒于1913年阴历九月十六日,终年47岁。与黄人同事三年的东吴大学及同济大学的文学教授金鹤冲说:黄人"生而敏慧,读书目数行下,十六岁为学官弟子,为文章洋洋数千言,奇气溢纸,县中大夫皆惊为奇士。……其于书无所不谈读,好诵诗词及小说,今之名学、法律、医药之书莫不穷究。其言庄子佛经,闻者以为深于哲学者。常遇章太炎于苏州,相与讲论数月"④。正因其知识渊博,才能在短短47个春秋里,给后人留下各种著作,除《中国文学史》外,尚有现代式百科全书——《普通百科新大辞典》《国朝文汇》《尔尔集》《膏兰集》《摩西诗词集》等著作。译著有《大复仇》(英国柯南道尔著,与奚若合译),《日本剑》

---

① 谢无量:《中国大文学史》,上海中华书局,民国七年。
② 钱仲联:《辛亥革命时期的进步文学家黄人》,(香港)《大公报》,1981年9月20日。
③ 徐珂编纂:《清稗类钞》卷2第688页上"苏人殿试多鼎甲"中说:"嘉庆以前,鼎甲之盛莫盛于苏州府,而状元较榜眼、探花尤多。以状元言之,顺治戊戌为常熟孙承恩,己未为常熟归允肃,甲辰为常熟汪绎,戊戌为常熟汪应诠……"清代时之常熟,可谓人才荟萃"郁郁乎文哉"!
④ 金鹤冲(1872—1960),号叔远,暗泾老人,年轻时与黄人同事于东吴大学,并协助黄人笔录《中国文学史》一书后半部分。著有《钱牧斋年谱》《暗泾文抄》等书。引文见《暗泾文抄》"黄慕庵家传",铅印线装本,无出版年月,此书今存苏州大学图书馆。

(英国屈莱珊鲁意著,与沈伯甫合译),《哑旅行》(日本末广铁肠著,黄人译),《银山女王》(日本押川春浪著,摩西译补)。此外,他还主编了清末著名杂志《小说林》,发表了著名的《小说林发刊词》《国朝文汇序》《评林》等论文以及《重集经费启》《孙先生遗志集资平借助学缘起》《为樊提学拒教会学堂学生致各教会学堂联合抗争书》等文章。累计其公开发表至今尚存的文字量,不少于500万字。

说黄人是明末清初的饱学之士当不为过,因为其不仅有渊博的国学与文学功底,且又有广泛的中外文化知识。正因此,他才会自1901年起,被东吴大学首任校长、美国监理会教士孙乐文(David Laurence Anderson)聘为国文教席至1913年去世。他于1904年开始撰写《中国文学史》。据其同事徐允修说,当时西学有课本供选,但国学方面"一向未有学校设立,何来正式课本,不得不自谋编著"。因此,孙乐文校长请黄人"担任编辑主任","一面将国学课择要编著,一面即用誊写版油印,随编随课。故编辑之外,又招写手四五人逐日写印。如是者三年,约计所费达银元五六千。所编东亚文化史、中国文学史、中国哲学史等五六种"①。可见,此书就作者立意是同文化史、哲学史等五六种分别纂之,而绝非是"集其文化之大成的书"。正由于是"随编随课",而且是"逐日写印",可知其最早出版当在1904年。因"如是者三年",故出齐的日期最迟应该是1907年。徐允修还补充道:"孙校长以此事业经三年,理应择要付印,因由黄先生将文学史整理一过,此书系其自己手笔,开头、总论、分论、略论、洋洋数百万言,均系惬心之作;以下亦门分派别,结构严谨,惟发抄各家程式文时,甚涉繁泛。书虽出版,不合校课之用,正欲修改重印,先生遽归道山,遂至延搁多年。今春有王均卿先生愿负修改之责,完成合式之本,付诸铅印,不日即可出版矣。"②从中可确认,其初版本除抄录各家作品之外,文学史论述部分(即总论、分论与略论等)就已有"洋洋数百万言"。而今存的《中国文学史》铅印本30册,又油印本1册③。连抄录历代作品在内,也只有170万字。这是黄人,后又经王均卿"负修改之责"的修订本。南社社员、黄人好友之一的肖蜕,在

---

① 徐允修:《东吴六志》,刊书印书社,铅印本,民国十五年。
② 同上。
③ 黄人:《中国文学史》,上海国学扶轮社印行,铅印本线装书,今存苏州大学图书馆。铅印本装订成29册,其第1册"总论"与"略论"实为两册(或两卷),因其余各册书页均从一至终页依印序上页码。而这一册"总论"从1—9页终,而"分论"又依次从1—21页终,故应视作两册(卷)。此书总数当为30卷又油印本1卷。

《摩西遗手稿序》中也说过,"君(指黄人)所书有中国文学史,自仓颉造文迄于当代,错综繁森,博关群言,诚学览之谭奥、擒翰之华苑。岁己酉(即1909年)访君于苏,出以相示,牛腰巨挺,未曾脱稿"①。可见黄人生前对其"牛腰巨挺"的中国文学史出版巨著,试作修订,但因当时"精气大溃",而未能脱稿②,而后才由王均卿修改合式完毕的。

总之,作为开山之作的首部中国文学史,是黄人历时四年的呕心沥血之作,洋洋百万字的"牛腰巨挺";而林传甲的只是"不四阅月",仅有77000字,其定名社科均为日本的仿作③,况且出版时间又在前书之后的1910年,学坛"时好"何以厚此薄彼呢?这倒又不能不叫人对中国文学史草创时期的"时好",先作一剖析了。

"时好"风尚

在1927年4月出版的郑振铎《文学史大纲》和胡适《国语文学史》(即后来的《白话文学史》)两书之前的20余年中,国人自撰的通史类中国文学史著作共有26种④。其中6种或多次出版、或常被学界提及、或被译成外文:林传甲的《中国文学史》初版于1910年,曾毅著的《中国文学史》初版于1915年,谢无量著的《中国大文学史》初版于1918年,汪剑余的《中国文学史》初版于1925年,顾实的《中国文学史大纲》初版于1926年,鲁迅的《中国文学史纲》,其油印讲义约也成于1926年。

有意思的是,上述6种著作及其作者,除一人外,都是仿日著作或留日生。鲁迅、曾毅、顾实都是留日生,林传甲的《中国文学史》,作者自称是仿日本笹川种郎《支那历期文学史》而编写的⑤。而汪剑余的《中国文学史》又大体是以林传甲的一

---

① 见《南社》第13集,"摩西遗稿序",民国四年。
② 徐允修:《东吴六志》,刊书印书社,铅印本,民国十五年。
③ 林传甲在其《中国文学史》的"作者叙记"中说:大学堂章程曰"日本有中国文学史,可仿其意,自行编辑教授","日本早稻田大学讲义尚有中国文学史一帙"等语,可资佐证,该书由武林谋新室出版,宣统二年(1910)。
④ 陈玉堂:《中国文学史旧版书目提要》,黄山书社,1986年。
⑤ 林传甲在其《中国文学史》的"作者叙记"中说:大学堂章程曰"日本有中国文学史,可仿其意,自行编辑教授","日本早稻田大学讲义尚有中国文学史一帙"等语,可资佐证,该书由武林谋新室出版,宣统二年(1910)。

书为蓝本的。曾毅的《中国文学史》，胡云翼说它"完全抄自日本人儿岛献吉郎之原作（按：指《支那文学史纲》，1912年东京富山房出版）"①。毕业于日本大学法科的顾实，梁容若在60年代对他的文学史毫不客气地评道："此书以日本作为蓝本，直译生涩之语句，弥望皆是。"②

这一现象绝非偶然，因为"文学史"作为一门学科的观念以及术语，都是晚清时从日本输入的，当时学界官方均有东施效颦之态。其时全国推行新学，高等学堂（相当于大学预科）在各省普建，随后又创建大学堂（大学）。所谓学西方，其实更多是取样自日本。光绪二十八年（1902年），在《钦定高等学堂章程》的"全学纲领"中说："高等学堂虽非分科，已有渐入专门之意，应照大学预科例，亦分政艺两科。日本高等学堂之大学预科分三部，其第一部为入法科文科者而设……今议立大学分科……则政科为预备入政治、文学、商务三科者治之……"③到第二年的《奏定高等学堂》"学科程度章第二"中，首次列上"中国文学"一课，但只要求"练习各种文字"和"要考究历代文章流派"④。

光绪二十九年（1903）的《奏定大学堂章程》仍是以日本的大学为样本，在"立学总义章第一"中说，"日本国大学止文、法、医、格致、农、工六门，……今中国特立经学一门，又特立商科一门，故为八门"⑤。其中对"中国文学科目"所规定的"主课"计有16种，内有"历代文章流别"一课，并注明"日本有《中国文学史》，可仿其意自行编辑讲授"⑥。这是首次在"中央"文件中出现"中国文学史"一词，并注明可仿学日本的这类著作而自行编写讲授。至此，"历代文章流别"也即相等于中国文学史了。直到1913年1月的民国《教育部公布大学规程》中，才正式去掉"历代文章流别"这一旧词而改为"中国文学史"这一新词，并规定各校"文学门"均应开设"中国文学史"这一课⑦。

可见，就新学尤其是"中国文学史"一课的开设而言，从一开始自官方起，就带

---

① 胡云翼：《中国文学史·自序》，北新书局，民国二十一年。
② 梁容若：《中国文学史研究》，三民书局，1967年，第133页。
③ 朱有献主编：《中国近代学制史料》第2辑上册，华东师范大学出版社，1987年，第560页。
④ 同上书，第570—578页。
⑤ 舒新城：《中国近代教育史料》（中），人民教育出版社，1961年，第579页。
⑥ 同上书，第593—596页。
⑦ 同上书，第653页。

着日本样板的烙印。从最早的林传甲,直到40年代的各版中国文学史作者,几乎都自觉、不自觉或直接、间接地受其影响。朱自清1949年总结这段历史说过:"早期的中国文学史大概不免直接间接的以日本人的著作为样本,后来,是自行编纂了,可是还不免受早期的影响。"①

可见,"时好"的根底,并非源自中国自身的传统,而是来自日本的中国文学史观。由此而生的厚赝薄真之文学史观之时好,在早期也就不足为怪了。然它却成了一尊定局的中国文学史认识,进而演衍成至今不衰的"正统"文学史观,这却不由人不生疑团了:它真正"正统"吗?它来自何方?

时 好 剖 析

作为现代学科意义之文学史,是欧洲近代文学研究发达之产物。最早的文学史,在西方也大致为传记、文献类之资料积累,或牵强附会、掺和众说之编纂序列,即便意大利文学史家克莱斯姆贝尼(G. M. Gresimbeni)于1698年出版的《民谣史》、法国本笃会于1973年出版的第1卷《法国文学史》,以及共有13卷的梯拉布齐(G. Tiraboschi)的《意大利文学史》,也未能逸出②。只是到了19世纪随着进化论的胜利拓展,也随着鲍特维克(F. Bouterwek)、施莱格尔兄弟(J. E. Schlegel and F. V. Schlegel)、维尔曼(A. F. Willemain)等人文学史著作的问世,才算有了比较像样的文学史③。而施莱格尔兄弟、维尔曼和晚些时的桑克蒂斯(De Sanctis)、勃兰兑斯(Brandes)、佩拉约(Pelayo)、维谢洛夫斯基(Veselovsky)、泰勒(Tyler)等人所编写的各国文学史,才使这一学科趋于成熟、定型,并同时也成为撰写囿于民族文学之内的文学史的正统样本④。

然而,对大部分正统的文学史著作,韦勒克曾作过很有见地的分析,说他们"要

---

① 见林庚:《中国文学史》,国立厦门大学丛书初版,民国三十六年。
② René Wellek, *A History of Modern Critcism* 1750—1950, Vol. 1, Cambridge University Press, 1981, p. 29.
③ 谢无量:《中国大文学史》,上海中华书局,民国七年。
④ 同上书。又见 René Wellek, *The Fall of Literature History*, *The Attack on Literature and Other Essays*, the University of North Carolina Press, 1982, p. 64-77。

么是文明史,要么是评论文章的汇编。前者不是'艺术'史,而后者不是艺术'史'"①。因为后者视文学首要特点为艺术,而作为艺术品的文学作品,其不同于一般历史事件的是现存与永恒,因而后者不是文学史;至于前者只将文学视作图解民族史或社会史的文献,给人以各种"进化之感觉"②,因而它也不是文学史。

在日本也不例外。日本是在距今一百多年前的明治十年间,开始接受西方的现代文学研究的③,也是在明治年间,日本的芳贺矢一开始讲授"日本汉文学史",另有一些学者则讲授假名文学(所谓纯日本文学史)④。被最早翻译成中文,并到30年代中国还有人以此为中国文学史蓝本的笹川种郎所写的《支那历朝文学史》⑤,也是受之影响的文学史书。同样也未能摆脱要么是文明进化史,要么是评论文章汇编这类格局,以及囿于一国文学之内的羁绊。

师承如此,作为经日本再接受的中国文学史"时好",也就可想而知了。20年代谭正璧的书名就叫《中国文学进化史》。1921年胡云翼在其《中国文学史》的自序中声称其"文学观念之准则"为"现代的进化的正确的文学观念"⑥。30年代胡适在他那部著名的《白话文学史》的"引子"中,十分自信地说:"我要人人都知道国语文学乃是一千几百年历史进化的产儿。"⑦而到了50年代大跃进与70年代"文革"期间,这种"时好"则达到近乎荒唐之地步,以文学编年史来注释阶级斗争史的有之,以文学作品及其作家的评论汇编讲解儒法斗争史的亦有之⑧。这种荒唐现象的出现,恰好集中暴露了这一延续下来的"正统"与"时好"之偏颇,不公与不甚科学等痼疾。

无怪乎,如今"正统"文学史观诞生地的西方学者,也会对其"正统"地位指出

---

① René Wellek and Austin Warren, *Theory of Literature*, Harcourt Brace Jovanovich, Inc. 1956, p.253.
② Edmund Gosse, "Preface", *A Short History of Modern English Literature*. London, 1987.
③ 见小泽正夫之发言,载《和汉比较文学的诸问题》,《和汉比较文学研究的构想》,汲古书院,昭和六十一年。
④ 同上。
⑤ 指1937年童行白所等所编写的《中国文学史纲》,由大东书局在3年中连印9版。
⑥ 胡云翼:《中国文学史·自序》,北新书局,民国二十一年。
⑦ 胡适:《白话文学史》,新月书店,1933年,第1—5页。
⑧ 指北大与复旦中文系学生合编的两部中国文学史(由人民文学出版社和中华书局分别出版之);以及刘大杰在"文革"中修改出版的《中国文学史》上册。

其"非正统"之质疑。事实上,在西方不仅"文学史在大学课程表中已明确地消失了"①,而且当今西方文学研究的一大趋势就是"文学史的声望严重地衰落"②。事到如今,西方学界既有要求以比较文学眼光来重写文学史的,也有从接受理论角度提出建立文学作品接受研究的完善文学史的,不一而足,以努力开拓新途径与中兴这门旧学科。

凡此,均有力证明,文学是作为一门文学研究的学科,其本身无过,有过的只是那视为正统的"时好"的文学史观。同时,它也提醒人们,已被视为正统的西方文学史观,并非是一尊定局,只此一家的。

事实上,作为文学不可或缺的要素是作品、作家生平及其有关的社会事实等资料,针对文学史问题的证据与论证、叙述、观念和分期。如迈纳(E. Miner)在第二届中美比较文学讨论会的论文——《文学、历史、文学史》——中所说:"每个文学史家必须对待四个被论及的问题,即根据、叙述、观念和分期。"若以此审视,则中国悠悠文学传统中,具备文学史性质的书,虽不同于西方,但也并非少数。80多年前的黄人就作过这样的比较,并说过:"文学虽如是其重,而独无文学史。所以考文学之源流种类正变沿革者,惟有文学家列传,如文苑传。而稍讲考据性理者尚入别传及目录,如艺文志类,选本,如以时地流派选合者,批评,如《文心雕龙》、《诗品》、诗话之类而已。"③

诚然,自《三国志·王粲传》开始的历史正史、杂史之文苑传,以及像辛文房的《唐才子传》、计有功的《唐诗纪事》,直到《录鬼簿》《江西诗社宗派图》《桐城文学源流考》等,固然充其量只能算作断代的或流派的文学史性质,但西汉刘歆的《七略·诗赋略》可谓是通史性的排比分类之始创者。而班固的《汉书·艺文志》总的"诗赋略",把西汉以前的诗赋106家和1318篇作品,分成五类:屈原到王褒的赋为第一类,陆贾到朱宇的赋为第二类,孙卿到史路恭的赋为第三类,客主赋到成相隐书等杂赋为第四类,高祖的诗到南郡诗歌为第五类。并且各类大致按年代地域排列,附以综合叙说,交代了古代作品的概略,实在可算雏形已具的通史类文学史

---

① 姚斯·霍拉特:《接受美学与接受理论》,周宁、金元浦译,辽宁人民出版社,1987年,第4页。
② 孙景尧:《新概念 新方法 新探索》,漓江出版社,1987年,第2页。
③ 见黄人:《中国文学史》第1册"总论",上海国学扶轮社印行,现存苏州大学图书馆。以下引文凡不注明出处,均引自此书。

书了。刘勰的《文心雕龙》虽然学界对其定性有分歧,但在书中也不乏文学史的成分。《原道》《征圣》《宗经》就追溯了中国文学的发源;《通变》《时序》就论述了古代文学的发展史观;而文体论各篇,既探索各文体的产生、发展及其源流,又列举了代表作家和作品,勾勒其发展简史,其中的《明诗》和《乐府》两篇,前者实是诗歌发展简史篇,后者可谓乐府诗的发展史略。此外,还有挚虞的《文章流别论》(可惜其《文章流别集》41卷已散佚)、萧统《昭明文选》直到姚鼐的《古文辞类纂》等书,选精品、分门类、排时代,以及附传记和加评论等,它们同样具备根据、叙述、观念与分期等要素,因此可以看作文学史性质的著作。只是中国式的传统文学史书的写法,不合乎西方式的"正统"做法,他们在叙述上不是主题性的或分析性的,而是简约的评点注释;在分期上,更多的是按朝代区分,不是洋洋大观的体系而连珠式的编织,观念上自然也无明确的进化论或现代派的学科理论,所用的概念也迥然有别。

然而,当晚清时中国的"文章流别"被外来的"中国文学史"取代时,传统也就被"正统"取而代之了。而一旦这"正统"成为"时好"后,在某种程度上也就将传统割断了。与时好相悖的黄人《中国文学史》,也就只能落得个退居"另册"之地位了。因此,当我们挑破这"时好"所设置的迷障之后,黄人一书的庐山真面目,也许能较清晰地呈现其秀姿与魅力了。

空 前 巨 制

黄人的《中国文学史》,是本世纪初来自西方的正统文学史观与源自中国传统的文学史认识、互相砥砺融会的产物。

众所周知,黄人生活的时代早已是中西文化剧烈碰撞的时代。而他具体工作的环境又是一个当时颇为难得的中西学者共事其间的教会大学——东吴大学堂。"教席方面,西国人有祁天锡、孙明甫、司马德、巴克、蒙戈壁、史旺、密齐尔诸先生,中国人有张一鹏、章炳麟、……金叔远、王丙祺、薛书馥诸先生。"学校对中学西学是"相互考证免除中外隔膜"。同事之间是"美国人然与我国人晋接周旋确无国际畛域"①。这不仅使他游弋于中西学者的学识交流之中,也使他接触到充裕的外国文

---

① 徐允修:《东吴六志》,苏州刊书印书社,铅印本,民国十五年。

化。1903年,大学新舍落成,图书馆设备齐全又"添置中外书籍"①。这使黄人能"纵尽时间横尽空间"地著书立说。他编写的一百多万字的《普通百科新大辞典》就是明证。全辞典分政治、教育、格致、实业四大类,包括了文、理、工、医、农、军、法、商、宗教、艺术等66门现代科学的5647个词条。他在"凡例"中说:"这本书虽供普通之用,而调查各种专门书籍有千余种之多。"②

凡此造就了他的世界与总体的比较研究眼光,紧系文学自身,从中外古今与众多学科的比较中进行运思,以探索中国文学的源流沿革及其规律,不时有石破天惊之见,"发前人之所未发,言今人之所未言",写出了超过他同时代人的第一部中国文学史"空前巨制"③。

黄人的比较研究是自觉的。他在《中国文学史·分论》中,专门介绍和分析了波斯奈特(H. M. Posnett)的《比较文学》及其见解(看来黄人还是国人中最早注意与介绍比较文学的近代学者)。他在《普通百科新大辞典》的"文法(Grammar)"一条中,介绍了西方的三种语言学研究,即"历史的文献""比较的文献""哲学的文献",并准确地解释道:"同一系统二国以上文字之性质,就其用法,参互比较而得其异同之连合之故,谓之比较的文典。"④这种现代比较研究的学科意识,既是他构想与观念的基点,也是他编写文学史的体例、选材、排比、叙述、评价与分期的视角。

首先,黄人的文学观是融会了古今中外名家各说之后的契合之识。他在"文与文学"一节中,除了论述中国的"文"与"文学"概念的沿革外,还一一比较了大田善男、达克士(Tacitus)、苦因地伦(Quintillian)、西在洛(Cicero)、巴尔扎克(Balzac)、阿诺图(Arnold)、波斯奈特等十多个西方学者的娱人说、读者说、技巧说、情感说等六种定义。一方面提出了"藉以传万物之形象,作万物之记号,结万物之契约者、文学也"这一涵盖较广的文学界说,另一方面又指明了文学的要素与实质是"文学从两要素而成:一、内容;二、外形也。内容为思想,重在感情的。外形为文词,重在格律的,而格律仍需流动变化,与其他种类学科之不同。外形不论,而就其实体(即内容)言之,其人之思想有三方面,即真、善、美是也。美为构成文学的最要素,文学

---

① 徐允修:《东吴六志》,苏州刊书印书社,铅印本,民国十五年。
② 黄人:《普通百科新大辞典》,上海国学扶轮社,宣统三年。
③ 钱仲联:《辛亥革命时期的进步文学家黄人》,香港《大公报》,1981年9月20日。
④ 黄人:《普通百科新大辞典》,第107页。

而不美,犹无灵魂之肉体。盖真为智所司,而美则属于感情。故文学之实体可谓之感情云"。这样,就为他编写文学史树立了沟通古今文学的主导原则与总体构想。因此,他既不因循守旧滥收古董,也不做茧自缚疏漏要作,而是从中国文学实际出发。既收进了与中国文学水乳交融的各旧体文章,又始终突出了文学精品的地位与作用。"闺秀诗"、元曲、唐传奇、明杂剧与明代小说,都以"新文体"而予以推崇之,而对中世以后的旧体文章,则以"末流恶习"而贬斥之。早期的"六经"及其诏、诰、制、表等之所以收入与评价,乃因"书为政府之文学,诗为社会之文学,礼与春秋似乎纯为史裁,而附属之传记,仍表以文学……千年文学虽穷变化,率不能出其范围"。比之西方文学史的创世之纪、默示之录和神话等后认为,"亦初级进化中不可逃之公理"。他还具体结合中国文学传统一一指出,它们或"为秦汉一种杂文之选本",或"为后世撰述家模型","亦不逊于文学史之本",或赞之为"亦古时瑰丽文学之一种",或推之道"凡沉博绝丽之文皆由此胚胎",等等。凡此均反映了中国文学的发展是从较泛的文学认识渐趋较"纯"的文学观念之递进过程。

至于指责它收入"音韵文字""金石碑帖"为"庞杂"与"过杂"①,若从其当时教学所需而看,似亦无不可。况且要真正独立研究传统古典文学,尤从比较文学视野考虑,则字体、音韵、格律等知识,所患倒不在"过杂"而在"过缺"。还是黄人这位富有国学根底的教授说得妙:"然则文字之学,其正为文学,而有历史学焉(考古学家搜罗金石为史学之一派别),有声韵学焉(韵学),有名学焉(小学),文字之外美术则占其大部分(研究六法及精刊本者)。以广义而言,亦未始不可统之于文学。即以文学狭义言,亦讨论文学者所不可不知也。"

与之有关的文学史观,黄人不流于当时套用进化论的一般"时好",他将文学与历史比较,将中国与外国比较,因为他能辩证地紧系中国文学的发展实际,是则是、非则非,是中又析出非,非中又觅得是,而不使中国文学史成为社会进化史之注释本或与传统分开的"理想"史。

文学与历史的关系这一当代学者很感兴趣的议题②,黄人在80多年前就辩证地说过:"历史不仅为文学之一部分,故史之分类有自然的,有精神的……文学史

---

① 陈玉堂:《中国文学史旧版书目提要》,黄山书社,1986年,第1—2页。
② 1987年第二届中美比较文学讨论会,有一半论文均与此有关。

亦其一也。""故文学史之一多离合状态,与各科学略同。文学史之兴衰治乱因缘,亦与各种历史略同。"何以中国史书浩瀚、文学丰硕,"而独无文学史"呢?他一针见血地指出:"我国国史守四千年闭关锁港之见……无世界之观念,大同之思想,历史如是,而文学之性质亦禀之,无足怪乎。"因此,要像"他国文学史"一样,"求其分和沿革之果,俾国民有所称述,学者有所遵守"。

当然他也没有抛弃中国自身的传统,在"总论"之"结论"中说"不就现象而研究,则实际不明;不就对象以权衡,则主观不立。采十五国之风,而后有兴、观、群、怨之姿;则二百四十年之史,而后有进退黜陟之标;集百二十国之宝书,而后六艺大明。……若夫彦河雕龙,子玄抽象,皆足衍向韵之家学,为游夏之功臣。变迁至今,可无后者。则文学史者,又不仅为华士然犀之照,且可为朴学当壁之征矣"。因此,他要编写的是"精神上之文学史而非形式上之文学史,实际上之文学史而非理想上之文学史"。循此,方能"求新求夷,吸收新质,要为文学上营养之资,而不能乱文学生殖上遗传之性"。

于是,他进而提出了中国文学发展自由说,黄人认为中国文学的特点是"万世一系"的封建专制,它牵制了中国文士及其文学。他把春秋战国时的文学定为"文学全盛期",就因为"文学之得自由,惟周秦之交为然",因此"使春秋以上阀阅之文学,一变而为战国处士之文学;博物数典自然之文学,一变而为穷理尽性爱智之文学……"等,并能"冲决周孔以来专制之藩地,人人鼓舞其独立自由之神,削管掉舌以与异己者为攻守,文学之壁垒一新"。之后,专制愈甚,则文学"受祸亦独深"。至明代,专制到文人学士动辄被诛,且又"创八股取士之法,变劣文学之种性,俾沉沦万劫而不可拔,则不杀而胜于杀,且非杀一时而世世杀也"。故文学陷入"暧昧期"。然专制所不及之"俗谣世剧",反成为"作者苦心孤诣委曲以出之者",这一文学上之"反动力",方使中国文字出了"新文体",并"起而振之"也。

这一文学史观,就中国古代文学而言是入木三分的,故钱仲联教授才赞之为"人前所未发,今人所未言"。

其次,基于上述的文学观与文学史观,黄人对文学史的分期及体例能契合中国文学自身发展的逻辑,又不违传统的认识与记忆之方便。

全书分三大时期,从社会历史分为上世、中世与近世,以匹配中国文学的兴衰荣枯实际为"全盛期""华离期"与"暧昧期及文学之反动力"。在各大时期中,又融会古今中外观念之先列文、诗、神话,或"因于前代之文体"和"创始及分裂之文体"等大类,再以朝代与成就高低及先后顺序,纳入传统之中国分类。如"南宋散文"中,就把疏、书、记、论、诗、辩、论赋、制、诰表、移文、上梁文、书判、乐语、檄、送笃文、祭文等分别介绍与举隅之,又把传奇、杂剧、明曲、小说等纳入"明之新文学——曲本"之中。正因此,才能突破旧习将古代"闺秀诗""小说""俗谣"等收入,也才会把连当代权威的《中国文学史》和《中国历代文学作品选》都未曾提及的寒山诗作等收进并予以评价。

这样的分期,应该说还是颇有特色和较为成功的。因为这一分期不仅方便,而且也处理好了中国文学变化着的两类实体,即相对静态的旧有的文学成分和活跃的新生的文学因素,使之未因强调前者而忽略了发展,也未因侧重后者而中断了传统,而相得益彰,突出了中国文学发展的特性。

再次,是叙述的特色。在指责这部巨制的意见中,还有对其"论述却无几"的批评[①]。这涉及两个问题,一是关于文学史的叙述问题,二是这部书的实貌情况(另有专文考之)。就其叙述而言,全书30册中,总论、略论、分论等纯叙述部分为5册,占全书书的1/6,主要属叙述评价或夹叙夹议的册数为11册,占全书册数的1/3多。余下的12册方为作品选,也只占1/3多一些。况且在这12册作品选集中,还时有考订、注释或评点,其中尤以中世的几册为最,几乎每篇均有。因此断定其"论述无几"看来是言重了。不过,此书的叙述不同于其他同类著作,也有别于西方文学史写法,倒是实情。西方文学史的叙述比较盛行的是主题性的或分析性的,若这样的叙述过多则近乎批评史而非文学史。而中国古代传统常用的则是评点的或注释的,当然,若一味如此"叙述"则成了诗话汇编。黄人采用的则是中西结合的写法,先作分析性的或专题性的论述和叙说,再作作品举隅,再接评点评述或注释,之后则论述总结。这一叙述法尤以油印本一册与上世文学史各册最为典型(可惜其现存的铅印本是经王均卿修订后的版本了。而最初的版本即油印本已难以觅全了)。对此,黄人是有言在先的,而且也是在比较了中外文学史书后指出,"文学史则属于叙述",但"绚今则窒古,竺旧则违时,用演绎法则近武断,用归纳法则涉更端,而结宿无所",故而"无所弃取厚薄于其间,庶几便覆按而息聚讼

[①] 陈玉堂:《中国文学史旧版书目提要》,黄山书社,1986年,第1—2页。

乎"。可见,黄人的叙述是广采撷英,旨在求"通",而不是他自己批评的"述文学者,往往摈不与列,由前而言则失之太广,由后而言则失之太狭。广则不能通者而强求其通,狭则本可通者而屏不使通,而其极均至于不通"。

诚然,作为开山之作且又洋洋大观之"空前巨制",其不足、失误抑或差错总在所难免,"万事开头难"之内涵,应当涵盖此意。然而上述的该书贡献与特点,却依然不能不令人叹为观止! 其久受冷落之因,当不能不归之于"时好"之偏也。

备 忘

历史的重提是为了现实的需要,但对黄人《中国文学史》的重提,却决无否定中国文学史界显赫硕果之意,而只想提出一个小小的请求,即今人讨论中国文学史问题时,能否在备忘录上添上一行。如:

在追述国人自撰首部中国文学史之栏目内,请将黄人的《中国文学史》添上;

在呼吁"破除机械进化论"[①]之栏目内,请将黄人的文学观与文学史观添上;

在提倡"注重过程、消化大作家"[②]之栏目内,请将黄人文学史的叙述与写法添上;

在主张"要有全新规格"[③]文学史之栏目内,请将黄人文学史的体例与分期添上;

也许,在以上各栏目内,还应添上的是:

黄人的世界与总体之比较文学眼光,扎实与广博之中外学识功底,古今中外熔于一炉之探索创新精神。

请予添上,以志备忘!

(本文初载《复旦学报》1990年6期)

---

① 见《怀疑·批判·重写——"中国文学史研究"笔谈》,《文艺报》1988年9月24日。
② 同上。
③ 同上。

中西比较文学研究方法探

比较文学在其漫长的百多年发展史上，主要而又大量的研究课题与成果，都囿于西方文学的领域之内。对此，只要浏览一下那些权威的比较文学论著索引就可知道。如在下列的索引中：巴登斯贝格和佛列特立克合编的《比较文学书目》(发表于1950年)[1]、雷马克的《比较文学参考书目选注》(发表于1971年)[2]、韦斯坦因的《1968—1977年比较文学论著索引》以及费歇耳的1977年到1982年的同样索引等[3]，中西文学方面的比较研究论著不是一无所用，就是绝无仅有。显然，这同我们这门学科所具的广泛国际性，是极不相称的。产生这一状况的原因很多，但是通常的比较文学理论和研究方法，由于其产生于西方文学间的比较研究基础上，故而对彼此差异极大的中西文学比较研究，并非就能天然适应，这当是其原因之一。西方学者弗伦茨就说过，不可能有"既适合亚洲的比较学者，又投合西方的比较学者的批评理论"[4]。奥尔德里奇教授也认为，尽管中国与西方的文学关系很值得研究，但没有一种公认为好的研究方法[5]。可见，要发展中西比较文学研究，除需要借鉴与运用现有的比较文学理论与研究方法外，还需要总结与探索已有的研究中西比较文学之经验，以丰富与矫正已嫌不足的现有理论与方法。

众所周知，就比较文学所研究主要对象——各国与各民族间的关系而言，可以

---

[1] 巴登斯贝格和佛列特立克合编：《比较文学书目》，美国教堂山，1950年。
[2] 雷马克：《比较文学参考书目选注》，其译文收于孙景尧编译的《西方当代比较文学论著精选》，漓江出版社。
[3] 韦斯坦因：《1968—1977年比较文学论著索引》，伯尔尼，1981年。M.S.费歇耳：《比较文学的理论和历史——1977—1981年书目选》，载《比较学者》1982年5月6日。
[4] 转引自李达三：《比较文学研究之新方向》，联经出版社，1984年，第273页。
[5] 同上。

分为有直接关系和无直接接触关系两大类。前者,通常是影响研究的驰骋领域;后者,则又往往是平行研究的用武之地。至于第二次世界大战后,美国学者所倡导的非本科范围的比较研究,虽名谓"科技整合研究"(或译作"跨学科研究"),但实际也就是"借用其他学科知识以对文学有更多的了解"①,其研究视野随之也要求拓宽到世界文学与总体知识之范围。

然而中西比较文学研究,由于其所研究的对象不仅跨越国界,而且跨越了截然不同的文化体系和文明传统的界限;又由于"文学"在各自历史上都存在泛指各种文字记载的相似而又复杂的情况②。因此,在中外文学关系上,既有壁垒分明的界限,同时又具有跨学科、跨体系与跨传统的错综复杂关系。正如钱锺书先生所说:"人文科学的各个对象彼此牵连,交互渗透,不但跨越国界衔接时代,而且贯穿着不同的学科。"③因此,对"人学"的文学,尤其是对中西文学进行比较研究,一方面应当"从前人、同时代人的理论中去追源溯流,进行历史的比较和考察,探其渊源、明其脉络","这种比较和考辨不可避免地也包括了外国文艺理论在内"④;另一方面又应当"积小以明大,而又举大以贯小;推末以至本,而又探本以穷末;交互往复,庶几乎义解圆足而免于偏枯,所谓'阐释之循环'者是矣"⑤。也就是说,一方面要进行纵横上下的交叉综合研究,另一方面又应当进行宏观到微观,又从微观到宏观的本末循环研究。这是有别于影响研究、平行研究或学科整合研究的一种新的,并又适应中西文学相互关系实际的循环总体研究方法。钱锺书、季羡林、杨周翰、范存忠、王元化和杨绛等前辈学者的近年论著中,都或多或少在这方面作出了可喜的尝试与贡献。

杨周翰先生的《弥尔顿〈失乐园〉中的加帆车》一文⑥,乍看似乎只是对中英文学史上有过接触的一点影响所作的渊源考证,以追溯《失乐园》中的加帆车,其影响究竟来自中国何时与何处,但细读之后则发现,由于弥尔顿是属于17世纪英国

---

① 转引自李达三:《比较文学研究之新方向》,联经出版社,1984年。
② 参见韦勒克:《比较文学的名称与实质》,此文收于孙景尧编译的《西方当代比较文学论著精选》,漓江出版社。
③ 钱锺书:《诗可以怨》,载《文学评论》1981年第1期。
④ 王元化:《文心雕龙创作论》,上海古籍出版社,1979年,第68—69页。
⑤ 钱锺书:《管锥编》,中华书局,1979年第1期,第171页。
⑥ 杨周翰:《攻玉集》,北京大学出版社,1983年,第83—100页。

"汪洋无际"式的饱学之士,所以这篇论文所涉及的知识除文学作品与文学批评外,还有科技、地理、地图、历史、戏剧、游记、史诗、宗教、翻译乃至工程技术等多种领域;又由于弥尔顿掌握了许多"外邦异域的知识",因此论文中所谈及的国家及其传统除中国和英国外,还涉及法国、意大利、比利时、西班牙、荷兰、俄国、希腊、印度、斯里兰卡、朝鲜、日本乃至墨西哥和刚果等许多国家的文化背景;还由于弥尔顿代表他那一代人的"知识面广"的特点,且又有后人许多评价,因此文中所引用的材料多达中外名家67人和古今中外论著58种以上,真是"跨越国界、衔接时代"并又贯穿不同学科。

杨周翰教授的《弥尔顿〈失乐园〉中的加帆车》一文,从英国诗人弥尔顿的作品出发,对他如何接受东来的中国影响的渊源作一考证研究和规律论述。弥尔顿《失乐园》中的加帆车,只是一个"小小的故事",而且总共只有三行诗,即诗人把撒旦比作一只雕,从喜马拉雅山飞下,想飞向印度去猎取食物:

  途中,它降落在塞利卡那,
  那是一片荒原,那里的
  中国人推着轻便的竹车,靠帆和风力前进。

诗中的"塞利卡那",即丝绸之国的意思。

论文先从文字记载上进行考证,指出欧洲人最早记载中国加帆车的是西班牙人门多萨的《中华大帝国风物史》(出版于1585年)。1588年,英国人帕克再将此书译成英文,文中就写道:"中国人最善于发明,他们有各种张帆而行的车辆……从中国进口的布匹和陶器上,绘着这种车,足见这种图像是有实际根据的。"十多年后,荷兰航海家于1596年出版了林硕吞《东西印度群岛游记》、两年后出现的英译本中,也记载了中国人"制造并使用带帆的车辆"。

接着,论文又根据十六七世纪西欧舆地学家在绘制地图时所加上去的加帆车,再作考证:计有荷兰的、英国的多张加帆车插图,并都在弥尔顿之前流传于世。

同样,论文还考证了在弥尔顿之前,欧洲的一些数学家和工程师们(如比利时人斯特文等)一再"仿造"中国的加帆车的史实,来证明"这种从中国来的刺激","在欧洲即使不是家喻户晓,也是广为人知了"。

论文在地理、游记、舆地与工程方面，对中国加帆车在欧洲十六七世纪产生广泛影响的事实进行考证后，又进一步考证了英国文学中先于弥尔顿接受这一影响的事实。英国剧作家、诗人本·琼生(约 1572—1637)，在他的假面剧《新大陆新闻》(发表于 1620 年)里，就已经提到了中国式"随风转"的"手推车"等。

论文在完成了对欧洲的考证后，再回头考证了中国古籍中的有关记载。最早是《博物志》和《帝王世纪》。然而，这篇论文就考证影响渊源最显功底也是最为关键的则是，斯特文仿制加帆车是受到我国明代朱载堉(1536—1611 年)的启发，这是明代西方来的冒险家与传教士带回欧洲去的，尤其是十六七世纪在欧洲相当流行的黑林写的《小宇宙志》①，使弥尔顿得此知识，因为这部书中写有"中国地势平坦，货车和车乘张帆而行"。而弥尔顿诗中的"地名多采用此书的拼法"，可以证明弥尔顿接受影响的具体关节，正是这些材料。

通过这样的由欧洲到中国，再从中国到欧洲的影响史料相衔接的梳理考证，就把弥尔顿诗作中所受中国影响的渊源及其路线的"事实联系"，给予了十分有力与清晰的论证。

然而，论文还不仅仅停留在渊源考证这一点上，它还深入探讨了作家接受影响对其大脑"汪洋无际的学识"及其创作关系的巨大作用。弥尔顿是生活在一个"追求知识的热潮"和"涌现出一大批饱学之士"的时代，弥尔顿的地理与历史知识，是"他的宇宙观和人生观的一部分"，也是他的《失乐园》具有"无限的宏伟的空间感""宏伟的历史感、时间感"等"高致"境界的价值所在。最后，论文认为，弥尔顿及其同时代的作家们，"他们追求知识都是为满足各自的需要，也是时代的需要"。同时他们的"学识从根本上说是提高思想境界的一种手段"，也是"产生伟大作品"的"具体体现"。

可见，对"加帆车"这一小小的细节之渊源学研究，不仅在外国材料中考证，还要在中国材料中考证，更要在中外影响的交叉处(即"接触关节点")考证求实，不仅要动用文学之外的科技史、舆地图、地理游记、戏剧、博物志乃至古代外文文体印刷知识等众多方面的学问，以求证落实其影响的渊源及其脉络，而且还要联系时代，深入探究作家接受影响的"大脑"及其与创作的关系和规律，从而获得新的认

---

① 彼德·黑林(Peter Heylin，1599—1662)，英国地理学家。

识和结论。

论文从追溯加帆车的来龙去脉着手,通过作家创作中所涉及的广泛知识,展示了17世纪学者治学的有趣情景和时代风尚,并作了纵横上下的综合理论探讨,否定了西方评论家艾略特指责弥尔顿描写不具体、不形象的批评,而认为这"正是弥尔顿的长处"和"他的意趣所在"。正是这种貌似"地名的堆砌",而实是史诗型的"检阅式罗列",显示其运用渊博知识的匠心所在。这才使其诗作产生了类似托尔斯泰作品的那种特色——"无限的宏伟的空间感"和"宏伟的历史感、时间感"。通过这样的综合交叉的比较研究,不仅提出了文学评论中的一个重要课题——"研究作家的头脑构成",主张应像"孙悟空钻进铁扇公主的肚子,钻进作家的头脑里去,评论才能入木三分"。而且也提出了文艺创作除了"深入生活之外,还应当多读书增加知识",知识"不是附加的装饰,而是宇宙观人生观的素材,是同根本有关的东西"。并且由这"沧海一粟"的加帆车研究,进而对比较文学中的"影响"认识作了新的补充与发展:"影响有偶然因素,但最终决定于作者的需要。""影响从某个意义上讲也可理解为思想的接触、砥砺,引起深入思考,把消极的接受变为积极的'探讨'。仅有实践和生活还不足以产生伟大的作品,还必须有一定的高度、深度、崇高的境界(也包括表现方式),才能产生伟大作品。"这样的认识,既有扎实充足的"实证"依据,又有全面深刻的理论阐述,是可信的、有普遍意义的,因而也更具有科学性。

可见,这种对有接触联系的中西文学进行比较综合交叉研究,是同通常旨在求渊源、查实证的渊源学、流传学或媒介学等类影响研究,不可同日而语的。

钱锺书先生的《旧文四篇》和宏篇巨著《管锥编》,更为令人赞叹。在这方面国内外已有多位学者作了多方面研究,也发表了不少评述,在此毋需赘言。然而有一点却需提出,即不能因《管锥编》中的众多条目并无"涉及中西文学实际影响",而将之草率地归于"平行研究方面"[1]。因为在这众多条目中所进行的中西文学交互参照的比较研究,既非单纯的平行研究,又非通常的影响研究或学科整合研究,而是有其特点和贡献的"钱锺书风格"[2]。

---

[1] 赵毅衡:《〈管锥编〉中的比较文学平行研究》,载《读书》1981年第2期。
[2] 《读书》1981年第10期,第55页。

如145条"悖论可成好词"。首先考证"悖论"出处并作"证名"分析,其间上溯韩子又横比西方逻辑学,从哲学认识论上指出矛盾说(即"两刀轮法",dilemma)为一普遍的辩证规律,其在创作上即是"悖论可成好词"。接着即以此来谈创作意图与作品效果之相悖,将其用于对陶潜《闲情赋》等的具体批评上。其间也是上自两汉下迄明清,既有文学、史学和哲学等多学科的渊源影响考辨,又有训诂辨义、推末求本和探本穷末的分析;同时还以桑克蒂斯和劳伦斯及司马迁、左丘明等古今中外名家有关事愿相违、志功相背的论说来作阐释。在这基础上,才对《闲情赋》的历史功过评述——滤筛而认为:"昭明何尝不识赋之意?唯识题意,故言作者之宗旨非即作品之成效。"①

"美目传语""愿悲间生"和"随事即书"等写法,则是陶潜在其《闲情赋》与《归去来兮辞》中,成功地运用"悖论可成好词"的范例。对此历代评家感到扑朔迷离、评价不一。钱先生广采中西名家的诗、文、词、曲和绘画戏剧等各类文艺作品实例来予以比较论证,以肯定其美学价值与普遍意义。其间仍是既有上下纵横的因果"影响研究",又有跨学科的"平行研究",而且以西方文论家帕尔和奈尔森等的"现在时态为抒情诗之特征"这一名言,来充分肯定了《归去来兮辞》的"随事即书"的写法,从而对文论史上一桩众说各一的公案下了充分明晰的结论。

尤为精湛的是对《闲情赋》中"愿悲间生"的研究。陶潜的原文为:"愿在衣而为领,承华首之余芳;悲罗襟之宵离,怨秋夜之未央。愿在裳而为带,束窈窕之纤身;嗟温凉之异气,或脱故而服新。……愿在木而为桐,作膝上之鸣琴;悲乐极以哀来。终推我而缀音。"②共十"愿"、十"悲"。实事不遂人愿,诸愿反为诸悲。悲愿相衬,相得益彰。后来的中外文学中类似写法很多,但"无论少只一愿或多至六变",不是"尚不足为陶潜继响",就是"犹逊一筹"。其原因倒不在愿的多少,而是未能像陶潜的十愿十悲那样相悖相生,由愿生悲,悲又生愿,一愿又一悲,一悲又一愿,生生息息、循环不已。对此写法,博学的钱老以佛学禅理的"下转语"来给予归纳阐释。"下转",在佛学中指"元初一念之无明,背真性而缘起生死也。又佛向下

---

① 钱锺书:《管锥编》第四册,中华书局,1979年,第1220页。
② 陶渊明:《闲情赋》,见《陶渊明集》,中华书局,1979年。

教化众生也"①。其词出自《释摩诃衍论》之二:"诸染法有力,诸净法无力,背本下下转,名为下转门。"在佛学说的是,最初于所对之境记忆不忘,以致愚痴成性,反而超出决断疑念和通达事理的作用,背离了不妄不变的人本具之心体,而由此产生了生者死、死者生,即"生生死死,死死生生,如旋火轮"(《楞严经》)的境界。这原是一种玄妙的宗教的说法,但《闲情赋》中的十愿十悲,其感人魅力倒真是"妙"在由愿生悲、愿愿悲悲、悲悲愿愿,"如旋火轮",因此,借用"下转语"来作为这种表现手法的修辞术语,是有独到之处的,同时又为修辞学和文艺理论,增添了新的成分。

  对《管锥编》的评价还有一种说法,即海外学者认为在引用西方当代文论中作了"比较传统的说明"②。这虽是慧眼之见,但又未能深知其真谛。因为,钱锺书先生在综合运用西方古今文论时,能以中国诗话与词语,以及释、道、儒等各家的有益认识,来克服西方文论中的偏颇与不足,从而对文学规律的认识作了新的开掘与发展。如西方现象学派久困于"诠释循环"之苦,即所谓"批评就是用语言将语言带进语言,也就是用诠释(批评)将一个诠释(诗作)带入另一个诠释(诗学)"③。这是现象学派或多或少都难以摆脱的通病。他们用一种意识来阐述一部作品而又回归一种理论时,常会陷入这一"循环"的理论"象牙之塔"中。然而,钱先生在"隐公元年"一则中,清楚地指出,研究文学应当从字词句篇到全书要旨作由小到大、从本到末的交互循环探究,还须要同时结合作家的头脑、时代、风尚、修辞特色与著述体裁等各个层次来作立体与运动的认识。钱先生借用佛学的"一切解即是一解,一解即是一切解"的说法,对"诠释之循环"作了矫正与发展,这里的"一切"当是佛学中的"该罗之名"。而"该罗"就是"无寿量经"中的"于佛教法,该罗之名",也就是"兼摄物而不漏"的意思。《法苑珠林》卷二十八又说:"一以普及为言,切以尽际为语。"因此,整句话说得是,既是普遍透彻的,同时又是个别中见普遍,普遍中见个别的"交互往复""以解圆足"的研究探析。这里体现了佛学的因缘认识观。即一方面在时间上有无数的异时因果关系,在空间上又有无数的同时主从关系,而另一方面它们彼此间又像一张大网在重叠牵引、连续不断与相互依存,因此,这就不仅

---

  ① 丁福保:《佛学大辞典》,文物出版社,1984年,第221页。
  ② 郑树森:《文学理论与比较文学》,时报文化出版事业有限公司,1982年,第107页。
  ③ 里德尔(J. N. Ridolel):《倒转的钟》前言,美国路易斯安娜大学出版社,1974年。

仅是"这两句话似乎肯定本体意义了的"①了,而是超出现象学的通常"循环"之困,提出了一个把握整体运动而又立体辩证的研究方法。同样,在《管锥编》的"乾""革""大东"几则中,在结合运用符号学、诠释学、结构主义、神话原型批评等理论时,也无不作了这类成功的相互阐发与发展创新。

所以,在《管锥编》中,钱锺书先生根据上自《毛诗正义》、下迄《全上古三代秦汉三国六朝文》等10部中国古籍,进行探究,细至一字一词,推末以至本,而又探本以穷末,或考证、或对照、或阐释、或生发、或类推、或归纳、或演绎、或评点、或引证、或存案,纵横上下、各科交叉,宏观微观,综合循环地比较研究。且又集中西文论传统之长,对中外文学作出了"东海西海,心理攸同;南学北学,道术未裂"的研究。这种宏观微观交叉循环的总体比较研究方法,绝非通常所见的"平行研究"或"学科整合研究"所能企及。

诚然,这种研究方法是有意义的一种,视之为唯一的中西文学研究方法大可不必。但它的博采中西文论之长,兼容并收各家各派的合理成分,以及多层次的纵横交错和宏观微观的综合研究进程,无疑是有开创性意义的。

(本文初载[德]《比较文学的当代趋势》论文集,
国际比较文学学会编辑出版,1987年)

---

① 郑树森:《文学理论与比较文学》,第108页。

探道章

"格义"与"况义"

外来宗教的传入使中国文化渗入新质,也丰富了跨文化交流的对话方式。佛教东传所催生的"格义"之法,基督教传播所孕育出的"况义"之道,都为中西异质文学文化的融通研究提供了极具"中国特色"的范例。

一、佛教东来与"格义"之法

佛教的东来刺激了中国传统思想与外来思想的碰撞。就比较文学研究而言,佛教在中国的传播无疑丰富了它的方法论。"格义"之法的发现与使用,对今天的不同国家和民族间异质文化文学的互识、互补,有着十分重要的借鉴意义。

佛教的传播是从译经开始的。最早的佛经译家中最著名的有西域安息人安世高(约2世纪)和西域月支人支娄迦谶(约2世纪)。他们的译经活动开始于汉末。据道安(314?—385)录载,安世高所译凡35部,41卷,而支娄迦谶所译可确定者凡3部,14卷。安世高所译主要是在小乘上座部的经,重点在"禅数"上,支娄迦谶所译重点是在"般若"。"禅数"强调理论,强调"养气",而"般若"既强调理论,又强调实践,即传习。作为一种外来的宗教,佛教般若经中当然有很多中国传统书籍中没有、为中国人所无法理解的概念("事数");纯粹用佛家自己的解释,中国人当时还很难理解。当时,魏晋玄学正盛,先是王弼、何晏等的玄学重老,用《老子》解《易经》《论语》等儒书,其学说特点是主张"从无生有";尔后,裴𬱟提出"崇有",再后来,向秀、郭象则尚"自然"。玄学跟般若谈"空"的特点在学理上有相通之处,这就与初来乍到的佛教之间形成了一定的共鸣。何况,中国僧徒都是有相当深厚的"外学"功底的,于是,他们便借助"外典"(儒家经书)来阐释"内典"(佛经)中的种种概念,这就是所谓的"格义"。"格义"是佛教能在中土被接受包容的一个重要原因。关于"格义"较早的记载见于《高僧传》:"法雅,河南人,凝正有器度,少善外学,长通佛义,衣冠士子,咸附咨禀。时依(雅)门徒,并世典有功,未善佛理。雅乃与康法朗等,以经中事数,拟配外书,为生解之例,谓之格义。及毗浮、昙相等,亦辩格义,以训门徒……外典佛经,递互讲说。与道安、法汰每披释凑疑,共尽经要。"①吕澂对"格义"所下的"定义"是:"把佛书的名同中国书籍内的概念进行比较,把相同的固定下来,以后就作为理解佛学名相的规范。换句话说,就是把佛学的概念规定成为中国固有的类似的概念。"②汤用彤对"格义"的理解是:"格义者何?格,量也。盖以中国思想比拟配合,以使人了解佛书之方法也。"③汤先生在美国讲学时(1948)亦写过一篇关于"格义"的文章,那是写给外国人看的。其中他这样解释"格义":"'格义'是中国学者企图融合印度佛教和中国思想的第一种方法。"④又说:"'格义'是一种用来对弟子们教学的方法……'格义'是用原本中国的观念对比(外来)佛教的观念,让弟子们以熟悉的中国(固有的)概念去达到充分理解(外来)印度的学说(的一种方法)。"⑤讲到"格义"的含义,汤用彤先生说:"它不是简单的、宽泛的、一般的中国和印度思想的比较,而是一种很琐碎的处理,用不同地区的每一个观念或名词作分别的对比或等同。'格'在这里,联系上下文来看,有'比配'的或'度量'的意思,'义'的含义是'名称''项目'或'概念';'格义'则是比配观念(或项目)的一种方法或方案,或者是(不同)观念(之间)的对等。"⑥

从以上可以见出,"格义"是佛教进入中土初期时的一种交流"方法",是其传习过程中的"教学方法"。按"格义"之法来讲解佛教的名相,实际上就是以本土文化的观念为中心,去理解外来文化中的概念;这符合异质文化交流的基本规律。因为,人们常常是以本土原有的文化作为理解异质文化的开端,在比较当中发现异同,在比较当中去认识他者;本土文化是人们理解异质文化的出发点。虽然"格

---

① 释慧皎:《高僧传》卷4,《晋高邑竺法雅传》,汤用彤校注,中华书局,1997年,第152—153页。
② 吕澂:《中国佛学源流略讲》,中华书局,1995年,第45页。
③ 汤用彤:《汉魏两晋南北朝佛教史》,北京大学出版社,1997年,第167页。
④ 汤用彤:《论"格义"——最早一种融合印度佛教和中国思想的方法》,见《汤用彤集》,中国社会科学出版社,1995年,第140页。
⑤ 同上书,第140—141页。
⑥ 同上书,第142页。

义"一法专在文字上着眼,目的在借助于一些概念"贯通文义"①,但从另一角度看,这也是在双方文化的关键词上做文章,而关键词有时正是人们认识异质文化的瓶颈。般若是讲空的,如龙树"三是偈"所说:"姻缘所生法,我说即是空,亦为是假名,亦是中道义。"具体地说,它一方面讲的是"非有",但另一方面又是"非无",双方合起来才是所谓"空义"。但中国人起初不能理解佛教的这一名相,他们只好按照中国原有的,如按老子的"无"来理解它。按中国原来的"无"的概念去理解般若的空,显然是不吻合的;因为般若的空实际上是"非有""非无"两个方面。"非有"不等于"无","非无"不等于有,而只是"假有"。不过,把老子的"无"作为进入佛说玄境的阶梯,也是不坏的一个"方便法门"。道安的学生慧远在庐山讲道时,就曾用过类似的方法:"(慧远)年二十四,便就讲说。尝有客听讲,难实相义,往复移时,弥增疑昧。远(慧远)乃引《庄子》为连类,于是惑者晓然。是后安公特听慧远不废俗书。"②

尽管"格义"之法起于河北,但"用之者必不少"③。西晋时,徘徊于儒家思想和佛家思想之间的颜之推著《颜氏家训》,中有"归心篇"云:"内外两教,本为一体,渐积为异,深浅不同。内典初门,设五种禁;外典仁义礼智信,皆与之符。仁者,不杀之禁也;义者,不盗之禁也;礼者,不邪之禁也;智者,不酒之禁也;信者,不妄之禁也。"又认为:"归周、孔而背释宗,何其迷也!"④陈寅恪认为,颜氏该处所用之法,"虽时代较晚,然亦'格义'之遗风"⑤。《魏书·释老志》云:"故其始修心则依佛、法、僧,谓之三归,若君子之三畏也。又有五戒,去杀、盗、淫、妄言、饮酒,大意与仁、义、礼、智、信同,名为异耳。"陈寅恪先生认为,此"亦'格义'之说"⑥。后来,由于罗什广译大乘经,关于般若人们开始有了更深入的理解,可以不借助于"格义"了;于是,罗什弟子僧肇著《不真空论》《般若无知论》等文,体现了中国对般若的理解上升到了一个新的高度。罗什的另一高足僧叡总结罗什之前的佛学研究情况时

---

① 吕澂:《中国佛学源流略讲》,第44页。
② 释慧皎:《高僧传》卷6,《晋庐山释慧远》,汤用彤校注,第212页。
③ 汤用彤:《汉魏两晋南北朝佛教史》,第168页。
④ 颜之推:《颜氏家训·归心篇》,见《颜氏家训集注》,上海古籍出版社,1999年,第241页。
⑤ 陈寅恪:《支愍度学说考》,见《金明馆丛稿初编》,三联书店,2001年,第170页。
⑥ 同上。

说:"自慧风东扇,法言流咏以来,虽曰讲肆,格义而乖本,六家偏而不即。"[1]僧叡等人这样说,颇有点过河拆桥的嫌疑。随着佛家经典翻译数量的增加,加之中国学者对佛法的理解程度加深,一般认为,"格义"之法不再盛行。

实际上,"格义"作为国人认识新事物,表达新观念的方法,在"格义"的派别过去之后还在被人所用。上引颜之推文字便是实例,只是后人不是像魏晋之际的学者那样刻意用它来解释一个具体的概念或范畴。故陈寅恪先生认为,道安之后"格义"并没有寿终正寝,"自北宋以后援儒入佛之理学,皆'格义'之流也"。他进而得出结论:"'格义'之为物,其名虽罕见于旧籍,其实则盛行于后世。"[2]就是说,在陈先生看来,"格义"不仅仅为魏晋之际之一派,实则为中国佛学发展史上乃至学术史上所常用的手法。可以这么认为,"格义"虽是鸠摩罗什来华译经之前的事,但是它却是"比较文学渊源的中国古代术语名称"[3]。

总之,"格义"在中国佛学发展史上乃至在中国学术史上,可作广、狭义之分。狭义的"格义"是一段公案,广义的"格义"贯穿中外文化交流史之全过程;更进一步地说,在佛教进来之后的中国文化与外来文化交往的整个过程中,"格义"之法成了一种以"自我"去融入"他者"的认知之道。

二、基督教入华与"况义"之法

尽管古代印度在中国人的心目中是西方,佛教传入中国叫"慧风东扇",但它已被中国化为中华传统文化的一部分。而从今天的视角看,不仅中国与西方异质文化的大规模接触是起自明清之际天主教的入华,而且这一中西异质文化的碰撞和砥砺,一直时断时续地绵延至今。唐代的景教虽也是从西方传入,虽也属西方文化范畴,但它在当时并未对中国文化产生多大影响。13—14世纪初意大利人孟·高维诺(John of Montecorvino,1247—1328)虽然在传教方面有过一点成绩,但在文化交流方面,也没有触到痛痒之处。元代之后,欧亚陆上交通遂告中断,明太祖时

---

[1] 吕澂:《中国佛学源流略讲》,第45页。
[2] 陈寅恪:《金明馆丛稿初编》,生活·读书·新知三联书店,2001年,第173页。
[3] 孙景尧:《沟通——访美讲学论中西比较文学》,广西人民出版社,1991年,第39页。

"不许片板入海,以致帆影绝迹"①。所以,中国与西方的大规模接触当是明清之际天主教耶稣会士的到来。以利玛窦为代表的天主教耶稣会士们,出于传教的目的,进行了大规模的"天""儒"沟通工作,使得中国人开始认识西方,同时也让西方开始了解中国。他们的努力虽是以传教为出发点,但也结出了一些文化和科学的果实。仔细审察这一过程,对于今天的跨文化比较文学研究,具有温故知新的借鉴意义。

天主教耶稣会(The Society of Jesus),是西班牙人罗耀拉于1534年在巴黎创立的,1540年该修会得到教皇保罗三世的确认,从此它很快在欧洲发展起来,并开始了"外方传教"活动。彼时欧洲正经历马丁·路德的宗教改革,教廷正面临危机,它正想利用耶稣会来收复失去的利益。耶稣会亦称"耶稣连队",是一支纪律严明的传教队伍;由于它要担当起为教皇效劳的职责,也由于其成员都经过严格的训练,这就使得它具有不凡的素质。事实证明,来华的耶稣会士绝大多数都是饱学之士,在文学、哲学、天文、地理等领域都有很深的造诣,实无愧于"西儒"之雅称。而他们来华之后,皆研习中文,钻研儒理,如马诺瑟"于十三经、二十一史、先儒传集、百家杂书,无所不购,废寝忘食,诵读不辍";并对研究儒学独具见解:"盖理学也,固由经学而立,而经学也,必由字学而通。舍经斯理缪,舍字斯经郁矣。"②尽管耶稣会士们热衷于汉学研究,目的在劝人信道入教,但其意义远已超出传教之目标,它对中国人的传统观念、中国的科学,甚至治学方法等,都产生了极其深刻的影响;比如,"元、明间人,犹未究心于地理,至利玛窦等来,而后知有五大洲,及地球居于天中之说"③。又如,至耶稣会士来,考据学兴,实是受西洋重探求世界之本原的心理的影响,这对清代学术影响匪浅。利玛窦与徐光启共同翻译的《几何原本》被梁启超称为"字字精金美玉,为千古不朽之作"的佳译④。梁启超认为,随着西学的东渐,"在这种新环境之下,学界空气,当然变换"⑤。总之,明清间传教士所传之西学,"在我国学术界上,其影响不限于局部,而为整体者也"⑥。且这种交流的范式,

---

① 方豪:《方豪六十自定稿》,台湾学生书局,1969年,第185页。
② 马诺瑟:《经学议论》,引自方豪:《方豪六十自定稿》,台湾学生书局,1969年,第242页。
③ 柳诒徵:《中国文化史》,东方出版中心,1996年,第679—680页。
④ 梁启超:《中国近三百年学术史》,中国书店,1985年,第9页。
⑤ 同上。
⑥ 徐宗泽:《明清间耶稣会士译著提要》,中华书局,1989年,第5页。

在今天的跨文化对话中仍远未过时。

由上述可知,西士之"传教术"主要是从学术与文化方面着手的,其特色可用"况义"二字概括之。"况义"之法始于金尼阁译伊索寓言。伊索寓言作为古希腊经典的一部分,在西方早已家喻户晓,而在中国迟至明万历戊申年(1608年)在利玛窦的《畸人十篇》中才第一次译为中文,其为申明教理共译寓言34则,伊索被译为"厄琐伯"。此后,西班牙耶稣会士庞迪我,在其1614年的《七克》中,又译了五六则。然而,第一次较大规模地翻译伊索寓言的是耶稣会士、法国人金尼阁口授,中国信徒张赓笔传之《况义》(1625年,西安刻本)[①]。西士们的翻译不仅验证了文学与宗教互为载体的这一文化交往上的特点,同时它还给异质文化间的交往提供了一种至今可资借鉴的方法或模式。也就是说,金尼阁译《况义》的意义已超出了翻译学的范围,而与文化传播方式相"接壤"。

中国人自己较为集中地翻译伊索寓言是在19世纪末,是林琴南第一次用"伊索寓言"这4个字。"寓言"是个中国词,见于《庄子·寓言》:"寓言十九,重言十七……寓言十九,藉外论之。"如果说林琴南译伊索的"作品"为"寓言",是一种文体上的中西合璧,那么金尼阁的做法则就是从义理角度出发的比较重写了。这跟当时耶稣会士们追求"适应"的做法一脉相承。当然,金尼阁把伊索的寓言译作"况义",其初衷倒不是要开创一种文化沟通方式,而是针对伊索寓言的内容特点而作。众所周知,伊索寓言往往由两个部分组成,一部分讲述故事,另一部分则根据故事的情节得出某种哲理,并以一句格言或警句收尾,给世人以启迪或警示。金尼阁将伊索寓言译作"况义",其用意十分明确,伊索寓言的前半部分乃为"况",格言或警句部分乃是"义"。《况义》译本末所附鹫山谢懋明之《跋〈况义〉后》很能说明这一点:"况之为况何取?先生曰:'盖言比也。'……罕譬而喻,能使读者迁善远罪。"至于何谓"义",答曰:"夫义者宜也。义者意也。师其意矣,复知其宜……触一物,皆可得悟。"[②]其实,现代汉语中的"况"就有"比方"的意思,金尼阁就是要通过伊索寓言的打比方方式,来教谕其道理。

这个道理就是"义",故事是伊索讲的,其情节是不能轻易改动的,但对"义"的表

[①] 戈宝权:《明代中译伊索寓言史话》(1—4),载《中国比较文学》1984年第3期。
[②] 同上书,第290页。

述,则是可以做自己文章的。对此,"跋"中的"先生"说得十分坦白:将自己心中的"义",换成适宜之"意",并要师从其意,更加知道其适宜之义,才可获得其义的领悟。伊索寓言也就不再是原原本本的伊索寓言了,而成了"暗渡陈仓"的传教士说教了。

如果不从当时文化交流的角度看,我们可能会觉得,金尼阁把伊索寓言译作《况义》纯属偶然。但只要回顾一下明清之际耶稣会士和中国信徒们为天主教在中国的传播所作的沟通中西文化方面的努力,我们就发现,金氏的做法,正是当时风尚的必然反映。

对于中国文化来说,来自西洋的天主教是一种异质文化;对于天主教耶稣会士来说,要中国人接受天主教,成为"天民",就得使他们认同自己的基督教文化。然而传教士面对的不是还没有自己文字的美洲印第安人或拉瓜尼人,而是已有数千年自成体系和悠久传统的中国文化文明,因而传教士不得不选择"迎合"中国文化的策略,即采用"合儒""补儒""超儒"的办法宣传基督文化。用方豪先生的话说,"必须先吸收当地的文化,迎合当地人的思想、风俗、习惯……借重当地人最敬仰的一位或几位先哲的言论,以证实新传入的教义和他们先辈的遗训、固有的文化是可以融会贯通的、是可以接受的,甚至于还可以发扬光大他们原有的文化遗产"①。因此,明末清初来华的耶稣会士们做了大量的中西汇通工作,尽管他们目的是在"劝人信道入教",但在中西文化交流史上却具有其重要的意义,并使其"合儒"至"超儒"的策略得以实现。金译伊索寓言22则均以"义曰"收尾,仔细揣摩这些话,就可看出他在其中所寓之义。

《北风与太阳》是伊索寓言中有名的一则,周作人译其结尾为:"这故事说明,劝说常比强迫更为有效。"②这是一句不偏不倚的译文。金尼阁将这一则的结尾译为:"义曰:治人以刑,无如用德。"这句译文就有所偏倚了,具体地说是偏向于儒家一边,它使人想起《论语·为政》:"道之以政,齐之以刑,民免而无耻;道之以德,齐之以礼,有耻且格。"也使人想起《论语·为政》中"为政以德"等句。再如伊索的寓言《脚与胃》,它讲的是人身体上的各个器官无贵贱之分,各司其职;金尼阁的"义曰"是:"天下一体,君元首,臣为腹,其五司四肢,皆民也……物各相酬,不则两伤……"在这里,

---

① 方豪:《方豪六十自定稿》,台湾学生书局,1969年,第203页。
② 周作人:《全译伊索寓言集》,中国对外翻译出版公司,1999年,第33页。

金尼阁给读者灌输的则是儒家的"君君,臣臣,父父,子子"的思想,其意蕴也与《中庸》中"万物并育而不相害"的思想相契合。总之,金尼阁的22个"义曰"几乎都可以在儒家的经典中找到它们的"另一半",这体现出传教士们的"合儒"心态。

然而,"合儒"决不是西方传教士的终极目标,"合儒"的真正目的是要"补儒"并"超儒"。所以,金尼阁在其翻译的"义"中,操纵原文处甚多。比如:"人者获罪于天,死侯迫之……永守尔神,祈天保佑。""贫穷之善日生,富豢之人绝其德。""主命所加于尔,尔安承之,尔必以诈脱,主还将尔诈绳尔。"从这些字句当中,我们虽能看到儒家思想的痕迹,但基督教的色彩尤为明显,至于伊索的原意则被操纵得难见原貌。首先,我们可以看到,这里所用的"天"决不是孔子或孔子之前的天,而是具有浓郁的天主教教条的天。因为《圣经》上反复宣扬,人应该积财富在天上,人间的财富会遭虫蛀;又认为,富人要进天国,要比大象经过针孔还要难。总之,金尼阁是将基督教的德行观、财富观等信仰教义,悄悄地融入了《况义》的行文中,用伊索寓言的旧瓶子装基督教的新酒。

唐代的景教由于过分依附于中国宫廷及中国文化,其本身的文化身份和文化特征便萎缩得非常可怜;元代的孟高维诺只是单向性地向中国人灌输他的教义,叫中国幼童学唱拉丁文和希腊文的赞美诗,结果总是不得要领;只有到了利玛窦来华才真正注意到传教的策略。在利玛窦的影响下,明末清初兴起了大规模的"迎合儒家"的运动。这种适应是全方位的,而不是局部的。

因为,除了耶稣会的传教士外,天主教其他修会的传教士也都做了具有比较研究性质的"况义"。利安当(Antonio de Santa Maria Caballero,1602—1669)的《天儒印》(又作《天儒印正》《天儒印证》)就是其代表性的一书①。《天儒印》现藏罗马教廷图书馆,其拉丁文译名为 Concordantia legris divinae cum quatuor libris Sinicis,把它再译回汉语则是"天主教义与中国四书之对照"。无论从该著的汉语书名,还是从其拉丁译文,它的主旨是十分明了的。《天儒印》是一部"纯粹'适应儒家'之作",其写作风格也颇为别致:每段都以儒家经书中的章句开头,接着便是用天主教的教理来印证,或肯定之、或附会之、或补充之。正如尚祜卿于"序"中所说:"谓四子之书即原印之

---

① 利安当:《天儒印》,见北京大学宗教研究所:《明末清初耶稣会思想文献资料汇编》(第2卷第15册),2003年。

印迹也可,于是名其帙曰天儒印。"①《天儒印》引章句皆出自《四书》,所引《大学》5处,《中庸》14处,《论语》14处,《孟子》4处,计37处,利安当都尽力用天主教教义来附会儒家思想的倾向,并用神学的超性之理来"补""超"儒家的实用理性。

  非但传教士这么做,就是一批受洗信教的中国士大夫也这么做。明末有徐光启、李之藻、杨廷筠、严谟等,清初有朱宗元、张星曜、尚祐卿、张能信等。严谟说:"以今考之,中古之上帝,即太西之称天主也。"②朱宗元也说:"天主者何?上帝也,中华谓之上帝,西译谓之天主。"并且,否认中国的"天"是形天的说法,认为"惟认天以苍苍者是,谬矣!"③有的信教学者甚至觉得,如果没有西士来,弘扬了儒家精神,儒理将会失传。对此,刘二至感叹说:"此道不明久矣!非有泰西儒者,航海远来,极力阐发,则尧、舜、禹、汤、文、武、周公孔、孟之真传,几乎熄矣!"④

  甚至高居中国传统文学殿堂之首的格律诗,也有这类诗篇,写诗的既有朝廷首辅的叶向高,其在诗中说,"……圣化破九埏,殊方表同轨。拘儒徒管窥,达观自一视。我亦与之游,冷然得深旨";也有一般文人的陈圳,写诗求问道"自是西方一伟儒……因君壹意尊天主,未卜凡胎可度无"⑤。

  可见,明清之际的"况义"与滥觞于西晋之时的"格义"之法,有同又有异。二者都是因为外来宗教的缘故而发生的,这一点是一致的。但不同的是:魏晋间采用"格义"的是中国人,明清间首先做"况义"的是外国人;魏晋间中国人这样做的目的是中国人想更透彻地了解外来的宗教,要在中国传习它,明清间西方传教士这样做是要将他们自身宗教灌输给中国人;魏晋间僧徒是以边缘者的身份参照中心,明清间西方传教士是以普世真理在握的神学中心者的身份面对边缘;魏晋间之"格义"作为一派虽很快过去,但作为一法却贯穿中国佛教发展之始终,明清间的"况义"却因"礼仪之争"而告终止。尤其是,"格义"是使外来佛学中国化;而"况义"是

---

  ① 尚祐卿:《天儒印说》,《天主教东传文献续编》(二),学生书局,1966年,第992页。
  ② 严谟:《天帝考》,见北京大学宗教研究所:《明末清初耶稣会思想文献资料汇编》(第4卷第38册),第16页。
  ③ 朱宗元:《天主圣教豁疑论》,引自方豪:《方豪六十自定稿》,台湾学生书局,1969年,第242页。
  ④ 刘二至:《觉斯录》,见北京大学宗教研究所:《明末清初耶稣会思想文献资料汇编》(第3卷第33册),第425页。
  ⑤ 《熙朝崇正集》抄本,巴黎国家图书馆,中文7066号。

让西方基督教文化"合儒""补儒"并最终"超儒"。因此,格义与况义,是中西异质文化碰撞砥砺的两种比较之道,用今天的诠释学来说,前者是以本土文化话语诠释外来异质文学文化观念,以最终达到本土化;而后者则是以外来异质文化话语诠释本土文学文化观念,以图达到异质化。在今天多元文化时代语境中的中西文学文化对话,是可以通过重温历史,尤其是格义与况义,发现可供今天中外异质文化比较文学的方法之道的。

三、中西比较文学历史及其方法之道的启示

前一节通过追溯西方比较文学历史及其贡献可知,它是基于古希腊和基督教文化的西方各国语言文学关系的比较文学,也是带有欧洲中心胎记的欧美比较文学,其主要研究范式也随之是注重同一文化体系跨语言和民族界限的比较文学。

后一节又通过梳理中国历史上中印、中西异质文化相会获知,格义与况义是中国古代的比较文学文化研究的"方法之道"。

那么,为什么中西历史上的方法之道会有差异?它给我们一些什么启示?

就中西比较文学方法之道的差异而言,与各自文学文化史的不同发展历程有关。我们不妨先看下面的简表:

甲,欧洲文学史主线
　　古希腊的史诗、悲剧、喜剧和《诗学》等
　　古希伯来的《圣经》
　　　古罗马的《变形记》《埃涅阿斯记》和《诗艺》等以及中世纪文学
　　　意大利的《神曲》、薄伽丘《十日谈》等
　　　英国的《坎特伯雷故事集》、莎士比亚戏剧等
　　　法国的《巨人传》《伪君子》等
　　　西班牙的《羊泉村》《堂吉诃德》等
　　　德国的席勒剧作《阴谋与爱情》等
　　　俄国、美国……

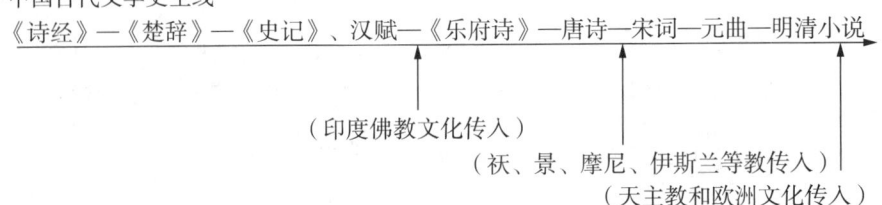

乙,中国古代文学史主线
　《诗经》—《楚辞》—《史记》、汉赋—《乐府诗》—唐诗—宋词—元曲—明清小说
　　　　　　　　　　　　　↑　　　　　　　　　　　↑　　　　　　　　↑
　　　　　　　　　(印度佛教文化传入)
　　　　　　　　　　　　　　　　　　　(祆、景、摩尼、伊斯兰等教传入)
　　　　　　　　　　　　　　　　　　　　　　　　　(天主教和欧洲文化传入)

这是一张十分简略的中欧文学发展史的主线表,从中不难发现:处于甲表中的欧洲文学,其起源是古希腊语与希伯来语的文学,接着的罗马和中世纪是拉丁语的文学,而到了近现代则是欧洲各国的语言文学。因此欧洲文学的历史纵向继承发展中,就已不仅包含着跨越国界族界,而且还包含了跨越语言界的特点在内。因此它们的比较文学历史,往往是在同一欧洲文学文化体系内,历史纵向上的跨国界和语言界的文学比较研究,或者是同一文化体系中的不同民族语言文学的比较研究。欧洲的"古今之争"就充分说明了这一特点。

而处于乙表中的中国汉语文学就不同了,自先秦的《诗经》《楚辞》直到明清小说,都是同一语言的文学。然而自两汉之际起,就先后传入了印度佛教,中亚的祆教、摩尼教和欧洲的基督教等多种异质文化,这就使中国文学文化就历史纵向而言,虽然都是同一语言,但却不乏跨文化体系的外来文学文化成分,而从横向空间来看,则是典型的跨文化与跨学科的文学文化交会。因此,不像欧洲那样仅以跨语言与跨民族为准,而是纵向横向都必然具有跨文化体系和跨学科的因素在内。

而就其启示而言,至少可给我们三点启示。

其一,西方的比较文学历史及其方法之道,是在同一"两希文化"(希腊、希伯来)体系内的跨语言、跨民族文学的比较研究,因此他们将跨越民族语言界限视为其各国文学关系比较文学研究的首要条件。这无疑是比较文学研究的共性特点,不仅对同一文化体系内的各国文学比较研究,而且对不同文化的各国文学比较研究,都同样是首要条件之一。

然而,限于西方文化体系,尤其是基督教文化的普世扩张性,随着欧洲地理大发现的成功,他们自以为福音在手就真理在握,也就开始了"在基督教史上,我们可以把这个年代称为'全球扩张时代'"①。于是,其比较文学也随之形成韦斯坦因所反思的"根深蒂固的欧洲中心主义"②,以至其早期法国比较文学理论依据之一的进化论,也能变成其西方中心扩张宣言。法国比较文学史家洛里哀就堂而皇之地说:"近世,则西方知识上、道德上及实业上的实力遍及全球,东部亚细亚,除少数荒僻山区外,业已无不开放。即使那极端守旧的地方,也已渐渐容纳欧洲的风气。

---

① 布鲁斯·雪莱:《基督教会史》,刘平译,北京大学出版社,2004年,第317页。
② 孙景尧:《新概念 新方法 新探索》,漓江出版社,1987年,第30页。

如是,欧亚两洲文化已渐趋一致,已属意中之事。"①可见,其不仅犯了"无知而掉以轻心,发为高论,又老师巨子之常态惯技"②的毛病,而且也违背了其比较文学不是比高低优劣而是认识各国文学关系的学科初衷。

其二,中国古代具有比较文学研究性质的"格义"与"况义",是同中国传统中有正统的汉语言文学文化的特点有关。由于其历史上的古今演变,都是在同一文化和同一语言中发展,因此并不存在如西方那样的跨民族语言界限的问题。然而,由于先后两次传入异质文化,这就使中国文学文化就历史纵向看,虽然都是同一语言,但却不乏跨文化体系的外来文学文化成分;而从横向空间看,则是典型的跨文化与跨学科的文学文化交往。所以中国古代的格义与况义,既有跨文化体系,又有跨学科的比较研究特点。

古代的中国和西方,都曾把哲学、历史、文学等书面著述统称为"文学"。我国魏晋南北朝时,虽然刘勰等人初步意识到文学的特征,提出了"文笔说",但也仅仅将"文学"分成"韵文"和"散文"两大类。一直到清代,也仍然将有些哲学、伦理、历史、地理等方面的议论、杂感、札记等包括在文学之内。清末学者章炳麟就说过,"文学者,以有文字著于竹帛,故谓之文,论其法式,谓之文学","凡文理、文字、文辞皆称文"③。而西方也大抵如此。韦勒克就论述过,欧洲直到18世纪,文学"仍然指的是'博学'或'一切诉诸于文字的知识'","用'文学'一词来指所有的文学创作作品,在十八世纪得到迅速的民族化"④。可见无论中外,在古代浩瀚的文献中,文学常常与其他学科的内容夹杂在一起。既然如今的比较文学是指跨越国界、语言界限和学科界限的文学研究,那么,其地理范围自应包括世界众多的国家与民族;其研究对象,也应包括彼此有影响联系的各国文学关系研究,还应包括彼此并无接触影响的不同国家与民族文学之间的比较研究;以及包括从文学与其他学科的关系着手而进行的跨学科研究。也就是说,比较文学研究,不只囿于欧洲,也不只限于影响研究,而应拓展跨文化和跨学科界限的众多方面。就此而言,中国古代的格义与况义,其突出的贡献就是,为今天多元文化时代的比较文学提供了跨文化

---

① 洛里哀:《比较文学史》,傅东华译,商务印书馆,1931年,第351—352页。
② 钱锺书:《管锥编》(第1册),中华书局,1979年,第2页。
③ 郭绍虞:《中国历代文论选》(第4册),上海古籍出版社,2005年,第302页。
④ 孙景尧:《比较文学经典要著研读》,上海文艺出版社,2006年,第26页。

体系和跨学科综合研究的历史性启示。

其三,我们将中西比较文学历史的方法之道一起探讨,可以发现,宗教在中西异质文化交往中所起的重要范式作用。这是因为,宗教涉及文学、哲学、历史、文化等方方面面,同时又深入到人生观、道德观、宇宙观等精神信仰的深层思想。因此,历史上中西异质思想文化的交往,就既是多方面的,又是深层次的精神思想碰撞和砥砺,也就最能体现西方基督教文化同含有佛教文化在内的中国文化之间——世界历史上并不多见的多元异质文化交会的范式作用。而范式(paradigm),是由科学哲学引入文学批评的一个术语,其原先的含义是,在科学实际活动中某些被公认的范例,为某一种科学研究传统的出现提供了模型。接受美学理论家姚斯将其引入文学科学时提出:"每一种范式不仅解释批评家探讨文学——学院派内部'正统的'文学科学——的既定的方法论程序,还对既定的文学原则加以解释。换言之,一个特定的范式既创造了阐释的技巧,也创造了被阐释的客体。"[1]循此,我们可以总结出下面三个范式作用:

首先,明清之际天主教入华及其本土回应,提供了中西异质文化交往最佳选择的范例。

正如波洛那大学哲学系教授埃科认为,两种不同的文化相遇,由于互相间的差异,必然会产生碰撞,其结果有三种可能性,一是征服,或教化之,或毁灭之;二是文化掠夺;三是交流,并认为欧洲和中国的最初接触就属于这后一种情况:"中国人从耶稣会士那里接受了欧洲的科学的许多方面,同时,传教士们又将中国文明的方方面面带回欧洲。"[2]但在清代这一交往因"中国礼仪之争"而告中断。这是由于欧洲其他修会中的一些修士及罗马教廷抓住祀孔祭祖和Deus(天主)在中国的译名不放,在二元对立中置这次大规模的文化交流于僵局:一方面是自以为普世真理在握、一心要征服教化中国的罗马教廷的《禁约》;另一方面是唯我独尊的中国皇帝康熙,以"西洋小人何言得中国之大理"而禁教[3],最终使交流归于失败。

可见,异质文化相遇的最佳选择是交流。交流是彼此交往得以开始与继续的

---

[1] 王先霈:《文学批评术语词典》,上海文艺出版社,1999年,第148—149页。
[2] 翁贝尔托·埃科:《他们寻找独角兽》,见《独角兽与龙》,北京大学出版社,1997年,第1页。
[3] 李宽淑:《中国基督教史略》,社会科学文献出版社,1998年,第117页。

条件,也是认知自我与他者得以实现的途径。而征服教化不可取,非此即彼的二分对立不可取,唯我独尊的心态也不可取,因为这些都是与交流背道而驰的。

其次,明清之际天主教入华及其本土回应,提供了中西异质文化交往认同辨异的沟通范例。

认同与辨异,是异质文化交流双方得以沟通的开始与基础。明清间来华的传教士当中,很多人对中国文化是持认同态度的。如罗明坚、利玛窦等初入中国时所表现出来的就是认同。利玛窦到中国,初以"西僧"自居,后以"西儒"自称,"僧"和"儒"都是中国的"国货",其目的就是要证明,"我"跟"你"是同类。如果他们当初不采取入乡随俗的认同姿态,那就谈不上后来长达两个世纪的中西交往,而只能如耶稣会东方领袖瓦里纳尼,于1579年在澳门朝中国海岸所大声呼喊的:"噢,磐石,磐石,你何时才能打开?"①

同理,中国的"西学派"人士也作出了认同和辨异的回应。徐光启在《辨学章疏》中说,他多年与他们来往,故知道得"最真、最确、不止踪迹心事一无可疑,实皆圣贤之徒也。且其道甚正,其守甚严,其学甚博,其识甚精,其心甚真,其见甚定,在彼国中亦皆千人之英,万人之杰"②。并进而认同和辨异其思想精神,如王徵所说:"夫西儒所传天主之教,理超义实,大旨总是一仁,仁之用爱有二:一爱天主万物之上,一爱人如己。"所谓"不世亲,不可为子,不识正统,不可为臣;不事天主,不可为人"③。

我们今人所探讨的文心相同、文心有异等命题,其实早在明清之际就出现了沟通范例。冯应京早在明万历辛丑年(1601年)就说,"益信东海西海,此心此理,同也"④;同时的李之藻也说,"西贤之道,拟之释老则大异,质之尧舜周孔之训则略同"⑤。

最后,宗教对中西文化的发展,还提供了成功融合与反思认知的比较研究范例。

在人类文化交流史上,最典型的、最成功的文化融合范例是,印度佛教与中国文化的融合,以及基督教与古希腊罗马文化的融合,并且使中西文学文化不断发展也不断完善,以至于不懂得基督教及其《圣经》,就无法认识西方文学文化。正如

---

① 布鲁斯·雪莱:《基督教会史》,刘平译,北京大学出版社,2004年,第326页。
② 《天主教东传文献续编》(1),学生书局印行,1966年,第22页。
③ 徐宗泽:《明清间耶稣会译注提要编译》,中华书局,1989年,第74页。
④ 同上书,第44页。
⑤ 同上书,第172页。

杨周翰教授所说:"《圣经》的影响真可以说像水银泻地,无孔不入……甚至影响到人们的思维和语言。"①

同样,印度佛教已经中国化到"中国佛学的根子在中国而不在印度"②的地步。佛教跟中国文化之间的结合,不仅是在哲学、伦理、艺术等层面,甚至汉语中如赵朴初先生所说:"如果真要彻底摒弃佛教的话,恐怕他们连话都说不周全了。"而"语言是一种最普遍最直接的文化"③。

事实证明,异质文化交往常常是通过彼此的借鉴而使双方获益,这种获益,就是作自我与他者比较研究的反思认知。明末清初传教士的使命是传教,但经他们西学东渐和中学西传,使中西两边的一批文人学者,能在比较研究中开始了尽管是初步,却能超越前人的自我与他者的反思与认知。

西方输入的文化学识,拓宽了中国文人的视野,也改变了部分文人的传统世界观和知识观。从利玛窦带来的《山海舆地全图》和《东西两半球图》,到冯应京、赵可怀、郭子章、王圻、程百二、章潢、潘光祖及熊人霖父子的各版《坤舆万国全图》与《舆地全图》;从徐光启、李之藻等人写的各种译著的序跋起,直到清代还重印翻刊的各类书籍的再序再跋,我们可以清楚地发现,这批"西学派"文人已确切认识到了"彼西洋邻近三十余国""欧罗巴数十国暨其他国土以千计"的一个实在的西方世界,遂突破了"天圆地方"的传统空间观而代之以"东西两半球"的"天地圆体"世界目光。进而又知道了除中国孔孟之道外,尚有"彼三千年增修渐进之业"的"勒铎理(文科)""理科,谓之斐录所费亚(哲学)""默弟济纳(医科)""勒义斯(法科)""加诺搦斯(教科)"与"陡录亚(道科)"等西学"六科"知识。而且如徐光启所说,传教士带来的"显自法象名理,微以性命宗根"的"西学","较我中国往籍,多所未闻"。又说:"格物穷理之中,又复旁出一种象数之学。象数之学,大者为历法,为律吕,至其他有形有质之物,有度有数之事,无不赖以为用,用之无不尽巧极妙者。"④同时还认识到了传统眼界的局限:"抑思宇宙大矣,睹记几何?于瀛海中有中国,于中国中有我一身,以吾一身所偶及之见闻,概千百世无穷尽之见闻,不啻蛙之一窥、萤光之一昭也。乃沾沾守其师说,

---

① 杨周翰:《十七世纪的英国文学》,北京大学出版社,1985年,第14—15页。
② 吕澂:《中国佛学源流略讲》,第4页。
③ 中国佛教文化研究所编:《俗语佛源》,上海人民出版社,1997年,第1页。
④ 徐宗泽:《明清间耶稣会译注提要编译》,第308页。

而谓六合内外,尽可不说不议,此岂通论乎?"①

　　同样,法国启蒙运动的先驱、17世纪的法国哲学家和科学家笛卡儿在其名著《方法论》中,就认为中国人也是与他们一样的聪明人,而他心目中的"聪明"中国人所讲的"理性",就是他着力教人的"reason"(思考)。德国启蒙运动先驱莱布尼茨在他的《致德雷蒙先生的信:论中国哲学》中谈及中国的《易经》与他本人发现的二位数进位制算术原理在思维结构上相同②。他所发现并接受的《易经》影响,如费尔巴哈所说:"他用智慧、理性来限制神的恩惠和万能……因此他用自然主义来限制自己的有神论。"③在《中国新论》中,他认为在道德伦理方面,"中国民族实较我们为优","因为中国民族为公众安全与人类秩序,在可能的范围内成立了许多组织,较之他国法律真不知优越许多。确实,人类最大的害恶,即从人类而来,又复归于人类本身……要是理性对于这种恶还有救药的话,那末中国民族就是首先得到这良好规范的民族了"④。他又在《中国新论》序文中说:"我几乎认为有必要请中国遣派人员来教导我们……因为我相信,如果任用哲人担任裁判,不是裁判女神的美,而是裁判人民的善,他一定会把金苹果奖与中国人。"⑤

　　可惜的是,这些"先知"既不能动摇闭关自守的中国千年封建,也不能抗衡欧洲中心的陈见陋习,随着清代前期中西文化交往的终结而中止。但其早就作过的比较研究范式,是可以给我们温故知新的诸多启示的。

(本文初载[美]《比较文学与一般文学年鉴》[1985年],后经修改
收入《简明比较文学教程》[江苏教育出版社,2007年],
陈义海教授参与了部分文字修改工作)

---

① 徐宗泽:《明清间耶稣会译注提要编译》,第300页。
② 卫茂平:《中国对德国文学影响史述著》,上海外语教育出版社,1996年,第21页。
③ 费尔巴哈:《对莱布尼茨哲学的叙述、分析和批判》,见《费尔巴哈全集》(第2版)第4卷,商务印书馆,1997年。
④ 夏瑞雪:《德国思想家论中国》,陈爱政等译,江苏人民出版社,1995年,第5页。
⑤ 同上书,第9页。

中国近代的中西文学比较成分探

中国近代是指从1840年(道光二十年)的鸦片战争起到1919年五四运动的共约80年的时间。这是中国社会发展的一个重要转折期：一方面是中国封建社会的彻底瓦解，另一方面则是中国人民不屈不挠、一次又一次地进行反抗斗争；新生的资本主义在外资与封建势力的夹缝中曲折成长；资产阶级领导的辛亥革命最终结束了清王朝的统治。

这期间,资本主义在欧洲已经发展到它的最高阶段——帝国主义,它必然在军事、经济、政治和文化上对外扩张、侵略和掠夺。而老大腐朽的封建中国,正是帝国主义列强筵席上的一块肥肉。

1840年,英国侵华的鸦片战争,1860年,英法联军攻破京津,1894—1895年,中日甲午战争,1900年,英法德俄等八国联军攻占北京……短短的半个世纪里,一个个丧权辱国的不平等条约,使大量黄金白银外流,连片国土沦丧,中国面临亡国的危险。当时的前景正如陈天华在《猛回头》中所惊呼：

> 俄罗斯,自北方包我三面；英吉利,假通商,毒计中藏；法兰西,占广州,窥伺黔桂；德意志,领胶州,虎视东方；新日本,取台湾,再图福建；美利坚,也要想,割土分疆。

在这个民族危亡的严重关头,中国各阶级、各阶层知识分子都在思考一个共同的问题：如何救中国。正如刘少奇同志所说："许多先进人物,为了救中国,为了改变自己国家的命运,努力去寻找真理。他们努力学习西方资产阶级的政治和文化,以为西方资产阶级的那些东西很可以救中国。"①

"中学为体,西学为用"的洋务运动,维新派的康有为、梁启超等人的"百日维新"改良运动,以及孙中山、黄兴等领导的辛亥革命,正是这种"救中国"的集中表现。

不过,封建卫士救中国,是救"大清江山"的专制中国;改良主义者要救的是"君主立宪"式的中国;资产阶级革命派要救的中国则是"驱除鞑虏,恢复中华",实行三民主义的中国。尽管目的不同,但却殊途同归:学西方欧美的东西。一时留学考察,官办洋务,民办实业,翻译评介,蔚然成风。以西学之长,比中学之短,成了这时期的主要潮流。

马克思说过:"随着经济基础的变革,全部庞大的上层建筑也或慢或快地发生变革。"②

中国近代史上这一中西比较思潮,循下述次序演变:先是以为中国不如外国乃是"外夷之坚甲利兵",所以引进和介绍洋枪洋炮,"翻译泰西有用之书,以探索根底。……于是,泰西声、光、化、电、营阵、军械各种实学遂以大明"。由于外交上屡屡失败,又以为吃亏于不懂外国国情和世界局势,接着,"又译介各种图说。总税务司赫德,译有《西学启蒙》十六种,博兰雅译有《格致汇编》《格致须知》各种"。这些在华洋人的译著,起了推波助澜的作用。随之而来的,则是中外科技的比较,洋务派主张"中学为体,西学为用"以救"大清江山"③。

洋务运动的无效,又发现政治、哲学不如人家,"见西人殖民政治之完整,属地如此,本国之更进可知,因知其所以致此者,必有道德学问以为之本原"。因此,"每论一学,论一事必上下古今,以究其沿革得失,又引欧美以比较证明之"④。于是译介哲学、社会学、历史学等社会科学之风兴起:严复译著《天演论》《原富》《名学浅说》等,英人李提摩太译《泰西新史揽要》、《列国变通兴盛记》、《七国新学备要》、《文学与国策》(与杨知乐合译)等。中西的比较接着扩大到了政法、哲学、历

---

① 刘少奇:《关于中华人民共和国宪法草案的报告》,人民出版社,1954年。
② 马克思、恩格斯:《政治经济学批评》序言,见《马克思恩格斯全集》第2卷,人民出版社,1956年。
③ 引自《清稗类钞·文学类》,第218—219页。
④ 梁启超:《南海康先生传》,转引自范文澜:《中国近代史》(上),生活·读书·新知上海联合发行所初版本影印,1950年,第378页。

史和社会、伦理等范围。

改良运动的失败,又让维新派发现文学与一国之盛衰关系极大。"欲新一国之民,不可不先新一国之小说……小说有不可思议之力支配人道故。"① "彼美、英、德、法、奥、意、日本各国政界之日进,则政治小说为功最高焉。"② 于是,林纾、马君武、苏曼殊,以及后来的周树人、周作人等,纷纷翻译小说、诗歌、戏剧、散文、文艺理论。在倡导"诗界革命""小说界革命"的同时,出现了范围极广、内容丰富的中西文学比较的热潮。

这个时期的中西文学比较,不仅散见于序、跋、论、评、诗、文之中,而且一改过去的附属地位,成为"在朝"文论。撰写者包括守旧文人、洋务派、资产阶级改良派等各派人士;各类文章中既有作家、作品、文艺理论等的比较,也有涉及政治、哲学、语言学、佛学、心理学等其他学科的综合比较。因此,我国近代的中西文学比较,一开始就不同于欧洲纯文学的比较研究。它既继承了中国文论的优秀传统,立足于现世服务,还广泛地运用多种方法,综合多种学科,使之在比较中浑然成为有机的一体,形成了中西文学综合比较研究这一特色。同时,无论哪一派的人进行比较,也无论比什么和怎样比,其目的都集中到一点——救中国。这是由于中国社会发展变化所致,也是中国文论发展到此的必然结果。

从综合比较这一特点出发,我们来浏览一下这时期的中西文学比较:

首先,1887年,资产阶级改良派中的黄遵宪,在其《日本国志·学术志二·文学》中,介绍欧洲各国民族语言的发展所引起的文学的发展这一共同规律,最早提出了"言文合一"的主张。他说

> 余闻罗马古诗,仅用拉丁语,各国以语言殊异,病其难用。自法国易以法音,英国易以英音,而英法诸国文学始盛。耶稣教之盛,亦在举《旧约》《新约》就各国文辞普译其书,故行之弥广。盖语言与文字离,则通文者少,语言与文字合,则通文者多,其势然也。

---

① 梁启超:《论说文类·论小说与群治之关系》,见《饮冰室全集》。
② 梁启超:《译印政治小说序》。

他又比较中外之不同,说:

> 谓五部洲中以中国文学为最古,学中国文学为最难,亦谓语言文学之不相合也。

正是在这种有译介又有比较,谈文学又谈语言文学之关系中,他要求"一切文体适用于今,通行于俗者",为的是"欲今天下之农工商贾妇女幼稚皆能通文字之用"。①

继黄遵宪之后,裘延梁于1897年在《苏报》上发表的《论白话为维新之本》,是这方面研究的著名论文。他从语言的发展和古人对文字的运用等方面说明"文字之始,白话而已矣"。特别是他用欧洲、西亚、日本等国的文学与语言逐渐统一、"是以人才之盛,横绝地球,则泰西用白话之效"的实例,和日本"有雄视全球之志",并"其国工业商务兵制,愈砺愈精"也是"日本用白话之故"的又一实例,进一步从理论上详尽地阐述了使用白话文的"八益",即"省日力""除娇气""免托读""保圣教""便幼学""练心力""少弃才""便贫民"。②

如果从比较文学文体学的角度来看,那么,这是中外文学的比较而又涉及语言学的一篇佳作。这篇文章反映了当时资产阶级已意识到只有用"白话文"宣传其政治主张,方能被群众接受,从而唤起民众,组织与发挥民众的作用。

其次,严复、梁启超、柳亚子、王国维等人在一些论著中,从美学、心理学、社会学、哲学、政治学、地理学等多种学科的角度,来比较分析中西文学之异同,探求文学的作用。

严复、夏曾佑的《国闻报馆附印说部缘起》,从地理、历史开始,比较了民族、宗教、习俗的同异,中外文学的同异,认为"欧、美、东瀛,其开化之时,往往得小说之助"。而其"宗旨所存,则在乎使民开化"③。

1907年《小说林》第1期上,徐念慈的《小说林缘起》,是一篇用黑格尔的"理想美学"与邱希孟(Kirchmann,1802—1884)的"感情美学"将中国元杂剧、《水浒》、

---

① 光绪富文斋初刊本《日本国志》卷33。
② 郭绍虞:《中国历代文论选》(第4册),上海古籍出版社,2003年,第168—172页。
③ 同上书,第196—205页。

《野叟曝言》《花月痕》《三国志》《岳传》《西游记》等作品,同《福尔摩斯侦探案》《天方夜谭》《茶花女》《希腊之神话》等作品进行比较的一篇短论。

章炳麟的《国故论衡·文学总论》,对西方文论中的"学说以启人思,思辨以增人感"的观点进行了分析,提出了不同的看法。

王国维用西方的美学理论探讨中国的文学现象,从而提出了著名的"意境说"等有独创性的见解。他在《宋元戏曲考》里把中国杂剧放到世界范围中去比,说"列之于世界大悲剧中,亦无愧色也",然后提出了"元剧最佳之处,一言以蔽之,曰:有意境而已矣"。①

他在《屈子文学之精神》一文中,将我国古代文学分成南北两派,这或许是袭用了斯达尔夫人等的将欧洲文学分为南北两大支的观点。他还将希腊、印度的神话与我国南方的文学相比,认为都富于想象,"亦自然之势也"。王国维是这个时期融会我国传统文论和西方文论的大师,不过,他的文论却最缺乏综合性和为现实服务的特点,但富于纯文学本科理论研究的特色。

梁启超的《丽韩十家文钞序》,柳亚子的《二十世纪大舞台发刊词》,都富于综合比较并为现实服务这一特色。

梁启超认为"国民性"是一个民族存亡的标志,他通过对欧洲各国的介绍,提出文学与之关系最大:"岂惟塞尔维亚、希腊也,意大利也,德意志也,皆若是已耳。"②而当时朝鲜的《丽韩十家文钞》出版,正是同欧洲各国一样的运用文学来发扬民族精神,实是救国途径。③ 随便提一句,将亚洲的朝鲜和欧洲比,这在当时尚属罕见。

他还在《饮冰室诗话·八》中,把黄遵宪的长篇诗歌与西方史诗作了肤浅的比附。

柳亚子用拿破仑的"有一反对之报章,胜于十万毛瑟枪"的说法,主张戏剧应该表演"扬州十日之屠,嘉定万家之惨"和"法兰西之革命,美利坚之独立,意大利、希腊恢复之光荣,印度、波兰灭亡之惨酷",这才能"尽印于国民之脑膜,必有骤然

---

① 王国维:《宋元戏曲考》,上海古籍出版社,1998年。
② 梁启超:《饮冰室全集》(12册),中华书局,1989年,第111页。
③ 同上。

兴者"①。他主张戏剧改良,这在当时是从资产阶级革命利益出发的。附和这一主张的,当时有"佚名"的《观戏记》一文,颇值得注意。作者介绍了法国败于德国后,专演"德、法战争之事",使观众备受教育,而"改行新政""国势变焉",成为欧洲一强国,"演戏之为功大矣哉"!说日本人也是在看维新题材之戏时,"且看且泪下,且握拳透爪,且以手加额……不可不使日本为世界之日本以报之"。而中国的粤戏,即使流传到海外,也仍是积习不改,为"红粉佳人,风流才子,伤风之事,亡国之音"。作者在比较了优劣之后,提出"中国不欲振兴则已,如振兴不可不于演戏加之意乎?加之意奈何?一曰改班本,二曰改乐器"的改革内容与形式的主张②。此文除比较中外戏剧之外,还有中国戏剧本身之比和渊源沿革的考证,在比较方法的运用上颇具特色。

最后,一些涉及中外文类学和作家作品的平行比较文章,也总是围绕"唤起国民"以救中国这一目的,带有综合比较色彩。例如刘师培(1884—1919)于1909年发表的《论近世文学之变迁》,说"文学既衰,故日本文体,因之输入中国。其始也,译书撰报,据文直译,以存其真,后生小子,厌旧喜新,竞相效法",其目的也是为了防止"中国文学之厄"③。

至于中外作家、艺术家等际遇方面的比较,则有林纾的《〈画徵〉篇识语》、三爱的《论戏曲》等,这些文章将中外诗人、演员相互比较,认为必须重视他们,才能"感动全社会"并"改良社会"④。

此外,某些文章还涉及比较文学的目的。王钟祺的《中国历代小说史论》,黄文的《国朝文汇序》,都进行了中国小说与文章流传演变的纵向分析和中外文学的横向比较。前者从"政治、社会、婚姻"方面,以及中国小说的影响流传优于欧洲小说,强调了我国"小说界之价值"和我国的独特贡献,并主张"借乎以救国民","不可不自撰小说";后者则强调"中外一家",将外国文化"灌输脑界,异质化合,乃孽新种",为的是"极此以往,四海同文之盛,期当不远"⑤。文,指文学艺术、学术文化

---

① 《二十世纪大舞台》第1期,1905年8月15日。
② 郭绍虞:《中国历代文论选》(第4册),上海古籍出版社,2003年,第352—356页。
③ 见《国粹学报》第26期。
④ 见《晚清文学丛钞·小说戏曲研究卷》卷3,据党史研究工作者考证,三爱为陈独秀的笔名。
⑤ 见《月月小说》第1卷第11期,1907年;《国朝文汇》,上海国学扶轮社,宣统元年己酉。

之意。这也可以说是歌德所期待的"世界文学"的同义词了。

综上所述，可以看到，在我国民族觉醒的胎动期，中外文学比较已经有了粗陋的开端，而且具有独特的综合比较的特色。不过，从"比较文学"的严格意义上来讲，上述种种比较与我们今天所要求的比较文学研究，是有很大距离的；正式的比较文学论文尚未出现，更谈不上创立成熟的比较文学理论体系。上述论文或著述，除继承了我国传统文论的长处外，仍然留有它的随感性、零星片段等"陈迹"；某些所谓"比较"，其实只是肤浅的比附。例如王钟祺认为《水浒》为"社会主义小说""虚无党小说"，说它可以与托尔斯泰、狄更斯媲美；苏曼殊以李白、李贺比拜伦、雪莱；等等。甚至还出现了像黄文在《小说林发刊词》中将《红楼梦》与《水浒》说成"创社会主义"的这种牵强附会的谬误之说。但是，尽管这种比较有这样那样的缺点，还留有种种"陈迹"，然而对中国比较文学的萌发与产生来说，却是可贵的良好的基础。

这个时期，由于前述原因，随着科技、政治、哲学等书籍的广泛译介，西学东渐，欧洲和其他国家的文学也渐渐更多地传入中国①。

道光十七年(1837)，欧洲人口译、"蒙昧笔者"笔录的《伊索寓言》第二个译本问世。

同治十一年(1872年4月22日)，《申报》上刊登的《一睡十七年》，正是美国作家华盛顿·欧文(1783—1859)的名作《里普·凡·温克尔》的译文②。

到了19世纪末，以林纾翻译的《巴黎茶花女遗事》为始，小说、诗歌、戏剧、散文等外国文学的翻译既多且滥，形成了译介文学作品的热潮。其中马君武所译英国诗人拜伦的《哀希腊》、德国诗人歌德的《阿明临海岸哭女诗》，前者雄豪，后者深挚，均感人至深。苏曼殊于1891年译的《拜伦诗选》，也如他本人所说，"按文切理，语无增饰，陈义悱恻，事辞相称"。他们二人，可谓当时诗歌翻译的"双璧"③。

而在小说翻译上，则以林纾的成就为最大，在中西文学的比较方面，也以林纾最为突出。

---

① 注释：欧洲文学传入中国，追溯起来为时甚早。最早的是东罗马寓言，在南朝梁天监年间(约公元560年)就已传入中国。晚一点的则是明代天启年间由传教士金尼采口译、中国人笔录的《况义》(即《伊索寓言》)。不过，这些作品在我国古代并未引起多大注意。
② 人民日报文艺部：《八方集》，人民日报出版社，1981年，第261页。
③ 陈子展：《中国近代文学之变迁》，中华书局，第1929页。

林 纾

林纾,原名群玉,字琴南,号畏庐、冷红生,晚称践卓翁,福建闽县(今福州)人,生于1852年,卒于1924年。他虽属于晚清"桐城派",却是向西方学习的先进人物之一。他自己说过,"纾年已老,报国无日,故日为叫旦之鸡,冀我同晚警醒,恒于小说序中,摅其胸臆"①。可见他于1882年中举之后,弃绝制举,后又从事翻译,乃是出自"报国"之心。

他于1897年开始翻译,自1899年出版《巴黎茶花女遗事》一书起,总共翻译了英、法、美、俄、挪威、瑞士、比利时、西班牙和日本等国的文学作品184种。诸如莎士比亚、笛福、斯威夫特、狄更斯、欧文、雨果、大仲马、小仲马、巴尔扎克、伊索、易卜生、塞万提斯、托尔斯泰、德富继次郎等作家,他几乎都译介了他们的名作。其中40多种译著,如塞万提斯的《魔侠传》,狄更斯的《贼女》《孝女耐儿传》,司各特的《撒克逊劫后英雄略》等,堪称较完美的译作。不过,如美国巴鲁乌因的《秋灯谭屑》,本系儿童的故事读本,也译介过来,则价值不大。这种价值不大或二三流的作品,也占了相当大的数量。

林纾在译介学上的贡献是巨大的。首先,他打开了中国文人向来自以为中国就是"天下",中国的文学最为优美的"夜郎陋见",让他们知道了狄更斯、司各特的文学不下于太史公马迁,知道了欧洲文学并不亚于中国文学。

其时,尚有封建遗老,如陈玉澎在1899年出版的《后乐堂文钞》中,谈及中西文化时,无论工商,还是体操,一究其源总说:"吾先民所固有。"另一文人程先甲在《程一夔文甲集八卷续编四》中,竟宣称"将四书五经译成外文,以播之海外。与外邦修约时,要以三事:欧美亚各国通商诸埠,以及各都会,当予中国建圣庙,开讲堂,中儒得常往游历"②。

对此,林纾的文学翻译不啻是一贴"清醒剂",自他开始扭转了这一陋见。《巴黎茶花女遗事》一出,陈衍撰写的《福建通志·林纾传》说:"中国人逮所未见,不胫

---

① 林纾:《不如归·序》。
② 引自该书《译经说四》,光绪二十九年铅印本《后乐堂文钞九卷》。

走万本。"严复1904年《出都留别诗》中也赞道:"可怜一卷《茶花女》,断尽支那荡子肠。"寒光在《林琴南》一文中说:"一时纸贵洛阳,风行海内。"后来就连周作人也承认:"我以前翻译小说,很受林琴南先生的影响。"①

应该说,小说在中国文学和社会中的地位的提高,林纾的翻译无疑也起了很大的作用。

其次,林纾在翻译的方法和原则上,也作了有创见的理论阐述。中国自古代翻译佛经起就有合作翻译的传统。林纾不懂外文,但精于中文(古文),他译书时由别人口述,他执笔译写。他自己在《孝女耐儿传序》中总结其方法说:

> 今我同志数君子,偶举西士之文学示余,余虽不审西文,然日闻其口译,亦能区别其文章之流派,如辨家人之足音。其间有高厉者、清虚者、绵婉者、雄伟者、悲梗者、淫冶者;要皆归本于性情之正,彰瘅之严,此万世之公理,中外不能僭越。②

译者须分辨风格,"皆归本于性情",这对小说、戏剧等文学作品的翻译,确是至要名言。这也是他的译作尽管有漏译、讹译,甚至随意增减的毛病,但至今还能吸引人的原因之一。

再者,他的译介的目的是很明确的。他在《洪罕女郎传》的"跋语"中说:

> 予颇自恨不知西文,恃朋友口述,而于西人文章妙处,尤不能曲绘其状。故于讲舍中敦喻诸生,极力策勉其恣肆于西学,以彼新理,助我行文,则异日学界中定更有光明之日。③

可见,他想借鉴外国文学以促进中国创作的发展,这一宗旨是十分明确的。

上面谈到的是林纾在译介学上的贡献。其实,他的贡献不仅于此。林纾还在

---

① 阿英:《关于〈巴黎茶花女遗事〉》,《世界文学》,1961年10月号;又见郑振铎:《中国文学研究·林琴南先生》(下),作家出版社,1957年。
② 薛绥之、张俊才:《中国文学史资料全编》(现代卷)28:林纾研究资料。
③ 同上。

其译著的一系列序文中对中外文学作了比较，而且他的比较是属于无实际影响联系的平行研究的。例如在《孝女耐儿传》的序中，他把狄更斯的这部作品同《红楼梦》相比：

  中国说部，登峰造极者，无若《石头记》。叙人间富贵，感人情盛衰，用笔缜密，著色繁丽，制局精严，观止矣！其间点染以清客，间杂以村姬，牵缀以小人，收束以败子，亦可谓善于体物。终竟雅多俗寡，人意不专属于是。若迭更司者则扫荡名士美人之局，专为下等社会写照，奸狯驵酷，至于人意所未曾置想之局，幻为空中楼阁，使观者或笑或怒，一时颠倒至于不能自已，则文心之邃曲宁可及耶！①

这是从中外两部杰作的相异处着眼，既充分肯定《红楼梦》高度的艺术技巧，也指出狄更斯"专意为家常之言，而又专写下等社会家常之事，用意著笔为尤难"。在肯定了现实主义精神后，他明确写道，这是为"诸公解醒醒醉可也"。

在《块肉余生述》的序中，林纾将狄更斯的这部作品与《水浒》相比：

  ……此书伏脉至细，一语必寓微旨，一事必种远因，手写是间，而全局应有之人，逐处涌现，随地关合，虽偶尔一见，观者几复忘怀，而闲闲著笔间，已近拾即是，读之令人斗然记忆，循编逐节以索，又一一有人之行踪，得是事之来源。

  施耐庵著《水浒》，从史进入手，点染数十人，咸利落有致。至于后来，则如一丘之貉，不复分疏其人，意索才尽，亦精神不能持久而周遍之故……②

这是从写作技巧，布局结构上比较这两部巨著的异同，得出的结论是："中西文字不同；而文学不能不讲结构一也。"他认为狄更斯能"化腐为奇，撮散作整，收五虫万怪，融汇之以精神，真特笔也"。能与之相比"惟一《石头记》"，不过，在反映下层社会生活上，则又不如狄更斯。最后，林纾的目的还是为了"使吾中国人观之，但实

---

① 薛绥之、张俊才：《中国文学史资料全编》（现代卷）28：林纾研究资料。
② 同上。

力加以教育,则社会亦足改良。……则鄙人之译是书,为不负矣"。这种为现实(救中国)服务的,内容广泛的中外文学综合比较,正是这个时期各种论著和文章的普遍特点,林纾也不例外;但就文学的比较而言,他最为突出。

林纾一生最大的错误,在于对五四新文化运动的抵触,他的反动言论当时影响非常恶劣,在此毋庸赘述。五四运动后他基本上是沉默了。以他的翻译业绩和影响,以他的中西文学比较而论,应在我国文学史上、翻译史和比较文学史上占有一席地位,他毕竟是功大于过的。

除了林纾以外,在翻译理论上,马建忠和严复是功劳最大的两位。

马建忠于1894年在他的《拟设翻译书院议》中提出他所认为的"善译"见解。"善译"的标准包括三点:(一)对两种语言素有研究,熟知彼此异同;(二)译文与原文毫无出入,"译成之文,适如其所译";(三)弄清原文意义、精神和语气,把它传达出来。可惜他本人的译著很少,只潜心研究语法,写出了中国第一部语法著作《马氏文通》。他的"善译"理论影响不大,但值得在此一提。

严复(1854—1921),字又陵,是近代中国资产阶级改良主义者,向西方寻求真理的先进人士之一,翻译家。他提出"信、达、雅"三字为译文的标准。他自己在翻译时认真不苟且。他在《天演论·译序》中说:"一名之立,旬日踟蹰,我罪我知,是存明哲。"他的译文也确能传神,起到了可靠的媒介作用。但他主张用古文译写,因而他的译文十分古雅,不宜传播,失去了媒介的普遍性作用。不过,他所以要用古文,目的在于向当时读古书的人灌输一点西洋思想;他认为用古雅译文可以让他们看得起译本,进而也看得起西学来。

鲁迅在《二心集》中评说过严复的"信、达、雅",说他"曾经查过汉晋六朝翻译佛教的方法"。由于他说过,"译事三难,信、达、雅。求其信,已大难矣!顾信矣,不达,虽译,犹不译也,则达尚焉"。有人因此误以为他偏重于"达",把"信""达"相互对立。但事实上,严复接着解释道:"至原文词理本深,难于共喻,则当前后引衬,以显其意,凡此经营,皆所以为达,为达即所以为信也。"这说明他并未把"信""达"割裂开来,他主张的"信",是"意义不倍(即背)本文",为"达"也是为"信",二者统一。不过,他的"雅"则不可取,因为他要求译文采用"汉以前字法、句法",这是片面追求译文本身的古雅;他在翻译实践中也"与其伤雅,毋宁失真",所以译文不但艰深难懂,而且类似改编。瞿秋白说他用一个"雅"字打消了"信"和"达",这种批判是很有道理的。今天,又有人提出"雅"的含义可解释为"译文务求流畅优美",仍然可取,这倒是一种好意见。

总之,"信、达、雅"三个字,简明扼要,主次分明,信为要着,时至今日,我国翻译界仍然十分推崇这一理论。

从上述林纾、马建忠、严复的贡献可以看到,这时期尤以译介学的成绩最大,不但有理论,有方法,而且目的明确——介绍西学以救中华。译介学取得如此成绩,是时代使然,又是中西比较思潮中结出的丰硕果实。

这时期集中外文学综合比较之大成者是鲁迅的《摩罗诗力说》,它是中国比较文学的奠基杰作。

鲁迅的《摩罗诗力说》

鲁迅以彻底反帝反封建精神所创作的《狂人日记》,划开了中国近代和现代文学史的界限,这是1918年的事情。而生活在近代的青年鲁迅,同当时一切爱国的先进知识分子一样,有时代赋予他的思想,有跟他们同样的不足。但是,鲁迅要比他们站得高,看得远。他于1907年(时年26岁)写的《摩罗诗力说》就是在中西比较思潮中超过其他人的最为出色的一篇。他进行比较的目的十分明确,即:

> 意者欲扬宗邦之真大,首在审己,亦必知人,比较既周,爰生自觉。

这是说,有了周详的比较,才能产生自觉,目的是发扬祖国真正伟大的精神;在众多比较中鉴别优劣,才能找到振兴中华的途径。

《摩罗诗力说》的主要贡献大致如下:

第一,具有较彻底的反封建思想,朴素的辩证观点和以文艺来改造国民精神的明确认识。

早在1903年,他在《〈月界旅行〉弁言》中就说:

> 盖胪陈科学,常人厌之,阅不终篇,辄欲睡去,强人所难,势必然矣。惟假小说之能力,破优孟之衣冠,则虽析理谭玄,亦能浸淫脑筋,不生厌倦。

这一认识,以及其他种种原因,导致他于1906年毅然决定从事文艺以改造国民精神的巨大转变。而在《摩罗诗力说》中,他进一步从朴素的辩证观点出发,认为"平和为物,不见于人间。其强谓之平和者,不过战事方已或未始之时,外状若宁,暗流仍伏,时劫一会,动作始矣"①。他列举大量自然现象、社会现象,连同中外文论和文学现象一道分析比较,证明了矛盾的普遍性和进化的必然性,指出"自柏拉图《邦国论》始,西方哲士,作此念者不知其几何人"。可是,"吾中国爱智之士,独不与西方同,心神所注,辽远在于唐虞,或迳入古初,……其说照之人类进化史实,事正背驰"。由此而生发出"中国之治,理想在不撄"。鲁迅认为"盖诗人者,撄人心者也。凡人之心,无不有诗",如果诗人作诗,则"握拨一弹,心弦立应",能使人感动得"举其首,如睹晓日,益为之美伟强力高尚发扬,而污浊之平和,以之将破。平和之破,人道蒸也"。可惜中国诗人,囿于"无邪诗教",尽作那些颂主人、怀前贤、应虫鸟、感林泉等"可有可无之作"。即使屈原,亦"多芳菲凄恻之音,而反抗挑战,则终其篇未能见,感动后世,为力非强"。这样比较下来,欧洲那些"立意在反抗,指归在动作"的摩罗诗人,"无不刚健不挠,抱诚守真;不取媚于群,以随顺旧俗;发为雄声,以起国民之新生,而大其国于天下"。因而希望中国能出现这样的诗人,唤起国民的觉醒,为争取"独立自由的人道"去与虚伪的社会作斗争。在这种比较分析中,鲁迅有力地批判了封建政治思想和封建文学,有破有立。

也是在这种综合比较中,鲁迅还批判了洋务派张之洞等人的抱残守缺,妄自尊大和狭隘的民族主义,即所谓"姑曰左邻已奴,右邻且死,择亡国而较量之,冀自显其佳胜"。再这样下去,"若不知所以然,漫夸耀以自悦,则长夜之始,即在斯时"。因此,鲁迅提出了一个意义极其深远的观点——"国民精神之发扬,与世界识见之广博有所属"②。

第二,纵向的影响研究(流传与渊源考证)和横向的平行研究(包括跨学科)相结合,这种中外文学的综合研究,为我们树立了成功的范例。

鲁迅对中国文学和中国政治之间的关系作了纵向的考证和横向的比较分析后,认为中国之所以没有摩罗诗人,乃是因为皇帝"其意在保位,使子孙王千万世,

---

① 鲁迅:《摩罗诗力说》,见《鲁迅全集》第1卷,人民文学出版社,2005年,第68页。
② 鲁迅:《摩罗诗力说》,见《鲁迅全集》第1卷,第67页。

无有底止,故性解(Genius)①之出,必竭全力死之"。同时,他又指出,从中国古代《尚书》的"诗言志"开始,诗人也被"无邪"等"设范以囚之",致使"心不受撄,非槁死则缩朒耳"。这样,就使中国的反抗诗人"上下求索,几无有矣"。其结果必然符合这样的社会政治规律:"故不争之民,其遭遇战事,常较好争之民多,而畏死之民,其苓落殂亡,亦视强项敢死之民众。"

接着,他以法国拿破仑大败德国,德国爱伦德写诗著文,台陀开纳投笔从戎,终于复兴祖国为例,反证了抗争诗之重要,即"国民皆诗,亦皆诗人之具,而德卒以不亡"。

在论文的后半部分,鲁迅也是运用这种综合比较的方法,依次介绍了抗争诗自拜伦起,逐一影响到雪莱,影响到俄国的普希金、莱蒙托夫、果戈理和波兰的密茨凯维支、匈牙利的裴多菲等的流传过程。在作纵向影响研究的同时,又作了横向的(这批摩罗诗人对社会政治、对国家国民都有巨大的作用)分析比较后,进一步指出,"夫如是,则精神界之战士贵矣"。而摩罗诗人,"大都执兵流血,如角剑之士,转辗于众之目前,使抱战栗和愉快而观其鏖扑。故无流血于众之目前者,其群祸矣;虽有而众不之视,或且进而杀之,斯其为群,乃愈益祸而不可救也"!

与中国比较,就是缺这样的诗人,所有"众皆曰维新,此即自白其历来罪恶之声也,犹云改悔焉尔"。这样,全文的宗旨——即"吾人所待,则有介绍新文化之士人",以便使中国有摩罗诗人,而能救中国——就在这种纵横比较中水到渠成地归纳出来了。

第三,中国文论传统的直感性、鉴赏性与西方文论的理论性、体系性与逻辑性自然结合,相互阐发,此文开风气之先。

直感性(直觉性)、鉴赏性与形象性,是中国文论的特点与传统。例如曹丕的以气论诗、司空图以味论诗、严羽以气象和兴趣论诗、王渔洋以神韵论诗、翁方纲以肌理论诗、王国维以境界论诗等,都是将文学作品所给予人的艺术感觉,形象地用气、味……来评述表达,同时又指出其欣赏的怡趣来,所谓"羚羊挂角,无迹可求"。因此,这是中国文论的特点。当前西方的文艺批评家中,也有不少人主张文学的直观性与批评的直观性,可见他们也开始重视这种特点了。

---

① 一般译为天才,指特殊的智慧与才能。

鲁迅的《摩罗诗力说》继承了中国文论的上述特点,同时又具有西方文论的理论性、体系性与逻辑性;后者通过上面两点的分析已不喻自明。这里需要强调的是他将中国文论的特点糅合进论述中,使中西文论相互阐发,自然结合,这是综合比较的又一内容。

例如,在引用了尼采"不恶野人,谓中有新力"之后,他将柳宗元《封建论》中的"草木榛榛,鹿豕狉狉"之意用来相互阐发:"盖文明之朕,固孕于蛮荒,野人狉獉其形,而隐曜即伏于内。"而且形象地加以生发:"文明如华,蛮野如蕾,文明如实,蛮野如华,上征在是,希望亦在是。"鲁迅还引用爱尔兰批评家与诗人道覃的话,提出了"故文章之于人生,其为用决不次于衣食、宫室、宗教、道德"。用约翰·穆勒的"合理为神,功利为鹄"的说法阐发出文学的任务和作用,"以能涵养吾人之神思耳。涵养人之神思,即文章之职与用也"。"神思"是大家熟知的我国文论中的术语,不过,这里的神思则是理想之意。

至于以中国文论的直感性、形象性等特点来直接阐发外国文论中的名言,在此文中例子更多。例如,阐发英国批评家爱诺尔特的"以诗为人生评骘",就用了热带人未见到冰前,可直接用冰进行直观性讲解为例,来说明文学虽"理密不如学术",却能将人生诚理蕴藏于文字之中,"使闻其声者,灵府朗然,与人生即会"。阐发拜伦评述自己的"吾之握管,不为妇孺庸俗"之语时,鲁迅形象地说:"故凡一字一辞,无不即其人呼吸精神之行现,中于人心,神弦立应,其力曼衍于欧土,例不能别求之英诗人中。"①

当然,鲁迅在这篇论文中留给我们的远不止这些,但就比较文学的综合研究而言,以上三点对我们有十分宝贵的启迪意义。

我国南京大学赵瑞蕻教授在他的《鲁迅〈摩罗诗力说〉注释·今译·解说》一书中提出:

> 鲁迅是现代中国最早的、贡献最大的杰出的比较文学家。从一九〇三年鲁迅写《斯巴达之魂》开始,直到一九三六年,他逝世前不久译完果戈理的《死魂灵》为止,鲁迅辛勤的一生中,在介绍、评论、翻译和编选外国文学方面所做

---

① 鲁迅:《摩罗诗力说》,见《鲁迅全集》第 1 卷,第 67—103 页。

出的成绩是多么巨大而辉煌！在鲁迅这些方面的著译中，有许多论述都属于比较文学研究的领域；……我国现代的比较文学研究，应该说是从青年鲁迅的《摩罗诗力说》开始。一九〇七年，可以说是我国比较文学研究起步的一年。①

赵先生认为鲁迅的《摩罗诗力说》对比较文学研究的贡献有三方面：第一，关于"国情"和"文事"的比较研究；第二，关于文学的任务和作用的比较研究；第三，关于拜伦的影响的比较研究。赵先生的分析中肯精辟，我们同意他的见解，并作了上述的补充。

如果说中国的比较文学有什么特点的话，那么，在中国近代中西比较的思潮中，以鲁迅为杰出代表的那些中西文论的交会融合，纵向的影响研究与横向的比较分析的交叉，以及为现实服务，探索文学与中国社会生活的一般规律，等等，便是。

鲁迅的《摩罗诗力说》的出现，为晨光熹微的中国比较文学带来了黎明，它宣告具有中国特色的比较文学已降临于世。

(本文原载《比较文学导论》，黑龙江人民出版社，1984 年)

---

① 赵瑞蕻：《鲁迅〈摩罗诗力说〉注释·今译·解说》，天津人民出版社，1982 年，第 289 页。

中西文化早期交往的复合媒介者："扶南"的媒介特点与作用探

——兼论基督教文化最早入华的上限问题

当今是多元文化碰撞交融的时代。但对文明古国的中国来说，包括佛教（古代也视为西方）、基督教在内的多种文化的碰撞砥砺，则源远流长，这是中华文化的又一宝贵资源。本文想从媒介的角度，对此作一开掘，温故知新，以对当今多元文化交会的现状与发展，有所启发。

依法国比较文学家梵·第根的看法，媒介可分为个人或集团，原文的翻译或模仿[1]。日本比较文学家大塚幸男则又将媒介分为：个人媒介者、媒介的环境、译者与翻译三大类[2]。我国著名学者季羡林先生在其《罗摩衍那在中国》一文中，提到了又一种媒介——地区或国家。季先生在同一篇文章中还指出，必须纠正这样一种看法，即认为中印文化交流渠道只有西域，他在探讨"孙悟空"形象的渊源时提出"说猴行者不是直接从印度传过来而是通过南海的媒介，是顺理成章的"[3]。季先生说的极是。事实上，中西文化交流也是如此。多少世纪以来，海上丝绸之路也一直担负着联结中国与西方异域的重任。而位于这条交通要道上的古代南海国家——扶南，就是一个集多种媒介因素和集多重媒介作用于一身的复合媒介者。

史学界曾据中国中古古籍中有关扶南的记载，对其历史、地理作过深入而细致的研究和考证，认为古代扶南国，即位于今天的柬埔寨和越南南部。这大致是不错

---

[1] 梵·第根：《比较文学论》，戴望舒译，引自《比较文学研究译文集》，上海译文出版社，1985年，第60页。
[2] 大塚幸男：《比较文学原理》，陈秋峰、杨国华译，陕西人民出版社，1985年，第90页。
[3] 季羡林：《罗摩衍那在中国》，引自《比较文学与民间文学》，北京大学出版社，1991年，第216页。

的。因为,《晋书》记载得很清楚:"扶南西去林邑三千余里,在海大湾中,其境广袤三千里,有城邑宫室。"①又《梁书·海南诸国·扶南国传》也记载道:"扶南国,在日南郡之南,海西大湾中,去日南可七千里,在林邑西南三千余里。"②可见,在地理上,扶南居中国大陆块的最南端的"天涯海角",所谓"界此无前,谓已天际"③。

位于"天际"的扶南,不仅拥有这一得天独厚的地理位置,而且还有较为发达的造船航海技术。《南齐书》说:"扶南人黠惠知巧,……为船八九丈,广裁六七尺,头尾似鱼。"《太平御览》也记有:"扶南国伐木为船,长者十二寻,广肘六尺,头尾似鱼,皆以铁镊露装。大者载百人,人有长短桡及篙各一。从头至尾约有五十人或四十余人,随船大小,行则用长桡,坐者用短桡,水浅乃用篙,皆撑上应声如一。"这正如著名史学家冯承钧所说:"古时往来东西之海舶,吾人知有中古舶天竺舶波斯舶,兹据康泰《吴时外国传》又知有扶南舶。"④

扶南舶东去西往的交通记载,在史籍中并不少见。既有为通商贸易的,又有为艺术宗教等文化目的的。前者有《南齐书》的"宋末,扶南王姓侨陈如,名阇耶跋摩,遣商货至广州"。《扶南传》的"昔范旃时,……尝从其本国到天竺,展转流贾,至扶南"。《通典》也说:"又有旃檀郁金,甘蔗诸果,石蜜、胡椒、姜、黑盐,西与大秦、安息交市海中,或至扶南、交趾贸易。"⑤《梁书》也说:"唯吴时,扶南王范旃遣亲人苏物使其国,从扶南发……可一年余到天竺海口。"后者有《三国志》卷47《吴书·吴主传》的记载:"[赤乌]六年(243)十二月,扶南王范旃遣使献乐人及方物。"尤其是《梁书》卷五四《海南诸国总序》中,就明确记载,罗马帝国使臣的入华就是经由扶南这一通道的:"海南诸国,……后汉桓帝世,大秦、天竺皆由此道遣使贡献。"《新唐书》记有:"至唐,……南蛮有扶南、天竺……凡十四国之乐,而八国之伎,列于十部乐。"⑥据《梁书》和《续高僧传》所录可知,南北朝时,从海道来华的沙门共10人,彰扬《阿毗昙论》的僧伽婆罗、参与译经3部的曼陀罗、在扬州为陈主译

---

① 转引自陆俊岭、周绍泉编著:《中国古籍中有关柬埔寨资料的汇编》,中华书局,1986年,第3页。
② 同上书,第14页。
③ 抱朴子:《太清金液神丹经》。
④ 冯承钧:《中国南洋交通史》,上海书店出版社,1984年,第18页。
⑤ 转引自陆俊岭、周绍泉编著:《中国古籍中有关柬埔寨资料的汇编》,中华书局,1986年,第26页。
⑥ 同上书,第27页。

经的须菩提,均为扶南国人,而印度僧人拘那罗陀也是经由扶南而来中国。由此可见,扶南在中西交往中,是起了多方面媒介作用的。

与此同时,扶南又以其特有的历史人文背景,成为一个如《异物志》所说"持有才巧,不与众夷同"的文化复合型国家。这因为,一方面它较早与中国交往并习中华风气,另一方面它又很早就接受了印度文化的影响,因此它的文化是糅合了多种外来影响的复合型文化。早在公元3世纪时,据《三国志·吴书·吕岱传》所记:"岱既定交州,复进讨九真,斩获以万数,又遣从事南宣国化,暨徼外扶南、林邑、堂明诸王,各遣使奉贡。"①尤其是《梁书》中记载吴国派中郎康泰、宣化从事朱应出使扶南所见的情景。书中记载他们到达该国时,正是范寻为其国王,他们所见的情境是:"国人犹裸,唯妇人著贯头。泰、应谓曰:'国中实佳,但人亵露可怪耳。'寻始令国中男子著横幅,今干漫也。大家乃截锦为之,贫者乃用布。"②自此之后,几乎各代扶南王都与中国来往,屡次遣使贡献。尤其是永明二年,扶南国王侨陈如·阇邪跋摩,派遣天竺道人释那伽仙上表称臣道:"伏愿圣主尊体起居康御,皇太子万福,六宫清休……臣及人民,国土丰乐,四气调和,道俗济济,并蒙陛下光化所被,感荷安泰。"③表中行文语气、礼仪用语,其受中国儒风影响之深,历历可见。所以,说扶南文化早就受到中国文化之浸润,当不为过。

此外,扶南还受到了来自印度文化的影响。据中国古籍记载,扶南先由一个叫柳叶的女人做王,在这一女王统治下的扶南国人"文身披发,不制衣裳",之后,一位事鬼神的徼国人混填受神的指引降服了柳叶,"乃教柳叶穿布贯头,形不复露,遂治其国"④,并娶她为妻,统治扶南。法国学者伯希和认为,从徼国去扶南的混填也许就出于印度,因为这个名字的印度对音就是侨陈如(Kaundinya),系印度婆罗门一种姓⑤。此后,扶南王有叫竺旃檀的,从姓名看来,他很有可能是来自印度。而正史中也确凿记有出自天竺婆罗门的扶南王,他就是因神语"应王扶南"而受扶南

① 转引自陆俊岭、周绍泉编著:《中国古籍中有关柬埔寨资料的汇编》,第1页。
② 同上书,第24页。
③ 同上书,第7页。
④ 同上书,第15页。
⑤ 伯希和:《扶南考》,引自《西域南海史地考证译丛七编》,冯承钧译,中华书局,1957年,第103页。

人拥戴的侨陈如。他做了扶南王后,便"复改制度,用天竺法令"①。接着做扶南国王的又有同为侨陈如种姓的持梨陀跋摩、阇邪跋摩等。而且他们在向中国使臣介绍其本国宗教时,明显都带有印度文化的色彩。

由此可见,古代扶南国除有其固有的本土文化成分之外,在其发展过程中又主要吸收融入了来自中国和印度等的文化成分,这种复合型的扶南文化,对已接触了印度文化的古代中国来说,并不陌生。这些就使扶南不仅在地理上,而且在文化上也是"不与众夷同"的重要媒介者,正是这后者,使其成为中国接受异域文化的"可信者",从而居于古代中国同海外他国交往的参照中心之媒介地位。

中国古籍正史对此的记载屡屡皆是。扶南"其南界三千余里有顿逊国……顿逊之东界通交州,其西界接天竺、安息徼外诸国……顿逊之外,大海洲中,又有毗骞国,去扶南八千里"。"又传扶南东界即大涨海,海中有大洲,洲上有诸薄国,国东有马五洲,复东行涨海千余里,至自然大洲。"而据饶宗颐先生考证研究,托名为葛洪所写的《太清金液神丹经(卷下)》,该文"如系洪手笔,当作于咸和六年求为勾漏令之后"。并认为:"此书决不晚至宋、梁以后,可以断言。"②换句话说,早在公元4—6世纪之间,在《太清金液神丹经(卷下)》一文中,就以扶南为媒介中心来介绍异域各国的情况了:"行迈靡靡,泛舟洪川。发自象林,迎箕背辰。乘风因流,电迈星奔,宵明莫停。积日倍旬,乃至扶南,有王有君。厥国悠悠,万里为垠。北钦林邑,南函典逊,左牵杜薄,右接无伦。民物无数,其会如云。忽尔尚罔,界此无前,谓已天际,丹穴之间。逮于仲夏,月纪之宾。凯风北迈,南旅来臻,怪问无由,各有乡邻。我谓南极,攸号朔边。乃说邦国厥数,无原、句稚、歌营、林扬、加陈、师汉、扈犁、斯调、大秦、古奴、察牢、叶波、罽宾、天竺、月支、安息、优钱。大方累万,小规数千。过此以往,莫识其根。"③在此,先是从时为中国本土的"象林"到扶南,再以扶南为中心来介绍其北边的林邑、南边的典逊、左边的杜薄和右边的无伦。又从这"天际""朔边"的扶南,再一一列数近的句稚、歌营,远的天竺、安息,直到西方的大秦等16个国家,并说"过此以往,莫识其根"。可见,扶南作为中外媒介和中西媒介

---

① 转引自陆俊岭、周绍泉编著:《中国古籍中有关柬埔寨资料的汇编》,第25页。
② 饶宗颐:《〈太清金液神丹经〉(卷下)与南海地理》,第35—36页。
③ 抱朴子:《太清金液神丹经》。

之中心的参照地位及其作用,已成定势。

随之,在中国古籍中,由扶南传入或与经由扶南再传入的有关异物、异人、异事的记载,可谓汗牛充栋①。第一类异物有:生犀、鳄鱼、五色鹦鹉、瑇瑁、古贝、蚶螺、玛瑙、椰浆酒、珊瑚、黑白氎、细靡氍毹、水精、五色、硫磺、流黄香、霍香、青木香、鸡舌香、郁金香、苏合香、沈木香、舡、丹砂、鲁青、紫石英、琉璃、碧颇黎镜、象牙塔、紫檀、诸蔗、抱香履、孔翠、金钢、斑布、沈、婆律香、吉贝、槟榔、雌黄(昆仑黄)、朝霞衣、婆(娑)罗树叶、石蜜、胡椒、黑盐、姜、云丘竹、苏枋木、酒树等。

第二类异人有:(1)白头人:白头国在扶南之西,参半之西南,男女生皆素首身又凝白,居山洞中,四面岩险,故人莫至,与参半国相接。贞观中,有献白头国二人于洛阳。(2)长颈王:毗骞国,去扶南八千里,在海中。国王身长三丈,颈长三尺。自古以来不死,知神圣未然之事。亦有子孙,子孙生死如常人,唯此王不死耳。(3)歌营国殊民:尾长六寸,而好啖人。论体处类人兽之间。言纯为人,则有尾且啖人;言纯为兽,则载头而倚行,尾同于兽,而行同于人。由行言之,则在人兽之间。末黑如漆,齿正白银,眼正赤。男女裸形无衣服,父子兄弟姊妹,露身对面同卧,此是歌营国夷人耳。(4)盘况:扶南王盘况少而雄桀,闻山林有大象,辄生捕之,教习乘骑,诸国闻而伏之。(5)如兽之人:身黑若漆,齿白如素。随时流移,居无常处。食唯鱼肉,不识禾稼。寒无衣服,以沙自覆,时或屯聚。猪犬鸡糅,时或虽忝人形,无逾六蓄。(6)昆仑奴:唐朝豪门家族的奴隶,皮肤黑而有力,能睁着眼睛潜入水下,从水底找回失物,等等。

第三类异闻有:(1)扶南国有四葬:水葬则投之江流,火葬则焚为灰烬,土葬则埋之,鸟葬则弃之山野。(2)扶南王善射猎,每乘象三百头,从者四五千人。(3)扶南诸王杀其国人,以刀斫刺往往有不入者,以汁露涂刀刃,斫之乃入,国人名之曰蝉也。(4)扶南人若户中亡器物者,即以米一升诣神庙,乞神见盗者。以米着神足下,明日取米,呼户中奴婢分令啮之。盗者口中血出,米完不碎,不盗者入口即败。(5)扶南之东涨海中有大火洲,洲上有树,得春雨时皮正黑,得火燃树皮正白,纺绩以作手巾,或作灯注,用不知尽。(6)扶南之西海里有山,周回千里,中有大名,名为海鼓,阔可百丈。海行欲知风暴动,但先闻此石震,隆隆如雷,则鲸便起而

---

① 本文中的异物、异人、异事主要摘自《异物志》《太平御览》《艺文类聚》等书。

风也。(7)扶南国俗事摩醯首罗天神,神常降于摩耽山。(8)扶南国法无牢狱,有罪者,先斋戒三日,乃烧斧极赤,令讼者捧行七步。又以金环、鸡卵投沸汤中,令探取之,若无实者,手即焦烂,有理者则不。又于城沟中养鳄鱼,门外圈猛兽,有罪者,辄以喂猛兽及鳄鱼,鱼兽不食为无罪,三日乃放之。(9)扶南国治生皆用黄金,儗船东西远近雇一斤,时有不至所届,欲减金数。船主便作幻诳,使船砥折状,欲沦至海中,进退不动,众人惶怖,还请赛,船合如初。(10)徐狼外夷皆裸身,男以竹筒掩体,女以树叶蔽形。外名狼䐶,所谓裸国者也。虽习俗裸袒,犹耻无敝。唯依暝夜与人交市,暗中臭金,便知好恶,明朝晓看,皆如其言,自此外行,得至扶南。(11)无伦国,在扶南西二千余里,有大道,……十余里一亭,亭皆有井水,食菱饭。蒲桃酒木实如胶,若饮时,以水沃之,其酒甘美。其地人多考寿,或有得二百年者。(12)顿逊国属扶南,国主名昆仑,国有天竺胡五百家,两佛图,天竺婆罗门千余人,顿逊敬奉其道,嫁女与之,故多不去。惟读天神经,以香花自洗,精进不舍昼夜。疾困便发愿鸟葬,歌舞送之邑外,有鸟啄食,余骨作灰,盛沉海。鸟若不食,乃篮盛火葬者,投火,余灰函盛埋之,祭祠无年限。又酒树有似安石榴,取花与汁,停瓮中,数日乃成酒,美而醉人,等等。

    这些异物、异事、异人的传入中国,均被中国文人以异闻写入其著述之中,并增添了中国文学中具异国情调的物象、形象和意象。除志怪、传奇外,就是传统的诗中也有明显的反映。如梁简文帝《西斋行马诗》有"云开玛瑙叶,水净琉璃波"。梁武帝诗有"珊瑚挂镜烂生光,平头奴子擎履箱"。崔融《嵩山启母庙碑》有"周施玳瑁之椽,遍覆琉璃之瓦"。徐陵《玉台新咏》序有"琉璃砚匣终日随身,翡翠笔床无时离手"。陆龟蒙诗"遥知贼胆纵横破,绕帐生犀一万株"。殷尧藩的《寄岭南张明甫》诗"尝闻岛夷俗,犀象满城邑"。苏轼诗有"暗麝著人簪茉莉,红潮登颊醉槟榔"。杨万里诗有"已拼腻粉涂双蝶,更费雌黄滴一蜂"。而与各种香料有关的诗则更多,如梁简文帝诗"蜀映合欢被,帏飘苏合香"。李白诗"兰陵美酒郁金香,玉碗盛来琥珀光"。李商隐《槿花诗》有"燕体伤风力,鸡香积露文"。文人笔下这些新的物象与意象也无不传递出更为复杂多样的微妙情思。而异人、异闻的传入,同样也给唐传奇、轶事等记叙类中国文学提供了一笔不小的财富,使其人物形象更加丰富生动,情节更加曲折离奇,同时也呈现得扑朔迷离、难以辨析。这以唐中晚期作家裴铏所写的《昆仑奴》最为突出。关于昆仑奴的出源,说法不一,但有一点我们可以肯定,即他们的传入都与扶南有关。《南州异物志》载有"扶南国在林邑西三千余里,自立为王,诸属皆有官长,及王之左右大臣皆号为'昆仑'"。这是最早记有"昆仑"的文字之一。循此,《旧唐书》则将林邑以南的人都称作"昆仑"。《辞源》释"昆仑"为"古代泛指中印半岛南部及南洋诸岛之地或其居民为'昆仑'"。有学者指出,从印度群岛输入的奴隶被称作"昆仑奴",所谓"昆仑奴"就是来自"Kurung Bnam"(山帝)地方的奴隶,而"Kurung Bnam"正是唐人所称的扶南国国名的古柬埔寨语①。因此,唐代传入的"昆仑奴"不管出自何方,都与扶南相关,也都与中国文人的接受与再创造有关。当然中国作家无论是审视自己还是解读他者,他总有一套传统的阐释模式和程序,并在自己固有的文化传统底色上再添新彩。裴铏这样一个传奇作家,他无法超越自我,也无法更改历史,特定时空的他只能有他所属特定时空限制的认知。他在传奇中塑造的昆仑奴摩勒,已不再是一个纯而又纯的来自异国的奴隶了,作者已自觉或不自觉地将之纳入自己思维的程序和模式中去,并同固有的传统中国文化相融。因而,我们看到的摩勒,他聪明过人,为东家解释清了歌妓红绡的三个手势;同时他又武艺高强,不畏强暴,促成了东家与其心爱人的幽会与结合;最后他从歌妓主人手中逃脱,过了十几年后,人们发现他在洛阳市中卖药,俨然一个"功成身退"的道家超脱样子。在此,摩勒已是包含有经作者加工过的混有中华传统思想情感成分的异人形象了。将之同唐代诗人张籍的写实诗《昆仑儿》相比,更可看出这一特点:"昆仑家住海中州,蛮客将来汉地游。言语解教秦吉了,波涛初过郁林洲。金环欲落曾穿耳,螺髻长卷不裹头。自爱肌肤黑如漆,行时半脱木棉裘。"前者"文"倒比后者"诗"更具有"诗性"的创造。这种创造,一方面使外来的异质文化成分的鲜明特色,被本国文化的浓重底色所冲淡;另一方面本国纯粹的文化特色,也因受异国文化成分的钳制而变色,使之对双方来说都是一种又像又不像的模糊"三不像"。如同经油盐糖醋烹调后的菜汁一样,它是化合反应后的新汁料,各成分俱有,但又不是各成分的累加,每样成分都在内,然而又不是每样成分本身,是彼此都经"化合反应"后的转型复合新汁料。裴铏创造的"昆仑奴",正是这种转型复合的新形象。然而,问题的复杂性还在于,这种创造还有媒介国扶南的"创造"在内。因为,扶南作为一名媒介者,也是一位制作者。当

---

① 谢弗:《唐代的外来文明》,吴玉贵译,中国社会科学出版社,1995年,第101页。

异域的他者经由扶南传入中国时,他者已被扶南误解、误释在先了。这个被误释的他者入华后,又经历了再一次误解、误释,此时的异者是经双重误解的产物。不容忽视的是这第一误解者——扶南,本身又是一个文化众多张力作用下的产物,本地化、儒化、佛化相碰撞的历史增加了扶南这第一阐释者误解的复义性。所以,经扶南传入中国文学、文化中的异者,均是多重转型复合的产物,它们都具有非华非异、又华又异的特点。这种三不像,既是一种"创造",又是一层迷障,并妨碍我们去探讨更为久远和更为复杂的中西文化交往的微妙关系。

据此,我们可以发现,西方学者穆尔的权威断言,基督教文化最早传入中国为公元635年一说①,并非铁板钉钉,无可非议。因为早在汉武帝时,就记有"安息献犁靬幻人二"的记载②,《魏略·西戎传》也记载"大秦道既从海北陆通,又循海而南,与交趾七郡外夷通"③。而在《洛阳伽蓝记》中更提到了包括大秦在内的"百国沙门":"自葱岭以西,至于大秦,百国千城,莫不款附……百国沙门千余人……"④在后来的《南史》与《梁史》中也记载道:"汉桓帝延熹九年,大秦王安敦遣使自日南徼外来献。汉世唯一通焉。其国人行贾,往往至扶南、日南、交趾。其南徼诸国人,少有到大秦者。孙权黄武五年,有大秦贾人字秦论来到交趾。"⑤凡此,均存在犹太—基督教文化经由扶南早就传入中国的可能。

事实上,我们可在饶宗颐先生考证为公元4—6世纪的署名"抱朴子"的《太清金液神丹经(卷下序述)》中,获得证据。循之,我们就其文字记载作一分析解读。

"昔中国人往扶南,复从扶南乘船,船入海,欲至古奴国,而风转不得达,乃他去,昼夜帆行不得息,经六十日乃到岸边,不知何处也,上岸索人而问之,云是大秦国。此商人本非所往处,甚惊恐,恐见执害,乃诈扶南王使诣大秦王。"⑥众所周知,"大秦"是古代中国对东罗马帝国的称呼。汉代甘英受班超派遣出使大秦,无果而还,而当一中国商人果真到了大秦国之后,却不敢承认自己是中国人而偏要假冒扶

---

① 阿·克·穆尔:《一五五〇年前的中国基督教史》,郝镇华译,中华书局,1984年,第30页。
② 转引自张星烺编著、朱杰勤校订:《中西交通史料汇编》(第1册),中华书局,2003年,第15页。
③ 同上书,第40页。
④ 转引自北京大学南亚研究所编:《中国载籍中南亚史料汇编》,上海古籍出版社,1994年,第127页。
⑤ 转引自张星烺编著、朱杰勤校订:《中西交通史料汇编》(第1册),第43页。
⑥ 抱朴子:《太清金液神丹经(卷下序述)》,《中华道藏》18册,2010年。

南王使者的身份,说明当时的这位中国商人看到了中国与大秦的巨大陌生差距,因而不得不惊恐地将属于媒介中心地位的扶南来置换中国,扶南在这里将中国与大秦联系了起来,它成了双方沟通、对话的一个信物。媒介者扶南的这一信物作用就是,凡是与扶南有关的他者,便是可以信赖接受的,另一方面,以扶南人的身份出现,自我也就更易被异己的他者所认可信任。在此,出现了类似上文昆仑奴的情形,即无论是中国人去解读扶南化的大秦,还是以扶南人的立场去认知大秦,阐释的结果都是经双重误释之后的转型复合新形象,故扶南的影子无处不在。这位冒名的扶南王使者在回答大秦王的问话时说:"臣北海际扶南王使臣,来朝王廷,阙北面奉首矣,又闻王国有奇货珍宝,并欲请乞玄黄以光鄙也。"①

文中接着写道:"大秦国,在古奴斯调西,可四万余里,地方三万里,最大国也。人士炜烨,角巾塞路,风俗如长安人。此国是大道之所出,谈虚说妙,唇理绝殊,非中国诸人辈,作一云妄语也。道士比肩,有上古之风。"②文中介绍大秦国人文状况时所讲的"大道",经扶南媒介的"转型"和国人的再次误释,已成为被双重迷障遮蔽的中国古籍中最早记载的西方基督教文化影子了。这一中国古籍指称教义和教理的"大道",是否就是指基督教的呢?让我们逐一解读,以破除其层层迷障。

首先,该大道是"谈虚说妙,唇理绝殊,非中国诸人辈,作一云妄语也"。即既不是佛理讲人生唯苦求现实解脱的中道,也不是中国道家实指生万物的道,更不是国人批评它胡说的东西,而是完全不同的另一种"唇理绝殊"的虚妙大道。上述文中的"道士"一词,也清楚表明,他们与当时指称佛教徒的"道人",是完全不同的另一种"大道"教士身份。

其次,文中进而写到的文字,虽模糊但仍能辨别其大道的内容:"不畜奴婢,虽天王王妇犹躬耕籍田,亲自拘桑织经。以道使人,人以义观,不用刑辟刀刃戮罚,人民温睦,皆多寿考。水土清冻,不寒不热,士庶推让,国无凶人,斯道气所陶。君子之奥丘,显罪福之科教,令万品奉其化也,始于大秦,国人宗道以示八遐矣。"③即信奉该大道的大秦人,是"不畜奴婢"的,而且即使是"天王王妇"也是如此。这里的"天王"及其

---

① 抱朴子:《太清金液神丹经(卷下序述)》,《中华道藏》18册,2010年。
② 同上。
③ 同上。

"王妇",尤其是关键词"妇"字,在中国中古文献中虽然有多种含义,如有"子之妻""士之妻""弟之妻"等,以及"妇"字还用来指已婚的女子,但决然没有"小妻""小妾"等侧室的意味。与之同时代的汉乐府名篇《陌上桑》中便有女主人公罗敷铿锵的语词:"使君一何愚!使君自有妇,罗敷自有夫。"稍后的大诗人杜甫的传世之作《石壕吏》中也有"吏呼一何怒!妇啼一何苦"。罗隐《越妇言》记叙的也是朱买臣出妻的故事,其"妇"字也是指妻子。可见,同时代的中国中古诗文中"妇"字的使用,同经中"王妇"的"妇"字不作王妃、姬嫔解乃如出一辙,是指"妻子"。可见字里行间显露出来的"大道"规定——"一夫一妻",正是基督教独具的教规之一。

而上述引文中的"显罪福之科教"等文字,则更是基督教所独具的义理。因为"罪""福"在古文中也有多种含义,如"罪"常用作"干犯法纪""过失、错误""惩罚、治罪""归罪""祸殃"等义,"福"则有"吉事""保佑、造福"等义,韩非子《五蠹》中就有"夫离法者罪,而诸先生以文学取"。《左传·庄公十年》中则有"小信未孚,神弗福也"①。经中正是借用了"罪""福"这两个字来指代基督教的所教导的原罪赎罪,即求福避祸。而且文中所记大秦国国王对假冒使者说的话:"我国固贵尚道德,而慢贱此物,重仁义而恶贪贼,爱贞坚而弃淫佚,尊神仙以求灵和,敬清虚以保四气。"②这些在中国传统文化中有特定含义的古词,在此被转换成基督教教义与教规所指称的部分"十戒",如现代汉语《圣经》所译的"不可贪恋人的房屋;也不可贪恋人的妻子、仆婢、牛驴,并他一切所有的","不可奸淫","不可偷盗","除我以外不可有其他真神","当记念安息日,守为圣日。六日要劳碌作你一切的工,但第七日是向耶和华——你神当守的安息日。这一日你和你的儿女、仆婢、牲畜,并你城里寄居的客旅,无论何工都不可作"等③。可见,文中所描述的"令万品奉其化也,始于大秦"等,都传递出其所指的是,与佛教不同的又一宗教——自有其与佛教不同的教义(即"大道")和教士(即"道士")的基督教及其大本营所在地东罗马的信息了。

这些与基督教文化有关的原始而模糊的认识及其记载,对信奉"人纲始于夫妇,判合拟乎二仪"④,并又告诫人们"知极情恣欲之致枯损"⑤的作者抱朴子来说,从中

---

① 吴楚材编:《古文观止》,中华书局,1959年,第19页。
② 抱朴子:《太清金液神丹经(卷下序述)》。
③ National TSPM & CCC:《圣经》,2000年,第114页。
④ 杨明照撰:《抱朴子外篇校笺》,中华书局,1991年,第560页。
⑤ 王明:《抱朴子内篇校释》,中华书局,1985年,第122页。

也似乎寻到了自己的向往寄托,从而写下了这些与己共鸣但却走样的文化信息。

无独有偶,西方经媒介者中介而记载于他们最早一批史籍中的中国和中国人,也是一个"三不像"。其中既有更类似想象的记载:"赛里斯人及北印度人,相传身体高大,达十三骨尺云。寿逾二百岁"①;"亦尝见赛里斯人。据云,其人身体高大,过于常人,红发碧眼,声音洪亮……"②;同时也有最接近中国儒家文化特色的话:"首先应该指出居住在大地边缘地带的赛里斯人。他们的法律是先祖的习惯,习惯法严禁他们卖淫、盗窃、通奸、崇拜偶像和求神活动……在赛里斯人中,先祖之法要比天体的威力更强大。"③但更多的则是又是又不是的"三不像":"桃花石城内,国王的妻妾们拥有一些金辇,各由一只被黄金和宝石装饰得非常豪华的牛犊所拉,这些牛也带有镶嵌以黄金的嚼子。桃花石的君主与七百名妻妾同居。……当君主驾崩之后,其妻妾们便为他守丧并且彻底剃头,身着黑服装,法律禁止她们离开国王的坟墓。"④其中真伪皆有,并被融汇在一起。当然这中间是否也经由扶南复义媒介作用在内,我们留待另文再述。

总之,扶南作为3—7世纪中国与异域交际的重要中介,它既是媒介者,又是"信物"者,更是一个误释者。作为媒介者的扶南,它拥有各个被媒介者的文化成分,即媒介者的复合型文化大于被媒介者的单一文化成分;作为信物者的扶南,是它在中国与异域的交际中,其复合型的文化具有被媒介双方信任并沟通的方便,也是中国人假冒扶南人的原因;而作为误释者的扶南,是它对异域的审视、阐释直接影响着中国人对从它手中接过来的异者形象的再构建和再误释,并最终使古代西方基督教文化在中国古籍中变得模糊而浑浊。因此,把握好媒介者的这些特点,将有助于我们进一步去辨析中西异质文化交往中的非显性现象,发现其模糊但却是开始的漫长历程。

(本文原载《东方丛刊》2000年第1期,此次重刊作了一些文字修改)

---

① 转引自张星烺编著、朱杰勤校订:《中西交通史料汇编》(第1册),第17页。
② 同上书,第21页。
③ 转引自周宁编著:《2000年西方看中国》,团结出版社,1999年,第28页。
④ 同上书,第32页。

成在此,败在此:解读唐代景教文献的启示

对基督教入华的时间上限问题,学界普遍赞同的是唐代入华说,即公元635年(唐太宗贞观九年)景教,或称聂斯脱利派(Nestorian Mission)的传入。英国东方学家与基督教史家穆尔说:"我们必须满意地承认,公元635年中国有景教会,这是我们认识中国基督教的头一个确切的出发点。"[①]对此定论,尽管我和一些学者都有不同的看法,也都发表过商榷的文字[②],但景教毕竟是现在还留有最早汉文献的一支入华基督教。因此对这笔世界文化史上并不多见的宝贵历史文化资源,尤其是它与中国文化初次碰撞交会的过程、规律与特点等的探讨,无疑对当今全球化时代的基督教与中国文化交会碰撞,具有温故知新的参考价值和认识意义。

尤其是,唐代自公元618年至907年共289年,其中自贞观九年(635年)到会昌五年(845年)的210年,是景教入华并活动的时间,两个多世纪占整个唐代的五分之四岁月,不可谓不长,其所受到的厚待及其兴旺,也似乎不可谓不成功一时;但一朝灭教却又偃旗息鼓,又似乎可谓最终落败。究竟是成是败?原因何在?怎样评说?这是本文的兴趣与意图所在。

一、入华景教的兴盛及其原因

在唐代五分之四的岁月里,入华景教能有"法流十道,国富元休。寺满百城,家

---

① 穆尔:《1550年前的中国基督教史》,郝镇华译,中华书局,1984年,第30页。
② 见《东方丛刊》2000年第1期拙文,又见 Christianity Carvings Found: Faith may have Arrived Early Thought, *China Daily*, Aug. 17, 2002,还可见雅克·布罗斯:《发现中国》,山东画报出版社,2002年,等等。

殷景福"①的兴盛风光局面,是基于接受者和输入者两方面的原因。

从接受者主体的中国方面看,唐代的国力及其外交与宗教政策,显然是利于景教入华与发展的。这是因为强盛的国力使人们产生了一种强烈的自信心和自豪感,而非恐惧与担心。诚如鲁迅先生所说:"汉唐虽然也有边患,但魄力究竟雄大,人民具有不至于为异族奴隶的自信心,或者竟毫未想到,凡取用外来事物的时候,就如将被俘来一样,绝不介怀。"②华夏大地的政局稳定,经济文化的空前繁荣,吸引了许多周边国家、民族,以至极远国度的使节、僧侣、商人和艺人都纷沓而至。长安城既有西市又有波斯邸,专供胡人贸易、居住与生活,可谓胡风激荡。

然而中国封建社会及其文化,居于其正统且传统中心地位的是君主及其为之服务的忠孝观念和价值取向。唐初君主有一种"天可汗"③的意识,《唐会要》《旧唐书》都记有唐太宗的话:"君临区宇,深根固本,人逸兵强,九州殷富,四夷自服。"④唐初君主不仅在外交上能宽容理解异国的礼俗与不敬,如对林邑国表疏的用词失当,对大食国使者的"平立不拜"等失礼之处,太宗均能大气地说,"言语之间,何足介意","大食殊俗,慕义远来,不可置罪"⑤。而且对异域文明,包括宗教也敢采用兼容并蓄并为我所用的开放政策,即自古所行的"圣人以神道设教,而天下服矣"⑥。鉴此,唐太宗才会颁布诏书:"道无常名,圣无常体,随方设教,密济群生。波斯僧阿罗本,远将经像,来献上京。详其教旨,玄妙无为。生成立要,济物利人,宜行天下所司。"⑦这使景教不仅能顺利入唐,而且还颇受厚待。对此,《碑文》的记载并非虚构:"大秦国有上德曰阿罗本,占青云而载真经,望风律以驰艰险。贞观九祀,至于长安。""帝使宰臣房公玄龄,总仗西郊,宾迎入内",又载"翻经书殿,问道禁闱,深知正真,特令传授"⑧等。因为《唐会要》等中国古籍也同样记有,

---

① 翁绍军:《汉语景教文典诠释》,生活·读书·新知三联书店,1996年,第57页。
② 鲁迅:《坟·看镜有感》,《鲁迅文集》第2卷,黑龙江人民出版社,1995年,第152页。
③ 《唐会要》卷73。
④ 《贞观政要》卷9。
⑤ 《贞观政要》卷9,又《旧唐书·大食国传》。
⑥ 钱锺书:《管锥编》,中华书局,1979年,第18页。
⑦ 《唐会要》卷49。
⑧ 翁绍军:《汉语景教文典诠释》,第53页。

贞观十二年秋七月,唐太宗诏书中还特许:"即于义宁坊建寺一所,度僧廿一人。"①唐韦述《两京新记》也记有"义宁坊,十字街之东北波斯胡寺","礼泉坊,十字街南之东,旧波斯胡寺"②等。

从输出者的景教方面看,则与其神、人二性教义及其入华前后的变异有关。景教对耶稣是持神、人二性说的。朱谦之先生指出,聂斯脱利派主张"基督是神而人,人而神,但固守在基督里神人两性说,而于基督的人格里强调人性,即人间的要素,主张于救主耶稣基督里,人间的性质完全无缺。即因强调基督之人性,乃不知不觉之间,将基督的神性与其人性区别开来,结果这一派学者,一方面主张基督之神人合一说,另一方面又把基督之神人两性分开为二,而变成基督之神人两性说或基督之两人格说了"③。这是同天主教排除世俗人间要素与理性知识、全靠超验信仰和"唯信得救"的基督神性教义并不一致的"异端",即其教理既有神性,又有"人间的要素"的世俗性。而这一先天特点,在其东传入华之前,尤其在波斯则又有了进一步的发展变异。

其在教义上融入了祆教和摩尼教等波斯本土宗教的传统善恶二元说。《大秦景教流行中国碑颂》(以下简称《碑文》)说"无元真主"(指上帝)"鼓元风而生二气,暗空易而天地开",以及"景宿告祥,波斯诸耀以来贡""悬景日以破暗府"④等,正如法国汉学家沙百里博士所言:"于此强调了将光明与黑暗分开的题材,这很可能是受到了波斯宗教传统的影响。"⑤而在教规上,其教会第二世教主巴布海(Babhai),既是带妻者,又是举子女者。其总会还规定:"上自教祖,下至一般僧侣、修道士,依照圣书得与一妇人结婚为妻并举子女。"⑥这一既为传统天主教视为犯忌的行为,又同聂斯脱利"厉行禁欲主义生活"的主张相背,显然是它传入波斯之后又一世俗化变异。

凡此,均使聂斯脱利派在东传路上,出现了神人二性论的张力变异,并生成了

---

① 《唐会要》卷73。
② 徐松撰、李健超增订:《增订两京城坊考》,三秦出版社,1996年,第207、220页。
③ 朱谦之著:《中国景教》,人民出版社,1993年,第34页。
④ 翁绍军:《汉语景教文典说释》,生活·读书·新知三联书店,1996年,第44、48页。
⑤ 沙百里:《中国基督教史》,耿昇译,中国社会科学出版社,1998年,第6页。
⑥ 徐松撰、李健超增订:《增订两京城坊考》,第44页。

"入乡随俗"的世俗化与本土化趋势;也使之在其迎合中国文化并臣服唐朝政权的同时,更加"异端"。景教不仅对基督教的重要信仰——耶稣"为赎罪行为而举行对十字架的血祭,这里却保持沉默"①。而且还不惜放弃不崇拜偶像的戒条,大行迎合中国文化和臣服中国皇帝的世俗化偶像崇拜。如景教《碑文》所记,将大唐皇帝的"天姿","旋令有司将帝写真转模寺壁",不仅太宗的肖像被摹画在大秦寺壁上,而且天宝初年又将5位皇帝即:太祖、太宗、高宗、中宗、睿宗的画像置于景教寺内②。这使景教获得了"法流十道","寺满百称"的许可和兴盛。这也同样不是虚构。因为在唐代的10个道内,史料记载就有5个道都有景教寺:关内道有长安义宁坊和灵武等处的大秦寺,陇右道有沙州(敦煌)的大秦寺,河南道有洛阳的大秦寺,剑南道有蜀郡(成都)的大秦寺,岭南道有桂林的大秦寺。而且《唐会要》也还记有唐玄宗的专门诏书:"波斯经教,出自大秦,传习而来,久行中国。爰初建寺,因以为名,将欲示人,必修其本。其两京波斯寺,宜改为大秦寺。天下诸府郡置者,亦准此。"③可见,无论是太宗还是玄宗,都为之下令,正是对其臣服唐统治的世俗化作为的肯定。

一个要将之"阴辅王教",一个愿藉此"共振玄纲",这两者的结合,对景教来说,就是进一步世俗化、本土化为其最高表现——效忠服务于唐统治者的政权利益。唐代朝廷对景教僧伊斯的器重与优待,即赐予"大施主金紫光禄大夫,同朔方节度副使,试殿中监、赐紫袈裟"④就是明证。伊斯被授予这么多官衔与殊荣,是因为伊斯先在肃宗朝廷中效力,当安史之乱时,又任汾阳郡王名将郭子仪的副使。郭子仪率部南征北战,几次联合回纥兵,才使唐朝转危为安。而伊斯就是"为公爪牙,作军耳目"⑤,而获得了郭子仪将军乃至皇帝的赞许,被誉为"才高三代,艺博十全"⑥。景教碑的作者景净便是伊斯的儿子,而立碑的目的之一,也是为了炫耀伊斯的这一世俗功德。事实上,景教的这类作为,并非只始于肃宗时的伊斯。据景教

---

① 沙百里:《中国基督教史》,耿昇译,第6页。
② 翁绍军:《汉语景教文典说释》,第55、59页。
③ 《唐会要》卷49。
④ 翁绍军:《汉语景教文典说释》,第65页。
⑤ 同上。
⑥ 同上。

碑文所记,早在开元年间,就有"僧首罗含,大德及烈,并金方贵绪,物外高僧,共振玄纲,俱维绝纽"①。同样我们也可在《册府元龟》上见到:"开元二十年(732)九月,波斯王遣首领潘那密与大德僧及烈朝贡。"②可见,这两位景教僧侣,一个在唐朝入官,另一个则为波斯王所遣,景教入华的世俗化作为,早就卷入到唐朝的政治与军事斗争领域了。

显然,入唐景教的兴盛风光一时,主要系于其政治性世俗化作为,这既与其神人二性教义相应,也为唐统治者所纳,不过是它在唐代中国的又一个"入乡随俗"的变异而已。

二、入华景教的衰亡及其原因辨析

唐会昌五年,即公元845年八月,唐武宗下令灭教,遂导致景教衰亡。这一史实,可以那及兰受教廷之命来中国整顿基督教的报告作证(宋太宗太平兴国五年)。他发现:"中国之基督教已全亡。教徒皆遭横死,教堂毁坏。全国之中,彼一人外,无第二基督徒矣。遍寻全境,竟无一人可以授教者……"③

对景教被灭衰亡的原因,国内外学者向来重视并发表了不少论述。穆尔、佐伯好郎、沙百里、陈垣、朱谦之、龚天民、罗香林等,均从经济、政治和宗教等方面作过解释,仁智各见,均有根据。而西方传教士基于其传教立场的两点看法,因切入其传教的特殊相,则更具代表性。其一是景教在神学上有欠缺,即缺乏鲜明的理论,没有宣传十字架救赎的道理;其二是当时景教过分依靠皇帝的支持,因此随着新旧政权的更替而遭到厄运④。国内学者江文汉对其第一个原因持异议:"因为后来(1908年)从敦煌石室发现的唐朝景教文献,证明当时的景教传教士对耶稣基督为了拯救众人受死于十字架的道理就讲了不少。"而对第二个原因则赞同,并又补充说:"至于第二个理由也许可以说是它失败的主要原因。他们没有什么群众基础。

---

① 翁绍军:《汉语景教文典说释》,第58页。
② 《册府元龟》卷971。
③ H. Yule, *Cathay and the Way Thither*, Ⅰ, Ch'eng-We Publishing Company, 1966, p. 113-114.
④ 翁绍军:《汉语景教文典说释》,生活·读书·新知三联书店,1996年,第10页;又见〔韩〕李宽淑:《中国基督教史略》,社会科学文献出版社,1998年,第23页。

景教碑的碑文只是提到设立'景寺',而没有提到接纳信徒的情况,他们的传教范围主要限于皇室贵族以及在唐朝的西域商人和使臣,当地信奉景教的并不很多。景教碑文说:'道非圣不弘',即有'道'而没有皇帝的支持,'道'就无法推行。景教失败的真正原因,就在于这个依附政权的指导思想。"①

然而,这两个原因实是互相关联不可拆分。因为,宗教宣传其教义,可谓天经地义。但景教文献所宣讲的真是神性基督教义吗?为什么其宣传的教义"当地信奉景教的并不很多"?与此相关的则是其失败的真正原因"就在于这个依附政权的指导思想"吗?

一个显而易见的史实是,同为宣传教义又同为依附中国政权的外来宗教——佛教,又为什么会有群众基础并不失败呢?况且,唐武宗灭教是旨在灭佛。其诏书曰:"朕闻三代以前,未尝言佛。是逢季时,传此异俗。因缘染习,蔓延滋多。以致于耗蠹国风……坏法害人,莫过于此。朕博览前言,旁求御议,弊之可革,断在不疑,而中外诸臣,协予至意。条疏至当,宜在必行。惩千古之蠹源,成百王之典法,济人利众,予何让焉!"②与此同时,其对景教只是"勒大秦穆护祆三千余人还俗"。但结果却是,唐王朝费了老大劲去"拆寺四千六百余所,还俗僧尼二十六万余人"的佛教没被灭掉,而被灭教"台风"顺带刮及的景教却不堪一击地被轻易灭掉了。进而,武宗在其灭教的下一年就死了,而继位的唐宣宗(847—859年),于847年就收回先帝灭教成命并敕令"所废寺宇,有宿旧名僧,复能修创,一任住持,所司不得禁止"③。为什么被废的佛寺可以再建、还俗的僧尼可以再度、灭教的重点对象佛教能东山再起,而独独景教却没能死灰复燃呢?可见,景教落败的真正原因,不在其是否传教或依附政权,而是其宣传的教义不像佛教能拥有群众基础而不堪一击。

从它们面对的都是强势的中国文化来看,是不信鬼神的中国现世性文化在起作用。如张岱年教授所说:"哲学家中以天帝为主宰者,可谓绝无仅有(惟墨子最信天鬼,有宗教气息)。"而且向来主张"道未始有天人之别","天道与人道,只是一道"。因而"思想学说与生活实践,融成一片"④。这就决定了外来宗教与中国文化

---

① 翁绍军:《汉语景教文典说释》,第10页。
② 《唐会要》卷47。
③ 《唐会要》卷48。
④ 张岱年:《中国哲学大纲》,中国社会科学出版社,1982年,第5—7页。

最能沟通交会的就是它的"人道"世俗化部分。而居于中国封建文化正统且又传统中心的是儒家思想，尤其是它的命脉所系的"忠孝"观，即起自孔子《论语·阳货》并经后世强化的"事君事父"之"人道"，它是不可动摇危及的"社稷利器"。事实上，武宗灭教的诏书也明白说道，灭教"将使六合黔黎，同归皇化"①。反之，宣宗又收回灭教成命并重开教令，也基于此："异方之教，无损为政之源。"②可见，在被灭教与复教这一点上，二教的处境并无差别，但结果迥异的个中原因，不在其面对与生存的同一唐代中国社会文化背景，而在其能否适应中国文化的二教自身。

佛教并不视佛为神，其教义是教世人去觉悟的实践修行，以达"自觉""觉他"和"觉行圆满"的佛的境界。因此佛教入华能适应中国文化，并能改弦更张于事君事父忠孝观，而融入中国文化成为其有机部分——中国佛学，是不会改变其宗教性质与教义主旨的。对此，学界早有结论，认为其走的是"以经中事数，拟配外书，为生解之例"的比附中国文化的"格义"之路。陈寅恪先生还具体概括为三种方式："援儒入释之理学，皆'格义'之流也。""撰述中有所谓融通一类者，亦莫非'格义'之流也。"还有疏经阐释时"作原人论而兼采儒道二家之说，恐又'格义'之变相也"③。也就是说，通过援引儒说、融通儒释撰述、兼采儒道二说作论的三种方式，使外来宗教思想"格义"成中国文化的本土学说。而且入华佛教，经魏晋的"格义"至后来"蜕变为国有"的中国佛学，正是盛于隋唐。陈寅恪先生指出，"佛法之入中国，其教义中实有与此土社会组织及传统观念相冲突者。如东晋至初唐二百数十年间，'沙门不应拜俗'及'沙门不敬王者'……然降及后世，国家颁布之法典，既有僧徒应拜父母之条文。僧徒改订之规律，如禅宗重修之百丈清规。其首次二篇，乃颂寿崇奉君主之祝鳌章及报恩章"，以致佛教"竟数典忘祖，轻重倒置，至于斯极。枳迁地而变为枳"，而最终"全部支那化矣"④。这是佛教被灭一时，而不久就能东山再起并盛行华夏的佛教自身原因，也是它适应中国文化与国情，从而演变成中国佛学并拥有群众基础的必然结果。

与之相比，则景教虽也风光两个多世纪，也声称著译了30多种文典，但却一直

---

① 《唐会要》卷73。
② 《唐会要》卷48。
③ 陈寅恪：《金明馆丛稿初编》，上海古籍出版社，1980年，第154页。
④ 陈寅恪：《寒柳堂集》，上海古籍出版社，1980年，第155页。

未能如入华佛教那样演变成中国化的景教神学,而终究仍是"没有群众基础",其原因也就只能归于景教自身的神、人二性说了,尤其是其作为纯信仰宗教的命根子——基督神性教义。

因为,作为基督教一支的景教,其中心教义当如各基督教一样,是信仰"三位一体"的基督神性论,舍此它就不是基督教。它的基督神、人二性说,尽管被天主教判为异端(而非"异教"),但如后来新基督教神学家路德、丢香等所说,"这一点与全公会最初信仰全然相同"①。这就使之不能像佛教那样适应中国文化,走彻底中国化神学之路。因为要建中国景教神学,就须如佛教能"格义"为"事君事父"的中国佛学。这就意味着要放弃"事基督"神性,而改弦更张为"事君事父"的世俗忠孝观,其中心消解,则神亡形散,而不成其为基督教了。事实上,从现存的唐代景教文献来看,其对基督神性教义的宣教,从未放弃,尤其是《序所迷诗所经》和《世尊布施论》《三威蒙度赞》等,为此可谓煞费苦心。但强大的唐王朝及其悠久的传统文化又迫使它,而它自己也习惯于入乡随俗。于是,景教的神、人二性,使其在唐代中国文化中更显二分张力对峙,并落入徘徊在神性基督与世俗忠孝之间的尴尬境地,而难以再前进一步为中国景教神学——植根于中国文化的一部分,其被一朝灭教就偃旗息鼓也就成了历史的必然。景教文献则有力地证明了这一点。

三、景教文献基督神人二性的两难张力悖论

目前已发现的汉文景教文献,就撰写时间看,依次为《序听迷诗所经》、《一神论》、《宣元至本经》、《大圣通真归法赞》、《志玄安乐经》、《大秦景教流行中国碑》(《碑文》)或《三威蒙度赞》、《尊经》等8种。依其内容,可分四类:经文类的《序听迷诗所经》《一神论》《宣元至本经》和《志玄安乐经》;赞颂类的《大圣通真归法赞》《三威蒙度赞》;经录与教名录的《尊经》;以及传教史录、教经赞颂等的综合文本《碑文》。其文本数量虽少,但其基本文献及其主要教义教理仍已俱见。

若说景教文献著者不作基督神性的阐释,是不公正的;若说他们的阐释不作中国化乃至格义化的努力,也是不公正的。因为,景教文献清楚表明,他们不仅努力

---

① 朱谦之:《中国景教》,人民出版社,1993年,第27页。

作了基督教神性信仰的说教,而且还努力作了中国本土化的表述,即将含有中国佛学在内的中国文化资源,像佛教的格义那样,作了既有援引儒说、融通儒释撰述、兼采儒道二说作论,并再添上中国佛学的神性教义说教。

景教文献大量援引中国传统文化概念词汇,仅不到 2000 字的《碑文》,就有 30 处来自《易经》、30 处来自《诗经》、20 处来自《春秋》,而涉及史书的有 100 多处,子书的 30 处,其总数几达全文的三分之一。至于中国释道的常用"事数"和概念,如真性、无为、修道、染净、供养、住持、种性、因缘、常住、妄见、假名、应身、非人、清净、证、识、劫、业、色、受、种、受持、诸法、宝法、空昧、慧力、法海、染污、大慈大悲,等等,在其经录类文本中,更是举不胜举、比比皆是,并以此来为其神性教义作撰述或阐释。

如讲"基督耶稣"治病救人的"神迹",在《序听迷诗所经》中,用佛教中指比丘穿的法衣——迦沙,来形象指称耶稣说:"所有病者,求向弥师诃边,把着迦沙,并惣得差(病愈)。"①在《宣元至本经》中,用佛家对释迦牟尼的尊称"法王"及其"普救群生",以宣教耶稣对世人的救赎和关爱:"法王善用谦柔,故能摄化万物,普救群生,降服魔鬼。"在《一神论》中,用出自道藏《吕祖志·真人本传》中"天堂地域非果有主者,特有人心自化成耳",即天上神仙及世人死后灵魂居住的仙宫,来讲"天下有一神,在天堂无接界"等,都是如此。

而且其文本修辞行文等形式,也随之进一步世俗化和中国本土化。作为后期文献代表作的《志玄安乐经》,就大量地运用中译佛经《百喻经》《六度集经》等的通俗喻义写法。文中谈到坚信耶稣得救的"安乐道",既说"如水中月,以水浊故,不生影像;如草中火,以草湿故,不见光明。含生沉埋,亦复如是"。又说,"譬如空山,所有林木,数条散叶,布影垂阴。然此山林,不求鸟兽,一切鸟兽,自求栖集;又如大海,所有水泉,广大无涯,深浚不测。然此海水,不求鳞介,一切鳞介自住其中。含生有缘,求安乐者,亦复如是",从而使整篇行文更像中国佛学或道学的世俗化文本文体。

尽管如此,它自始至终都未能走上"格义"化的中国景教神学之路,并自始至终都徘徊在神性教义与"人道"忠孝之间的两难尴尬境地。矛盾有三,分而述之。

---

① 翁绍军:《汉语景教文典诠释》,第 104 页。本节所引景教文献原文均出自该书,不再一一列出。

首先是"三位一体"的耶稣基督神性论,这是其中心教义。早期的《序听迷诗所经》说:"众生若怕天尊,亦合怕惧圣上。圣上前身福私(利)。天尊补任,亦无自乃天尊耶!……以若人先事天尊,及事圣上,及事父母不阙,此人于天尊得福,不多,此三事:一种先事天尊,第二事圣上,第三事父母。"于此就已经将"圣上"与"天尊"(指上帝)相举,只是在次序上仍是"天尊"在前,"圣上"在后。而到后期的《尊经》则干脆直接说成:"妙身皇父阿罗诃,应身皇子弥施诃,证身卢诃宁俱沙,以上三身同归一体。"即将佛教中关于佛有妙身、应身、证身的三身说法,同皇父、皇子这一向来为中国古代臣民对最高统治者及其接位者的特定称谓,一并装上以指上帝耶稣的三位一体,这就成了景教、释教和儒教的"三位一体"了。既要宣传其三位一体的神性教义,又要迎合唐代的忠孝世俗教化,正如其景教《碑文》所言:"赫赫文王(指唐太宗),道冠前王。乘时拨乱,乾廓坤张。明明景教,言归我唐。"这种煞费苦心仍难脱其矛盾尴尬的两难悖论,在此表露得清清楚楚。

其次是关于上帝开天辟地创造万物的神性教义,这是其神性教义的信仰由来。景教《碑文》说:"粤若常然真寂,先先而无元,窅然灵虚,后后而妙有。总玄枢而造化,妙众圣以元尊者,其唯我三一妙身无元真主阿罗诃欤?判十字以定四方,鼓元风而生二气。暗空易而天地开,日月运而昼夜作。匠成万物,然立初人。"

然而这段表述却是含有中国文化观念的上帝创世说。因为,其中"真寂、无元、妙有、灵虚、玄枢、造化、元尊、妙身、阿罗诃(即'阿罗汉')……"等词汇,就先裹上了一层释道儒学说的色彩。而"先先而无元""后后而妙有"等表述,则成了道家、道教学说里,对道的无始无终这一认知了。《碑文》接下来的"判十字以定四方,鼓元风而生二气。暗空易而天地开,日月运而昼夜作。匠成万物,然立初人"。就又将上帝的创世神迹置于道家学说之中。因为其"二气"一词,在道教范畴有多个意思,它可以指肺、肝之气,也可以指先天后天之气,更多的则为阴阳之气。气在道教中是一个重要概念,它渗透于对宇宙万物生成、运动、变化等认识范畴之中,《道德经》有"万物负阴而抱阳,冲气以为和"[1],即认为万物受到了交合的阴阳二气才得以成形。这与上帝开天辟地再造物造人,是又一个风马牛不相及的悖论阐释。

再次,是关于原罪赎罪和耶稣救赎的矛盾说教。原罪、赎罪,坚信耶稣方得救

---

[1] 陈鼓应:《老子注释及评介》,中华书局,1984年,第232页。

赎,这是基督教有别于犹太教的立本信条。但作为宣教救世主耶稣之道的《序听迷诗所经》,其行文却说:"天尊常在静度快乐之处,果报无处不到……众生无人敢近天尊,善福善缘众生,然始得见天尊。世间无不见天尊,若为得识,众生自不见'天尊'为自修福,然不堕恶道地狱,即得天道;如有恶业众,堕落恶道,不见明果,亦不得天道。"这就将原罪赎罪和耶稣救赎的教理,坠入了与佛理儒学纠缠不清的困境。因为,佛教认为众生过去世的一切活动是业因,它们造成了现在世的果,而现在世的果又是业因所得的果报。造业因的果,受果报的苦,由苦而集,由集而苦,周而复始轮回果报。基督教并没有这一说法,况且"天道"一词又是儒家观念。程伊川说:"道未始有天人之别,但在天则为天道,在人则为人道。"①景教文本在这里试图将天道即人道,去与全知全能的上帝神道划一,便又只能是再一个矛盾对峙悖说。

更有甚者,《志玄安乐经》对信仰耶稣方得救赎的"安乐道",竟这样界定阐释:"无欲无为,离染诸净,入诸净源。离染能净,故等于虚空,发惠光明,能照一切,名安乐道。"而众所周知"无欲、无为、染净、虚空"均属佛道范畴。佛教的"无欲无为"即无贪欲之心,无造作之念。又有三无为的说法,其中之一便是虚空。虚空意为虚无形质,空无障碍,无碍则自在通达。道教的"无为"说,则以《道德经》37 章"道常无为而无不为"②为准,认为"道"是产生宇宙万物的本体,从产生的过程看,是自然而然的,没有任何外在的强加的力量,所以说"道"是无为;但从其产生万物的结果看,一切都由"道"产生,因此又可以说"道"是无不为。个人处世也应以"道"为法则,顺应自然就是"无为"。老子又主张"为无为,事无事,味无味"。"是以圣人处无为之事,行不言之教。"③可见,经文所宣教的"安乐道",已陷入与中国传统文化思想纠葛难解的悖论困境。

这正如现代西方阐释学家伽德默尔所说:"只要现在的意识可能自由接触由文字记载传下来的东西,过去和现在就有一种独特的共存。"④同样,景教教理充其

---

① 张岱年:《中国哲学大纲》,中国社会科学出版社,1982 年,第 7 页。
② 陈鼓应:《老子注释及评介》,中华书局,1984 年,第 209 页。
③ 同上书,第 64、306 页。
④ Hans-Georg Gadamer, *Truth and Method*, English translation revised by J. W. Weinssheimer and D. G. Marshall, New York: Crossed, 1989, p. 390.

量也只是非景非释非道非儒、亦景亦释亦道亦儒的两难"独特的共存"。

总之,景教文献所充分反映出的是,其与中国文化的碰撞砥砺,更彰显了其神、人二性的矛盾张力。尽管它如同其效忠于唐王朝的世俗化作为一样,卖力地吸收中国儒、道、佛文化资源,使劲地宣传其教义,想取得如印度佛教中国化那样的成功。但其始终未能遂愿的主因,是她上帝耶稣的神性教义无法也不能置换消解,否则它就不再是基督教,而成中国文化又一学说——中国神学。这是它入唐前就已具备的神人二性说的先天所定,也是它入唐后与中国文化交会所难以挣脱的后天两难。真所谓适应也难,不适应也难,其成也在此,其败也在此。

(本文原载《上海师范大学学报》2003 年第 1 期)

试谈永历王朝耶稣会士"适应政策"的乖舛[①]与败因

——从贵州安龙现存永历太子和太后教名碑谈起

1646年,桂王朱由榔出任"监国",随即称帝并以次年为永历元年(1647年),建立了与北方清朝对峙的南明永历王朝。但是,在清军的大举南下征讨中,这个永历政权仅维持16个寒暑就于1661年覆灭于西南边陲。

然而,这个王朝倒有其四分之一的时间,退居贵州西南边界小城安龙并将之定为"行宫"所在,即永历帝于1652年春季(永历六年二月)入住安龙,1656年的初夏(永历十年农历四月)离开安龙赴云南。永历王朝在安龙虽然只有4年,而且还是步入衰亡的岁月,然而其在当地留下的遗物倒弥足珍贵。这批遗物可分为两类:一类为永历王朝的遗物,计有"南明殉义十八先生纪念墓"及其遗址,永历夭折三王子的"明王墓道"碑,永历王朝的钱币"永历通宝"等;另一类为与之有关的天主教会的遗物,计有永历王朝太后、皇后和太子皈依天主教的教名石碑等6件(详《贵州安龙现存天主教遗物考释》,见后)。

关于南明王朝与天主教的关系,学界已有专门著作予以论述[②],而本文则是通过对这些遗物的审视反思,以求得两点认知:其一,不仅中国的史书记载,就是西方的史书记载,均为"不我欺也";其二,将之与中西文字史料彼此印证,可清楚看到,耶稣会传教士与永历王朝的关系,不仅非同一般,并且还一改早先教会传教的"征服政策"而为"适应政策",即"通过征服来使当地人归信的政策在印度、日本和

---

① 乖舛,见刘知几撰、浦起龙释:《史通通释》,上海古籍出版社,1978年,第18页。
② 黄一农:《两头蛇——明末清初的第一代天主教徒》一书有专章论述,上海古籍出版社,2006年。

中国都作了修改,在有些情况下甚至被摒弃,而采用了'适应政策'。特别是耶稣会士"①,而且入华耶稣会士的传教"适应政策",也的确使"当地人"归信天主,甚至连王朝要员,乃至王室最高层的太后、皇后与太子都成其教徒,收效不可谓不佳。然而,我们进而探究耶稣会士百般努力的"适应",不仅发现其适应的并非是中华民生及其文化,而是南明王朝最高需要的军政外交要务;而且还可发现,其同"成在此、败在此"的唐代景教一样,在经历了与王朝要员"拉关系"、为王朝要务"卖力气"之后,还是被其"适应"的对象"断了气"。尽管这一对象已是风雨飘摇、朝不保夕的永历王朝,但它赖以维系的封建专制"政统"及其"道统",照样使耶稣会士的传教及其对"他者"的适应,只能是再一场的临终傅礼。

一、"适应政策"的起步与目的

事实上,明末清初的南北政权,均有天主教传教士参与其间,彼此都在"拉关系":"当时的传教士在地理分布上曾分别与清政权、农民起义政权、南明小朝廷发生关联。为了保存天主教在中国播下的'种子',各地传教士采取了'各效其主'的方针。"②北京的大清王朝有耶稣会士汤若望、龙华民等为之效劳。而南方的各南明小朝廷,则有先后为弘光帝、隆武帝效劳的毕方济等。但永历王朝与耶稣会士的关系则尤为突出。一方面,永历王朝的内廷权臣和朝廷重臣有皈依天主教者,另一方面又有奥地利籍耶稣会士瞿安德(André-Xavier Koffler)和波兰籍耶稣会士卜弥格(Michel-Pierre Boym),先后参与朝廷军政外交庶务,并经营传教且成绩卓著。这样的"适应",不仅为南北政权所无,而且也为历朝历代所仅有。

1646年,朱由榔做"监国"时,"总制两广兵部尚书丁魁楚、巡抚广西金都御史瞿式耜议戴上监国,大学士吕大器、兵部尚书李永茂皆至肇庆,与定策"③。而参与此举的主要大臣瞿式耜,又在次年即朱由榔正式改年号为永历元年时,"擢丁魁楚、李永茂、瞿式耜皆为大学士"④。据曾供职永历王朝的王夫之为文武大臣所作的

---

① 布鲁斯·雪莱:《基督教会史》,刘平译,北京大学出版社,2004年,第323页。
② 孙尚扬、钟鸣旦:《1840年前的中国基督教》,学苑出版社,2004年,第313页。
③ 王夫之等:《永历实录》,北京古籍出版社,2002年,第6页。
④ 同上书,第7页。

《永历实录·列传》记载,可知其主要官员除了瞿式耜、丁魁楚等人之外,还有文官吴贞毓、武将焦琏、佞臣马吉翔、宦官庞天寿等 80 余人。他们有的就是教徒,有的则与之存有或同盟、或反对的各种关系。之所以如此,就因为信教者不仅人数众多,而且其中不乏朝廷的重臣和权臣,瞿式耜、焦琏、庞天寿三人,无疑是其突出的代表人物。

瞿式耜官至吏部尚书、文渊阁大学士、太子少保,后两个虽无实权,但却是明清两代的宫内阁名和加官赠官的显赫虚衔,而其担纲的吏部尚书则执掌朝廷官员的任免、考课、升除、调动等事务,在明代尤受重视,并常能把持朝政。正如《永历实录》所记:"永明王宜立,在耜与公耳!楚、蜀文武吏士,虑无不从者。"①

焦琏为永历王朝的总兵官、都督同知、左都督,这在明代向来为边防军之统兵官、军事长官或统兵将帅。而焦琏在永历王朝前期,则是在桂湘抗清前线执掌兵权并屡立战功的将帅,永历元年十一月,加封为太子少师、新兴伯。永历二年十一月,"晋封为新兴侯",至永历四年又"晋封宣国公"②。

对上述二人为天主教徒一事,西方传教士的史料清楚载有:"诸臣中尤得力者二人,皆奉教之士也,一名瞿式耜,教名多玛(Thomas),为两广总督,一名焦琏,教名路加(Lucas),官总兵。兹请进而研究永历朝廷,具见天主教已逐渐培植势力于其中矣。路加者即利马窦神甫在南京劝化入教某人之后裔。(注:其人为武职官员,入教时年已七十。)(注:参看史式徽神甫书十页、十一页、三十一页。)永历帝左右信教者不仅此多玛、路加二人,此外尚有信教要人若干。永历宫内有妇女约五十人,皆先朝妃嫔之属,得太监庞天寿与耶稣会神甫瞿安德之劝化,咸信奉天主教。"③

上文所提到的太监庞天寿,则是永历帝"掌文书房事"并"赐一品服,提督勇武"的"诸阉长"④。他既是掌管文书和卫队的朝廷内臣,又是"益为上所亲信"的权臣。他的皈依天主教,不仅西方传教士有所记载,即"庞天寿之领洗,不在广西而

---

① 王夫之等:《永历实录》,第 24 页。
② 同上书,第 83—84 页。
③ 《西域南海史地考证译丛·卜弥格传》(第 3 卷),冯承钧译,商务印书馆,1999 年,第 54 页。
④ 王夫之等:《永历实录》,第 235 页。

在北京,授洗人非瞿安德,实为龙华民。(注:见宣教部档一九三册四九页及六三页。)"①而且,王夫之的《永历实录》亦云:"天寿事天主教,拜西洋人瞿纱微(即瞿安德)为师。勇卫军旗帜皆用西番书为符识,类儿戏。"②

可见,永历王朝的内外重臣、权臣中,均有皈依天主教的信徒,而且永历王朝的皇太后、皇后、太子和宫内数十人,也都"集体"加入天主教徒行列,这实为中国封建王朝所绝无仅有。将天主教传进南明王朝内廷的传教士是瞿安德,而从宫中鼓动接受传教的则是内廷权臣庞天寿,这种"里应外合"的传教方式,是南明朝廷内宫皈依天主教的一大特点。正如西方学者所说"其使天主教传播宫内者,盖庞天寿瞿安德二氏之功"③。

那么,永历王室诸要人究竟是何时何地受洗入教的呢?其目的何在?与传教士的目的又有何关系呢?先看西方史料的记载:

首先为位尊母后的王太后的入教记载:"宫内领洗者,首属皇太后,后教名烈纳。……缘其为先帝之后,于制应视为在位皇帝之母。据宣教部档(注:宣教部档一九三册三四二页),烈纳盖为万历子桂王之正妃。永历乃次妃所出,烈纳为嫡母,故称母后。"并又详细记载了其入教的经过:"某夜烈纳太后得一梦,见圣子耶稣手持之十字架忽变为矛,语后云:'汝若不从吾法,汝将死。'时太后尚未见瞿安德献帝之图也。越数日见图,知梦中所见者即是圣母怀抱之圣子,所持之矛,即十字架。因之感甚,请于帝,愿领洗入教。召天寿以己意告之,顾中国礼法,男女不亲授受,瞿安德如何能入宫中?又一方面,事若公开,朝中众臣必有反对者。天寿以后语转告安德,安德命天寿转呈太后,言帝后未领洗者入地狱,则欲求救赎必须领洗;据教中习惯,必须在一司铎前领洗。天寿致词毕,太后疑而不决者凡十七日。最后经庞天寿力劝,烈纳太后与宫中其他妃主乃延瞿安德神甫至宫内礼拜堂中,举行洗礼。共以天寿为代父。(注:高隆盘神甫书第一编四八六页。)太后领洗后,欲拜安德,安德谢不受,命拜基督。次日永历入宫谒太后,太后命拜天主像。又次日,太后致书安德,称之曰'父师',请求主佑,以退满兵。安德慰之,预言不久领土可以恢复。

---

① 《西域南海史地考证译丛·卜弥格传》(第3卷),冯承钧译,第56页。
② 王夫之等:《永历实录》,第235页。
③ 《西域南海史地考证译丛·卜弥格传》(第3卷),冯承钧译,第56页。

越八日,反正者果有七省。由是耶稣会之声望愈增。"①

其次则是玛利亚太后、亚纳皇后及宫中其他妇女的入教记载:"永历生母马氏,教名玛利亚,为永历父之次妃,永历即位后亦尊之为太后。永历正后王氏,与烈纳太后同姓,江苏人,曾在瞿安德神甫前领洗,洗名亚纳。"②

再次,据传教士西文记载,"此外肇庆宫中信教者尚有烈纳太后之母与宫监某妇人,前一人洗名 Julie,后一人洗名 Agathe。别有妃嫔五十,大员四十,阉者无数"③。

以上三段西方史料所述之要点为三,其一是入教"大员四十""妃嫔五十",总数几近百人;而王室成员的入教时间有一特点,即王太后入教仅8天,所谓"越八日,反正者果有七省"。查阅《永历实录·大行皇帝纪》可知,在永历二年,"金声恒、王得仁举江西反正","李成栋举广东反正","陈友龙以黎靖反正,遂复武冈、宝庆","左春坊刘季矿举义兵于永宁,复茶陵……","四川总兵王祥收复川南,遣使奏闻","郑鸿逵、朱成功复福建沿海州县,奉表报闻",还有孙可望"遂据云南,四出攻下府、州、土司"④等,依次为赣、粤、桂、湘、川、闽、云,刚好为七省的"反正"。可见,其入教时间是永历二年,即 1648 年,中西史料有关记载均"不我欺也"。

其二是王室成员的入教地点,西人史料明确记有受洗入教的地点是"肇庆宫中",也就是说,其入教的地点是广东肇庆。对照《永历实录》《所知录》等记载,永历驻肇庆只有一次,即永历二年"九月,上发南宁,幸肇庆",而到"永历四年正月……上弃肇庆"⑤。因此,永历王室主要成员受洗入教的地点为肇庆,时间为永历二年,再次获得中西史料的相同证实。

其三是尤为重要的王室成员的入教目的,西人史料说王太后入教后,要"永历入宫谒太后,太后命拜天主像",以"请求主佑,以退满兵";而传教士对此也是"预言不久领土可以恢复",也就是说,传教者与信教者均有这一共同的政治祈求。

对此,永历王朝太子的受洗入教,为之作了最有力的证明。因为,如果说太后

---

① 《西域南海史地考证译丛·卜弥格传》(第 3 卷),冯承钧译,第 56 页。
② 同上书,第 58 页。
③ 同上。
④ 《永历实录 所知录》,上海古籍出版社,1987 年,第 6—8 页。
⑤ 同上书,第 6—10 页。

入教还带有三分缘由"梦"的迷信阐释、三分因男女大防的"疑而不决",而其"请求主佑,以退满兵"的政治愿望乃是太后入教后才显露的话,那么,太子朱慈炫的入教则明明白白既是传教士的刻意追求,又是永历王室的有意之举了。正如西方传教士记载所示:"永历虽未入教,然不反对其亲属领洗,故许皇子与太后妃等领洗。(注:上引宣教部档一九三册三四二至三四三页。)瞿安德神甫为皇子取洗名曰当定。"① 正是这个"当定"的皇子教名,将双方的政治企图既"合二为一"又"同中有异":

> 瞿安德神甫与庞天寿共同进行之宗教行为业已告终,巩固扩张此种行为之阶段由是开始,而此阶段之主角应为卜弥格也。其视皇子当定,殆若罗马帝国之 Constantine(即康斯当丁大帝),其视烈纳太后殆若古之 Monique。永历本人亦似欢迎天主教。是皆表示昔奉异教之老大中国,将从其君后沐西风而循救赎之途乎? 惟其最后之成效,显然系于明室地位之巩固,而不受满洲威胁。诸耶稣会士明了斯理,即与新入教之名人共订一种计划,此计划在不明传教史者视之,必以为异,而习知中国传教事业者视之,瞿安德神甫之成绩与卜弥格神甫之旅行,皆事之常者也。②

其中的"是皆表示昔奉异教之老大中国,将从其君后沐西风而循救赎之途乎? 惟其最后之成效,显然系于明室地位之巩固,而不受满洲威胁",可谓明白无疑地道出了传教士的真实目的。也就在这"系于明室地位之巩固"的祈求上,永历王朝的太后、皇帝和权臣等,与之合拍;但在"昔奉异教之老大中国,将从其君后沐西风而循救赎之途"上,又与之相异。如其记载所言:"时亚纳皇后有孕。瞿安德神甫劝永历夫妇祈祷天主,俾天赐皇子,并赠白烛六,嘱于诞生时在圣像前燃之。其后不久,亚纳皇后在南宁行在所诞生皇子一人。永历喜甚,告安德,命推算皇子将来命运。安德又乘机进言屡得天佑之理,如果入教,蒙天之佑,将不可限量。如是嘱将此子依教法抚育成人,俾能将来善治其国。已而诸后请安德为皇子举行洗礼,时永

---

① 《西域南海史地考证译丛·卜弥格传》(第3卷),冯承钧译,第59页。
② 同上书,第69页。

历巡幸他处,安德拒之,谓非得帝许可,并许以后不用多妻制方可。永历初不允,越三月皇子得重疾,安德谓天怒所致,乃许皇子领洗,疾遂愈。"①

可见,其双方的相异是:一方的"永历喜甚",乃是果真"天赐皇子"和"许皇子领洗,疾遂愈",使王朝有了王储。这正如鲁迅一针见血指出的,国人素来盛行"有求必应"的"万有神教"②之习;但耶稣会士一方则是明确要"将此子依教法抚育成人,俾能将来善治其国",以使中土成"循救赎之途"的东方"罗马帝国"。

对此,虽然国内史料记载相对缺失,然而现存在安龙的遗物,却可以为之佐证,尤其是现存于安龙天主教堂并刻有太后、王后和太子教名的纪念石碑,可谓证之凿凿又意味深长。

该碑的石质是白云岩,碑高为79厘米,直径为45厘米。碑的上部为环形莲花,主体为六面型,五面分别刻有两个皇太后、一个皇后和太子的教名,即"烈纳""瑪麗亞""亞纳"和"當定",以及"明末永曆"和"1662年壬寅"。第六面为背面并刻有石狮,现已残缺不全,但仍能看出石狮子的部分头部和尾巴。

该碑的莲花图案,为上起景教、下至明清18世纪入华耶稣会所普遍采用,无论是最早的公元781年西安基督教碑,还是后来的福建泉州的十字碑,直到1774年的耶稣会士蒋有仁等的墓碑等,全都有的"镌刻'十'字架及莲花图案"③。这一古今相承的入华传教传统,如明清天主教"三大柱石"之一的李之藻所说:"天学者,唐称景教,自贞观九年入中国,历千载矣。"④以中华古已有之,寓中土皈依该教之意。

而该碑背面所刻的石狮像,乃典型的西方天主教的传统装饰并有其特定寓意。狮子在《圣经》中多处提及,并被视为世间最强大的四物之一。《圣经·阿摩司书》说:"狮子吼叫,谁不惧怕呢? 主耶和华发命,谁能不说预言呢?"⑤而在《圣经·何西阿书》中,更为明确地说:"耶和华必如狮子吼叫,子民必跟随他。他一吼叫,他

---

① 《西域南海史地考证译丛·卜弥格传》(第3卷),冯承钧译,第65页。
② 引自吴中杰:《鲁迅传》,复旦大学出版社,2009年,第160页。
③ 穆尔:《一五五〇年前的这个基督教史》,郝镇华译,中华书局,1984年,第33、第85—106页;刘之光主编:《馆藏石刻目——北京石刻艺术博物馆丛书》(二),今日中国出版社,1996年,第92—101页。
④ 吴相湘主编:《天学初函》(第1册),(台北)学生书局,1965年,第1页。
⑤ 中国基督教三自爱国运动委员会、中国基督教协会:《圣经》,2000年,第1464页。

们就从西方急速而来。"①

可见,如此强烈的传教目的寓意,既是耶稣会士瞿安德、卜弥格等的昔日期盼,也是前后入华传教士的共同理想:借手与中国王朝上层权贵之关系,以实现信教的东方"罗马帝国"。所以,"明室地位之巩固,而不受满洲威胁"只是传教士适应的"抓手"——与永历政权复明目的貌似而实异的乖舛之一。

二、"适应政策"的极致与特点

前后只有 16 年(1646—1662 年)的永历政权,可以迁入安龙为界而分为前后两个时期:1652 年(永历六年)之前为其建政发展与抗清激战时期,主要活动地点在湖广地区;而在 1652 年至安龙之后,则为危机重重、逃亡覆灭时期,其主要地点为安龙、云南和缅甸。

对面临大清重兵南下自己又缺根基的永历小王朝而言,最紧要的大事,无疑就是抗清以保其政权存活。传教士的"适应"也就随之为王朝要务"卖力气",既有送炮送枪、搬兵借将,又有出谋划策、包揽外交。也就是说,其适应已达王朝要务极致——军事与外交,这不仅为历朝历代之最,而且也自有鲜明的乖舛特点。

首先,看其军援参战。在西方学者沙不烈所写的《卜弥格传》中,对此有下述四则材料:

> 时当永历谋复兴之初年,信教总兵焦琏率所部将士及葡萄牙炮兵入卫,诸军皆受天寿统治。庞天寿、神甫在焦琏军中,盖从葡萄牙援军俱来也。②
>
> 澳门教徒竞以欧洲异物赠诸使臣……澳门官吏以火枪百具赠庞天寿,附书言此盖备皇帝士卒之用者。③
>
> 明末之乱,走桂林,一六四六年称监国。一六四八年恢复广东广西福建江西四省,以肇庆为驻所。赖诸臣之协力,兼得毕方济神甫求援于澳门,而由澳

---

① 中国基督教三自爱国运动委员会、中国基督教协会:《圣经》,2000 年,第 1447 页。
② 《西域南海史地考证译丛·卜弥格传》(第 3 卷),冯承钧译,第 63 页。
③ 同上书,第 66 页。

门遣队长 Nicolas Ferreira 率领葡兵三百人来助,[注:参看史式徽(Joseph de La Servière)神甫撰中国耶稣会昔日传教事业三三页]桂王始恢复其一部分祖业。[注:参看卫匡国神甫撰鞑靼战史(一六五四年巴黎刊)一一五页]①

一六四七年三月二十至七月一日,清兵围广西桂林时,Nicolas Ferreira 所统的葡萄牙援军在永历所。或者就因为葡萄牙人的炮火,清兵始解围去。(参照耶格儿撰文一九七页)则澳门的葡萄牙援军不应在广东陷落始赴永历所,其事甚明。世人可以主张葡萄牙人往援永历时,就在一六四六年终十一月或十二月时,或者就是毕方济神甫交涉之结果。②

(永历)使臣于一六四八年十月十七日在澳门登岸,于作视察员的神甫举行一万一千贞纪念弥撒之日(十月二十一日),以所赍礼物赠耶稣会士。澳门以若干礼物及若干兵器答礼。圣诞节后,瞿安德亲至澳门,代永历请求救兵。(注:根据前述三信所题年月,瞿安德至少到过广州两次。一次在一六四八年十一月二十五至二十八日之间,一次在同年十二月二十八日。如此看来,他在前一次离肇庆时,未直接到澳门。据皈依记,他过了圣诞节以后,始至澳门。又据同记,澳门的葡萄牙人派两个有经验的队长,统率士卒三百人,携炮二门,并附属物件,往援永历。核以瞿安德到达澳门的时期,这队救兵好像在一六四九年初才能成行。)③

永历曾命同一使臣求援澳门以御满洲。澳门遣士卒五百人往助,时永历军卒已有七万人……某次大战破敌以后,收复十四省,仅余一省在满人手。是战诚有利,然其后不振,盖略记载有澳门应瞿安德神甫请,又遣将一人或二人率士卒三百人往助之事也。史式徽神甫亦云:一六四八及一六四九年时新派往澳门求救之使臣,只能得士卒三百,炮二尊之小助而已。④

概括上述西方史料可知,其要为二。一是经瞿安德、毕方济等传教士之手,葡萄牙占据的澳门有"火枪百具"给庞天寿"备皇帝士卒之用者";以及1648年圣诞节后,

---

① 《西域南海史地考证译丛·卜弥格传》(第3卷),冯承钧译,第54页。
② 同上书,第189页。
③ 同上书,第66页。
④ 同上。

"澳门的葡萄牙人派两个有经验的队长,统率士卒三百人,携炮二门,并附属物件,往援永历"。二是1647年3月至7月、1648年、1649年,三次获得教会派兵并携枪携炮的军援之战事,均获"大战破敌","恢复广东广西福建江西四省"的战果。

对耶稣会士如此露骨地参与当时中国的战事,对照中国史料所载,可以说大致不讹。我们采用王夫之的《永历实录》,是因为王夫之本人在永历王朝前期曾供职朝廷,因此对永历朝前期的军政大事的记载,比较真实也较可信。同时又参照钱秉镫的《所知录》、鲁可藻的《岭表记年》、瞿共美的《天南逸史》等明末清初史料,这是因为钱秉镫曾任永历朝礼部精膳司主事、翰林院庶吉士并"迁编修,管制诰"。而鲁可藻和瞿共美,前者也"仕桂王"①;后者既为瞿式耜"族人",而且还是"守辅瞿式耜同族瞿共美到粤"②,也就是到过事发地的亲身经历者。因此,其记载的史料,尤其是关于永历朝前期的史实,也同样因本人参与其间而较可信。正如谢国桢先生所赞"堪备南明史事之徵"③。

其一,即"火枪百具"给庞天寿"备皇帝士卒之用者",庞天寿就是带"皇帝士卒"的"提督勇武"。在《永历实录·宦者列传》中记有:"天寿以虚名为诸阉长。所部勇卫士仅千余人……勇卫军旗帜皆用西番书为符识,类儿戏。"④可见二者所述永历卫队之装备标识颇有关联。

其二,西文史料所记"一六四八年恢复广东广西福建江西四省,以肇庆为驻所"的永历发展的盛况,在《永历实录》也有。金声恒归顺永历后"声恒兵势强盛,江右人士夸大,四出呼召,闽、楚、南畿皆震动"⑤。时在广东的李成栋、李元胤父子,也于"永历二年,金声恒反正"后,一起归顺永历,遂冠带拜表,举十郡七十余州县籍兵十余万归附⑥。而永历帝则"上封成栋惠国公,总制江、广、闽、浙",并且,"九月,上遂幸肇庆。……朝廷始有章纪"⑦。两相比对,可知其时间、地方,以及永历朝廷所在等,都大致相符。

---

① 鲁可藻:《岭表记年》,浙江古籍出版社,1985年,第147页。
② 同上书,第301页。
③ 同上书,第3—4页。
④ 王夫之等:《永历实录》,第235页。
⑤ 同上书,第109页。
⑥ 同上书,第117页。
⑦ 同上书,第114页。

其三,西文史料记载说"一六四七年三月二十至七月一日,清兵围广西桂林",后来"因为葡萄牙人的炮火,清兵始解围去"的战胜一事,在《永历实录》所记载永历元年(即1647年)的"大行皇帝记"之大事中为,"三月,……清兵攻桂林,瞿式耜帅总兵官焦琏攻却之"①,"五月,……攻桂林,瞿式耜帅焦琏击却之,遂复平乐"。而在"焦胡列传"中,也记有"永历元年二月",清朝"兵由阳朔上,直抵桂林,入文昌门。琏未释鞍,即与巷战,搏斩冲锋者数十骑,敌乃却,屯阳朔。琏保孤城,粮濒尽,清兵复来围,琏誓死登陴守,寻启门出接敌,鏖斗两日夕,敌衄退,琏纵兵躅之,遂收阳朔"。尤其还记载胡一青用"火炮"并在桂林"大败清兵"的细节,即"火炮齐发,军以次行。……追军莫敢前,……桂林溃,瞿式耜帅焦琏入城婴守,请援于腾蛟。腾蛟以印选、一青至,大败清兵于北关"。可见,二者所记的战事时间、地点、结果和使用火炮的细节等,都十分近似。

除此之外,在《所知录》《天南逸史》和《岭表记年》中,类似的记载也不在少数。《所知录》记有永历元年五月的桂林战事"留守式耜用大炮击杀数骑,势少却"。"隔江复发大炮,助其声势,遂乘胜追击数十里,斩级数千。……自是北兵胆丧,不敢复窥桂林矣!"②《天南逸史》也记有永历元年五月,"用西洋炮击中马骑,大清兵稍却"③。《岭表记年》对这次战事记载更为详细:焦琏"铳弹相持竟日,炮矢无虚发。四满人,人骑大西马往来相渡,炮死其三"④。又记有南明一支军队"长于铳炮,勇敢善战"等⑤。

凡此均证明,在"桂王始恢复其一部分祖业"的军事要务中,耶稣会传教士确实"卖力气"地参与其中,然而检阅史料,我们不难发现,在耶稣会士为之卖力的所作所为之中,是有其思想观念特点的。

这一特点,明显体现在传教士瞿安德对庞天寿的"指责"中:"庞天寿虽使宗教传播于宫中,虽忠于其主,然有时似畏怯保身,而不问其主之成败。时当永历谋兴复之初年,信教总兵焦琏率所部将士及葡萄牙炮兵入卫,诸军皆受天寿统治。庞天

---

① 王夫之等:《永历实录》,第8页。
② 《永历实录 所知录》,上海古籍出版社,1987年,第300页。
③ 鲁可藻:《岭表记年》,第272页。
④ 同上书,第31页。
⑤ 同上书,第18页。

寿、神甫在焦琏军中,盖从葡萄牙援军俱来也。已而天寿率安德赴湖广调发新军,在道闻清兵追永历,君臣散走,天寿亦欲逃亡。曾以此意告安德,安德责以大义,言一好教民应不畏死应赴难,宁死于主侧。天寿周正人也,闻之感奋,泣而誓,无论成败,誓以身许国。会大局稍安,天寿返命,以安德劝己之语面陈永历,永历因重安德。由是天主教因天寿安德二人之力传播宫中。"①

庞天寿经此"指责"后,"某次兵变,永历欲自裁,烈纳太后将自缢,天寿急救得免。又有一次因从官数人之叛,几濒于危。天寿在颠沛流离之中常劝其主信从基督之教,而于信仰中求慰藉"②。

同样,对上述史料中的两个重要事实,即永历遇清兵、君臣散走,以及永历、太后遇兵变获"天寿急救"的记载,也出现在《永历实录》等中国史书的记载中。前者有"永历四年春,清兵犯南韶。慈圣太后遽欲挟上弃肇庆西避,……两宫已登舟,上就辇矣。起恒懑愤,泣责内臣庞天寿。天寿曰:'外廷固有主张上速行者,非但我辈也。'起恒疑,不知所谓"③。而后者,在"叛臣列传"中记有刘承胤兵变降清过程,刘承胤"乃遣骑持片纸奏上,言:'敌势大,陛下宜自为计,臣不敢保。'上乃仓遽出奔。城门不开,庞天寿、马吉翔麾将士以利斧断扃锁。上单骑走,太后泊中宫皆乘篮笋出,宫嫔徒步从,皇子幼在襁,乳母负之出"。④ 同样,在《所知录》中,也清楚记有"百官星散,大学士吴炳被执死焉。刘承胤举城降。……上遂由靖至柳,道出古泥,总兵侯性、司礼监庞天寿率舟师五千迎驾。会天雨泥淖,乘舆、服御沿途散失"⑤。

可见,中西所记史实不仅同样相合,而且西方史料所记的耶稣会士瞿安德对庞天寿的"指责",则明显渲染了传教士"道统"更甚于中国"道统"的威力,即:"庞天寿虽使宗教传播于宫中,虽忠于其主,然有时似畏怯保身,而不问其主之成败。"是传教士"责以大义,言一好教民应不畏死应赴难,宁死于主侧。天寿固正人也,闻之感奋,泣而誓,无论成败,誓以身许国。"这一"大义",可在《圣经》"撒母耳记"的27章见到:"大卫对押尼珥说:'你不是个勇士吗?以色列中谁能比你呢?民中有人

---

① 《西域南海史地考证译丛·卜弥格传》(第3卷),冯承钧译,第63页。
② 同上书,第64页。
③ 王夫之等:《永历实录》,第33页。
④ 同上书,第241页。
⑤ 《永历实录 所知录》,上海古籍出版社,1987年,第273页。

进来要害死王你的主,你为何没有保护王你的主呢? 你这样是不好的。'""……你们都是该死的,因为没有保护你们的主。"①这也就是此后,"天寿在颠沛流离之中常劝其主信从基督之教,而于信仰中求慰藉"的基督教"道统"。

其次,关于传教士越俎代庖永历朝廷外交的史实,就当时的中国史料而言,确实罕有记载。但西方教会的有关记载,是有根有据并存有专门档案的,尤其是现存罗马教廷档案馆的下列信件,即永历皇太后致罗马教皇书,明庞天寿上书罗马教皇书,永历皇太后致耶稣会总会长书等,则全都公布于世②。我们审视这批史料,同样可以发现其又合又异之端倪。

其一,遣使欧洲教会的发起者是耶稣会士且明显具有政治目的:"耶稣会作家书录(注:第二册第八号以后)证明吾人假定之是,盖其在所著录略记法文译本之后,着录有携归欧洲之信札数件,殆为分致各国君主者也欤。北京公教月刊(注:一九一五年十一月一日刊二七号四三零页)断言卜弥格神甫之奉使,虽蒙宗教之外表,实具政治性质:'一六五零年诸新入教之显者,遣波兰神甫卜弥格赴罗马者,欲求教皇因诺曾爵十世与诸奉教国王之维护也。'"③

又,"设若审查此次遣使情形,好像其意是发动于耶稣会士,而非出于永历左右的中国人者,盖因后妃皇子之受洗。况且一六四八及一六四九年时,虽有清兵进迫之虞,永历命运暂时转佳,尤使人预睹光复为可能。在吾人今日视之,固不失为幻想,而在当时必有人希望藉基督教的欧洲之力,以援一部分人信仰基督教之朝廷也"。而且"永历虽然暂时机遇转佳,尚觉将有清兵逼迫之虞。于是有人为他求援,卜弥格奉使到欧洲的目的,必定也为此事"④。

其二,对遣使欧洲教廷此举,耶稣会士与永历朝廷的信徒要员和王室贵人是合拍的:"高隆盘神甫书(注:江南传教史第一编二四页)曾言自明室后妃领洗以来,澳门耶稣会士即商之于瞿安德神甫,谋使新入教之贵人,上书于罗马教皇与耶稣会会长。又据宣教部之一意大利文文件,(注:宣教部档旧文一九三册二二页)诸传教使首先属意致书之人,盖为太监庞天寿,曾告之,谓有舟返印度,可由印度易舟赴欧洲,询其

---

① 中国基督教三自爱国运动委员会,中国基督教协会:《圣经》,2000年,第464页。
② 罗光:《教廷与中国使节史》,传记文学出版社,1983年,第61—66页。
③ 《西域南海史地考证译丛·卜弥格传》(第3卷),冯承钧译,第73页。
④ 同上。

是否有致书于耶稣会长之意。天寿答言不仅愿致书于会长,而且愿遣使谒教皇。"①

对此,细究永历皇太后的信件,还是十分必要的,尤其是信中的加粗字体(系笔者所加)更值得惠威:"大明宁圣慈肃皇太后烈纳致谕于依诺增爵代天主耶稣在世总师,公教皇王,圣父座前。窃念烈纳本中国女子,忝处皇宫,惟知阃中之礼,未谙域外之教。赖有耶稣会士瞿纱微,在我皇朝敷扬圣教,传闻自外,予始知之。遂坚信心,敬领圣洗,并使皇太后玛利亚、中宫皇后亚纳及皇太子当定(公斯当定)并请入教领圣洗,……**原望圣父与圣而公一教之会,代求天主,保佑我国中兴太平,俾我大明第十八代帝,太祖第十二世孙,主臣等悉知敬真主耶稣,更冀圣父多遣耶稣会士来,广传圣教**。如斯诸事,俱维怜念。种种眷慕,非口所宣。今有耶稣会士卜弥格,知我中国事情,即令回国,致言于我圣父前,彼能详述鄙意也。**俟太平之时,即遣使官来到圣伯多禄、圣保禄台前,致仪行礼**。伏望圣慈,鉴兹愚悃,特谕。永历四年,十月十一日。"②

从中不难发现,在遣使欧洲教廷的外交事务上,永历王室与耶稣会士存有两大差异:第一,永历王朝没有提出军援要求,只是希望欧洲教廷"代求天主,保佑我国中兴太平",至多也就是"冀圣父多遣耶稣会士来,广传圣教";第二,将这一外交事务,虽然全权交予了传教士卜弥格,但并非如传教士"欲求教皇因诺曾爵十世与诸奉教国王之维护也"。而仅仅只是"今有耶稣会士卜弥格,知我中国事情,即令回国,致言于我圣父前,彼能详述鄙意也",最终也就是"俟太平之时,即遣使官来到圣伯多禄台前,致仪行礼"。

可见,耶稣会士的强烈政治目的——"希望藉基督教的欧洲之力,以援一部分人信仰基督教之朝廷",并最后"昔奉异教之老大中国,将从其君后沐西风而循救赎之途"③的目的,在皇太后的信中,在庞天寿的信中,都未提及④。由此可知,耶稣

---

① 《西域南海史地考证译丛·卜弥格传》(第3卷),冯承钧译,第73页。
② 罗光:《教廷与中国使节史》,第61—62页。
③ 《西域南海史地考证译丛·卜弥格传》(第3卷),冯承钧译,第69页。
④ 见罗光:《教廷与中国使节史》,第61—64页,明庞天寿上书罗马教皇书:"大明钦命总督粤闽恢剿联络水陆军务,提调汉土官兵,兼理财催饷,便宜行事,仍总督勇卫营,兼掌御马卫印,司礼监掌印太监庞亚基楼契利斯当,膝伏依诺增爵代天主耶稣在世总师,公教真主,圣父座前。……为国难未靖,特烦耶稣会士卜弥格归航泰西,代告教皇圣父,在于圣伯多禄、圣保禄座前,兼于普天下圣教公会,仰求天主仁慈,照我大明,保佑国家,立跻升平。俾我圣天子,乃大明第十八代帝、太祖第十二世孙主臣钦崇天主耶稣,则我中华之福也。……永历四年,岁次庚寅阳月弦日书。"

会士对南明永历政权的适应之巅——积极主动参与军事与外交要务,表面上似乎轰轰烈烈并同仇敌忾,实际上只是"貌合"在抗清战事和遣使教廷上,而在对永历的"道统"观念和政权性质上,则明显存在各有各的"神异"特点。

三、"适应政策"的落败及其原因

既然耶稣会士适应永历王朝的起点与目的是貌似实异,其适应永历政权军事与外交要务的特点是貌合神异,那么也就既预示着传教士适应政策的必然落败,同时也显示其落败的原因所在。

永历王朝寿命不长,且又强敌压境,朝廷内讧连绵不止,正所谓"朝中之士又各植朋党,争门户"①。在到安龙之前,就有明末农民起义大西军余部同明朝旧官员的矛盾,同时又有小朝廷旧官员中"吴楚两局"之争。到安龙之后,这种内讧愈演愈烈:既有农民起义大西军余部的武将孙可望与李定国之争,又有文官重臣吴贞毓等十八大臣同孙可望、庞天寿等之斗。如果说到安龙前的内讧,虽在军事上已导致了湖广地区的丧失,但朝廷中人多势大的楚党"五虎",即袁彭年、丁时魁、蒙正发、金堡、刘湘客,遭遇"五虎之狱"后,经信教大臣瞿式耜等的力救,总算还都保住了性命,那么在到安龙之后的内讧中,十八大臣的"密敕之狱",却都全部一命归阴。永历王朝犹如雪上加霜,就此很快走向败局,并在清军进攻面前,孙可望降清,李定国败北,导致永历小朝廷彻底覆灭。对此,需要深究的是,天主教耶稣会传教士及其教徒,事实上不仅或隐或显地介入到朝廷政治内讧之中,而且还反映出注定落败的原因所在——封建政统与天主教道统的冲突。

首先是耶稣会传教士的道统,是难以吻合专制政统的。这从瞿安德(又名纱微)任职服务王朝政事,但一年不到就黯然下台可以清楚看出。"永历三年正月,上在肇庆。西洋人瞿纱微进新历,诏颁行之"。而且庞天寿"又荐纱微掌钦天监事,改用西历"②。但是,一年不到就夭折了:"……永历三年十二月,给事中尹三

---

① 鲁可藻:《岭表记年》,第297页。
② 王夫之等:《永历实录》,第12、235页。

聘奏：瞿纱微擅用夷历，燏乱祖宪，乞仍用大统旧历。从之。"①钦天监是明朝掌管观察天象、推算节气历法的文官。问题并不在于瞿纱微当还是不当这一战时无足轻重、平时则较为重要的官职，问题的要害是，耶稣会士任职不到一年就下台的原因，恰恰就是"擅用夷历，燏乱祖宪"，因此朝廷最后"仍用大统旧历"。也就是说中国政权体制的传统，(包括当时不握军政实权的文官)不可变改，哪怕你瞿安德是"天寿为代父"，即太后教父的庞天寿所举荐，也都无可奈何。这正如钱锺书所说："传统不肯变，因此惰性形成习惯，习惯升为规律，把常然作为当然和必然。"②

相较而言，这还只是传教士的"道统"与封建专制政统二者较量的小事一桩，而事关朝廷大权落于谁家之手则就是朝廷的头等大事了。也就在这一点上，永历王朝掌权大员间的内讧自戕，也就更能彰显永历王朝政统与道统合一的异化威力了。对此，其突出的事件就是永历王朝前期的"吴楚两局"及其"五虎之狱"，以及永历后期在安龙的"十八大臣遇难"及其"密敕之狱"。对此，细读细析有关史料可知，身为朝廷要员的天主教徒，其相信和皈依的那点天主教"道统"，在传统的专制政统面前，不仅难有作为，而且还自然而然地重返中国封建道统，与非教徒官员一样的顺从遵从。

在永历到安龙之前的王朝前期，也就在瞿安德被罢官不久，永历朝廷的"吴楚两局"之争和"五虎之狱"就接踵而至。

所谓"吴楚两局"，在《所知录》中记载较确："先是，朝士有东、西之分，自粤东来者，以反正功气凌西人；而粤西随驾至者，亦衿其发未薙，以嗤东人；而东、西又各自为类。久之，遂分为吴、楚两局：主持吴局者，阁臣朱天麟、吏部侍郎吴贞毓、给事张孝起、李用楫，外则制辅堵胤锡也……主持楚局者，丁时魁、蒙正发、袁彭年。……陕西刘湘客、杭州金堡既与丁时魁等合，桂林留守瞿式耜，亦每事关白，居然一体矣。"③而且，"凡自湖南、广西随驾至，出于督师、留守门下者，大半归楚。吴人谓楚东恃元胤，西恃留守。实则吴亦内倚吉翔，外倚邦传"④，而下在《岭表记年》还记有永历二年的十二月，"金堡上八事。参马吉翔、陈邦傅居多，而庞天寿、严起

---

① 王夫之等：《永历实录》，第 15 页。
② 钱锺书：《七缀集》，上海古籍出版社，1995 年，第 2 页。
③ 《永历实录 所知录》，第 300 页。
④ 同上书，第 301 页。

恒预焉"①。由此可见，楚局与内外重臣瞿式耜、庞天寿等天主教徒，在政事上实为"一体矣"。

不仅如此，瞿式耜与庞天寿的关系也十分密切，这可以从庞天寿对瞿式耜遇难后的反应看出。在瞿式耜儿孙所写的《庚寅始安事略》和《粤行记事》中都记有，瞿式耜孙儿瞿昌文"遇庞天寿，天寿执文手，指甲入腕，哭失声"，"昌文往辞阁暨庞司礼，司礼云'桂林已破，令祖自然尽忠，足下不能上省，随行在到浔州可也'"②。可见，对瞿式耜后人的如此关照与厚待，若非二人"实为一体"又岂能做到。

进而，教徒的瞿式耜、焦琏、庞天寿等，也深受永历王室所重。如前一节所述，瞿式耜身为阁相并掌桂林留守重任，焦琏身为总兵负责粤西军务，而且都连连封侯晋爵。而庞天寿虽是太监，但也甚获永历王室信任。《永历实录》记载，"武冈陷，上幸柳州。坤（王坤，掌司礼监事的太监）复入，与天寿分掌监事。然权稍落矣。天寿以曲谨为上所信，坤遂疏"，又有"坤骄悖日著，中外既侧目，慈圣洎上亦稍厌之。而天寿于诸阉中为淳谨，上意向用，及刘承胤逐坤，天寿掌文房事。……由是益为上所亲信，赐一品服，提督勇卫"③。

因此，对"楚吴两局"的内讧人脉，就成有无教徒与之联系的两派：

楚局一方，即丁时魁、蒙正发、袁彭年、刘湘客、金堡等五虎，可以认定其与信教的阁臣瞿式耜以及内廷权臣庞天寿等，实为同一阵营，而且还获得永历帝、王太后的信任与重用。

而与之对立的吴局，即吴贞毓、张孝起、李用楫等一方，既有阁臣朱天麟，又有人在永历身边"执朝权"、人不在也"遥执朝政"的马吉翔，以及"有宠于慈圣，遂骎骎夺大权"的司礼太监夏国祥④，他们结为同一阵营，并且也同样获得永历帝、王太后的信任与重用。

然而，这一内讧自戕事件，即永历前期遭灭顶之灾的楚局"五虎之狱"，我们检阅南明史料所记，发现几乎都把原因说成是吴贞毓、张孝起等吴局干将及其后台马吉翔和夏国祥的连连诬陷。然而，一个需要反思的问题是，他们的攻击能够奏效并

---

① 鲁可藻：《岭表记年》，第 81 页。
② 《永历实录　所知录》，第 360、342 页。
③ 王夫之等：《永历实录》，第 234—235 页。
④ 同上书，第 226、228、236 页。

导致楚局五虎落难,能离开朝廷最高决断者的旨意吗?事实也的确如此,这个最高决断者,既不是吴局干将,也不是佞臣马吉翔或太监夏国祥,甚至也不完全是永历帝,而是系于王太后一人一己之懿旨。王太后,即慈圣皇太后(教名烈纳),其本人就是按封建道统礼制而位居永历生母之上的"嫡母"。据西方史料所说:"永历帝监国时,烈纳太后年四十七岁。诸臣推载桂王时,后曾言'吾儿不胜此,原更择可者'。后为人谨慎,通文学,知礼节。"①而据时为永历朝广西巡抚鲁可藻的《岭表记年》所述,永历"事太后极孝。太后习文墨,晓事机,剖决诸务能晰情理。帝即位,无不秉承"②。

正因此,马吉翔、夏国祥和吴局等人,才能计谋得成。《永历实录》对此记载较多:"吉翔屡于太后及上前,言堡(即金堡)结袁彭年、刘湘客、丁时魁、蒙正发把持国政,目无君上。太后及上惑之,诸不逞者皆依附之。吉翔为言除去堡等,则皆如其愿。吉翔又乘间言式耜、起恒皆主张党人以挟持上,使不得有为……"③马吉翔"遂日为蜚语,称湘客与彭年结科臣丁时魁、金堡、蒙正发,结党把持。流传宫中,慈圣太后信而恶之"④。而"永历二、三年间,外廷稍持法纪,国祥不能尽如其意,日泣奏慈圣,谓金堡等把持裁抑,诋毁两宫,挟李成栋父子为势,心不可测。太后习听之,遂切齿堡等。吴贞毓、李用楫、张孝起、鲁可藻皆依附乡曲,与国祥交善。……上弃肇庆奔梧,逮治堡等"⑤,以至"吉翔外畏内惨,以曲谨奉慈圣,凡所欲为,皆令夏国祥达太后,令必行。上虽知其不可,而慈圣命严,上不敢违"⑥。

不仅如此,在"五虎之狱"事件中,王太后与永历帝,对同为教徒又身为留守阁臣瞿式耜的"抗疏力争,不听"⑦;又还对手握兵权的勋臣李成栋之子李元胤,其为楚局众臣的辩护也置之不理。王太后先说"先生父子之功,千载不朽,五虎与先生何疏?"又最后训示"原是不许妄言生事,若有不忠不孝,大逆无道的,只管奏来",

---

① 《西域南海史地考证译丛·卜弥格传》(第3卷),冯承钧译,第56页。
② 鲁可藻:《岭表记年》,第5页。
③ 王夫之等:《永历实录》,第226—227页。
④ 同上书,第167页。
⑤ 同上书,第236页。
⑥ 同上书,第227页。
⑦ 同上书,第27页。

并立即"谕退"①。

十分清楚,王太后之所以能凭其一人好恶而对"五虎之狱"一锤定音,就因为她依仗的是中国封建道统的"忠孝大道"及其专制政统。在封建时代的中国,余英时认为:"由于'道统'缺乏西方教会式的组织化权威,因此也不能直接对'政统'发生决定性的制衡作用。"②其实到宋明理学及明代封建专制完全确立之后,则封建道统已沦为如黄宗羲所说的为专制政统张目之"一家之法而非天下之法"(黄宗羲《明夷待访录·原法》)。这在宋代为朱熹所说的君主"以制命为职"③;而在明代,则为法定的"君不主令,则无威;臣不行君之令而致之民,则无法,斯大乱之道也"④。因此,同信上帝的教友阁臣瞿式耜的力保,在其面前无用了;而有"千载不朽"之功的将帅请求,在其面前也无效了。所有用有效的就只是封建专制政统"之道"了。

而之后内讧自戕事件,也同样如此。虽然永历四年七月,慈圣太后死去,但后期的永历王朝,其基于封建专制的传统依然不变,哪怕已危如累卵,也照旧僵而不死,并使"吴楚之争"获胜的吴局之首吴贞毓及其属下的大臣共十八人,也全都在安龙被杀,史称"密敕之狱"。

据明人江之春《安龙纪事》、清人徐鼒《小腆纪传》和计六奇《明季南略》等书的记载可知,十八大臣在安龙遇害的"密敕之狱",既是"密敕"又不是"密敕"。因为,永历八年(1654年),对孙可望"逆节益著,上密谓中官张福禄、全为国与极(给事中徐极)、青阳(员外郎林青阳)……合谋召西宁王李定国入卫"⑤。可见,这首先是永历帝的旨意,不是"密敕"。而之所以为"密敕",是因为面对"主上险危"⑥的吴贞毓等大臣,在受命派出林青阳等去联络李定国"将兵赴安龙护驾"⑦,是瞒着"诡事可望"并"掌戎政""督勇卫营"⑧的马吉翔、庞天寿以及秦王孙可望等而做的。事

---

① 鲁可藻:《岭表记年》,第125页。
② 余英时:《中国思想传统的现代诠释》,联经出版事业公司,1987年,第34—35页。
③ 《朱文公文集》卷14,"经筵留身面呈四事札子"。
④ 《明经世文编》卷9,"请诏令宜信疏"。
⑤ 徐鼒:《小腆纪传》卷31,中华书局,1958年,第717页。
⑥ 同上。
⑦ 计六奇:《明季南略》,中华书局,1984年,第469页。
⑧ 徐鼒:《小腆纪传》卷31,第716页。

情败露后,孙可望"忿杀宰相吴贞毓等十八人"①又是"竟以'盗宝矫诏,欺君误国'八字为案"②。

这正应验了孟德斯鸠对专制政体的断言:"专制政体是既无法律又无规章,由单独一人按照一己的意志与反复无常的性情领导一切。"③不过,此时的"一人""一己"不是那个太后,也不是永历,而是孙可望了。因而一个匪夷所思的问题是,这个不是皇帝的孙可望,为什么能制造"密敕之狱"并宰杀十八大臣呢?

就史书所记的下述数事,若将之串联分析可揭示其中奥秘:

其一,明末的1652年的农历二月初六,南明永历帝朱由榔及其朝廷,在清兵南征、节节溃败、走投无路的窘境中,只得在孙可望部将王爱秀的迎护下,自广西入居贵州安龙,并将之改为安龙府、设为行都。又以所署为行宫,设"文华殿"以议朝政。但据《安龙县志》载,永历的"扈随文武诸臣仅五十余人"。其"宫室鄙陋,服御粗恶",即使文华殿也是"寝室窗壁颓坏,风雨侵御床,求一蒲席蔽之"④。又有史料记载:"永明既迁,改安隆为安龙府;孙可望使人监之,所供奉皆造册呈报,内开:'皇帝一员,月支米若干,太子一口,宫眷八口,月支米若干。'闻者莫不怪叹。"⑤更为怪叹的是,秦王孙可望将永历弄到安龙后,其"守护将吏亦罕尽人臣礼,上已不堪其忧"⑥。

其二,原本"上及皇太后皆深信之,以为忠勤,遂命掌戎服事"⑦的马吉翔,到安龙后"遂与管勇卫营内监庞天寿谋逼上禅位秦王"⑧;而尤为关键的是:"可望愈肆无惮,自设内阁六部科道等官。一切文武皆署伪衔,复私铸八叠伪印,尽易本朝旧印,……拟改国号曰后明,日夜谋禅位。"⑨

可见,一方面是永历帝已不成其为孙可望等人之帝,而另一方面是孙可望及其

---

① 计六奇:《明季南略》,第469页。
② 江之春:《虎口余生记·安龙纪事》,上海书店出版社,1982年,第318页。
③ 同上。
④ 贵州省安龙县志编纂委员会编:《安龙县志》,贵州人民出版社,1992年,第39页。
⑤ 《蜀碧 鹿樵纪闻》,北京古籍出版社,2002年,第374页。
⑥ 徐鼒:《小腆纪传》卷31,第716页。
⑦ 江之春:《虎口余生记·安龙纪事》,第311页。
⑧ 同上。
⑨ 同上书,第313页。

部下,已不成其为永历之臣,因为一个要对永历王朝作改朝换代的孙可望"后明",已经摆在大家面前了。而且,在紧接着的永历十一年(1657年),孙可望确也"统兵十五万"攻打永历和李定国,实施其改朝换代的战争,只不过未能遂愿而兵败降清而已①。

因此,就永历"南明"而言,吴贞毓等是"忠孝两穷""尽瘁鞠躬""忠臣千载"但"击奸未遂"②;其对立派的孙可望是"伪",其部下是"罕尽人臣礼",庞天寿、马吉翔是"寿翔表里为奸"③。

反之,就孙可望的"后明"而言,"秦王发令……以十八人为奸,以吉翔为忠",而且"中宫俱知其事,寿翔等将废中宫"。④

可见,永历的"南明"同孙可望的"后明",如同中国封建王朝史上的两个王朝更替一样,都必须祭祀"忠""奸"两旗。所不同的只是,对南明为"忠",则对后明为"奸";而对南明为"奸",则对后明又为"忠"。这种相对又相悖的"忠""奸"合一又二分,完全取决于两个王朝及其两个君主,而且都共同遵循"君不主令,则无威;臣不行君之令而致之民,则无法,斯大乱之道也"的专制道统,并成其政统之"符码"。在其面前,同一宗教信仰的庞天寿和内宫后妃,同不信教的马吉翔和吴贞毓等,他们的信教不信教已无足轻重了,而只有为封建政体"行君之令"是谁的"忠""奸"符码之分了。

总之,瞿安德下台和五虎遇难是这样,而后的十八忠臣遇害,也是这样。永历朝前期,有传教士和同为教徒关系的种种努力,但该下台的仍下台、该遇难的仍然遇难;永历朝后期,无传教士但有信徒庞天寿的推波助澜,该遇害的也同样遇害。这两个有天主教信徒一正一反作用的相同内讧悲剧,充分说明专制政体及其道统合一的异化之力,是使传教士及其教徒的基督教道统连带其上层适应政策最终落败的必然缘由。

(本文原载《上海师范大学学报》2010年第1期,作者为孙景尧、龙超云)

---

① 计六奇:《明季南略》,第469页。
② 江之春:《虎口余生记·安龙纪事》,第319页。
③ 同上书,第316页。
④ 同上书,第318页。

借传统之形与传统之力弘传"福音"之路
——论贵州安龙教区布依族村寨传统对联中的天主教因素及其启示

入华的外来宗教文化,在其入传之初,面临陌生的异质文化语境,往往会采用"适应化"(accommodation or adaptation)或"处境化"(contextualization)的传播范式。唐代景教入华对唐王朝的依附和明末耶稣会士入华传教采用的"适应政策"都是如此。正如台湾学者林治平所论,大凡外来的宗教文化,"如想顺利地在中国文化社会系统中传播,就必须进入中国文化系统中与中国文化社会结合或在中国文化中找到相关的脉络系统,生根发展"。① 对此,季羡林先生还进一步指出,作为外来的宗教,要想立稳脚跟,"必须依附于一个在中国已经流行的、有了基础的宗教学说。必要时,甚至不惜做出一些伪装,以求得蒙混过关"。②

由于置身于"回徒本墨守宗风,孔教且素持外攘,禅宗既穷超生之路,道派更绝换骨之丹"③的异质文化语境,为将"晦盲否塞"且"崇巫尚鬼"的布依民众引向天主之道,教化皈依于一个陌生的"基督",从而实现使亚当克惠黔黎,初开草昧,并收获东方灵魂的目的,明末清初以来的天主教外方会士,在贵州省安龙天主教教区内布依族村落弘传福音之时,借助了对联等传统文学样式之形,以适应本土民生文化与习俗,从而巧妙言说并传播了天主福音。

从文学性上看,对联具有比诗歌更精炼的表述思想情感的特点,有"诗中的

---

① 林治平编:《基督教在中国本色化(论文集)》,今日中国出版社,1998年,第2页。
② 季羡林:《季羡林学术论著自选集》,北京师范学院出版社,1991年,第88页。
③ 清末民初基督教循道公会英国传教士柏格理(Samuel Pollard)传教于黔西北威宁石门坎期间,立有《石门坎溯源碑》,此语录即摘自该碑铭文。

诗"之称誉;从传播上看,具有最方便展现于受众的特点;而从读者接受上看,又具有与传统习俗结合,并为国人所喜闻乐见等诸多特点。正因此,者述布依山寨的天主教会及其教徒,创造性地运用这一"确为中国语文特性之所在"①的文学样式,在异域、异族及异文化语境中顺俗施化,将这一独特的形式转化为宣教工具,不遗余力地传扬天主教的宗教思想和神性信仰,并使其深深地植根于当地布依村民的传统生活中。传教者们以"旧瓶盛新酒"的方式,在对联中掺和宗教因素,不仅传载了天主教的神性教义,而且这种伪装甚至蒙混过关的传习模式,对国人产生了一定的"亲和力",并对存在于"中国人"与"天主教徒"之间的身份张力,进行了有效的消解;对存在于基督教文化与本土文化之间"疏离性"和"异质性",起到了一定的弥合作用。

一、传教与信教对联基本内涵解析

天主教的信仰内容,大致包括在《使徒信经》中,主要蕴涵了如下一些信条:天主圣父化成天地,创造人类及宇宙万物;天主圣子降生为人,救赎人类,并受难、复活、升天,在世界末日时将再次降临;天主圣神(即圣灵)圣化人类;教会为基督所创立,并有赦罪权;人的肉身将于世界末日复活并接受基督的审判,善人得享永福,恶人要受永苦等。论其实质,这些权威性基本信仰纲要所彰显的,正是天主教所宣扬的根本教义或教理。天主教的根本教义包括上帝论、创世论、"三位一体"论、基督论、圣母论、原罪论、救赎论、末世论、教会论以及恩宠论等诸多方面。

我们从贵州安龙教区者述村布依山寨见到村民书写对联的底本共有对联306幅,其中双联226幅、单条79条,另有匾额46幅。对联、单条和匾额的内容大致可分为三类:一类专为传播其宗教信仰知识,宣扬教义或教理;一类主要传播的是天主教的教规、教仪与教史;另一类则是与当地民俗文化最为契合的教礼传播。

传教者们藉中国传统文学样式——对联这一"传统之形"及其"传统之力",来言说和阐扬基督教的神学思想与宗教信仰,在形式上同民俗传统如何契合? 又是如何化解了传统对联与信教对联间的张力? 换句话说,秉承与弃绝、吸纳与拒斥间的矛盾如何得以化解? 对联这一"载道"与"贯道"之器,如何实现了宗教的神性主

---

① 陈寅恪:《金明馆丛稿二编》,上海古籍出版社,1980年,第227页。

张与尘世民俗思想文化的有机结合？对联的传统作用在促使布依村民信教方面，究竟发挥了怎样的功用？通过对者述布依山寨对联、单条和匾额进行细致的文本解读，有助于我们对上述问题的理解。

二、对于天主教神性信仰的传载与言说

（一）对天主、耶稣和圣母玛丽亚形象的解读

天主是天主教存在的逻辑起点和信奉的根本，天主开天辟地、创造万物之说是天主神性教义的核心内容，也是其信仰产生的土壤。者述布依山寨的对联（含单条和匾额），对于这一不可或缺的根本，究竟作了怎样的传扬和诠释？

天主教信徒通过传统对联的形式，对天主的不可言说性、"超在性"以及"现世性"进行了通俗的言说和表述。天主形象有不可言说也无法言说的特性，天主"对于世人，他具有位格而非无人称的哑然存在体，是至公至义和至高至上的；对于自然，他既超越于万物又内在于万物；对于时空，他是无限、单纯和独一的"①。天主也具有"超在性"（transcendence）和"现世性"（immanence），海德格尔曾经指出，"人只是基督教所理解的意义上的一个'世俗的'生物，既背弃上帝也根本脱离'超越'的'世俗的'生物。用'超越'（transzendenz）一词，人们指的是可以更清楚地被称为超越者（das transcendente）的那个东西，超越者乃是超感性的存在者"②。

在《旧约》中，天主圣父的超在性通过超在者（transcendent）耶和华得以体现，虽然有形的可以感知的世界为天主所造，但天主自身却独立于这一世界之外，或者说是不可名状的。布依山寨无论是对联"无始无终以己全能宰万□　至仁至义统诸美德育群生"，"上天荣颂达尊主　下地安邪归义人"，乃至匾额"纯含万美"，都较充分地凸显了天主的"超在"特质。

作为"超在性"对立面的"现世性"，则是指人类可以企及的，或凭借经验与知识能够感知的，甚或是人类自身就已具备的那些属性。从某种意义上讲，基督是彰

---

① 任继愈主编：《宗教大辞典》，上海辞书出版社，1998年，第681页。
② 海德格尔：《关于人道主义的书信》，见《路标》，孙周兴译，商务印书馆，2001年，第412页。

显上帝的载体,"通过基督而言说上帝"①,基督是言说上帝的媒介。耶稣为天主之"道"(The Word of God)的体现,天主圣父的"道成肉身"(Incarnation),这是天主启示中最大的启示,也是天主向人所作的自我启示。"道"之所以要取肉身成人降世("道成肉身"),是因世人深陷罪孽,无法自救,故受圣父差遣,舍弃了降临地上之前所具有的神的形态,通过童贞女玛丽亚受圣灵降孕,采取人的外形生于人世,并以这种形象舍身十字架上,以此成就上帝救赎世人的事工。对联"降生立表布真训以其诸□做赎人类实价 舍命救羊作义牺留己圣伤常为众信千城",则从"救主"和"中保"两个形象的视角,颂扬了救世主基督。究其实质,"基督"(Christ)与"救世主"(Saviour of the World)同义。"中保"指在人与神中间担负调解任务,从而使人得以恢复跟神的正常关系者。在基督教中,神子耶稣就是肩负此重任者,因为人类从前因着恶道,而与神隔绝,为了修好人神间的关系,上帝便藉着耶稣基督"在十字架上所流的血成就了和平,便藉着他叫万有,无论是地上的、天上的,都与自己和好了"②。因此,基督通过舍己性命,作众人的赎价,成为了上帝与人和好的代理人,成为了重修二者关系的媒介,成为了介于上帝与人之间的中保。"自有真神体一位三原莫像 降生慈主性变位一始为人","全能卑下至羊圈甘做婴孩除伪奸 涕哭卧篮遭困乏何人在世缺哀怜","奇颂慈宽怜厥氓以其亲子做吾兄 施荣增福莫能比天国从斯乃我雍","祈祷为新亡由十字奇功能除永死 通功因炼苦藉五伤救迹可获常生","初人亢命失真光累己后裔概为魔仆 圣子降生除黑暗施身救世恩赐蒂宗","爱人无己一纯神特选严冬作诞辰 自隐至尊投野栈甘贫受苦拯愆民",这些对联对天主教教义"三位一体"论、救赎论、"恩宠论"以及救世主耶稣通过其事工所映射出的深邃寓意,都作出了较准确的表述,不仅言说了天父所具有的"道成肉身"的"现世性"属性,对于救世主基督的"救世"属性也有较为清晰的阐述。

诸如此类天主与耶稣"超在性"与"现世性"的巧妙结合,既有天主神的超在的崇高性,又有耶稣基督现世救世的普世性,既便于理解,又易于接受,最终达到了在潜移默化中树立基督信仰唯一真神的目的。

除了信奉天主和耶稣基督外,尊玛丽亚为圣母,也是天主教信仰中另一至关重

---

① 许志伟:《基督教神学思想导论》,中国社会科学出版社,2001年,第170页。
② 《歌罗西书》1:20。

要的教条。天主教徒们之所以尊奉童贞女玛丽亚为圣母,根本原因就在于,玛丽亚以自身之体承载了天主之"道",感灵孕育了救世主基督。正因如此,"圣母论"(Mariology)成为了天主教所强调的基本神圣教义。形若对联所论,"玛丽圣名天后 称人呼德福鬼闻惊 海星迥亮皆其意公会赞扬永不停",易言之,圣母玛丽亚以童贞女感孕生子,产下圣子耶稣基督,人们称她为天后。人们称呼她的圣名是因为她代表着天主的恩德和福音,而鬼听到她的名字会感到惊恐。大海中星辰的明亮都是因为她的意愿,因此,天主教会对她的赞颂永不停。

既然孕育救世主圣子,是天主教尊崇玛丽亚为圣母的关键所在,因此在对联与单条中,着力凸显的正是"圣母论"的教理及其寓意——譬如"圣德超群诸善齐爱人体主刻难离 身充婢女心同在公会传明万国知"和"万卉业中殿众葩玫呈贞洁布清华 自从放后兹难觅一植天乡救世家"。当然,阐扬"圣母论"的深邃含义的真正意旨,与其说是为了歌唱圣母的功绩,还不如说更是为了传布天主教的救赎思想。

(二) 原罪论、救赎论、末日论论说

天父之所以要差遣其独生子降世,是因为人类无力脱离罪孽之渊,而需"弥赛亚"基督的救赎。尘世之人之所以深陷罪孽的渊薮,主要由于"原罪"使然。所以,原罪论和救赎论便成为天主教信仰中不可或缺的教义。天主教的原罪论和救赎论思想主要体现在《罗马书》中。"罪是从一人入了世界,死又是从罪来的;于是死就临到众人,因为众人都犯了罪。"[1]为此,基督就按所定的日期为罪人死。"惟有基督在我们还作罪人的时候为我们死,神的爱就在此向我们显明了。现在我们既靠着他的血称义,就更要藉着他免去神的忿怒。因为我们作仇敌的时候,且藉着神儿子的死,得与神和好;既已和好,就更要因他的生得救了。"[2]

不可否认,虽然此神性主张和宗教信仰的指涉意义十分深奥,但是,概观者述布依山寨的信教对联与单条,上述思想都得到了较为精当的阐释。"因苦缘由是罪恶人生在世莫逃脱 帝王卿相不能离士庶黎民何怨郁"体现了每个人都无法逃脱原罪的思想。以对联"初人亢命失真光累己后裔概为魔仆 圣子降生除黑暗施身

---

[1] 《罗马书》5:12。
[2] 《罗马书》5:8—10。

救世恩赐蒂宗"为例,它不仅将"原罪说"和"救赎论"有机地融为一体,而且界说和诠释也言简意赅。

然而,相对于天主论、基督论、圣母论及救赎论教义而言,对联着墨更多处,还是对天国地狱与末日审判的阐述。天主教"是以耶稣的行实和教诲为基础的一种宗教"①,是一种启示宗教,一种超性哲学。它的启示意义所指向的,并非是人的"此在"世界,而是未来世界。天国(Kingdom of Heaven),亦称"上帝国",是天主教教义之一。一般指以天主为中心、众得救灵魂安居之所。与"天国"相对应的则是"地狱"(Hell)。末日到来之时,尘世之人究竟谁将进天国,谁会下地狱,这取决于末日审判时各个个体有罪与否。

天主教的上述教义,在者述布依山寨的信教对联中都有或直观或隐晦的表述。对联"生前暂寓善愆两路由人蹈　死后永居□恶一微在主权""善恶两途由我□　祥殃一案宰神权"和"天乡有圣登辜辈弗克　死候无人免判尝能逃"都共同表达了众人死后都要由主进行最终审判。此类对联,不仅对人类俗世罪恶产生的缘由进行了概述,而且结合恩宠论与救赎论教义,通过对天地长久终有时,世间荣华皆虚幻,而惟有天主恩荣真实永恒等义理,进行深入浅出的阐释,从而劝导人们不要贪恋虚幻的富贵荣华,而应积聚德行、修持天主之道,以期获得上帝的恩宠,死后方能升入天国享永生。这样一种"劝人行善""以获恩宠"的天主教义实际早已染上了中国传统观念的色彩。

综上所述,者述布依山寨的天主教信徒,巧妙地借取中土对联这一传统的"载道"与"贯道"之器,既置换了传统对联所承载的本土文化内涵,又发挥了信教对联言说和阐扬天主神学思想与宗教信仰的宣讲功能。这些林林总总的信教对联,通过将国人耳熟能详的世俗语汇同天主教的超世神性思想有机糅合,既充分地传载和传扬了天主教的核心教义,又在一定程度上消解了传承本土文化思想精髓与传扬外来宗教神学信仰之间的张力;既求得了宗教对联与民俗传统的有机统一,又保持了宗教与民俗各自的鲜明特征。这种独具匠心的播教方略,不仅开启了天主教思想融入异域华夏布依民族传统生活的先河,也创造了让天主教植根、开花并收

---

① Bullock, Alan and Oliver Stallybrass (eds), *The Fontana Dictionary of Modern Thought*, Glasgow: William Collins Sons & Co. Ltd., 1982, p.100.

获于异质的中国文化土壤中的神话。

三、对天主教教规的言说

除了竭力传播天主教形而上的超性哲理,言说那本不可言说而无法言说的自有永有者天主,抒写那身为天主之道或言并降世救赎的"三位同体合一"圣子,阐扬作为天主之智,育养扶持被造物,使之"知罪""悔改"和"成圣"的圣灵,诠释教会对童贞女玛丽亚的崇敬和礼拜,论说原罪论、救赎论、末日论等宗教教理之外,者述布依山寨对联更为关注的,则是有关尘世中的信徒所应信守的教规及教仪知识的表述了。

所谓教规,顾名思义,大意指宗教要求教徒信守和遵循的行为准绳,而这些规章,常常同该教的伦理准则和教法体系密切相关。不言而喻,天主教教规,就是指信奉天主教的信徒们,于其身心与言行中需要恪守的各种准则。众所周知,天主教从犹太教那儿承袭了众多的清规戒律,而其中最重要的是"十诫"(The Ten Commandments or the Decalogue)。

(一)"摩西十诫"和"七罪三仇"

"摩西十诫"的具体内容,分别记载于《旧约·出埃及记》和《旧约·申命记》中,依次为:(1)除耶和华外不可敬拜别的神;(2)不可制造和敬拜偶像;(3)不可妄称天父耶和华的名;(4)当守安息日为圣日;(5)当孝敬父母;(6)不可杀人;(7)不可奸淫;(8)不可偷盗;(9)不可作假见证陷害人;(10)不可贪恋别人的一切[1]。

对照"十诫"的含义,审视者述布依山寨信教对联的内容,可以看到,为数众多的对联,在传扬天主教"十诫"准则时,往往采取"积小以明大,而又举大以贯小;推末以至本,而又推本以穷末"[2]的交互往复范式,对天主教信徒所需奉行的教规作了循环阐释。宣教对联一方面从宏观的向度,对信徒须操守的十条诫命作了概述性的界说和精辟的阐释,譬如,如何通过祛"三仇"、克"七罪"的手段而达到守"十诫"的目

---

[1] 《旧约·出埃及记》20:2—17;《旧约·申命记》5:6—21。
[2] 钱锺书:《管锥编》(1),中华书局,1999年,第171页。

的;另一方面,众多信教对联又从微观的视角,对各条法则进行了细致的解析。

"恪守十规无限福　恒修七克有余忻""存心守十诫　克欲教平生""三仇敌胜非人力　十诫坚持赖主恩"等对联对作为犹太教最高律法和基督教戒律的"十诫",进行了言简意赅而又富有哲理性的言说。对联撰述者,将天主教信徒奉为圭臬的教条,连同所宣扬的"七罪"与"三仇"义理,进行了循环式的阐释。所谓"七罪",指人因私欲而欲富欲贵,欲逸欲乐,而遂生出的七宗罪。具体而言,一谓骄傲,二谓嫉妒,三谓悭吝,四谓忿怒,五谓迷饮食,六谓迷色,七谓懈懒于善。对于这些滋长于私欲之上的诸宗罪孽,都有相应的法则加以逐一克服,简称"七克",依次为以谦伏傲,以仁平妒,以施解贪,以忍息忿,以澹塞饕,以贞防淫,以勤策怠。遵守十诫修行七克,不但使信徒个体,能够达到内心的平和,求得永远的安宁,而且通过尊崇唯一的至尊神天主,感悟和悔改自己往昔的罪过,最终走上成圣之道。

至于频频出现的"三仇"或"三径贼",则主要指世俗、魔鬼与情欲三方面。天主教认为,尘世之人除了被自己的私欲所误导,从而产生出各种罪恶之意念,道出众多错误之言,做出各种悖逆之行。与此同时,还受到其他情欲的摆布,世俗的左右,魔鬼的诱惑。对此,人是无法依凭自身之力,而求得自救的。需要依赖天主的恩典,通过奉行和修持十诫等教规,方能从上述桎梏中摆脱出来。正如对联"三仇如世网坚志避网驱危免陷　十诫作天梯努力登梯胜苦趋升"所宣扬的那样,魔鬼、世俗、情欲就像世间的罗网,要信根坚定避免受其网罗,驱赶危险,以免陷入其中。

在着力阐扬"摩西"律典基本内涵的同时,者述布依山寨宣教对联,还就"十诫"相应的"七罪"及"三仇"的基本内涵,进行了全面的言说和诠释。形若前文所言,人因私欲而欲富欲贵,欲逸欲乐,遂生诸如骄傲、嫉妒与悭吝等私欲七罪。当然,只要信仰天主教,敬奉天主和服从上帝,即可"克服七罪"。如果说"七罪"皆因私欲而生,那么"三仇"则推而广之,对衍生出各种罪恶的其他方面,如魔鬼与世俗及其七情六欲等,进行了更广泛的解读和阐释。鉴于"三仇"与"七罪"思想,是尘世之人难以摆脱的陷阱,是信徒们道途中的羁绊,因此对联撰书者苦其心志,针对两种思想势必产生的危害与铸就的恶果,不遗余力地进行了阐扬。告诫教徒不放纵私情任意妄为,拒斥内心的邪念和外界的诱惑的浸染,毅然决然离三仇,殚精竭虑祛七魔,尽心尽意奉主道。唯有如此地安贫乐道,如此地修持与奋进,方能荣升天主堂。

"十诫"是天主教信徒最基本的典章。然而,从十条律例的各自内容看,前三条所涉及的是虔诚敬拜唯一真神天主的主题,是一神崇拜(不可敬拜别的神及别的偶像)和天主教排他性的本质属性。天主教流播于异域的华夏大地,传布于异质的中国文化体系中。仅就其置身的文化语境而言,外来回教墨守宗规,"社稷利器"儒家素持入世与济世主张,而外攘异说,释教既穷出世、轮回与超生之道,道派更绝逍遥性灵的仙风道骨之术。植根于如此文化土壤中的天主教,不仅要竭力防御异己的哲理与信仰,而且要苦心孤诣地传播自身的排他性神性思想。因此,为了防身固体,为达宣教于异邦并收获东方灵魂的目的,而不惜对构筑华夏文化之鼎的儒道释三足进行解构甚至刨根。明证之一,就是匾额"攻斥异同",通过对其他不同宗教的攻击斥责,而阐明其天主教的排他立场。又如单条"三教人言是一家夷蛮拉扯共宗华 僧经道忏儒文字执业行为各自差",其大意为,人们都说儒释道三教是一家,其实蛮夷拉拉扯扯一同尊奉中华。僧侣主张重视经文,道家重忏悔,儒家注重文字,在掌握各自的命运时都有偏差。既然儒释道各自有偏差,那么则都不可信。至于对联"舍利头光却似瓜轮回六道哄中华 尔身转劫是何物恐系驴牛及牡虾",则对佛教的六道轮回思想进行了批驳。在解构乃至刨根的同时,天主教信徒们对自身所奉持的宗教主张进行了建构。匾额"理气非宗""门通正道"的言外之意在于,理和气不是根本,根本在于天主;"道"之真谛并非孕育于儒道释,而存在于天主教。

较之天主教乃一神崇拜之教本质的训诫,传教对联宣扬更多的,则是有关世人道德伦理准绳的教导,尤其是禁止作假害人与不许贪恋他人财物,这"十诫"中最后两条戒律所关涉到的行为规范的劝告。譬如,"银钱本是鬼魔饵内蕴刀钩诱众嗜 岂料智愚投网罗方知后悔难舒翅""蠢兽疑危弗取饵 淫人视险何投凶""所不宜贪俱勿视 果真当务尽忙兴",等等。

者述布依山寨信教对联为何不惜笔墨,谆谆告诫世人要根除贪欲,一个至关重要的原因,就在于它属于此岸世界所要关注的问题,更贴近尘世,更贴近现实现世中人的衣食住行,所触及的是人而非神的行为举止。譬如,"吝贪似富未尝富 俭足像贫莫见贫",再如,"谋财冀富何能安劳聚苦留失万难 知足免贪勿所虑畏穷慕利勤遗寒"以及"贪财心腹若虚空金巅银山岂易充 敛至终时尚未满寄言智土莫相同",如此这般的微言大义,所运载的无非都是"十诫"之末诫的深邃底蕴,即"不可贪恋人的房屋;也不可贪恋人的妻子、仆婢、牛驴,并他一切所有的"①。

者述布依山寨宣教对联、单条、匾额中提到"诫一、二、九、十"的较多,这些"诫"与中国普通百姓的生活联系比较密切。关系不密切的,如"诫四"(中国百姓不纪念安息日为圣日)、"罪四"(中国百姓一般不视"忿怒"为"罪")等都未入联、匾。还有些如"诫六"(不可杀人)、"诫七"(不可奸淫)等内容与这种大庭广众之下展出的文学形式又不太符合,不适合入联入匾。

(二) 其他戒律

除了承载天主教教规戒律,宣扬相关的"三仇"与"七罪"思想外,者述布依山寨宣教对联、单条和匾额,还对其他戒律(特别是"不妄言"律例)进行了阐扬。比如,具有代表性的对联就有,"静室敛心随处乐　群居守口面多炙""醉梦狂人言悉实　巧贪傲辈情皆虚""静坐常询己　闲谈莫判人"等。同时,也不乏单条和匾额。如"奉告贤君就此席争长论短修提及　讥言败露隐藏怼暗箭伤人可厌极","良言劝化正亲友彼此叮咛紧守口　心静慎言德可诗放流于舌招诡徒"以及"浪谈宜禁",等等。如此众多的对联所蕴涵的意旨,无非是告诫世人尤其是信徒勿搬弄流言蜚语,勿以妄言闲谈伤人。因为天主教很重视口德,圣经上说:"一句话说得合宜,就如金苹果在银筐子里。"(A word aptly spoken is like apples of gold in the settings of silver.)②

但若与佛教所宣扬的"十善业"(一不杀生,二不偷盗,三不淫欲,四不妄言,五不绮语,六不恶口,七不两舌,八不贪,九不嗔,十不痴)比较一下,即可明见,天主教信徒善于移用、化用、借用和盗用中国固有的儒家观念,以及已在中国扎根的佛教教义,来推广它自身的教义。或者说,两种或几种宗教或学说总有不少契合点,后来的可以充分利用前有的来宣传自身,以便自身在新的土壤上便于被接受,得以深入人心。因此,在不少包括天主教教义的对联、单条及匾额中,可以发现其他宗教的影子。相反,也可以在不包括天主教教义的对联、单条与匾额中,发现天主教的影子。众所周知,"孝道"思想是儒家人伦思想体系中重要的伦理规范,孝被视为

---

① 《出埃及记》20:17;《申命记》5:21。
② 《圣经·箴言》25:11。

"道德之渊源,治化之纲领"①;孝为儒家之本,始于事亲,中于事君,终于立身。由孝及忠,由家而国,忠孝仁义由此而立。"孝"的主体内容是"尊圣",具体体现为祭孔、祀祖与敬天事君。祭孔是尊重圣人之意,祀祖是不忘养育之恩,敬天事君是天下之通义。正如康熙于其朱批中所论,"敬天及事君亲敬师长者,系天下通义,这就是无可改处","有合大道"②。毋庸讳言,如此的"尊圣"思想,自然同"尽心、尽性、尽意,尽力爱主你的神"③这条第一诫命,在本质上并不契合。正如陈独秀先生所言:"中国人底尊圣、攘夷,两种观念,古时排斥杨、墨,后来排斥佛、老,后来又排斥耶稣",因为"尊圣",所以"基督教义与中国人底祖宗牌位和偶像显然冲突"④。然而,者述布依山寨却有相当一部分宣教对联,利用传统的文学载具,在宣扬"忠孝"伦理法则的同时,也将天主教的神性思想嵌入了字里行间。如"枕上空流泣母泪 堂前无复唤儿声","须尽三年孝　常怀一片心",即是鲜明的例证。

四、对信徒应具教礼的言说

(一) 三大美德"信、望、爱"

作为天主教信徒,需要具备三大美德。在《哥林多前书》第13章13节里,保罗一语中的地指出,"如今常存的有信,有望,有爱;这三样,其中最大的是爱。"(And now abideth faith, hope, charity, these three; but the greatest of these is charity.)⑤

首先论"信"。中文"信仰"或英文 Faith 即是"信"的本意。"信"所强调的,是人与神的关系,即人接受天主的感召、对《圣经》所载天主之启示和耶稣之教诲,表示信奉和遵从⑥。"信"的具体指涉意义,保罗在《罗马书》中给予了充分表达,几乎

---

① 黄道周撰:《孝经集传》,《景印文渊阁四库全书》(册182),台北商务印书馆,1986年,第157页。
② 韩琦、吴旻校注:《熙朝崇正集　熙朝定案(外三种)》,中华书局,2006年,第363页。
③ 《马太》22:37;《马可》12:30;《路加》10:27。
④ 陈独秀:《独秀文存》,安徽人民出版社,1987年,第279—280页。
⑤ The Holy Bible, King James Version. Michigan: Zondervan Publishing House, 1995, p.1054.
⑥ 参考任继愈主编:《宗教大辞典》,上海辞书出版社,1998年,第918页。

是整部《罗马书》的内容①。一言以蔽之,"信就是信靠耶稣其人,其所教导的真理,及其在十字架上成就的救赎之功"②。

其次解"望"。"望"即为"希望"之义,是英文 hope 的意译。其基础是对天主普世救赎之意志的确信,具体表现为对基督复临和最后审判所迎来的新天新地和信者永生之希望。在观念上是对尚未实现之天主应许的记忆犹新,在实践上是为完善未来世界的不断努力③。

最后释"爱"。客观上讲,"爱"即"仁爱"的简称。究其词源,英文词 charity 源于希腊文 agape,同 love 一词意义相近。据最权威的钦定本《圣经》统计,charity 一词共出现了 28 次。《哥林多前书》详尽地阐明了该术语的指涉意义,那就是,"爱是恒久忍耐,又有恩慈;爱是不嫉妒,爱是不自夸,不张狂,不做害羞的事,不求自己的益处,不轻易发怒,不计算人的恶,不喜欢不义,只喜欢真理;凡事包容,凡事相信,凡事盼望,凡事忍耐"④。

那么,"信、望、爱"三大美德如此纷繁复杂的含义,是否在者述布依山寨宣教对联、单条和匾额中得到了全面的宣扬?

一些对联从总体上言说三美德,"坚持信望爱神心昼夜常怀恐惧情 举动恒思主鉴察群居独坐紧防身""信望爱钦积德本 谦和忍让累仁宗"都体现出对联撰书者不仅紧扣"信、望、爱"三大美德,而且还结合"三仇"的意蕴,从正反两个方面就美德的含义,进行了较充分的阐扬。其最终所要凸显的意旨,诚如对联"俗魔愆万计当避 信望爱诸德务全"和"信望爱全诸善备 俗魔私始众愆兴"所教谕的那样:弃绝世俗、魔鬼和过错,齐备信、望与爱美德。

同时,对联还针对"信、望、爱"各自的内容,分别作了阐释。对联一再规劝信徒的是恒持美志。换句话说,通过修持存在于内心深处的主的信仰,操守自己外在的言行举止,用一颗虔诚的心尊敬天主,弃绝世俗、魔鬼与情欲"三仇",修正骄傲等各种罪孽,即便遭受如火焰般的责骂也在所不惜,如按此修炼自身,积功德便能

---

① See: Romans; Or Refer to: Madeleine, S. Miller and J. Lane Miller, *Harper's Bible Dictionary*, New York: Harper & Row Publishers Inc., 1973, p. 184—185.
② 卓新平主编:《中国基督教基础知识》,宗教文化出版社,2000 年,第 124 页。
③ 参考任继愈主编:《宗教大辞典》,第 834 页。
④ 《哥林多前书》13:4—7。

求得生时有安慰,死后无忧虑,且可升入天堂。正是"世态有寒暑 道原无古今",即世间百态是有寒暑的,但是天主教的真理永远存在,没有古今。

就我们收集到的资料来看,言说"望"思想的对联数量,要少于言说"信"与"爱"的对联数量。究其原因,"望"这个符号所体现的,是一个诚心修炼和耐心等待的过程。如果说基督是世人心中荣耀的盼望,那么那无谎言的神在万古之先所应许的永生,即等候至大的神和救世主基督的荣耀显现,则是万物期望的终极目标①。与此相应的是,"信"是"望"的根基,"爱"是"望"实现的途径。如此的哲理,在对联"圣日虔恭奉庆期心田草匝要勤犁 巨梁人目忙求释望治灵伤天药医"中就得到了充分的表达。易言之,倘若天主之教是救人济世的灵药("信"),那么通过虔恭圣日、勤犁心田以及祛除杂草("爱"),就能实现普世救赎及其"登善"的梦想("望")。

对联、单条和匾额中不少关于大"爱"的言说,譬如:"钦主爱人真福本 除私遏欲涉天梯""克己七功谦做首 透天万绩爱为归""善行要基谦做首 累仁积德爱为宗",等等。"爱"有三个维度:天主藉"道成肉身"之途,所凸显出的神对受造界的无言之"爱";耶稣基督作为"中保"而降世救赎,以身献祭十字架的行动之"爱";尘世之人依靠圣灵的引导,通过爱神与爱人,所走向的信仰之"爱"。总之,在信徒的伦理要求上,"爱"是最大的美德。从诸如"宜仁施生""恕宥敌仇"以及"学海无穷知法耶稣斯获本 天堂有路习持仁爱此为宗"等对联、单条和匾额中,可以清楚地看出,宣教对联在阐释"爱"这一最大美德的过程中,充分借助了儒家文化这一国之利器。直接地讲,"恕"也好,"仁"也罢,都无非是"爱"的不同表现方式而已。孔子云:"吾道一以贯之。"那么,何为"一以贯之"之道的实指呢?对此,曾子一语道破,"夫子之道,忠恕而已矣"②。何为"忠"?何为"恕"?按朱熹所解,"尽己之谓忠,推己之谓恕"③。其实,无论是尽己还是推己,所彰显的无非就是"仁"的底蕴。何者为"仁"?据《说文解字》所释,"仁"者"亲也,从人从二"。徐铉疏为"仁者兼爱,故从二,如邻切"④。可见,"仁"字的基本含义是指两人间的友好相处、以礼相待,推而广之,指人与人之间的相亲相爱。恰如孔子所言,"夫仁者,己

---

① 卓新平主编:《中国基督教基础知识》,第125页。
② 杨伯峻译注:《论语译注》,中华书局,2002年,第39页。
③ 朱熹撰:《四书章句集注》,中华书局,2001年,第72页。
④ 许慎撰:《说文解字》,中华书局,2002年,第161页。

欲立而立人,己欲达而达人"①。

然而,如此的"爱"所指向的是尘世之人彼此间的关爱,这同天主教所宣扬的从天主对人类的仁爱之心,所推演到人类对天主、对他人的仁爱之间,既存互为融通之处,又有着本质的区别。当然,如此的"会通"或"伪装",对国人还是产生了一定的"亲和力"。

(二) 其他美德的言说

在着力阐发"信、望、爱"三大美德的同时,宣教对联还就教徒应具备的其他基本美德进行了简要的阐述,如对联"善行要基谦做首　累仁积德爱为宗""谦忍让人真学问　爱仇轻己达神方"中所体现的谦逊与忍耐;"心贫志气最清高不与文章结富豪　试问天梯何法上持谦抑己步恒牢""克邪耐苦毅心式　舍己从贤智德称"所体现的克己与寡欲;勤劳与志强、谨慎与孝敬以及自省忏悔等这些良好美德和优秀品质,对于天主的信徒们而言至关重要,日常的所思、所言与所行中,应该一以贯之。也唯有如此,无论是心之虔"信",体之渴"望",还是灵之诚"爱"才能够得以贯穿始终。

(三) 信徒应操守的婚姻观

巴黎外方会士在贵州布依族村落的传教对象,既定于社会上的平民百姓。这就决定了传教的内容和形式必须在一定程度上适应百姓的习俗和生活。日常之"行",以及人与人交往间的"礼"无疑是阐发信仰言说、教规言说和美德言说的最佳契合点。而谈到"礼",就不能忽视对联中所体现的信徒的婚姻观。

《创世记》第2章第21至24节所载,天主造亚当后,因其没有同类而倍感孤寂。于是天主又以其大爱之心和仁义之举,取亚当一条肋骨,为其造夏娃作为侣伴和妻子。于是亚当说:"这是我骨中的骨,肉中的肉,可以称她为女人,因为她是从男人身上取出来的。"②

这段经文的字里行间映射了三层寓意:其一,是天主将亚当和夏娃带到了一

---

① 杨伯峻译注:《论语译注》,第65页。
② 《创世记》2:23。

起,从而设立了婚姻。因此,天主赋予了"婚配"(Matrimony)以荣耀和尊严;其二,婚姻关系中夫妻间的性亲密关系,作为天主赐予的礼物,也被赋予以神圣;其三,婚姻正是由于为"神配合的",所以人应当尊重,而不可也无力分开。诚如耶稣晓谕的那样,"那起初造人的,是造男造女,并且说:'因此,人要离开父母,与妻子连合,二人成为一体。'……既然如此,夫妻不再是两个人,乃是一体的了。所以,神配合的,人不可分开"①。

因此,"婚姻"被天主教视奉为七大"圣事"之一。一旦男女教徒双方在教堂内,经神父主礼同意相互结为夫妻后,不但要遵从主定婚姻和婚姻神圣的教条,而且要严格信守婚姻是"天主所配合的,人不能分开"的戒律。珍视婚姻,厮守终生,以相互间的爱体现上帝的仁爱二旨,繁衍后代,不断修持信、望、爱等美德。

那么,者述布依山寨的宣教对联,是否准确地言说和阐扬了天主教的婚姻观呢?同样,只有回到对联文本,通过释读其间的思想意蕴,方能获得答案。对联中有"合肋以成一体爱显二旨 分支将衍万人德重三端",说的就是夫妇结合成为一体,他们之间的爱体现的是主的仁爱二旨,繁衍后代,就要在德行上注重信、望、爱。"全能主,立婚姻,位衍人生正净法 极智神,施配偶,已传贤圣宠恩宗",同样表达了婚姻为全能的主所匹配,夫妻之间理应仁爱,这也就将中国传统的家庭仪礼与信徒的操守成功地糅合在了一起。"女织男耕各尽分 内修外制莫闲居",内修指的是要学习天主教教义,遵守天主教教规,思考主的奥秘。外制指的是进行日常的生活。而男女要各尽本分,修行天主教的道义观与布依村落"男耕女织"的民俗伦理甚相一致。

显然,对于天主教信徒应操守的婚姻观,众多对联、单条及匾额均作了较为详尽的阐扬。换言之,对联不仅对主定婚姻及婚姻神圣等清规戒律,进行了反复的界说和强调;而且在此准则下,就夫妻俩于日常生活和言行中,所应遵循的一同事主以及彼此应尽道义等,作了具体的言说和诠释。寓意深邃的对联"人惟伉俪千秋合 主立婚姻万古偕"与言简意赅的匾额"苦乐均分",就是有力的佐证。总之,无论是形而上的婚姻"神配"观,还是形而下的道义说,都同天主教所宣扬的"婚姻"观与"夫妇"伦理道德法则无不契合。

---

① 《马太福音》19:4—6。

五、启　示

　　天主教传教士们不惜劳其筋骨又苦其心志,巧取对联这一国人熟谙的形式,通过把天主教义精髓同本土文化资源的彼此杂糅,以言说天主的福音。他们居然在一个边远山区的布依族村寨,将荒服村民,牧养成了耶稣的羔羊,即使在传教士被逐并遍地"打倒一切封资修"的非常时期,全寨人信教并还自发修建了简陋的"者述天堂"。可见,传教士做到了将"荒蛮"的"野橄榄枝",嫁接到了基督教的"真葡萄树"上,并按照"葡萄树"的模样伸枝、长叶和结果。对此,至少有三点启示:

　　首先,对联在形式上同民俗传统相契合,是国人喜闻乐见的传统形式,其承载和言说了基督教的神性信仰和基本意蕴,从而在一定程度上消解了异质文化间的张力,并为彰显天主教的独特文化身份,寻觅到了一个传教的基点,可见传统对联之形所具的包容异质文化之力。

　　其次,借助传统对联这一载体的"载道"与"贯道"功能:一方面通过援引儒说、融通耶释、兼采耶儒道作论的各种形式,竭力阐扬了天主教的教义教理与教规教仪;另一方面又藉此对本土传统文化进行了全面的解构并重构了信教的民生民俗传统的"山寨版对联"。如遍布者述村寨每家每户的对联,是在"万有真原"之上帝福佑下的建房联、学堂联、婚嫁联、节庆联等;而在山坡上的一座座墓碑,也还蒙受着天主的"永光照之"。凡此,无不证明其至公至义和至高至上的神学"超性",同现实民生的衣食住行、婚恋嫁娶甚至生老病死相融,从而也在相当程度上达到了传教的目的。这一传统对联的解构与信教对联的再构,其形其力,绝不可小觑。

　　最后,对联这一不进大学课堂也不入文学教程的中国文学特有的文类或文体,不仅被传教士的异质文化所"激活"再生,而且在他们退出之后竟然还在本土信教村寨中代代传承,这就不能不反思对联的文学文化魅力所在,也不能不重温七十七年前(1933年)陈寅恪对其的断言,"能表现中国语文特性之多方面":即"能否知分别虚实字及其应用","能否分别平仄声","可以测验读书之多少及语藏之贫富"而且"可以测验思想条理",总之"其形式简单而含义丰富,又与华夏民族语言文学之特性有密切关系者"①。

　　就此而言,我们的文学史和语文教学,应该留有"对联"的席位。

---

①　陈寅恪:《金明馆丛稿二编》,上海古籍出版社,1980年,第221—227页。

贵州安龙现存天主教遗物考释

安龙，这个地处贵州西南边陲，并为滇、桂、黔三省边缘交界的偏僻山城，是布依族、苗族的世居之地。西汉建元六年（公元前135年），汉武帝遣唐蒙沿牂牁通夜郎，说服夜郎侯多同降附，于今盘江流域置夜郎县，今安龙等为其辖地。这一状况一直持续至明初，其间也一直由土司管理，或隶属广西的泗城州，或隶属云南管辖，总之，一直没有行政建制，朝廷也未派员前来直接统治。直到洪武元年，仍然是"泗城州土官岑善忠以其子岑子得领安隆洞"。只是到了洪武二十三年（1390年），明代中央才"置安隆守御千户所"，并驻有从江南派来的军队。到了1652年，明室桂王朱由榔的南明永历政权，因不敌清军被迫退居该地，遂将之改名为安龙府。1658年，清军占领该地后将其改名为安笼所，后又作兴义府署所在地。至民国时期，先改名南笼县，1922年重定名为安龙县①。

就在这个不为世人所熟知的安龙，由于南明永历帝及其朝廷于1652年（永历六年）的农历二月初六至1656年的初夏（永历十年农历四月）将之作其行宫所在地，因而存有独有的历史文化遗物。2004年，我们有幸赴安龙支教，先在安龙教堂，后又在其周边，见到永历王朝和天主教会的各种遗物。依据时间的先后和天主教会的不同，大致可将现存的遗物分为三类：

第一类为永历王朝的遗物，计有永历朝"南明殉义十八先生纪念墓"及其遗址，永历夭折三王子的"明王墓道"碑，永历王朝用过的旧亭子，永历王朝的钱币"永历通宝"等。其中的"明十八先生成仁之处"石碑，系永历帝亲笔，立碑时间为1658年（永历十二年）。永历钱币也为永历王朝留下遗物。其余的明十八先生遗

---

① 贵州省安龙县志编纂委员会编：《安龙县志》，贵州人民出版社，1992年，第1—15页。

址遗物,均为光绪九年(1883年)重修①,即清末之物。

第二类为天主教会和传教士的遗物与实物,计有:主教府第楼,修道院旧楼及其旧教堂,教会医院楼,教会办的麻风病医院旧楼,巴黎外方会安龙教会地图,置于教会内的18—19世纪法国制造的落地大钟,以及传教士的油画等。

该钟的钟面上有两排法文文字,写明其产地与厂家:"LES FILS de F. ROMANET"(F. 罗马奈父子),"MORBTER(JURA)FRANCE"(汝拉的莫尔比耶城),其清楚表明,该钟是法国紧靠瑞士的汝拉的莫尔比耶城生产,而罗马奈姓家族自1775年至1815年比较兴旺,到1826—1859年,在该城就只剩下4人了。

第三类为永历王朝与天主教耶稣会及其传教士有关的遗物,计有永历王朝太后、皇后和太子皈依天主教的"教名纪念碑"1块,刻有凯尔特式十字架图案和拉丁文"向玛丽亚之星致敬"的纪念碑1座,凯尔特式十字架石碑1座,以及永历王室耶稣会传教士卜弥格(Michel-Pierre Boym)、首任贵州代牧都加禄(Chaules Turcotti)等纪念石花瓶3个。

本文将这些实物同中西有关史料结合,集中考释与永历王朝有关的天主教教会及其传教士的遗物和石碑,包括它们的制作人、制作时间,以便对《试探永历王朝耶稣会士"适应政策"的乖舛②与败因》一文作些史实佐证。

1. 三后一子皈依天主教的教名碑

该碑的石质是白云岩,碑高为79厘米,直径为45厘米。碑的上部为环形莲花石刻,主体为六面型,五面分别刻有两个皇太后、一个皇后和太子的教名,即"烈纳""玛丽亚""亚纳"和"当定",以及"明末永历"和"1662年壬寅"。第六面为背面并刻有石狮,现已残缺不全,但仍能看出石狮子的部分头部和尾巴。

2. 凯尔特十字架碑

这是欧洲天主教通常采用的十字架纪念碑,该碑的石质为石灰岩,碑高68厘米,宽36厘米,下部石础底部为中空马鞍形;其上部的十字架长为43厘米,中间圆

---

① 贵州省安龙县志编纂委员会编:《安龙县志》,贵州人民出版社,1992年,第692页。
② 乖舛,见刘知几撰、浦起龙释:《史通通释》,上海古籍出版社,1978年,第18页。

内刻有 P 与 X 的交织(CHIRHO Monogram)十字架,它象征罗马帝国康斯当丁大帝的力量与勇气,以及救世主的蒙难;旁边刻有希腊文的第一个字母 A 和最后一个字母 Ω,用以表示开始和终结的天主之象征①。

3. 圣母之星碑

该碑的石质为石灰岩,碑高 144 厘米、宽 50 厘米、厚 36 厘米,碑上部刻有拉丁文"向玛丽亚之星致敬"("AVE MARIS STELLA"),下部为凯尔特式十字架图案。

4. 永历朝廷的耶稣会传教士卜弥格(Michel-Pierre Boym)纪念石花瓶

该碑质地同太后、王后和太子教名的纪念石碑,系白云岩。其高 90 厘米、宽 33 厘米、厚 36 厘米,上面刻有的卜弥格西文"Boym"之姓及其死于"1659"的年份等仍清晰可见。

5. 被命名为贵州首任代牧的耶稣会传教士都加禄(Chaules Turcotti)纪念石花瓶

质地同上,也是白云岩,其高 90 厘米、宽 33 厘米、厚 36 厘米。都加禄(Chaules Turcotti)于 1701 年被任命为贵州首任代牧,碑上刻有其西文"Turcotti"之姓及其卒年"1706"的数字。

以上石碑的质地分为两类,一类为白云岩碑。安龙老石匠罗伯清(55 岁)介绍说,当地俗称为"砂岩""麻窟石"等,由于这类石料肯"吃"錾子,而且"石质较纯,杂质少",因此,在没有现代切割工具的"旧时代",大多采用这类石料作石碑。太后、太子教名碑,卜弥格和都加禄的纪念石花瓶等,均属此类。

另一类为石灰岩,当地石匠的俗称为"粉岩""粉石",其质地相对细腻,并被认为是"上等石料",靠现代切割工具的方便,为后来立碑者所常用。属这类石质的石碑有凯尔特十字架碑、圣母玛丽亚之星碑。

因此,这两类石碑,从石质和当地制作惯例来看,应当是两段时间所为:一是有了切割工具的"现代",就当地石匠所使用工具的情况来看,其"现代"应是 19 世纪末;另一个是没有切割工具的"旧时代",具体说,应是 19 世纪中叶及之前。循此,将

---

① Henry Dana Ward, *History of the Cross*, Escondido, CA, USA, The Book Tree, 1999, p.63-89.

之同中西文本记载对比互证,我们不难发现其立碑人、立碑时间及其意义和目的。

首先,是镌刻西文纪念石碑的立碑者及其立碑时间问题。

这些属安龙天主教教会的石碑,自然是同传教士的传教及其兴建教堂有关。而且这些镌刻拉丁文、希腊文以及欧洲传统十字架图案的石碑,其立碑者,只可能是17—18世纪入黔传教的巴黎外方会士,因为只有他们才会拉丁文和其他西文,也只有他们才知道卜弥格和都加禄等人的准确西文姓名,而且外方会又同耶稣会有着到远东传教的直接延续关系①。对此,我们可从中西史料和遗物求证。法国巴黎外方会于1908年出版的《中国贵州传教史》记载道:"1659年,罗马教廷派数名外方传教会的成员前往中国的几个省传教,如贵州、福建。"②但书中又记载了耶稣会士的传教事迹,说1701年,耶稣会士都加禄(Chaules Turcotti)被任命为首任贵州代牧,并于1706年10月死于贵州③。安龙天主教堂至今保存有当年教会的遗物之一——"安龙教区全图",上面的十字同巴黎外方会的缩写字母ME紧紧相连,可见确系法国外方会士无疑。

同样,《安龙县志》也记载道,至迟到1808年,安龙就有其教徒了:"嘉庆十三年(1808),府亲辖境内有教徒130人,……府城40人。"而在光绪十一年(1885),"贵阳教区决定在兴义府城(即安龙)兴建教堂,便将城东'明十八先生祠'旧址(今关东大园子)作为教堂基地,经历年修建,建大教堂及附属房屋数十间"④。对照法国巴黎外方会的《中国贵州传教史》的记载,既印证了安龙早期的传教活动,又告诉我们其建成的教堂比19世纪末更早:"1810年圣诞节,兴义府的基督徒聚集于景家冲的山坡以共庆圣诞,该处正对城墙即现在会看到圣母院的地方。当地人疑惑他们合谋造反,还把情况告发给了当地军方。……"⑤关于教堂的记载有:在1861年安龙已建有教会

---

① 巴黎外方传教会,是由法国主教巴吕(F. Pallu)于17世纪中叶创建的一个传教修会。他在获悉当时在远东传教的耶稣会士要求增派传教士的建议后,予以积极响应,并于1664年经教皇批准而定名。见于可主编:《世界三大宗教及其流派》,湖南人民出版社,1988年,第116页。

② Adrien La Nay, *Histoire des Missions de Chine: Mission du Kouy-Tchéou*, Société des Missions-Étrangéres, 1908, p.6.

③ Ibid., p.7-8.

④ 贵州省安龙县志编纂委员会编:《安龙县志》,贵州人民出版社,1992年,第768页。

⑤ Adrien La Nay, *Histoire des Missions de Chine: Mission du Kouy-Tchéou*, p.96.

站并有教徒80人①。在1864年时"兴义府(即安龙)的教堂居于中间位置,后面是传教士的住处,这儿无比安静"②。到1867和1868年,"资产清理:大量,美丽",并"从贵阳那里约得中国银子3000两,以用于建设美丽的教堂"③。

可见,这批石碑可以安龙兴建教堂的时间为准,具体划分为前后两个时期:即19世纪中叶(1861—1864年)之前的"旧时代",以及之后的"现代",而且后一个时期的安龙教会,已是资金充裕并能"建设美丽的教堂"了。我们之所以认定19世纪60年代为界,另一个重要依据是,在当时的安龙发生了两起与之有关的重要历史事件,即咸丰同治年间的当地"回民起义",以及该时期内发生的"兴义教案"。

因为就在这场起义中,尤其在咸丰十一年(1861)、同治元年(1862)、同治三年(1864)、同治五年(1866),起义军和清军为争夺安龙府城数次交火,据《安龙县志》记载,使不少建筑"毁于兵火"④。在1864到1866年,先是法国传教士任国柱被扣、传教受阻,后是随行教徒被杀,"此后愈演愈烈,酿成'兴义教案'"⑤,直到传教士莫勒(M. Muller)"1866年4月24日被回教徒杀死于兴义府"⑥。所以,安龙教会才会在19世纪60年代之后,既需重建教堂,又获大量资金,得以"建设美丽的教堂"。

综上所述可知,这些镌刻西文的白云岩石花瓶,是属于纪念与当地传教有关的教会历史人物的,即参与安龙永历王朝传教的耶稣会士卜弥格,以及死于贵州的首任代牧耶稣会士都加禄等,它们属于肯"吃"錾子的"旧时代"常用石料,因此它们的制作时间应当早于19世纪60年代,大致可推定在1810—1850年间。

而另一类石灰岩石碑,即标志安龙天主教圣母大教堂的"向玛丽亚之星致敬"(AVE MARIS STELLA)大石碑,凯尔特十字架碑等,因其属质地细腻的"上等石料",并需靠现代切割工具制作,因此应当属于"现代",即19世纪末至20世纪初所树立的教堂标志性石碑。

---

① Ibid., p. 486.
② Ibid., p. 278.
③ Adrien La Nay, *Histoire des Missions de Chine: Mission du Kouy-Tchéou*, p. 487.
④ 贵州省安龙县志编纂委员会编:《安龙县志》,第46—50、698页。
⑤ 同上书,第49页。
⑥ Adrien La Nay, *Histoire des Missions de Chine: Mission du Kouy-Tchéou*, Société des Missions-Étrangéres, 1908, p. 307, p. 531.

其次，也是与本文论旨更为紧要的太后、王后和太子教名的纪念石碑问题。

该石碑发现的时间是 1996 年夏的 6—7 月间，安龙天主教堂在整理场地以重建教堂围墙的工程中，它被从厚达 3 米的废墟淤泥中挖出。这个地点，就是咸丰十一年（1861 年）当地回民起义而被烧毁的清代安龙试院旧址。清代的安龙试院，原先就是永历王宫背面的墙外空地，后属安龙旧教堂的范围。因此，可以肯定它是 1861 年之前的遗物。

该碑镌刻的既有汉字，又有西文。从碑上刻有公历年号"1662"看，显然这是以耶稣诞生为元年的纪年法，这在过去的中国不为国人采用，因此它只可能系教会或教徒所为。而从其教名的汉语译词来看，如将古罗马第一个接受基督教的国王君士坦丁（Constantine）及其母后赫烈纳（Helena），均译为"当定"和"烈纳"，显然也是早期的音译词。如果该碑建于 17 世纪五六十年代的永历王朝，由于当时的安龙并无耶稣会士，即瞿安德早已死于广西战事，而接任其传教的卜弥格也已前往欧洲，因此它只可能是当时权臣庞天寿经马太后、王皇后等同意所立，因为只有他才清楚两个皇太后、一个皇后和太子的教名。现存罗马教廷档案馆的庞天寿致罗马教皇信中说："当今宁圣慈肃皇太后，圣名烈纳，昭圣皇太后，圣名玛丽亚，中宫皇后，圣名亚纳，皇太子，圣名当定，虔心信奉圣教……"①然而，与立碑有关的文字记载，却只字未见。

据《安龙县志》记载，永历王朝在安龙立碑事件总共两次。一次为"永历十二年（1658），永历帝遣通政使尹三聘会同安龙军民府知府范春鳌于清明为十八先生墓立碑……"②另一次是永历为夭折的三个幼子立碑，即五子慈炜、六子慈烁和七子慈焯，均死于 1655 和 1656 年的安龙："1656 年，永历帝遣使为之建墓……因名为'三王墓'"③。《安龙纪事》《小腆纪传》和《明季南略》等史书记载也基本相同，只是前一次称为"立庙"，时间为"丁酉十一月"即 1657 年，并说"上乃复遣通政司通政使尹三聘往安龙，为十八忠臣立庙"④。这两处现在均为安龙文物遗迹。前一处，因回民起义和战火毁坏，经多次重新整修，因此所存的已是清末民初遗物。

---

① 罗光：《教廷与中宫使节史》，传记文学出版社，1983 年，第 63—64 页。
② 贵州省安龙县志编纂委员会编：《安龙县志》，第 692 页。
③ 同上书，第 705—707 页。
④ 计六奇：《明季南略》，中华书局，1984 年，第 464 页。

后一处,即"三王墓",曾于1943年"掘出3块墓碑",但是,"'文革'中,墓及石亭均毁"①。所幸安龙现存有一块"明王墓道"碑,但该碑质地为石灰岩,而且其镌刻的字体为蔡邕碑的字体,也都与"太后、皇后和太子教名碑"不同。因此,"太后、王后和太子教名"的立碑者,不可能系庞天寿所为;其立碑时间也不可能在永历王朝期间,而是在其之后。

  法国外方会的《中国贵州教会史》一书记载,倒有两处文字与之有关。其一,说在1847年左右,"我们获得的一份手稿中,阿罗伊·肖特有一看法,他认为永历皇帝,即明朝最后一个皇帝,他的儿子当定(Constantine)和宫内的一些人,其中有太后烈纳(Helena)退守至贵州兴义府。兴义府里有两座他们的坟墓,距离五拱桥不远。但其碑上没有任何记有说明永历皇帝和当定被杀的文字,只有说他们遇害时间按中国历法大约为1662年的阴历四月十八或十九日"②。这里所说的"兴义府"就是府城安龙,其说的碑上记载遇害时间1662年等,则与现存的教名纪念碑一致。其二,是1864年11月至1865年9月,传教士维尔蒙(M. Vielmon)写的20封信中提到,他与莫勒在安龙教堂同教徒相聚时,"当地有些百姓想把教堂改建成宝塔"③。该碑刻有莲花这一中国传统图案,以及当地老石匠罗伯清判断应是"石础",由此可见,如同上述西文资料所载,教名纪念碑应当是传教士与教徒在18世纪至19世纪前半期制作,而且含有早期中西合璧的寓意和装饰。

(本文原载《学术月刊》2010年9期,作者为孙景尧、龙超云)

---

① 计六奇:《明季南略》,中华书局,1984年,第706页。
② Adrien La Nay, *Histoire des Missions de Chine: Mission du Kouy-Tchéou*, p.6.
③ Ibid., p.279.

附录　书序选

《东亚汉诗的诗学构架与时空景观》序

案头放着严明教授的新著《东亚汉诗的诗学构架与时空景观》(圣环图书出版社,2004年10月版),这是一部在中国古代文学和比较文学领域都有开拓性意义的研究论著。

严明君是已故国学大师钱仲联先生的高足。钱老不仅是著作等身的现代鸿儒,而且他带研究生如同其治学一样,也是严格与严谨得出奇。20世纪80年代,我在苏州大学任教时,就住在他家对面的楼上,也很方便去他家请教一些佛学与国学的问题。我不止一次地在他家看到,钱老要求他的弟子背诵古代诗文而后再作讲授,就在他书房兼客厅里,钱老用他终生难改的常熟官话,精神矍铄地坐在方桌的一边,而他的博士生,哪怕是已过不惑之年的北方壮汉,也都毕恭毕敬地坐在方桌的另一边。这样的情景,真是久违又稀罕了。因为在我的记忆中,还是我孩童时随祖父去隔壁私塾先生家拜师的短暂往事才有此景,同时也泛起了自己曾被严师处罚过"立壁角"的滋味。但钱老对严明的好学善思还是很满意的,他曾对我说过,严明懂外语,这在搞古代文学的人里也算比较难得,或许将来倒可以做出一些别人不放在心上的学问。如今,从严明君新出版的这部著作的书名就能看出,钱老的识人和预见,也同样是很有功力的。

东亚汉诗起源于中国,从2500多年前的《诗经》时代直到20世纪初,中国古典诗歌的创作犹如长江后浪推前浪,人才辈出,薪火相传,形成了悠久而丰富的诗艺传统,也营造了中国在世界文学史上伟大"诗国"的辉煌地位。中国与同样位于亚洲东部的朝鲜、日本、越南、琉球等国之间,既有着人员交往、经济交易的频繁而持久的悠长历史,又有着政治思想、文学艺术彼此影响和同盛共荣的交融历程。汉字和汉文学曾经在东亚地区长期占据主流地位,构成了历史上持续十多个世纪之久的汉字大文化圈,这也成为世界比较文学文化史上的一大盛况奇观。

用汉字写成的中国古典诗歌,是汉语言文学中最为精美的文学表达样式,其中凝聚着中华民族文化传统的精华,无可争议地成为东方古典文学中流行时间最为长久、影响区域最为广泛的杰出代表。从世界文学发展史的角度看,中国古典诗歌早已被公认为达到了世界文学的一流水平。这并不是说中国古代的戏剧小说中没有世界一流的佳作(比如《红楼梦》就堪称世界小说中的一流名著),而是指中国古典诗歌的创作历史之久、诗作数量之多、成就之大、境界之美,对东亚各国社会文化的影响之深,都达到了世界一流的地步,使得其他国家的诗歌创作皆难以与其比肩媲美。因此,唯有诗歌可以堪称中国古典文学的主体,堪称东方古代文化艺术中的瑰宝。把中国古代视为诗的王国是符合实情并顺理成章的。

严明教授这部新著正是建立在这样的文学史实的基础之上,对东亚汉诗学的生成、发展和变化进行了系统的梳理,力求清晰地描绘出东亚汉诗学的衍变轨迹,探索其规律,从宏观视角真实还原已经离我们远去的东亚汉诗学兴盛时代的全景画面。正如该书所述,从15世纪到19世纪,是东亚汉诗学全面发展的黄金期,其中包括中国的明中叶到清末,朝鲜的李朝(1392—1897),日本的五山、江户(1603—1868)时代。对这一时期东亚各国汉诗的发展而言,从《诗经》到唐宋诗是她们共同的经典传统,而创作时空环境及语言因素的差异,又促使着东亚各国汉诗人对传统诗学经典做出了不同的文化选择、继承与弘扬,因此便出现了流派纷呈、各具特色的东亚汉诗学鼎盛局面。

对诗歌的认识、欣赏和批评构成了中国古代诗学发展的主要内容,每一时代的诗学内容(包括观念、体系和方法)与当时的社会思潮、哲学思想,尤其是审美观念均有密切的关系。汉诗学在漫长的发展过程中,深受中国社会的主导思想的影响,特别是古老的《易》经思想、孔子开创并之后长期主宰中国思想史的儒家思想、源起老庄的道家思想以及从印度传入并在中国发展变化的佛家思想,都深刻地影响到了汉语诗歌的创作观念以及写作方式。中国及东亚汉诗学的演变方向及发展轨迹,都明显有着表现上述主导思想的痕迹。这些主导思想的融和,是造成汉诗学独特表达形式和独特精神内涵的根本因素,也是形成唐宋以后中国历代及东亚各国诗坛流派纷呈、风采各异的内在原因。

汉诗和汉诗学传入古代朝鲜、日本、越南之后,在相当长的一段历史时间内被公认为是一种正统高雅的艺术形式而得以广泛流传,也深受东亚各国文人学者及贵族官吏的喜爱。值得注意的是,汉诗在东亚各国的长期流行并没有扼杀本民族语言形式诗歌的发展,汉诗和东亚各国的国语文学不仅没有彼此对立,反而形成了长期互补、互进的交融关系。在这样的基础上,东亚汉诗获得了不断革新发展的活力。如刘勰在《文心雕龙·通变》中所说:"故能骋无穷之路,饮不竭之源。"而在诗学观念上,东亚各国汉诗人都提出并强调其自创特色的主张。这种立足于本民族语言文化,继承外来汉诗优秀传统,又不受拘泥、重在创新的自觉意识,不仅在当时是颇为可贵的,就是在今天也仍然有其启示意义。对此,东亚各国汉诗人中早就有人提出把中国诗文进行本民族化改造的主张,比如15世纪的朝鲜李朝学者徐居正就指出:"我东方之文,非宋元之文,亦非唐汉之文,而乃我国之文也,宜与历代之文并行于天地间,胡可泯焉而无传世焉?"(《东文选序》)这种对汉诗进行本民族化改造的努力,使得从15世纪以来数百年间的朝鲜、日本与越南,都出现过一大批独具特色的汉语诗话和极为兴盛的汉诗创作。日本江户后期的杰出汉诗人赖山阳也表达过类似的见解,并且在汉诗创作方面还自觉进行了革新尝试,取得了汉诗创作的巨大成功。联系到明清时期诗坛追求学古而化新的普遍风气,对东亚汉诗在宋元之后的革新发展趋势就会有更加清晰,也更加客观的全面认识。而对以东亚历史文化的视阈来认识和评价汉诗的发展,当今的学术界似乎还缺乏应有的关注。实际上,东亚汉诗(包括中国本身的诗歌)正是靠着这股普遍和持续的改革冲动,才得以在近四百年间不断地兴盛发展,形成了汉诗发展史上这一空前绝后的盛况。

东亚汉诗是一种特殊形式的中国文学,同时也属于东亚诗人所在国的本民族文学。这种用非母语进行创作并保持长期兴盛的东亚汉诗文化现象,在世界文学史上即使不是绝无仅有,也是十分罕见的。对东亚汉诗的研究很早就开始了。古代东亚各国对汉诗的论述主要围绕着如何接受和消化中国诗歌为中心而展开,其研究内容基本上局限在接受影响方面。其中较为突出的如日本江户时代后期的赖山阳,他的诗歌理论以及汉诗创作实践,都堪称日本汉诗中佼佼者,将其诗论及诗作与同时代的中国清朝、朝鲜李朝以及越南后黎朝的诗人进行比较,可以发现其诗论和诗作既是对中国诗歌的一种延续,更是一种变异和发展;还能从许多方面充实和拓展对中国诗学以及诗作实践的研究。这样的"自我"与"他者"的比较研究,无论对中国诗歌还是对东亚汉诗研究来说,都是饶有兴致和富有创意的。可惜的是,汉诗学者中进行这样的研究还是不多。

中国对朝鲜、日本、越南汉诗的记载以及研究也开展得比较早。早在《汉书》中就有对新罗汉诗的记载。到了明清时期，东亚各国汉诗人的交流愈加广泛。清末光绪年间，著名学者俞樾应日本友人之约编撰《东瀛诗选》，把日本江户时代的汉诗佳作几乎囊括殆尽，在中、日两国出版后引起极大的反响，成为东亚汉诗交流和发展史上的一则佳话。但是19世纪中叶以后，随着西方列强势力在东方越来越占据主导地位，作为亚洲汉字文化圈中文化交流主要载体的东亚汉诗创作则趋向萧条，对汉诗的研究也随之陷入尴尬境地。不仅日、韩、越的文学研究者中出现了低估汉诗价值的观点，而且还由于东亚各国汉诗非中国诗人所写，中国古典文学研究界对朝鲜、日本、越南的汉诗不够重视，也很少有人涉足这一领域的研究。事实上，在西学东渐的"现代化"进程中，其所导致的不仅是汉诗的式微，而且是东方文学文化传统结构的随之失衡，这都同西方中心的话语权力有关。在当今多元文化碰撞交会的时代，其中是很有一些规律与启示，值得学者去探究、去发现的。

当然，上述这一现象在近20年来，已逐步有所改变。越来越多的学者认识到，东亚汉诗除了具有中国传统文学的特色之外，还具有各国本民族文学的特性和价值。中日韩学者中有人已经开始超越本国汉诗的研究视野，重视从东亚文化交流与接受的角度拓展汉诗研究。比如日本就较早成立了"和汉比较文学会"和"中国学研究会"，韩国也早有"东方汉文学会"。中国学者对域外汉诗的研究近年来也出现了一批具有开创性意义的研究成果，比如北京大学、天津师大、浙江大学、南京大学等高校都组织召开过东亚汉文学的学术研讨会，编撰出版书目资料和论文集。聚集了中韩日三国学者的"东方诗话学会"于1996年成立后，已召开三届国际学术发表会，并出版了《诗话学》论文集。

然而，对东亚汉诗的诗学理论体系的探讨还有待于深入。韩、日、越的汉学家主要还是把精力放在对本国汉诗进行整理与出版方面，从保存本国汉诗资料的角度看，这样的基础工作当然是十分必要而且意义重大的，但是，对现存的东亚汉诗除了进行资料保存和版本清理的工作之外，还很有必要对汉诗学在不同的国度中有过哪些发展和变化的轨迹进行辨析和梳理。在汉诗创作曾经十分发达的古代朝鲜、日本、越南，不仅汉诗作品浩如烟海，而且有关汉诗的评论著作也是数量可观。仅韩国学者赵钟业教授编撰并于1989年出版的《韩国诗话丛编》（修正增补版）

中,就收集了古代朝鲜人撰写的汉诗话129种(其中有15种有目无书或只有洪万宗《诗话丛林》的摘录本,实际收114部韩国诗话)。而在日本学者池田胤编的《日本诗话丛书》《日本艺林丛书》等大型丛书中,收集的古代日本人撰写的汉诗诗话也在百部以上。至于中国的历代诗话,数量更是洋洋大观,仅明清时代传到朝鲜和日本并产生过显著影响的中国诗话就在百部以上。可是对这一大批东亚汉诗批评和诗学理论的宝贵遗产,至今仍未有人进行过整体对比研究。因而有关朝鲜、日本、越南汉诗的创作特色,东亚汉诗学的理论特点,以及中国诗歌和诗学传播到了朝鲜、日本、越南之后发生过哪些重要的解构和重构,出现过哪些重要的变化与创新等,对这些重要的诗作实践和诗学理论的问题,学界还须进行深入扎实的整体研究。

正是在这样的背景下,严明教授对15至19世纪500年间东亚汉诗的诗学理论进行了整体系统的考察研究。这一研究是在他与日本、韩国、越南多位汉诗研究者进行了长期交流和密切合作的基础上开展的。本书作为该项合作研究成果之一,广泛吸收已有的东亚汉诗研究成果,结合古代的诗话论述与现代的汉诗研究论著,通过中、日、韩等国汉诗学在内容与形式上的对比分析,探索了500年间东亚汉诗学的发展演变规律。书中还通过具体的作品个案分析,细致探讨东亚各国汉诗的社会功能及其在铸造本民族精神文化传统中所发挥的重要作用。此外,本书还探讨了在18、19世纪东亚社会文化急遽转型过程中汉诗所起的独特作用,这些探索研究都是学术界很少有人论及的,可以说是发前人所未发。

本书引人注目的贡献还有,著者把这500年间中、朝、日等国的汉诗学,放到东亚社会与文化的互联互动共同发展的历史平台上进行考察分析,既确认中国古典诗歌的主角作用,又关注东亚各国汉诗在与中国诗歌进行交流、碰撞和交融过程中,是如何创造出各自独特风格面貌的;既辨析各国汉诗艺术的变化及特色,更关注引发变化的时代、社会、民族文化的动因。比如通过辨析东亚各国的汉诗发展历程,总结中国诗歌对各国汉诗影响的不同侧重面,其中涉及中国诗歌的各种总集、别集以及诗话、评论、著述传入东亚各国的情况分析;东亚汉诗人的交往情况分析;东亚各国汉诗中各种意象、寓意、象征手法及抒情方式的对比分析等。在具体分析中国诗歌理论(尤其是明清时代)传入后,东亚各国的诗歌理论和创作实践发生了哪些变化?而引起这些变化的深层次原因主要有哪些?如日本江户时代诗人菊池五山的《五山堂诗话》和赖山阳的诗歌创作都深受清朝诗人袁枚的影响,但各人的经历和性情不同,表现出来的诗歌面目以及诗学观念就有较大差异。通过这些比较研究,本书有根有据地论述了汉诗不仅是中华民族传统文化的精华,而且也是东亚各国优秀传统文化的共同代表。东亚汉诗虽然有着相同的艺术形式和艺术规范,但是从不同的民族文化土壤中培育出来的东亚诗人,写出来的汉诗却往往有着形同神异的妙处。正是这些丰富的同中之异,表现出了东亚诗歌艺术精神的独特魅力。

本书在研究思路方面对现行的中国古典诗学和比较文学中的诗歌理论体系也进行了深入反思,发现在现行的诗歌理论框架内难以给东亚汉诗作出准确的诗学定位,这就提出了在文学研究中所遇到的一些新问题。譬如怎样看待从《诗经》到唐宋诗的汉诗传统,不同国度的汉诗人在诗歌形式与抒情内容方面对这一传统都有着明显不同的选择、解读甚至误读。还比如不同的母语因素对各国汉诗创作也产生了深刻的影响,像日本的伊藤仁斋、荻生徂徕等大学者的汉诗,可以看出受到日本汉文训读法的影响;又如朝鲜李朝汉诗人的作品也深受朝鲜语谚文的影响,等等。细致辨析这些影响和差异,对重新评估中国古典诗学的价值以及建立有中国特色的比较文学理论体系无疑有着积极的意义。本书的理论价值还在于通过探究汉诗作为古代东方的一种强势文学形式,为何能够长期影响周边国家地区的文学艺术及社会审美意识,以揭示出中国古典诗歌长期以来在促进东亚诗歌文学繁荣和形成东方艺术传统过程中所起的特有作用,并从一种新的角度积极探索东亚汉诗在世界文学史中的重要地位。通过总结东亚汉诗学的发展规律,还可以对不同国家之间文学交流过程中的模拟及创造、民族性和国际性等重大文学理论问题进行有独特价值的探索。

因此,严明教授的新著《东亚汉诗的诗学构架与时空景观》及其贡献,说其为汉诗学的研究开辟了比较研究的新"时空景观",当不为过。

一部令人回味反思的好书

——评刘耘华君的新著《明末清初传教士对儒家经典的诠释及其本土回应》

推荐一本很有见地并令人回味的好书是件高兴的事,因为它会拥有好思的读者而不致使人失望。这本书就是刘耘华君的新著《明末清初传教士对儒家经典的诠释及其本土回应》,一部研究的虽然是三百年前发生的,但可说现在仍进行着的中西文化思想交会砥砺的学术力作。

回想20世纪的80年代,耘华攻读硕士学位时,所选的研究课题就是明清之际西方基督教文化与中国文学文化的关系。当时国内研究这一领域的学者还为数不多,有关专著也寥若晨星。但如今,耘华又做这一课题的博士后研究并顺利出站,再环顾学坛则今非昔比了。有关这一领域的博士、硕士学位论文,我读到的已有数十篇,而论及的范围也已从科技、神学、哲学、历史和艺术,拓宽到了伦理、教育、政法、文学与文化等众多的学科。不少研究新著也已陆续问世,如陈卫平的《第一页与胚胎:明清之际的中西文化比较》、王晓朝的《基督教与帝国文化》、孙尚扬的《基督教与明末儒学》,萧萐父、许苏民的《明清启蒙学术流变》,李天纲的《中国礼仪之争:历史·意义·文献》,林金水的《利玛窦与中国》,张铠的《庞迪我与中国》,何俊的《西学与晚明思想的裂变》,沈定平的《明清之际中西文化交流史》,张西平的《中国与欧洲早期宗教和哲学交流史》,徐海松的《清初士人与西学》,吴伯娅的《康雍乾三帝与西学东渐》等。这些著作聚焦于各自发现的问题所在,作出了前续故人、后启来者的学术贡献。与此同时,还出版了不少有关译著,如费赖之的《在华耶稣会士列传及书目》、荣振华的《在华耶稣会士列传及书目补编》、裴化行的《利玛窦评传》、谢和耐的《中国和基督教》、艾田蒲的《中国之欧洲》、毕诺的《中国对法国哲学思想形成的影响》、柯毅霖的《晚明基督论》、钟鸣旦的《杨廷筠：明末天主教儒者》、邓恩的《从利玛窦到汤若望：晚明的耶稣会传教士》等，其中还有一译再译、一版再版的。今天的学界和读者，确比以往任何时候都重视这方面的研究。这绝非偶然，也决不只是因为其规模大、时间久、留下的中西文献多，好让文人作"思古探幽"，这无疑是学者关注的重要原因。但比之更重要的则是，这场发生在16、17世纪的中西文化砥砺，事实上正是现代中西文化交会的前奏，其中蕴藏着启示现实的丰富认知资源，不仅对中国、就是对世界，也都如马克思所说"历史的重提是为了现实的需要"①。

君不见，在连年欢庆圣诞的狂欢之夜，终难抹去"9·11"事件的创伤余痛；君不见，在歌舞升平的当今世界，仍还弥留着西亚战火的血腥尘埃；君不见，在期盼亲人回家的机场、在欣赏艺术的剧院、在迎送心爱子女的校园……却成了人们不堪回首的恐怖袭击场景。当今的人类世界，怎么会变得如此不安宁？这里有许多值得人们深思的原因，但宗教、文化至少是不能不考虑的重要因素，哈佛大学教授亨廷顿就曾担忧地预测这是难以避免的"文明的冲突"。这类已经发生的不幸事件警示世人，它有时会被人为利用成你死我活的政治冲突，并让人作出匪夷所思的激烈可怕行动。但宗教文化的交会并非起自现代，也并非总是激烈的对抗与冲突。在中国悠久的历史上，虽然也有过"灭教"或"教难"，但远没有西方或其他地方曾发生过的那样激烈对抗和血腥冲突，更多的则是平和与共存。其突出的例子就是信犹太教人的中西不同遭遇。在西方，连伟大的人文主义作家莎士比亚，都难免要把"恶商"的臭名按在犹太人夏洛克头上，而现代笃信上帝的希特勒，更是欲置同样也信仰上帝的犹太人于灭绝种族境地而后快。漂泊无根的犹太人，只得四处避难，再次漂泊，直到中国。就在上海这座东方的都市，就在被同为法西斯的日本侵略军圈定的孤域里，当他们面临断粮绝境时，上海人民越过封锁线送吃送物，无偿地救济这些"非我族类"的难民。其实，往前追溯，则远在千年之前就有入华至开封的犹太人，他们也同样受到国人的礼遇，这反倒使他们自觉自然地融入了中华文化及其民族大家庭。再往前追溯，就是对基督教文化，中国也同样友善相待。聂斯脱利派被西方教会判为"异端"，这一支基督教徒在东迁途中之所以能赢得坚信上帝的

---

① 《马克思恩格斯选集》（第1卷），人民出版社，1972年，第254页。

"火热教会"之称,乃付出了被肢解夺命的惨烈代价(见约翰·斯图尔特的《景教传道史》)。但7世纪时,当他们风尘仆仆抵达中国国都长安时,却意想不到地受到了中国皇帝特使的迎候,他们一留中国就是两个多世纪。中国对其他宗教文化,也无不如此。因此,世界文化史上并不多见的多元文化相会相交,包括印度佛教文化、中亚祆教、摩尼教文化、西亚伊斯兰教文化,直至西方基督教文化等,当今世界的各主要文化,在两千多年的历史长河中,都先后并持久地在中国大地上演了中西多元文化碰撞砥砺的长剧,而非悲剧。有的入华生根、开花并结果,如佛教及其文化;有的入华但未能扎下根来,如祆教;也有的屡次入华,也屡次风光过,直至今日,这就是基督教。这一独有的厚重文化积淀,其多元异质文化交会共存而非抗争流血的特点,其多种多样碰撞砥砺的过程与结果,等等,对当今全球化时代的多元文化交会,对起自明末并持续至今的4个世纪的中西文化交会现实,无疑都具有温故知新的重要参考价值和现实认识意义。因为历史与现实不仅相连,而且还"共存"。正如现代西方阐释学家伽达默尔所说:"只要现在的意识可能自由接触由文字记载传下来的东西,过去和现在就有一种独特的共存。"①

摆在读者面前的刘耘华君的《明末清初传教士对儒家经典的诠释及其本土回应》(以下简称《诠释》),就是一部在前人学术成果基础上,对之作当代理念新诠释的专著,一部着力于神学与儒学思想较量的"文字记载",以探讨过去和现在"独特的共存"的中西多元文化碰撞与砥砺的好书。虽然这只是他作两年博士后研究的出站论文,但这38万字的著作,事实上却是他起自20世纪80年代,经硕士、博士两阶段的学习研究,直到"非典"肆虐的2003年,长达16年治学"磨剑"的心血结晶。

治学之贵在"磨"。学人常用"十年磨一剑"来作比,这是很有道理的。因为只有锲而不舍地"磨",并在研究中磨出有自己创见的思想认识火花,才能出精品、成力作。我至今还清楚地记得,当年他撰写硕士学位论文时"磨"出火花的情景:在完成了从本科理学士到文科硕士生学习的艰难转型后,又面对多如牛毛的仁智各见的参考资料,经过半年多的日夜苦思,终于从材料堆里磨出了自己的创见火花,

---

① Hans-Georg Gadamer, *Truth and Method*, English translation revised by J. W. Weinssheimer and D. G. Marshall, New York: Crossed, 1989, p.390.

对徐光启"文"中的新质成分作了理据结合的逻辑论述。他的那篇硕士论文,既获得了答辩委员会主任贾植芳教授的高度评价,后又全文发表于海外学刊,并促使他从此走上了磨剑不止的治学之路。90年代,他进北京大学攻读博士学位,在乐黛云教授的指导下,专攻中西原典文论,最后定下的博士论文就是《诠释学与先秦儒家之意义生成:论语、孟子、荀子对古代传统的解释》(上海译文出版社2002年版)。这是以西方诠释学做隐性平台,着力探究先秦儒典的意义生成方式的一部专著,其对《论语》《孟子》《荀子》等先儒经典的诠释之论述,不乏创见也不乏新识,处处均见"磨"剑火花。开始,我还为他中途转向而颇感惋惜,但现在看来,这是他治学路上十分必要的一大步,这使他能在更高理念和更扎实功底的"知识装备"上,为当下新著备就了磨剑功力。

作为先睹为快的读者,我发现《诠释》一书,十分注意来华传教士的精神背景及其知识架构。这既是决定利玛窦等人选择附会先儒经典、行学术传教策略的必然,又是他们能实施"援圣、补儒、超儒"作神学诠释的资本。《诠释》在开头两章对此所作的精当的历史梳理和具体的深入剖析,既揭示了天主教神学一方的"庐山真面目",又为这场文化思想较量的深度探究,铺就了逻辑学理和思想资料的必要基础。

而《诠释》一书最见功底也最具启迪的就是,作者选择了"太极""理""性""心""仁/爱""孝/敬""天命""君子""圣人"等儒学范畴,"万物一体""精气为魂""气化流行"等儒学命题,以及当时不同派别的三个传教士及其代表作为个案,作了条分缕析的层层论述。这本身就反映了作者审视"文字记载"和发现问题实质的敏锐洞察力,因为,明末清初的中西传统思想文化的大规模交锋,其交锋的双方就是基督教或天主教思想同中国儒教或儒学思想。这在入华的西方传教士叫"援圣补儒超儒",在明清拥教派叫"援圣补儒",而在明清反教派则是"破邪辟邪卫儒",总之都是围绕"儒学"而展开的思想较量。作者集中深入地对传教士们先作先儒/后儒、经典/注释的二界区分,继又排斥释道、依附儒家而作基督教义理诠释的思想历程,从源到流、由表及里地论析了其认同别异的思想肌理,清晰有力地论述了传教士基于其宗教立场,对儒学作"神学化"诠释的过程、规律与特点,尤其对其意义生成方式的诠释之再诠释,都从中西二学的原点论述的比较辨析开始,着力于彼此碰撞砥砺的深度思想剖析,可谓鞭辟入里、可圈可点并有理有力。

"太极"这一中国先秦典籍中指宇宙天地至高至极的范畴,传教士利玛窦等从上帝"大有"和"最始"的神学本体论和发生论上,一方面以有、无之别,剔除主张"空""无"的释道二家,另一方面又化用《中庸》"诚者,物之始终,不诚无物",将之诠释成物的依赖而非万物之本原,或是与"灵魂"相对之"道体",或干脆只是"元质",以最终归于创始主宰的"上帝"和"上原"《圣经》之终极信仰。

"理"与"性",前者在传教士著作中使用得最为频繁,后者则很早就在先秦典籍中使用得很多。利玛窦等利用"理"可与柏拉图"理式"相类的功能,予以神学化解读,即它不是万物本原,也不能化生万物和有灵觉之人,只是超性"天理"的"依赖者";而白晋则将至神、至灵与至一等都归结为"理即天主"。而"性"这一原指天人万物与生俱来的自然和本质属性的范畴,利玛窦据神学的灵肉形性说,先将之阐释为"二心""二性",以与儒学的"性本善"相通;孟儒望、卫方济等,再以超性的天主创世说来"补儒所未逮",并进而将《诗经·大雅》中的"乱匪降自天,生自妇人"发挥为"原祖母真为先后万罪乱之根",完全诠释成其带有歧视女性的"原罪说"。

传教士对"仁/爱""孝/敬"的诠释,则是将原本限于人事、人际多重含义的"仁",减少其含义,只选定"爱"以与天主教的"爱"(Agape,爱筵,上帝对人之爱)相类,进而推演出"爱天主"为"仁"之至,方能"笃爱一人,则爱其所爱者"。诠释中,在减少"仁"固有蕴涵的同时,又增添其神学信条内容。而对"孝"也同样以"爱天主为爱的依归",将孝、忠、敬三种道德与宗教的情感,于肯定在圣人那里方能完美统一的儒说同时,又悄悄增加了天主教的宗教情感含义。并进而诠释圣人孔子的"敬鬼神而远之",说孔子不仅认定有鬼神,而且还认定鬼神听命于天主,故敬畏与爱都是人对天主的两种基本情感,将之演绎成了天主教徒的道德情操说。

可见,在对儒学范畴的诠释中,无论是以"天学"对"儒学"作比附"衔接",还是对之作神学义理的解读,抑或是对其儒学思想本体和整体的内涵改变,著述中都理据结合论证了传教士力图增加"超性"信仰的神学说教,减少儒学本体和本源的固有蕴涵,并将儒学伦理置换成基督徒的神学信条和德行教理,一个无须再生硬按上"天学"之名的"因信得生"[①]的西欧纯粹基督教神学。

而对儒学命题的诠释,传教士们更是大展其神学演绎的身手。"万物一体",

---

① 《罗马书》1:17,马丁·路得为"因信称义"。

本是中国古代思想家看待人与天、人与自然和人与人的标志性认知,其另一表述就是"天人合一"。但利玛窦将之误解为"万物相同"和"天即上帝",并在攻击佛学以一己渺渺之明而"肆然比附于天主之尊"的同时,将其儒学本意也用儒学旗号予以否定:"简上帝,混赏罚,除类别,灭仁义",最终以"各物之性善而理精者"皆为"天主之迹",将之置换成上帝无所不在、无所不能的神学命题诠释。而对"精气为魂""气化流行"两个儒学命题的诠释,则连儒学的旗号也不打,直接予以驳斥。他们运用熟之又熟、信之又信的灵魂不灭、靠主救赎,以及上帝创始等神学思想,予以名实不符甚至根本差异的神学诠释,一种"易中就西"的神学说教。

如果说,利玛窦、艾儒略等对中国儒学的神学诠释还算"衔接"的话,那么,白晋、马约瑟等"索隐派"传教士,其对中国儒学的神学诠释就是"硬接"了。他们可以把"言"字,解释成"由'口'与'二'构成,象征三位一体的第二个位格'道'(the Logos),它来自于第一位格'父'之'口'";他们也可以将《尚书》《大雅》《商颂》等中国古籍中"受命于天"的有德圣人,直接断言为"帝者,乃天之主宰,则舜、文王、武王、五帝,皆原惟一天之主宰而已";他们还可以翻译时对《易经》作符合神学思想的任意增删,直至将"大人""圣人"径直译成指耶稣基督的"the Saint"和"the Great Man",同时又在解读中,将"圣人亨以享上帝"作神学性的过度阐释,说"圣人把自己祭献给上帝",从而同耶稣被钉十字架的蒙难成道划一。凡此,正如《诠释》书中所说:"他们认为,由于中国人不了解基督教,故其对很多上古文献的解释是错误的,而他们自己,由于拥有《圣经》的钥匙,故能够真正开启潜藏在这些文献之下的隐秘真理——上帝的启示。"

因此,《诠释》一书作者认为,这次中西思想文化的交会,并非是现代意义上的"对话",而是"自说自话"。作为传教士一方,固然是其自视神学真理在手的"真教惟一""正道惟一"的自说自话;就是作为回应的中国儒士僧侣,尤其是极具对抗性的反教派,同样也是自视"天人之理"先圣后贤早已"发泄尽矣"的"破邪辟邪"的自说自话。

令人回味再三的问题正是,西方传教士的神学自说自话,其实质是一种一意孤行的"证伪"诠释——以神学为真理,对儒学作真假、对错的终审判决。作者对三四百年前的这些"文字记载"的诠释之再诠释,让我们形象而清晰地看到了身穿儒服、皓首穷经的这批传教士,是如何孜孜不倦地以西方的"神学"对中国"儒学"所作的各式"证伪"诠释,以建树其自视为普世真理的基督福音。这对我们已不再感到问题的问题,提出了大有问题的反思:我们已习以为常的种种"科学"的"西学",其对"中学"的种种"证伪",真是个个、事事、处处都"证伪"了还是伪证了?同样,换个角度看,传教士们"视域中"的中国儒、释、道三学及其种种诠释,尽管是一种神学自说自话,但也反映了西方人对中西传统二学的相同、相似、相异、相差、相补、相交等"他者"的看法,是否也能给我们一些"旁观者清"的参考,以启示我们更好地反思与认知呢?还有,作为回应的明清国人的自说自话,既有"援圣补儒",又有"破邪辟邪",固然可以追问,在"自我"的文化思想中,是否也有要么视为毒草、要么看成香花的二分对立"传统"呢?反之,他们的过滤与吸收,或者拒斥与攻击,都是现世性中国传统文化思想的选择,是否也同样能启示我们对基督教文化作"自我"与"他者"互动的反思与认知呢?我以为,这是《诠释》一书最有问题意识的学术思想价值所在。

当然,从更完美的要求来看,《诠释》一书也还有一些不足。书的后两章,即入教儒士和反教人士的"本土回应",我总觉得可以再写一部专著,方能论述清楚,并可成为《诠释》一书的姊妹篇。好在作者也有同感,而且还有此计划。我相信耘华定能不负众望,再给读者作奉献,如同这本著作一样,再让大家获得爱思的回味。

2005 年 2 月 18 日

下功夫的实学之作

——读刘振宁博士的新著《唐代景教"格义"轨迹探析》

我还清楚记得五年前振宁君入学攻读博士那天的情景:我走进他的宿舍,一眼所见就是铺在地上的包装书籍用的几张牛皮纸,纵横上下、密密麻麻写满了字。我低头细看,才知道这是他的读书笔记,有《比较文学》《中国佛学源流略讲》《1550年前的中国基督教史》等好几本学术专著,每本一张,上面还用各色粗线将他理解的结构层次和学习体会一一标出。我明白了,这个来自四川一所大学英文系的副教授,他的考博成绩来自他老老实实所下的苦功夫。

接着的三年时间,他依然是老老实实地读书,老老实实地做笔记;针对自己国学空白的短处,又老老实实地补课,还老老实实地钻研问题。不过,他不再用牛皮纸,也与时俱进地改用电脑了。尤其在做自己学位论文的两年中,与他的同窗李新德(现在美国深造)一道,有整整一年都是天天跑上海图书馆,带上干粮和水壶,白天看书抄资料,晚上边翻译边整理进电脑,而且还习用文言文予以表述,在自己所短的中国文学文字功底上狠下功夫。

他的《始于"乖睽" 终于"乖睽"——唐代景教"格义"轨迹探析》一书,是他读博期间下了苦功夫撰写的博士学位论文。题目中的"乖""睽"二字,就取自古籍《易经》。而"乖睽"即"乖背睽违"之意,如《丰川易说》所言:"离火居上,兑泽反下。火泽乖睽,离散之时也;人心乖睽,大事岂能济乎?"[①]以此来概括他对唐代入华基督教的看法,出自他的两点初衷,其一就是汇报他三年学习古文的一次检验,希望自己像学中文出身的学子那样能读能写,而这正是做中西比较文学研究应有

---

① 王心敬撰:《丰川易说》卷7,《景印文渊阁四库全书》册556,台北商务印书馆,1986年,第51页。

的基本功之一;其二则是努力如陈寅恪所说的中外比较文学研究应:"故分析之,综合之,于纵贯之方面,剖别其源流,于横通之方面,比较其差异。……盖此种比较研究方法,必须具有历史演变及系统异同之观念。"①

唐代"景教"是首叩中国大门的基督教,入华前被称为聂斯托利教派(Nestorianism),入华后易名为"景教"。贞观九年(635)始传中土,历时210年,先后受到了太宗、高宗、玄宗、肃宗、代宗和德宗等帝王的礼遇与优待,一度发展到"法流十道""寺满百城"的兴盛之巅。然而武宗会昌五年(845)的一朝灭佛,它被连带遭到灭门之灾,就此偃旗息鼓于中原大地,销声匿迹于边陲僻壤。

聂斯托利教派的"始于乖睽",因其认为玛丽亚感灵所生的只是人子耶稣(Jesus)而非神子救世主(Māshīah),因此玛丽亚的身份也只能是"人之母"(Anthropotokos or Christotokos),而非"神之母"(Theotokos or θεοτόκος),其始终主张的"基督二位二性说"的"乖睽",使它背上了"异端"之名,付出了破门被绝伐的代价,遭受了流离被迫害的苦痛。

大唐景教的"终于乖睽",是其入华之后,所面对的是独步天下、四夷自服的大唐帝国,以及已连绵数千年之久的中华文化。为求图存,景教不得不步先前佛教入华之"格义"后尘。然而时过境迁,同佛教的"格义"相较,景教的"格义",唯有"格"而无"义",且只能"格"不能"义"②,如此的两难困境,终使它不能不在"乖睽"中落下帷幕。

对此,作者以诠释学和新批评之文本细读细释法,通过对唐景教文典四个层面文本形式的求似解读,剖析其承于经文术语的切换,合于教理教规的变异,终于异质文化间基本核念的乖睽,由"名"到"实"、由表及里,对景教"格义"的轨迹及其规律作了循环阐释和逐一解析;进而又将唐景教的"格义"同先前佛教的"格义",纵贯剖别其源流,横通比较其差异,从而彰显了中国文化传统的本质与特点。既显示了该著层层递进、细析细辨的逻辑论证特点,又通过对唐景教受挫华土这一史事的现实拷问,获得其所认识"自我"与"他者"文化的当下镜鉴意义。

---

① 陈寅恪:《金明馆丛稿二编》,上海古籍出版社,1980年,第225页。
② 注:按韩愈和朱熹所释,"义"作"宜"解。韩愈有曰:"行而宜之之谓义。"(韩愈:《韩愈全集》,上海古籍出版社,1997年,第120页。)与此相似,朱熹曾言:"义者,事之宜也。"(《朱子语类》卷6,《景印文渊阁四库全书》册700,台北商务印书馆,1986年,第107页。)

对唐代景教及其文献的研究,是中外文化交流研究的历史性热点之一,因为早在明末就已开始,可谓是跨3个多世纪的老课题了。然而,振宁君的这一研究成果,仍有其在前人研究基础上,"千斤加一两"的些许贡献。复旦大学王振复教授认为:"这篇论文的题目我很感兴趣,看了这篇论文,我的感觉很好。我讲这个话,是出于一种道德的良知跟学术的良心。我觉得对唐代的景教进行研究不是始于今日,但专门对景教的'格义'规律进行专门的研究,这样的论文恐怕就很少。所以这篇论文的选题具有独特性、开创性,并有开拓性。用的是实学的方法,的确是青灯黄卷。"朱立元教授则很欣赏其学风:"这篇论文做得相当扎实,而且这种学风是值得大力倡导的,尤其是在当下浮躁风严重的背景下,像这样能够坐冷板凳、下苦功夫做学问的风气我很欣赏。论文从构架到阐释,都非常合乎逻辑。论证的过程是层层递进、步步深入、环环紧扣。总之,这是我所读过的非常优秀的博士论文。"

如今,振宁又将其博士论文再次作了修订,并吸取了上海外国语大学的谢天振、郑体武,华东师大的陈建华,上海师大的郑克鲁、朱宪生和上述两位复旦大学教授等专家的宝贵意见,我相信这本著作的出版,会更有其学术价值和现实意义。

振宁已远赴贵州大学任教了,此时此刻的我不禁又格外想起他来。振宁的身世,如同我们民族所遭遇过的"文革浩劫"一样,只是不幸不该过早地落到他的身上。其父母都是新中国成立前四川大学毕业的学生,新中国成立后又被错划为"右派","文革"中被批来斗去,还是孩童的振宁被押去陪斗挨辱。不久其双亲就撒手西去,振宁就沦为孤儿。全靠小平同志的拨乱反正,也凭着自己学习肯下苦功,他同新时期的广大莘莘学子一样,才得以上大学、得以完成学业。我至今都难以忘怀的是,他在博士论文答辩时的发言,他不像其他博士那样充满喜悦地抒情和答谢,而是流下了男儿不轻弹的泪水。我明白他的辛酸,也知道他极想告慰却无法送达双亲的无奈与痛楚。但我更希望他彻底抛掉过去不幸的阴影,振宁就当振作起来,宁静志远,在新的教学研究岗位上,将自己的事业融入发展西部贵州和国家繁荣昌盛的大业中去,下功夫、做实学,努力精进!我们共勉之。

2007年五一黄金周

别开生面的西方现代派名作解读

——《西方现代派文学与圣经》序

孙彩霞君的新作《西方现代派文学与圣经》,是一部别开生面的外国文学研究著作。它在解读西方现代派七大家卡夫卡、艾略特、叶芝、马尔克斯、波德莱尔、贝克特和加缪的代表作时,一改国内通常的纯文学性阐释路径,而改从《圣经》与文本关系着手,有根有据地作了影响踪迹的梳理与转化创作的阐述,成为一本既有学术功力又有理性趣味的著述。全书的文字流畅,分析细腻,作为先睹为快的读者,获得了一次文学魅力与思想浪底映相交辉的美的欣赏。感谢作者对我的信任,也感谢作者给了我一次开卷有益的读书乐趣。

我与作者既无师生关系,也非沾亲带故。除了都姓孙,如俗话所说,也许五百年前是一家之外,就毫无瓜葛了。我与彩霞的相识,完全是个偶然。3年前,在开封举行了国内第一次圣经阐释与中国文学关系研讨会,这也是第一次有文学界和神学界双方学者共同参与的学术会议。一开始,我还以为她是学生。因为她的谦逊与腼腆、好学与热情、执着与多思,我一下子又恍如回到了20世纪80年代的大学校园,又见到了那批风华正茂、积极上进的莘莘学子。后来她在会议上宣读其论文,我记得是谈卡夫卡的宗教关怀问题,我颇觉意外。这倒不完全是因为清楚知道了她的教师身份,而主要是她的学识功底和个人创见吸引了我。毋庸讳言,在圣经与文学关系的研究中,也包括那次会议,都存在两种并不和谐的情况,即明显存在神学解读的"唯信称义"的预设标准,以及文学解读的文学性或叫美学性的预设标准这两大差别。这在有关《圣经》文本的讨论时,尤为显著。会上个别虔诚信教的代表,谈起《圣经》文本,哪怕是俗事故事,也总成为一次布道弥撒,并全然不顾旁人的意见和起码的学术规范。这使我不由反思起,4个世纪之前发生在中国的那场中欧思想文化冲突。明末清初入华耶稣会士和中国文人都各自以自己传统的思想资源为准,来看待对方所表述的话语。因此,这一场貌似"对话"、实为各自"独白"的中西思想文化碰撞,双方都以各自的预设标准,去作"证伪"而非"证实"。于是中方的反教派要"破邪""辟邪",而西方传教士则是"补儒""超儒",未能作真正的求实求真的对话与沟通。彩霞的发言,恰恰就在这点上有所突破,这是很不容易的。因为没有扎实的基督教和外国文学两门学科的专业功底,没有严格到位的学术规范训练,没有自己艰苦善思的深究,没有将圣经文本和文学范作都视为"教典""文典""史典"等综合多元"经典"的开放性视野,是不可能做出像样的宗教与文学关系的跨学科研究论文的。她的这篇论文,后来收入了由人民文学出版社出版的《圣经与文学阐释》论文集。而后一点,即综合多元的开放性视野,在眼前的这本新著中,有了新的发挥和彰扬。

众所周知,《圣经》对西方文学的影响,诚如已故教授杨周翰先生所说:"像水银泻地,无孔不入。"①其本身就是西方文学文化的源头和传统。"事实上,圣经在西方文学中成了如此基本的文献,以至假如缺少了圣经先例,西方文学几乎就不可能出现今天的面貌。"②因此,在传统的西方文学中,我们可以从其中世纪的教会文学中,从那些不胜其数的圣经故事、圣徒传记、梦幻奇迹、宗教剧,甚至欧洲的民族史诗和骑士文学中,一眼看出其中《圣经》教义的说教和演绎,无处不在。诚如温沙特和布鲁克斯所说:"世界的广阔无垠和细如秋毫均为上帝光辉之象征。"③即便是在反神权、反中世纪神学的文艺复兴及其之后的启蒙运动、19世纪浪漫主义和现实主义等文学作品中,仍然不难发现,《圣经》的影响还时显时隐、或正或负地存在于文学之中。从但丁《神曲》的三界之分和赏罚等级,到莎士比亚剧本中对《圣经》言语的一再引用,再到"伟大老人"歌德《浮士德》中名异实同的魔鬼,直至19世纪拜伦的《该隐》、雪莱的《撒旦挣脱了锁链》、维尼的《摩西》等,影响都是十分明显的。而更多的则是自然而然并正负皆有地融入于文学作品之中。如雨果的《悲惨世界》、狄更斯的《双城记》、陀思妥耶夫斯基的《卡拉马佐夫》、托尔斯泰的

---

① 杨周翰:《十七世纪英国文学》,北京大学出版社,1985年,第14页。
② 谢大卫:《西方文学和基督教论文集·圣经与西方文学》,北京大学出版社,1996年。
③ 温沙特、布鲁克斯:《文学批评简史·结语》,纽约,1965年,第725页。

《复活》和《战争与和平》,等等,正如艾略特所说:"人文主义是时隐时显的,而基督教却是延续不断的。"①其实,西方近现代人文主义的张扬本身,就是同《圣经》中将人定位为万物灵长的观念难脱干系。在《圣经》开宗明义的"创世记"中,天主创世忙碌6天之后,就将其所创造的世上万物,都交由人来治理使用,并对此安排十分满意:"天主看了他造的一切,认为样样都很好。"就此而言,西方时隐时现的人文主义,就是同延续不断的基督教及其《圣经》,共存相生为其一脉相承之传统。

但问题是,20世纪西方的现代派文学是以"反传统"而著称的。《西方现代派文学与"圣经"》一书,一方是"反传统",另一方是"传统经典",看来是南辕北辙的双方,它们之间又是怎样"延续不断"为现代派的呢?对此,并非无人研究,也并非没有著述。西方学界自然是著述林总,而国内近年也有专门的论著问世。孙彩霞这本新著的可贵之处,就是在上述基础上,经过自己对《圣经》和七大家文本的细读细析,相当有说服力地作了具体细致又条分缕析的宗教与文学的跨学科比较研究,从而形象而又理性地探讨了这个问题。

作者运用了国内外学者卢曼等对宗教教义与社会演化研究的观点,即西方传统的基督教,有社会和思想两大层面。在当今西方现代社会中,其宗教组织及其表现活动,已从传统的中心位置退居边缘,出现了宗教与社会、宗教系统自身和宗教价值语义都分化的三大趋势。因而,充满异化的西方现代社会,其"孤寂"的现代人,越是同历史和未来间隔,越是同他人间隔,越是同其处境与存在间隔,也就越是要从其传统宗教的另一层面,即基督教信仰在神学、哲学、文学和艺术中的思想性表述,去呼唤传统基督教精神的复归,去重建西方传统文明那不异化、不孤寂的"复乐园"。这就合乎逻辑地解答了反传统的西方现代派文学与传统经典的圣经文本之间的关系,将基于非理性主义哲学的现代派文学,同基于非理性信仰体系化表述的《圣经》,既从学理上揭示了如伽达默尔所说,"在书写形式里,一切记载下来的东西都是同现在共时并存的……过去与现在就有一种独特的共存"②的规律,又形象生动地阐释了反传统的现代派对传统文学的超越,及其本身就是其传统演变与发展的结果。对此,从第一章的波德莱尔《恶之花》的主题与《圣经》的神学宇宙观

---

① 托·斯·艾略特:《艾略特文学论文集》,李赋宁译,百花洲文艺出版社,1994年,第186页。
② 伽达默尔:《真理与方法——哲学解释学的基本特征》,纽约,1989年,第391页。

的比较分析中,就引导读者去发现"天使醒了,在沉睡的野兽身上";直到最后一章,通过对马尔克斯《百年孤独》中的罪与罚的解读,还是告诉读者,这是变异重构的"从乐园到巴比伦"的《圣经》式的叙述模式。读后可清晰发现,全书重点分析阐释的是,七位现代派作家作品对圣经原型的移置及其教义的化用,从而也会认同作者的见解:现代派文学乃是与《圣经》的深层精神有着潜隐联系特质的西方现代文学。这不仅对广大读者,就是对我们高校师生,全面客观地认识现代派文学,显然都是开卷有益的。

作者在"导言"中坦率告诉读者,自己"学术水平"是有限的,并承认书中有些"遗漏与谬误",是自己"无力避免"的。但我知道,作者参加撰写过《基督教文学》《圣经与欧美作家作品》等多部著作,也发表了多篇论文。在人数本就不多、论著远非丰硕的文学与宗教关系学界中,以其三十出头的年纪和上述骄人的成绩,本也可以有些许自喜,或写上一些只有己知而他人难懂的治学之苦、之累、之难、之怨等抒情感叹。但作者彩霞却并非如此,依然是甘于淡泊、甘于寂寞的平常心态,依然是学而知不足的谦逊和腼腆,依然是当初我认识她的那个莘莘学子的样子。我是很愿意同她、同具备严于律己的学术道德操守的年轻朋友,结为学友同窗并求知求真的。

2005年5月至7月写于上海西南和贵州黔西南

展现辉煌历史的思想型巨著

——读玛格丽特·L.金的《欧洲文艺复兴》中译本

阅读玛格丽特·L.金的《欧洲文艺复兴》中译本(上海人民出版社2008年4月第1版)的时候,我有一种惊喜的感觉,而且越往下读,惊喜的感觉就越强烈。金,这位美国著名的女历史学家在我们眼前展示了一幅波澜壮阔、多姿多彩的西方文艺复兴的历史长卷,长人知识,令人感叹,促人深思。

书写"文艺复兴"的著作在西方浩如烟海,有关的中译本也有多种。我国读者比较熟悉的有瑞士学者布克哈特的《意大利文艺复兴时期的文化》和英国学者佩特的《文艺复兴:艺术与诗的研究》。前者首次出版于1860年,研究的范围仅局限于意大利;后者首次出版于1873年,是一部假设读者已经具备相关知识的专题论文集。相对于这两部书而言,金的《欧洲文艺复兴》无论在内容还是形式上都体现出一种崭新的格局。

出版于2003年的金的《欧洲文艺复兴》,横跨历史、宗教、民族、文化、艺术、政治、思想、哲学、伦理、科学和社会等各个领域,对西方历史上至关重要的文艺复兴进行了更加宏阔辽远和深入细致的叙写,它将视野在时间上分别推向了晚期罗马时代以及现代,在空间上推向了世界的大维度。这样一来,我们在掩卷沉思之余,对文艺复兴的自然渊源和深远影响就会有更加全面而立体的认识:历史是一条奔涌不息、浪花四溅的长河。

文艺复兴通常被描绘成一个充满了伟人成就的时代,这些伟人是统治者、哲学家、诗人、画家、建筑师和科学家。而处在学术前沿的学者玛格丽特·L.金改写了这种观点。在她看来,文艺复兴是一场复杂得多的文化运动。这场运动植根于一个独一无二的城市社会,是许多因素及其交互作用的产物,它们包括:商业、罗马教皇和皇帝的野心、艺术赞助者、科学发现、贵族和平民的暴力行为、法律的判例、农民的迁移、饥荒、疫病、入侵和种种其他社会因素。除了研究文学和艺术的巨大成就以外,这部文艺复兴史还包括对许多方面——权力、财富、性别、阶级、荣誉、耻辱、礼仪,以及有关近年才公布的历史调查结果的其他内容的研究。金将上一代学者所做的杰出工作和包括她本人成果在内的最新研究发现融合在一起,追寻了文艺复兴从意大利扩展到欧洲其他国家的历史踪迹。特别重要的是,她的研究成果使人们注意到了这个具有创造性的时代影响后世西方文化和社会发展的多元性。可以说,这部书中富有思想创新的精彩之处俯拾皆是。

值得指出的是这部书在编排形式上的特点。它的"声音文框""焦点文框""术语汇编"及"建议阅读文献和有关链接"是正文的补充和细化;大量的地图、图表和年表提供了许多清晰具体的实证性依据;那些令人过目难忘的黑白和彩色的精美插图与全书的文字互相沟通、印证,使人们记忆中的历史变成了生动的画面。

《欧洲文艺复兴》篇幅浩大、内容厚重、富含思想,李平教授翻译的中译本,语言流畅、生动、典雅,准确地传达了这部重要著作的主题和风格。可见译者是花了相当大的研究功夫的。

我同意金的说法:对文艺复兴有一个清晰的了解,可以帮助任何一位读者理解西方世界及其发展,以及为什么甚至在全球化时代的今天,文艺复兴的历史依然具有多方面的重要意义。

总之,玛格丽特·L.金《欧洲文艺复兴》中译本的出版是上海出版界的一件大事。我相信,它带给广大读者的将是一席余味无穷的精神盛宴。

齐马《比较文学概论》译著序

一部好的教材不仅对于教学极为重要,也能推进我们的整个学科理论建设。教材有两种,一种是过去的经验、成果的总结,一种是对于新的思维方向的开启。齐马教授这部《比较文学概论》,在我看来,当属于后者。

中国学界一向重视比较文学教材的建设和学科理论的探索。自 1978 年杨周翰教授提出建设中国比较文学教材以来,我国学者以自己的智慧和勤奋,做出了相当大的成绩。据不完全统计,30 年时间里,国内学者编写出版的比较文学教材超过了 70 部,探讨学科基础理论的论文则数以百计,这在国际比较文学界也堪称罕见。

然而教材、理论、见解的繁多也反映了学科的实际生存状态。比较文学学科在西方的产生发展已有一个多世纪的历史,从"片甲不留"的反对到"比较文学危机"之争,再到后来的"十字路口"方向分歧以及近年的"学科死亡"呼声,它一直处于学科理论之争的风口浪尖上,在文学研究各学科中处于一个最困难的地位。比较文学遭到来自国别文学、文学理论以及哲学、历史学、社会学等学科的质疑,时时在为自身生存的合法性竭力辩护,众多的方向、理论、见解也就是频繁的辩证性对话的表现,不断的理论交锋的成果。究其原因,乃因为比较文学学科实为文学研究的前沿和理论试验场,每一次理论方向、意识方式、游戏规则的变动,首先波及的都是这一根最最敏感的神经。说到底,比较文学所遭遇的危机也正是文学研究的危机,乃至人文科学的危机。可是危机也是"生机",斗争的漩涡中心亦即互动性交流的焦点,在这里,旧的元素黯然沉下,新事物破土而生。理论的增殖是对自身的扬弃,即对自身边缘的冲撞和超越,比较文学研究作为多重意义上(民族/世界、文学/政治、历史/哲学、科学/艺术等)的边际,才蕴蓄了最丰富的突围潜力。故而我们欢迎论争,希望以论争激发理论上的进取心,发挥文学和文化比较行为的理论、知识论和意识形态批评潜力,自然也希望立场鲜明的理论设计纷呈迭出,推陈出新。

齐马这部概论就是一部立场鲜明的著作,具有强烈的批判和论争色彩,这其实也是理论生成的必经之途。法国学派和美国学派是比较文学历史上的两个标志性方向,尽管齐马教授在书中提到,对这两个学派是否存在,西方学界大有争议,但就算是一厢情愿的意识形态建构,这两个学派也成了比较文学学科中的两大意识形态。意识形态是以片面性为特征的,故法国学派失于太僵化,美国学派又太漫漶无边,作为第三方的其他地区比较文学者大都以扬弃这两种方向为己务。这本书中,那种再出发意图表现得尤为直露。齐马抨击以往的研究者缺乏对自身的理论结构的反思,他本人由德国批判理论出发,主张在和其他学科的对话中发展自身、反省自身,又特意从符号学借来一系列概念语汇和分析模式,这本身就是德国批判哲学和法国结构主义的一场对话。但是他的根底,还是奥地利学者对于多语言世界状况的敏感,对于符号本身的自治性的高度意识,这种意识既体现在维特根斯坦的语言哲学上,也体现在霍夫曼斯塔尔、穆齐尔、卡夫卡等的文学作品中,它构成了所谓现代性或后现代性的实质,也就是齐马教授所谓的"辩证的暧昧"。正如哲学在很大程度上受制于民族语言,理论建构其实也是和民族性息息相关的,我们可以想象,正是中欧的语言混杂状态导致了对语言混杂的反思,又通过语言的混杂性来看待世界,就形成了别具一格的视角。这样说来,齐马对当代思想元素的综合,也是自身最深刻的内在性的外化,这种立足于本民族、本地区文化血脉的综合方式,正好为我国学者借镜。事实上,我们的比较文学理论建设也是一开始就从"国情"出发,力求把法国和美国的学派理论消化为具有超越性的"跨"界认识,力求找到一种比较文学的"中国模式",以实现中国比较文学话语的本土化目标。在这方面我们已提出了不少富有启发的构想和设计,如乐黛云教授近年来提出的《易经》对于整合中西文化的框架作用,正是以变易的智慧去重新思索不同文化间的符号流向问题。我国先民曾创造了那样辉煌伟大的文化传统,如能融入我们的理论思索中去,化为理论生成的内在萌芽,必将带来一种崭新而喜人的气象。

本书两位译者均为训练有素的比较文学和外国文学研究者,对于德语区和我国文学研究的理论脉络均有切实把握,相信他们的译介也属有的放矢,希望为我们引入一种有价值的新的思维方式。

王国维的《〈红楼梦〉评论》

作者简介

王国维(1877—1927年),字伯隅、静安,号观堂、永观,出生于浙江海宁的世代诗书礼缨之家。然其父弃儒经商,不过仍攻书画篆刻,著有诗文。王国维4岁丧母,7岁就读书塾,16岁即中秀才,但两次乡试均名落孙山,未得举人。时逢甲午海战,清朝惨败,王国维遂追求"新学"并向往西方文化。不久,离家至沪,获罗振玉赏识资助,赴日学习外语和哲学等,后回国也为罗氏编《农学报》《教育世界》杂志。但他不主张整个改变封建制度,故辛亥革命后,又随罗振玉东渡日本,一住4年,转治经史之学。回国也受雇洋商编《学术杂志》和任教大学,并继续从事国学研究。其最后4年多,一边出任已退位的末代皇帝溥仪的"南书房行走",一边又受聘为北京大学国学门和清华研究院的导师,与梁启超、陈寅恪、赵元任、李济一起被称为"五星聚奎"。1927年在北京颐和园的昆明湖投水自尽,其口袋中给儿子的遗书上写道:"五十之年,只欠一死,经此世变,义无再辱。"

政治思想趋于保守和学术学识敏于前沿,交织为王国维为人治学的特点。作为中国近代著名学者,他学贯中西、博大精深,在短短的20余年学术生涯中,治文史哲于一炉,在众多学科领域都做出了卓越的成绩。他既是近代中国最早运用西方哲学、美学、文学观念和批评方法剖析评论中国古典文学的开风气之先者,又是中国史学史上将历史学与考古学相结合的开创者,同时还是中国近现代最早的一位杰出的比较文学批评家。王国维生平著述62种,批校的古籍逾200种(收入其《遗书》的有42种,以《观堂集林》最为著名)。其中属于比较文学范畴的主要以这篇《〈红楼梦〉评论》和他的《人间词话》为代表。

背 景 资 料

《〈红楼梦〉评论》连载于《教育世界》杂志1904年(光绪三十年)第8、9、10、12、13期,次年收入《静安文集》。清末的《红楼梦》研究,基本上都是评点式或索引式的杂评,而《〈红楼梦〉评论》作为"红学"史上的第一篇专论横空出世,在"考据派"之外独辟蹊径,成为早期"红学"研究以及中国文学批评史上的一部重要著述。

王国维的《〈红楼梦〉评论》,显然带有鲜明的比较文学特征,这与王国维较早所具的比较研究的意识不无关系。早在1903年7月,他已发表文章《哲学辨惑》并指出:"欲通中国哲学,又非通西洋之哲学","异日昌大吾国固有之哲学者,必在深通西洋哲学之人";而且,在他以后拟就的大学文科科目表上,就准确列有"比较言语学""比较神话学"等比较研究和比较文学课程。在当时中华民族救亡图存与抗争求新的历史语境下,伴随着洋务、维新、改良、革命的一轮又一轮社会运动,中国学界文坛也开始"别求新声于异邦",历经诗界革命、小说界革命、戏剧界革命等不一而足,进而演变为中西文学文化和学识学理的近代比较研究思潮的滥觞。其早期的先驱有黄遵宪、裘廷梁、周桂笙等,接下来有林纾、严复、梁启超、周树人、苏曼殊等人,王国维就是其中的佼佼者。

王国维的《〈红楼梦〉评论》,不仅探讨中西文学、文化诸多本源性的差异,而且还进而深入到美学层面,并以西方哲学和文学的理论来评论中国文学的创作实践。如陈寅恪所说:"取外来之观念,与固有之材料相互参证",作出了以西方哲理来阐释中国文学的"阐发式"比较文学批评,因而具有开拓性意义。它与后来40年代出版的钱锺书的《谈艺录》遥相呼应,构成了中国现代文学批评史上,中西比较诗学的前后两端丰碑,并对中国文学研究现代化的走向产生了巨大的影响。

主 要 观 点

《〈红楼梦〉评论》主要在两个方面展开论述:第一,王国维以叔本华的意志论哲学为基础,并首先运用西方悲剧理论来批评红楼梦的艺术价值,论证了《红楼梦》的悲剧特征及其独特的美学意义,从而建立了以哲学和美学作为理论基础的文学批评体系,开了以西方文艺理论阐释中国作品的比较文学研究"阐发法"之先河。第二,在余论中,他针对以往旧红学研究中盛行的"读小说者,亦以考证之眼读之"的风气,提出了辨妄求真的精神,对红学研究领域中泛滥的考据派作出了有力的批判;并通过自己的文学批评实践,展示了新的文学批评模式旺盛的生命力,为以后的红学研究乃至古典文学研究走出了一条切实可行的新路。

阅 读 提 示

对于王国维的《〈红楼梦〉评论》,学界评价不一,仁智各见。在此,我们主要从比较文学的学科视野对其进行观照,以期给大家提供一些学习研究的启示与参考。

《〈红楼梦〉评论》共由五章组成,分别为《人生及美术之概观》《〈红楼梦〉之精神》《〈红楼梦〉之美学上之价值》《〈红楼梦〉之伦理学上之价值》和《余论》。选文为此论文的前三章,据《王国维遗书》①删节而成。

王国维此论的批评体系由哲学、美学、伦理学诸方面构成,但其主要的文艺与哲学观念来自叔本华的悲观主义哲学思想。对此王国维本人也在《静安文集·自序》中,自述其治学历程说:"余之研究哲学始于辛、壬之间。癸卯春,始读汗德之《纯理批评》,苦其不可解,读几半而辍。嗣读叔本华之书而大好之,自癸卯之夏以至甲辰之冬,皆与叔本华之书为伴侣之时代也。其所尤惬心者则在叔本华之知识论,汗德之说得因之以上窥。然于其人生哲学,观其观察之精锐与议论之犀利,亦未尝不心怡神释也。后渐觉其有矛盾之处。去夏所作《〈红楼梦〉评论》,其立论虽全在叔氏之立脚地,然于第四章内已提出绝大之疑问。旋悟叔氏之说半出于其主观的气质,而无关于客观的知识,此意于《叔本华与尼采》一文中始畅发之。"虽然王国维在第四章中对叔本华的"解脱说"提出了质疑,但通观全篇,其立论"全在叔氏之立脚地",可见他对于叔氏的哲学体系是依然不改初衷的。

循此,我们有必要对叔本华的哲学思想有所了解,以便能够更好理解王国维在该论中对于叔本华哲学思想的具体运用。叔本华的悲观主义哲学认为,生命本质

---

① 王国华、赵万里编:《海宁王静安先生遗书》,商务印书馆1940年刊行,上海古籍书店1983年重加影印。

上就是痛苦,人类的"生活意志"支配着人的一切思想和行动。意志有着永不知足的欲求,是不能遏止的盲目冲动,它在现实世界中永远不能得到满足,因为有限的满足与无限的欲求之间是不能调和的,中间的沟壑无法填平,因而人不能脱离痛苦。现象界的一切事物都处于苦海之中,当人们进入艺术观赏状态之中,达到物我两忘境地,并内心充满审美快感和喜悦时,就能割断痛苦的绳索,使人生苦难成为一种艺术观照,让悲惨的人生获得解脱。然而,人不可能长久地停留在艺术领域,艺术也不可能使人永久得到解脱,它只是对生命的一时安慰,因而人类不可能脱离痛苦,悲观也就是人类的本质。王国维正是以这种悲观主义哲学观念,比较系统地评析了中国古典文学的经典作品《红楼梦》。对此,我们将在下面对各章具体的梳理中予以简要评述。

第一章 人生及美术之概观

王国维在此章中并未直接评论《红楼梦》,而是表明他对于人生与艺术的基本观点,认为与人生相伴而来的,不是别的,而是忧患与劳苦。开篇有一点值得关注,文章所征引的经典出自《老》《庄》,而不是儒家对此的相关论述。这种选择表明王国维所言的忧患同孔、孟的忧患意识是有一定的距离的。他借助道家的观点从根本上界定了人生忧患与困苦的性质,对人生持一种消极的否定态度,并在考察了人作为类的生存状态之后追问:虽然"欲之如此其切也,用力如此其勤也,设计如此其周且至也",但人生本质果真系于此"欲"吗?王国维认为:"生活之本质何?欲而已矣。欲之为性无厌,而其原生于不足。不足之状态,苦痛是也。既偿一欲,则此欲以终。然欲之被偿者一,而不偿者什百。一欲既终,他欲随之。故究竟之慰藉,终不可得也。即使吾人之欲悉偿,而更无所欲之对象,倦厌之情即起而乘之。"正因为由"欲"而产生的只有痛苦,"故欲与生活、与苦痛,三者一而已矣"。此间王国维显然是引入了叔本华的悲观主义理论,同时也结合中国传统佛学思想,对现世的种种苦相作了彻底的剖析。那么,是否有什么东西能够减轻这种痛苦,使人获得某种解脱呢?这是逻辑上必然要回答的问题,否则在论述了人生的本质为忧患、苦痛之后,似乎人生的本质仅此而已,人只能无力地承受了。于是王国维在叙述其对于"美术"的看法中,对此给予了肯定的答复:"兹有一物焉,使吾人超然于利害之外,而忘物与我之关系。此时也,吾人之心,无希望,无恐怖,非复欲之我,而但知之我也……然物之能使吾人超然于利害之外者,必其物之于吾人无利害之关系而后可。易言以明之,必其物非实物而后可。然则,非美术何足以当之乎?"进而,他将艺术之美进行了分类:"美之为物有二种,一曰优美,一曰壮美","优美与壮美皆使吾人离生活之欲而入于纯粹之知识者",所以美术能让人忘记生活之苦痛。后引歌德之诗:"凡人生中足以使人悲者,于美术中则吾人乐而观之",以证明悲剧中的壮美之情;而优美则体现在"其快乐存于使人忘物我之关系,则固与优美无以异也"。最后,他得出结论为:"吾人且持此标准,以观我国之美术。而美术中以诗歌、戏曲、小说为其顶点,以其目的在描写人生故。吾人于是得一绝大著作曰《红楼梦》。"由以上分析,我们可以清晰看到王国维的论述理路,即在将叔本华的哲学、美学思想同中国的道家、佛家有关人生悲苦的认识进行对比阐发,界定了人生的性质与美的性质之后,以此观照具体的文学作品《红楼梦》,并借用一种有关人生与美的元理论来分析和论述,从而建立起演绎式的论述模式。

第二章 《红楼梦》之精神

本章开始正式切入正题。在王国维看来,生活之欲造成了诸多的痛苦,而男女之欲尤为痛苦,"《红楼梦》一书,实示此痛苦之由于自造,又示其解脱之道不可不由自己求之者也"。他还进一步地展示了解脱之道:"而解脱之道,存于出世,而不存于自杀。出世者,拒绝一切生活之欲者也。"至于出世解脱又有两种方式:"一存于观他人之苦痛,一存于觉自己之苦痛。"事实上,能通过认识他人的痛苦而觉悟解脱的人毕竟是少数,而通过自己的亲身苦难感悟人生真谛者则比比皆是。所以王国维提出:"前者之解脱宗教的也,后者之解脱美术的也。前者平和的也,后者悲感的也,壮美的也。"在他看来,这也是《红楼梦》全书精神之所在,即宝玉由"欲"所产生的痛苦及其解脱的途径,即通过文学的、美学的、悲感的方式得到解脱。艺术的任务就在"描写我生之痛苦与其解脱之道",《红楼梦》正好体现了艺术的这一精神。继而王国维将《红楼梦》与《浮士德》相比较,指出浮士德所遭受的是一种天才的痛苦,而贾宝玉的痛苦则是"人人所有之苦痛",因而对人性根基的触及更深入,希望得到拯救和解脱的呼声也更迫切。这一部分的行文依然围绕着"欲"作为生活本质的命题展开,并将它还原到人生的常态中,一任思绪纵横古今中外的文学与哲学,并基于两分的解脱途径,对男女之欲这一命题作出了自己的价值判断。他认为对于男女之欲,"其自哲学上解此问题者,则二千年间,仅有叔本华之'男女之爱之形而上学耳'";而在文学上,"通古今中西,殆不能悉数,然能解决者鲜矣"。但是,《红楼梦》不仅提出了这个问题,而且还解决了这个问题,《红楼梦》的伟大之处正在于此,从而回答了为何要对《红楼梦》进行研究并给予它极高评价的根本原因。

第三章 《红楼梦》之美学上之价值

本章主要论述《红楼梦》的悲剧性质。王国维把《红楼梦》和中国古代若干小说戏曲作了比较,认为:"吾国人之精神,世间的也,乐天的也。故代表其精神之戏曲小说,无往而不着此乐天之色彩。始于悲者终于欢,始于离者终于合,始于困者终于亨。非是而欲厌阅者之心,难矣!"而"《红楼梦》一书,与一切喜剧相反,彻头彻尾之悲剧也"。正在于它的悲剧性,也正是由于它打破了人们司空见惯的"大团圆"结局,才得以产生出前所未有的悲剧效应。为了使前述这一有关悲剧的观点表述得更为明确,王国维又采纳了叔本华的悲剧三分法,将《红楼梦》归为悲剧的最高范畴——人生悲剧。人生悲剧不同于有一恶人构成其祸的人为悲剧,也不同于冥冥中无形力量造成的命运悲剧,而是人生本身各种无法避免的因素——人们的相互关系、性格与行为的差异、各自利益与愿望难以实现等导致的悲剧,由是观之,"《红楼梦》者,可谓悲剧中之悲剧也",可见王国维就是根据这一标准对宝黛爱情悲剧的成因进行了合理而有创见的分析。此外,王国维还借助西方哲人亚里士多德的悲剧论作进一步的分析阐发,提出悲剧所表现者多为壮美之情,可以感发人"恐惧与悲悯"的情绪,使"人之精神于焉而洗涤",强调了《红楼梦》所体现出来的是崇高美,绝无媚美或眩惑气息,因而具有亚里士多德所说的净化作用。如此就顺理成章地将研究视点从审美引向伦理,王国维认为《红楼梦》的伦理价值在于不仅描写了人生忧患,而且还揭示了人生忧患乃是解脱或超越意欲的必由之路。其结论是:"美学上最终之目的,与伦理学上最终之目的合","使无伦理学上之价值以继之,则其于美术上之价值,尚未可知也"。

第四章 《红楼梦》之伦理学上之价值

承接第三章,本章旨在论说"解脱"是伦理学上最高的理想。王国维从叔本华的唯意志论哲学出发,认为拒绝"生活之欲"而达到"解脱"乃是伦理学的终极目的。在他看来,没有"拒绝一切生活之欲者",就是自杀也并非解脱(因此而产生的痛苦也只是由于欲望没有得到满足而产生的痛苦)。"故金钏之堕井也,司棋之触墙也,尤三姐、潘又安之自刎也,非解脱也,求偿其欲而不得者也。"而"真正之解脱,仅贾宝玉、惜春、紫鹃三人耳",因为他们是"拒绝一切生活之欲者"(因此而产生的痛苦是由于意识到欲望是一切痛苦之源头而产生的痛苦)。所以,"《红楼梦》美学上之价值,亦与其伦理学上之价值相联络也"。值得关注的是,在论证"解脱"是否为伦理学上的最高理想时,王国维不但从通常的道德层面展开了论述,而且还大量援引中西宗教、哲学领域的相关宗旨进行一系列的类比阐释:将《红楼梦》中石头误入尘世与西方基督教的原罪说相比,认为"亦于无意识中暗示此理","故世界之大宗教,如印度之婆罗门教、希伯来之基督教,皆以解脱为唯一之宗旨。哲学家如古代希腊之柏拉图,近世德意志之叔本华,其最高理想亦存于解脱"。此外,在肯定了叔本华的"伟大之形而上学",一扫宗教之神话的面具的同时,王国维还对叔本华伦理学上的自相矛盾之处,提出了质疑和补充。

第五章　余论

在这一章中,王国维批评了自清代以来,随着考证学兴起之后的另一种文学批评传统样式,即"读小说者,亦以考证之眼读之,于是评《红楼梦》者,纷然索此书之主人公之为谁,此又甚不可解者也",指出文学创作并非单纯的经验实录,而是由先天审美形式的"美之预想"参与其中的创造,从而对"红学"研究中的索隐派作了有力的冲击,对《红楼梦》研究的转向产生了积极的影响。为了给出有力的佐证,王国维在行文间穿插引证了西方哲人的名理,如苏格拉底、莎士比亚等,并对创作的典型规律作了概括和总结:"则谓《红楼梦》中所有种种之人物,种种之境遇,必本于作者之经验。则雕刻与绘画家之写人之美也,必此取一膝、彼取一臂而后可,其是与非不待知者而决矣。"

综上所述,我们可以发现,这篇论文采取了西方现代论文的写作方式,与以往的文论著述有了显著的不同,已经具有了"现代形态"和现代人文历史研究的特点。同时我们也应该看到,虽然王国维援引西方现代哲学美学,从根本变革了中国文论与批评话语的基本样式,但是以中就西的色彩颇为明显,反映其对西方文论的运用还不够"融通"圆熟,甚至还有生搬硬套、牵强附会之处。比如,纯用叔本华的哲学观念阐释《红楼梦》，实际上是把中国鲜活的文学形象和作品，纳入先验的、既成的西方理论框架作削足适履的剪裁，无论是把贾宝玉衔玉而生的玉指称为人生之欲的"欲"，还是认定小说中石头误落尘世的神话，比附西方基督教的"原罪"说，或是把小说的基本结构也阐释为对"原罪"的惩罚与解脱等，虽可谓一家之言，但与其后来成熟的中西比较诗学名著《人间词话》相比，显得尚为稚拙。但一个世纪之前的《〈红楼梦〉评论》，其对中西文学、文论比较研究的筚路蓝缕之功，对于今天的比较文学发展依然有着重要的借鉴意义。

图书在版编目(CIP)数据

比较文学的中国先声：孙景尧比较文学论集/孙景尧著；纪建勋编.—上海：中西书局，2024
(上海师大中文学术文库/刘畅主编)
ISBN 978-7-5475-2261-5

Ⅰ.①比… Ⅱ.①孙…②纪… Ⅲ.①中国文学-比较文学-文学研究-文集 Ⅳ.①I206-53

中国国家版本馆CIP数据核字(2024)第091329号

比较文学的中国先声：孙景尧比较文学论集

孙景尧　著
纪建勋　编

责任编辑	汪惠民
封面设计	黄　骏
责任印制	朱人杰

出版发行	上海世纪出版集团　中西书局(www.zxpress.com.cn)
地　　址	上海市闵行区号景路159弄B座(邮政编码：201101)
印　　刷	常熟市人民印刷有限公司
开　　本	710毫米×1000毫米　1/16
印　　张	20.25
字　　数	329 000
版　　次	2024年8月第1版　2024年8月第1次印刷
书　　号	ISBN 978-7-5475-2261-5/I·250
定　　价	98.00元

本书如有质量问题，请与承印厂联系。电话：0512-52601369